Blizzard et passion

*

Une vétérinaire à Paris

*

Une insupportable mascarade

ANNIE CLAYDON

Blizzard et passion

Traduction française de
RAPHAËLLE O'BRIEN

BLANCHE

HARLEQUIN

Collection : Blanche

Titre original :
SNOWBOUND WITH HER OFF-LIMITS GP

HARPERCOLLINS FRANCE
83-85, boulevard Vincent-Auriol, 75646 PARIS CEDEX 13
Service Lectrices — Tél. : 01 45 82 47 47 - www.harlequin.fr
ISBN 978-2-2804-8950-8 — ISSN 0223-5056

Composé et édité par HarperCollins France.
Imprimé en septembre 2023 par CPI Black Print (Barcelone)
en utilisant 100% d'électricité renouvelable.
Dépôt légal : octobre 2023.

FSC
www.fsc.org
MIXTE
Papier issu de sources responsables
FSC® C159065

Pour limiter l'empreinte environnementale de ses livres, HarperCollins France s'engage à n'utiliser que du papier fabriqué à partir de bois provenant de forêts gérées durablement et de manière responsable.

1

— D'accord, dis-moi tout. Qu'est-ce qui te tracasse ?

Tante Celeste n'avait jamais traîné pour poser cette question. Au fil des ans, les problèmes du Dr Sam Douglas avaient varié, mais tante Celeste avait toujours été de bon conseil.

— Rien.

— Allez, Sam. Parle-moi de ce qui te préoccupe.

Il ne répondit rien et se pencha sur le siège conducteur de sa voiture pour regarder le ciel. Lorsqu'ils avaient quitté Londres, la matinée était fraîche et agréable mais, maintenant qu'ils atteignaient le Norfolk, des nuages s'accumulaient. Des flocons de neige commençaient à tomber paresseusement, fondant au contact du pare-brise.

— Que dit la météo ?

— Oh ! Sam, arrête avec ça ! Tu commences à ressembler à un petit vieux...

Voyant sa tante fouiller dans son sac à main, il lui tendit son portable.

— Un effet des vases communicants : tu redeviens une adolescente guillerette, et ça réveille l'adulte responsable en moi.

Sa tante s'esclaffa tout en tapotant sur le petit écran devant elle.

— D'après ton téléphone, des averses de neige sont à prévoir ce soir et demain, ce qui n'est pas grave : la maison de Paul est magnifique sous la neige. Très pittoresque. Il a neigé juste avant Noël, et on s'est calfeutrés à l'intérieur, c'était merveilleux.

Tante Celeste n'avait peut-être pas encore envisagé que les

vingt-cinq personnes censées arriver le lendemain soir pour le week-end, afin de célébrer ses fiançailles avec le Dr Paul Grant, puissent être découragées par la neige. Sam décida de garder ses craintes pour lui.

— Tu as reçu des textos, mon chéri. Tu ne veux pas t'arrêter pour les consulter ?

La curiosité de sa tante le détourna de ses inquiétudes concernant la météo.

— Pas particulièrement. Pourquoi tu n'y jetterais pas un coup d'œil, toi ?

Tante Celeste poussa un soupir moqueur.

— Puisque tu me donnes cette possibilité, j'en déduis que tu n'as pas fait bon usage de ton temps libre depuis la dernière fois que je t'ai vu. Donc non, tu les liras toi-même, quand on sera arrivés à bon port.

Sam pouffa. Sa tante voulait le voir aussi heureux qu'elle l'était avec Paul, mais la solution qu'elle préconisait n'avait rien d'original : il devait trouver une petite amie susceptible de lui envoyer le genre de textos qu'il voudrait cacher à sa tante.

Il n'était pas d'accord. Le bonheur, c'était au contraire de ne pas avoir à surveiller constamment son comportement pour déterminer s'il reproduisait malgré lui le schéma de coercition institué par son père à l'égard de sa mère.

Alice l'avait convaincu que le célibat était le seul moyen pour lui de trouver un peu de paix. Il avait travaillé dur pour la rendre heureuse, mais elle voulait quelque chose de plus. Quand elle était partie, Alice avait refusé d'expliquer pourquoi. Il avait alors commis l'erreur de montrer sa colère…

Ce qui n'était jamais une bonne idée. Surtout quand il avait si souvent vu son propre père se mettre en rage contre sa mère pour lui imposer sa volonté. Revenu à la raison, Sam n'avait plus jamais recontacté Alice.

— J'ai l'impression que la neige tombe un peu plus dru.

Tante Celeste, qui avait reposé son téléphone sur le tableau de bord, regardait maintenant par la vitre.

— On va y arriver. Même si on doit braver une tempête.

— L'idée me séduit, plaisanta sa tante, mais ce ne sera pas

nécessaire : on arrive dans moins d'une demi-heure et, à partir de là, c'est Paul qui me fera traverser tous les obstacles de la vie.

En plus d'être un éminent pédiatre, Paul Grant était le septuagénaire le plus vif que Sam ait jamais rencontré. Tante Celeste et lui allaient bien ensemble.

Sam sourit.

— Tu n'as pas besoin de me convaincre, tu sais. Qu'est-ce que tu n'as pas compris quand j'ai dit que j'étais ravi pour vous deux ?

— Merci, mon chéri. Mais je sais que les gens ont jasé.

Parce qu'une Douglas épousait un Grant ? Parce que Celeste Douglas avait soixante-cinq ans et Paul Grant soixante-dix ? Tous deux avaient réussi à déjouer les pronostics et à préserver un sentiment aussi fragile et insaisissable que l'amour.

— Et puis, si la neige empêche nos invités de venir, nous n'allons pas nous laisser abattre, n'est-ce pas ?

Sam ne demandait pas mieux que de passer quelques jours avec deux des personnes qu'il aimait le plus, sans être confronté à des questions sur sa mère, comme si, alors que vingt années s'étaient écoulées, elle était toujours une victime. Il n'aurait pas non plus à éluder poliment toute allusion à son père ou à la façon dont il était mort.

Tante Celeste fronça soudain les sourcils, comme si une idée venait de lui traverser l'esprit.

— Cela étant, Paul m'a dit hier soir qu'il avait demandé à sa petite-fille de venir plus tôt pour l'aider aux préparatifs...

— Autrement dit, je n'aurai pas à tenir la chandelle ? S'agit-il de la petite-fille qui est médecin ?

Tout comme chez les Douglas, on était souvent médecin chez les Grant.

— Tout à fait, répondit sa tante.

— Au moins, nous aurons quelque chose à nous dire, pendant que Paul et toi redoublerez d'ingéniosité pour vous bécoter sans être vus.

L'idée fit sourire sa tante.

— Eloise est une très gentille jeune femme, quoi qu'on en dise.

Eloise Grant. Sam en avait déjà entendu parler, sans parvenir à se rappeler la teneur de ces propos.

— Tu sais que je n'aime pas les ragots.

— Si les Grant ne viennent pas, ça ne sera pas un problème. Mais s'ils parviennent à braver la tempête…, ajouta tante Celeste avant de pincer les lèvres. Je ne connais pas le fin mot de l'histoire. Eloise s'est confiée à Paul, mais il a gardé son secret.

Sam gloussa.

— Ça doit te rendre folle.

La curiosité de sa tante était en effet légendaire.

— Elle en parlera le moment venu, et je ne vois pas pourquoi elle devrait se justifier. C'est une question de principe.

Il s'agissait donc de cela. Sam ne demandait pas mieux que de faire la sourde oreille à tout ce qui ressemblait à des commérages, mais on n'arrêtait pas aussi facilement tante Celeste quand elle était lancée.

— Eloise a été au cœur d'un scandale, l'année dernière. Nous étions tous là pour son mariage, et son fiancé l'a attendue en vain devant l'autel. Il avait l'air d'avoir le cœur brisé. D'après sa mère à lui, ils se doutaient tous que quelque chose clochait, mais dans ce cas que faisait-il à l'attendre à l'église ?

Les gens n'agissaient pas toujours logiquement. Rompre n'était jamais facile, et Sam lui-même avait compliqué les choses pour Alice, avec sa conviction qu'ils pouvaient encore arranger la situation. Peut-être Eloise Grant comprenait-elle pourquoi une femme pouvait refuser catégoriquement de s'expliquer, comme l'avait fait Alice, mais son instinct soufflait à Sam qu'il valait sans doute mieux ne pas chercher à savoir.

— Elle a disparu pendant deux semaines. Puis son travail l'a obligée à revenir, mais Paul est le seul à qui elle ait expliqué les raisons de son geste. Qui lui a pourtant valu de nombreuses critiques.

Sam avait raconté à tout le monde qu'Alice et lui s'étaient séparés à l'amiable, que c'était une décision commune. Tante Celeste n'était pas dénuée de tact : si elle avait su que Sam souffrait encore des circonstances de cette séparation, elle ne lui aurait sans doute pas raconté tout cela.

— Qu'est-ce qu'on lui a reproché ? ne put-il s'empêcher de demander.

— Comme elle n'était pas là pour donner sa version des faits, les Grant se sont fiés à la parole du fiancé et ont jugé sévèrement le comportement d'Eloise. Je ne l'aimais pas tant que ça, ce type. Il était beaucoup trop charmeur…

— Tu n'aimes pas le charme ?

Les yeux rivés sur la route, il était passé en pilotage automatique.

Sa tante poussa le soupir auquel il était accoutumé depuis son adolescence.

— J'aime la prévenance et la sincérité chez un homme. Je qualifierais cela de « charmant ». En revanche, je n'aime pas beaucoup le charme comme moyen d'arriver à ses fins.

C'était tout à fait le genre de tante Celeste de prendre un parti différent de celui qu'on attendait d'elle. Bien que sœur de son père, elle avait gardé l'esprit ouvert, même au plus fort de la bataille entre ses parents. Elle les avait soutenus, la mère de Sam, son frère, sa sœur et lui, tout en leur faisant comprendre qu'elle gardait de l'affection pour leur père, même si elle ne cautionnait pas ses actes. Lorsqu'une ordonnance restrictive avait finalement persuadé leur père que son mariage était terminé et qu'il avait sombré dans la boisson, c'était tante Celeste qui avait remué ciel et terre pour essayer de lui venir en aide.

— Et quelle fin poursuis-tu en me racontant tout ça ?

— Je suis vraiment transparente à ce point ?

Sam lui sourit.

— C'est l'une des choses que j'aime chez toi.

— Paul s'inquiétait qu'Eloise trouve une excuse pour ne pas venir ce week-end, à cause de tous les ragots. Elle a été… J'ai l'impression qu'elle a plutôt été victime dans cette histoire. Après tout ce que tu as traversé pendant ton adolescence, tu vois de quoi je parle, non ?

Certes, mais il ne savait pas pour autant quelle conduite adopter dans ce genre de situation.

Et puis soudain, le prenant comme toujours au dépourvu, tante Celeste lui épargna l'inconfort d'une conversation qu'il n'avait pas envie d'avoir.

— Sam ! Tu as manqué l'embranchement !

— Ah bon ? Ah oui…

Perturbé par cet échange sur Eloise Grant, il avait dépassé les grilles en fer forgé qui donnaient accès à l'allée bordée d'arbres menant à la propriété de Paul. Sam ralentit et fit demi-tour.

Lorsqu'il eut enfin coupé son moteur devant le magnifique manoir Tudor, il resta un moment sur son siège, à se demander ce que les jours à venir allaient lui réserver. Tante Celeste tourna ses yeux bleus pleins de sagacité vers lui.

— Ça va, mon chéri ?

Il décida d'oublier ses problèmes.

— Pourquoi ça n'irait pas ? Je me suis juste dit que tu voudrais courir seule vers la porte d'entrée pour te jeter dans les bras de ton fiancé.

Sa tante se contenta de lever les yeux au ciel.

Le grand-père d'Eloise se tenait à la fenêtre du grand salon que réchauffait un bon feu de cheminée. Les mains dans les poches, il observait les rafales de neige.

Elle savait pourquoi elle était ici en avance, logée dans l'une des sept chambres du vieux manoir tentaculaire, au lieu de séjourner dans un hôtel voisin comme la plupart des autres invités. C'était ainsi que grand-père lui manifestait son soutien face au reste de la famille. Mais sa simple présence au manoir était sur le point de porter la poisse à tout le week-end.

— Je suis désolée, papy, murmura-t-elle en le rejoignant à la fenêtre.

— Qu'est-ce que tu as encore fait ? Tu as cassé ma plus belle porcelaine ? répliqua son grand-père en lui souriant avec malice.

— Je suis désolée qu'il neige.

— Ah bon ? Quelqu'un t'avait chargée de la météo ?

Il était difficile de résister à son grand-père. Eloise lui donna un coup de coude.

— Je devrais peut-être reformuler : je suis désolée de voir qu'il neige.

— C'est mieux.

Son grand-père était le membre de la famille le plus proche qu'il lui restait. De retour de l'hôtel où elle s'était cachée après l'annulation de son mariage, elle s'était réfugiée chez lui. Il n'avait posé aucune question, se contentant d'être là pour elle.

Elle méritait en partie les critiques de sa famille, parce qu'elle aurait pu beaucoup mieux gérer la situation. La veille du mariage, après découvertes et confrontations, elle avait soudain vu Michael sous un jour complètement différent. Quand elle lui avait demandé s'il avait vraiment eu un enfant avec sa précédente compagne, sans jamais chercher à voir son petit garçon, il n'avait pas nié.

Elle lui avait alors annoncé qu'elle le soutiendrait dans sa relation avec son fils. Il s'était mis en colère : si elle comptait gâcher leur avenir en se focalisant sur une erreur de son passé, mieux valait annuler leur mariage. Ils avaient réussi à rédiger un mail à destination de leurs invités, puis Michael lui avait ordonné de disparaître de sa vue.

À son retour, elle s'était rendu compte que le message n'avait pas été envoyé et que Michael avait occulté son propre rôle dans cette séparation soudaine en prétendant avoir été quitté sans préavis devant l'autel. Pendant ses deux semaines d'absence, les ragots avaient eu tout le temps de la transformer en monstre.

Sa famille élargie aurait pu avoir la délicatesse d'attendre et d'écouter sa version des faits, mais il n'en avait rien été. Eloise avait été accueillie par des gens qui la jugeaient et s'attendaient à ce qu'elle présente des excuses. Elle avait refusé.

Le visage collé au carreau, son grand-père s'efforçait de voir aussi loin que possible dans l'allée.

Eloise lui donna un nouveau coup de coude.

— Celeste est en route. Elle sera bientôt là.

Son grand-père eut un petit rire.

— Je sais. Mais accorde-moi le plaisir de l'attendre avec impatience, d'accord ? Même si tu n'es pas sûre que je prenne la bonne décision.

— Elle te rend heureux. Comment ne pas apprécier ça ?

Pourtant, si Eloise aimait et respectait Celeste, elle ne parvenait pas à se défaire du sentiment que toute relation risquait de vous briser le cœur. Semi-retraité désormais, son grand-père devait pouvoir envisager un avenir paisible.

— N'empêche, tu penses honnêtement que Celeste pourrait

me cacher des choses ? Et si elle y mettait vraiment du sien, je ne pourrais rien lui cacher non plus, conclut son grand-père avec un petit sourire.

— À part mes secrets à moi.

N'en avait-elle pas demandé un peu trop à son grand-père ? Mais c'était lui-même qui lui avait suggéré de ne rien dire à personne.

— C'est différent, et Celeste le comprend. Pour elle, on doit aborder tous les sujets, mais seulement quand on est prêts pour le faire. Surtout ne pas céder à la pression générale.

Eloise serra son grand-père dans ses bras.

— Que ferais-je sans vous deux ?

Son grand-père sourit.

— Tout le monde n'est pas comme Michael, tu sais. Un jour, tu finiras par t'en convaincre.

Un jour. Mais pas pour l'instant.

— Concentrons-nous sur Celeste et toi jusqu'à ce que ce jour advienne, d'accord ?

Pas question de gâcher le mariage de son grand-père. L'arrivée d'un SUV bleu foncé dans la cour du manoir amena un sourire joyeux sur les lèvres de Paul.

Les occupants de la voiture parurent discuter un moment. Puis un homme descendit du siège du conducteur, enfilant une épaisse parka à col de fourrure qui lui donnait une carrure encore plus imposante, et se dirigea vers la portière passager pour offrir son bras à Celeste. Son grand-père n'avait d'yeux que pour sa dulcinée qui fit quelques pas, puis sembla se raviser, lâcha le bras de l'homme et lui fit signe de s'éloigner, avant de se diriger d'un pas vif vers l'entrée.

Si son grand-père se dépêcha d'aller ouvrir, quelque chose poussa Eloise à rester à la fenêtre. Peut-être l'idée que son grand-père et Celeste voudraient rester seuls quelques instants, le temps de s'embrasser. Ou peut-être ne pouvait-elle détacher son regard de l'homme qui observait Celeste, l'air amusé, puis retournait récupérer les bagages dans la voiture.

Ce devait être le neveu dont son grand-père lui avait parlé : le Dr Sam Douglas, si proche de Celeste. En tout cas, la première chose qu'Eloise avait remarquée chez cet homme, c'était son magnifique sourire. Un frisson lui parcourut le dos tandis qu'elle le regardait soulever les valises du coffre de la voiture.

— Ma chérie ! lança Celeste depuis l'embrasure de la porte. On a réussi ! Mais il semble bien que le temps se dégrade.

— Il finira par s'éclaircir, j'en suis sûre.

Eloise jeta un coup d'œil à la fenêtre dans l'espoir d'obtenir une confirmation de ses dires, mais la neige ne montrait aucun signe de ralentissement. Cependant, Celeste avait l'air si excitée et son grand-père si heureux qu'il aurait été déplacé de s'interroger sur la venue des invités, le lendemain.

— Peu importe, lança Celeste. Les quatre personnes les plus importantes sont déjà là. Rien ne nous empêchera de passer un bon moment, n'est-ce pas, Paul ?

— Je ne vois pas ce qui pourrait nous en empêcher, convint son grand-père avec un sourire.

Qu'il était agréable d'être considérée comme une personne importante dans une fête de fiançailles ! constata Eloise.

— Sam, lança Celeste en entendant la porte d'entrée se refermer, viens donc faire la connaissance de la petite-fille de Paul...

Eloise retint sa respiration. Pourquoi exactement ? Elle ne savait pas trop. Redressant un peu les épaules, elle sentit le rouge lui monter aux joues lorsque le neveu de Celeste entra dans la pièce.

Il avait les mêmes yeux bleus que sa tante, des cheveux blonds et une forme de visage semblable à celle de Celeste, quoique dotée d'une mâchoire plus dure et plus masculine. Il s'avança vers elle, main tendue.

— Ravi de te rencontrer, Eloise.

On l'aurait dit sincère...

— Tout le plaisir est pour moi, Sam. Bienvenue.

Elle décela un enthousiasme étonnant dans son intonation. Sam était aussi séduisant de près que de loin, peut-être même davantage. Excellente raison de garder ses distances mais, pour l'instant, elle n'avait pas d'autre option que de lui serrer la main.

Le choc qu'elle éprouva au contact de ses doigts glacés la fit sursauter. Sam sourit tout à coup, ce qui mit Eloise encore plus mal à l'aise.

— Désolé. J'ai les mains froides.

Il recula d'un pas et présenta ses mains au feu qui brûlait derrière la grille de l'âtre.

— C'est impardonnable pour un généraliste, le taquina Celeste. Eloise travaille aux urgences.

Sam se retourna et lui lança un autre sourire qui la fit frissonner.

— Une spécificité familiale, visiblement. Nous avons à peine été présentés que nous savons déjà dans quel domaine médical nous travaillons.

Ce qui était un soulagement. Eloise préférait de loin être jugée comme médecin, puisque, dans ce domaine au moins, on lui reconnaissait une certaine valeur. En fait, elle commençait même à souhaiter que la neige tombe encore plus dru car, même si Celeste ne connaissait pas tous les détails de son histoire, elle avait toujours rejeté les ragots comme autant d'inepties blessantes. Et le regard de Sam donnait à penser qu'il n'était au courant de rien. Eloise éprouva une soudaine bouffée d'affection envers ces deux êtres.

— Vous devez être affamés. J'ai de la soupe et des sandwichs qui vous attendent à la cuisine.

Se concentrer sur la nourriture, dans l'air frais de la cuisine, permettrait de dissiper un peu de la chaleur qui semblait irradier de son corps, de faire taire la pensée insidieuse que Sam pourrait se réchauffer les mains contre sa peau quand il le voudrait.

Celeste ôta son manteau, dévoilant un gros pull violet complété d'un foulard moiré.

— Merveilleux ! Je vais t'aider.

— Pas question. Restez ici pour vous réchauffer devant le feu.

Eloise avait besoin d'un peu de temps seule si elle voulait reprendre ses esprits. Sans laisser à quiconque le loisir de protester, elle se précipita vers la cuisine.

2

La femme qui avait mis un terme à une relation sans ressentir le besoin d'expliquer pourquoi... Dès que Sam avait posé les yeux sur elle, il avait oublié sa souffrance quand Alice l'avait traité de la sorte.

Il était tentant de penser qu'une personne aussi lumineuse ne pouvait pas être mauvaise. Certes, l'apparence ne présageait en rien du caractère, mais quelqu'un d'aussi vulnérable ? Il aurait été bien en peine de dire ce qui l'avait amené à cette conclusion, mais sa vulnérabilité se voyait.

Et il ne pouvait nier qu'elle était belle. Son pull épais et son jean ne dissimulaient pas la grâce de ses mouvements. Ses cheveux bruns, relevés en chignon, dévoilaient la courbe raffinée de son cou. Quant à ses yeux noirs, leur profondeur semblait contenir toutes les pensées, toutes les possibilités, que le monde pouvait offrir.

Tante Celeste et Paul discutaient avec entrain sur le canapé, et Sam choisit l'un des fauteuils près du feu. Eloise revint avec un plateau. Lorsqu'elle s'assit enfin auprès d'eux, elle ne se détendit que lorsque tante Celeste eut déclaré que tout était délicieux et absolument parfait.

Sam eut soudain l'impression de se transformer en détective amateur. Les cernes sous les yeux d'Eloise semblaient indiquer une nuit blanche, passée à ruminer un problème qui l'inquiétait...

Le téléphone de Paul sonna, et Celeste se tut. Tous comprirent la teneur de la brève conversation.

— C'était ma sœur, déclara Paul quand il eut mis fin à l'appel. Elle veut connaître les prévisions météo pour demain.

— Vraiment ! commenta tante Celeste en s'esclaffant. Comme si l'un de nous le savait !

Eloise se saisit de son téléphone en fronçant les sourcils. Se considérait-elle comme responsable du temps qu'il faisait ? Sam se prit à l'imaginer bannissant les nuages et invoquant le soleil.

— Visiblement, ça va encore empirer demain…

— Voilà ta chance, ma chérie ! lança Paul avec un regard à la fois moqueur et sérieux à tante Celeste. Si tu rechignes à épouser quelqu'un qui vit dans une contrée soumise au vent glacé du nord, tu ferais mieux de le dire maintenant, avant qu'il ne soit trop tard.

— Je suis en train d'y réfléchir, répondit tante Celeste.

Inutile d'être fin limier ou psychologue pour comprendre qu'ils plaisantaient ; pourtant, le visage d'Eloise trahit un doute qui amusa Sam.

Et soudain, il se retrouva noyé, perdu dans le regard de la jeune femme. Le souffle coupé, il brûla d'envie de la faire sourire. Qu'avait-il bien pu se passer pour qu'elle ait si peur pour Paul et tante Celeste ?

Elle secoua brièvement la tête, comme si elle venait de reconnaître son erreur. Puis, tout à coup, elle se leva.

— Tu crois qu'on devrait appeler tout le monde, papy ? Leur conseiller de garder un œil sur les prévisions météo pour le Norfolk ?

— Oui, je pense que c'est une bonne idée, convint Paul.

Paul avait commencé à passer les appels, avec tante Celeste assise à côté de lui, joignant ses vœux aux siens lorsqu'il terminait chacun d'eux. Eloise avait préparé le café, puis était revenue s'asseoir près de son grand-père pour vérifier la liste des invités à mesure qu'il la parcourait. Sam but son café, puis monta les bagages à l'étage, où il découvrit qu'une carte apposée sur chaque porte indiquait quel serait l'occupant de telle chambre. Sur celle de Paul, son nom et celui de tante Celeste étaient entourés de cœurs roses. Lorsqu'il ouvrit la porte pour y déposer sa valise, il sentit une odeur florale et vit une magnifique composition sur une commode près de la fenêtre, ainsi qu'une coupelle de verre qui, s'il ne se trompait pas, contenait les chocolats préférés de sa tante.

Un peu plus loin dans le couloir, Sam ne put s'empêcher d'examiner l'écriture soignée sur le carton qui portait son propre nom. La chambre qu'on lui avait allouée était chaleureuse et accueillante. La grande cheminée ancienne, les boiseries et les fenêtres qui s'ouvraient sur deux côtés de la pièce étaient rehaussées par des branches de houx, et les serviettes soigneusement pliées sur le lit étaient autant d'attentions qui ne ressemblaient pas à l'attitude « à la bonne franquette » de Paul et de tante Celeste. La dernière fois qu'il était venu, on lui avait indiqué quelle serait sa chambre, donné la permission de se servir dans le frigo et on s'en était tenu là.

Peut-être Eloise avait-elle quelque chose à prouver. Une odeur de bois de santal se dégageait de la vieille armoire, dont, constata-t-il, les étagères avaient une nouvelle doublure...

Sam décida de déballer ses affaires, car les appels téléphoniques risquaient de prendre du temps. Il neigeait toujours, ce qui rendait la chaleur de la pièce encore plus douillette et l'obligea à résister à la tentation de rester lire son livre dans la chambre.

Lorsqu'il regagna le salon, tante Celeste l'informa que tous les invités avaient été contactés et que certains avaient déjà exprimé des doutes quant à leur venue le lendemain.

— Je dois descendre au village, annonça Eloise en souriant. Il me reste quelques courses à faire.

— Ça peut attendre ? demanda Paul.

— J'aimerais mieux y aller maintenant : la neige n'a pas l'air près de s'arrêter de tomber.

— J'y vais avec toi, dans ce cas...

Paul se leva, aussitôt imité par tante Celeste. Eloise secoua la tête, ils protestèrent, au motif qu'ils ne la laisseraient pas partir seule, puis Sam entendit sa propre voix, dans une tonalité qui ne lui était pas familière.

— Je vais accompagner Eloise. Vous deux, restez ici.

Tout le monde le regarda. Sa proposition était parfaitement logique : Paul et tante Celeste pourraient rester ici à se chuchoter des mots doux et, au lieu de tenir la chandelle, il irait faire les courses avec Eloise.

— Ça me donnera l'occasion de me dégourdir les jambes, ajouta-t-il avec son sourire le plus charmant.

Soudain, il n'y eut plus qu'elle dans la pièce, qui lui rendait son sourire.

— D'accord. Je vais chercher mon manteau.

Eloise portait une parka bleu foncé et un bonnet rouge vif enfoncé sur les oreilles, ce qui accentuait encore le charme de ses traits délicats. De gros flocons de neige tombaient paresseusement, et leurs empreintes se voyaient à présent sur le tapis neigeux de l'allée, les petits pieds d'Eloise à côté des siens.

Sam se retourna pour regarder la maison. Les arches de briques rouges au-dessus des portes et des fenêtres étaient recouvertes de neige, de même que le toit.

— C'est pittoresque dans la neige, non ? lâcha soudain Eloise. Si la météo n'empire pas, ce sera parfait. Assez de neige pour rendre l'endroit magique, mais pas trop pour empêcher les invités de venir.

Un équilibre difficile à réaliser. Cependant, Eloise semblait déterminée à ce que ce week-end soit parfait.

— Paul et tante Celeste considèrent déjà que c'est une réussite, nuança-t-il.

L'amour – le véritable amour – était presque impossible à trouver mais, le cas échéant, il savait résister aux aléas du quotidien.

Visiblement, Eloise n'était pas d'accord. Pourtant, elle ne répliqua rien.

Au sortir de la propriété, ils constatèrent que les gens, dans leur grande majorité, avaient renoncé à leur voiture : les conditions n'étaient pas idéales pour la conduite, et de la glace s'était formée dans les ornières de la route. D'ailleurs, quelqu'un avait manifestement dérapé sur un côté…

Au moment où Sam se rendit compte qu'aucune trace n'indiquait que le véhicule avait rectifié sa trajectoire, il vit Eloise accélérer le pas. Devant lui, un trou s'ouvrait dans la haie clairsemée qui bordait l'autre côté de la route.

Arrivé à proximité des buissons, il remarqua un petit SUV dont l'avant plongeait dans un fossé peu profond et constata qu'Eloise se glissait entre les feuillages pour l'atteindre.

Il la suivit et, lorsqu'il atteignit le véhicule, elle avait déjà ouvert précautionneusement la portière du côté conducteur. Une femme était assise sur la banquette arrière, un enfant d'environ cinq ans sur les genoux. Un porte-bébé recouvert d'une couverture se trouvait à côté d'elle.

— Bess... Tu es blessée ?

À l'évidence, Eloise connaissait la conductrice.

La femme, qui semblait indemne, se mit à pleurer de soulagement.

— Non, ça va. Nous n'allions pas vite, et la voiture a juste quitté lentement la route. Dieu merci, tu es là, Eloise...

Bess fit descendre le petit garçon de ses genoux et entreprit de ramper entre les sièges. Eloise s'empressa de lui poser une main sur l'épaule pour la rassurer.

— Reste assise une minute. Je vais juste voir comment vous allez, les enfants et toi...

— Non ! Eloise, tu ne comprends pas. C'est mamie. Elle est tombée et elle est quelque part dans le froid...

Une expression déterminée se peignit sur le visage d'Eloise.

— Où est-elle ? Chez elle ?

Bess hocha la tête.

— Dans son jardin. Elle a réussi à prévenir le service d'assistance, qui m'a téléphoné. Ils ont aussi appelé une ambulance, mais je me suis dit que je pourrais arriver plus vite.

— D'accord. Attends une minute, fit Eloise avant de se tourner vers Sam. Si je retourne chercher ma voiture, tu peux rester avec Bess ?

Il ne s'agissait pas exactement d'une question : elle avait déjà pris sa décision, et il acquiesça.

— Prends la mienne si tu veux. La clé est sur le guéridon de l'entrée.

Ses quatre roues motrices ne seraient sans doute pas du luxe, vu les conditions.

Eloise lui répondit par un petit sourire et se retourna vers Bess.

— Donne-moi les clés de chez ta grand-mère, Bess. J'y vais tout de suite. Sam est médecin, il va rester avec vous.

La jeune femme parut sur le point de protester, puis se ravisa. Eloise avait parlé d'un ton sans réplique et, dès qu'elle fut en possession du trousseau de clés de son amie, elle se lança dans l'ascension du talus.

Sam prit sa place devant la portière du véhicule. Bess pleurait à chaudes larmes à présent, mais il avait besoin qu'elle garde encore un peu son sang-froid.

— Bess... Je suis Sam. Regardez-moi. Depuis combien de temps êtes-vous ici ?

— Pas longtemps... Dix minutes peut-être... J'ai appelé Tom, mon mari, mais il est au travail et il lui faudra une demi-heure pour arriver. Je n'ai pas osé quitter la voiture, car je n'étais pas sûre de pouvoir gravir le talus avec les deux enfants...

Elle s'agitait de plus en plus.

— Tout va bien, Bess. Vous vous êtes vraiment débrouillée comme un chef. Maintenant, j'aimerais bien que vous preniez quelques grandes respirations avec moi... Vous êtes sûre que ni vous ni les enfants n'êtes blessés ? ajouta-t-il une fois que ce fut fait.

— Oui, tout va bien. Ils étaient tous les deux attachés à leur siège...

Sam tira la couverture qui recouvrait le porte-bébé pour jeter un coup d'œil à l'intérieur. Le bébé paraissait réactif et, lorsque Sam reporta son attention sur le garçonnet de cinq ans, celui-ci lui tira la langue avec insolence.

— S'il vous plaît, Sam. Je suis morte d'inquiétude pour ma grand-mère...

Si Bess était déchirée entre la sécurité de ses enfants et le danger que courait sa grand-mère, lui, en revanche, savait quelles étaient ses priorités : il devait veiller sur la jeune femme et ses enfants, puisque Eloise se chargeait de la grand-mère de Bess.

— Eloise se rend chez votre grand-mère. Je suis là pour vous. Nous allons emmener les enfants chez Paul Grant.

Bess acquiesça et déverrouilla la portière arrière de la voiture pour qu'il puisse détacher le porte-bébé. Dès qu'Aaron et elle furent sortis du véhicule, Sam lui indiqua l'endroit où le talus serait moins raide.

Il les rattrapa au niveau de la haie qu'il franchit en protégeant le porte-bébé des brindilles gelées, avant de rattraper le petit Aaron qui avait échappé à sa mère et entrepris de grimper tout seul. Aux abords du manoir, il vit Paul et tante Celeste se précipiter vers eux.

Sam faisait traverser la route à la petite famille quand il avisa sa propre voiture, dont le pare-brise avait été nettoyé à la hâte, qui se dirigeait vers eux. Confiant le porte-bébé à tante Celeste et Aaron à Paul, il attendit qu'Eloise s'arrête à côté d'eux et ouvre la porte côté passager.

— Monte…

Il hésita un bref instant : Eloise allait-elle lui rendre le volant ? Il fallait croire que non.

— Je connais le chemin. Et je conduis très bien.

Il ne put s'empêcher de sourire. Il venait d'avoir un aperçu d'une autre Eloise, décidée et confiante, et il préférait déjà cette nouvelle facette à la première.

Savoir mamie June dehors dans la neige avait poussé Eloise à agir. Après avoir prévenu son grand-père et Celeste, elle s'était empressée de récupérer la trousse de secours qui se trouvait au manoir. Une fois le pare-brise grossièrement dégagé, elle avait démarré aussi vite que possible.

Sam avait-il déjà fait sortir Bess et les enfants de la voiture accidentée ? Il se pouvait qu'elle ait besoin d'aide en arrivant chez mamie June, surtout si l'ambulance tardait à arriver. Pourtant, le soulagement qu'elle éprouva en le voyant traverser la route n'était pas uniquement dû à l'assistance qu'il serait susceptible de lui prêter.

Grand et large d'épaules, il tenait le porte-bébé d'un bras et, de l'autre, serrait contre son torse Aaron, qui avait noué les bras autour de son cou.

L'image fut brève, mais il incarnait tout ce qu'on pouvait désirer chez un homme. Fort et pourtant attentionné. Efficace avec les enfants – le comportement de Michael lui avait rappelé l'importance de cette qualité…

Le pare-brise commençant à s'embuer, Sam abaissa les vitres avant du véhicule dès qu'il fut monté à bord. La manœuvre eut le mérite non seulement de lui dégager la vue sur la route mais également de la ramener à la raison. Elle s'était bien trop facilement laissé embobiner par Michael. Répéter cette erreur relèverait de la stupidité.

— C'est loin ? demanda Sam.

Il était manifestement aussi impatient qu'elle de rejoindre mamie June.

— Non, elle habite à Mazingford.

Eloise quitta la route principale pour s'engager sur une voie secondaire. La voiture se mit à chasser légèrement sur la chaussée glacée. Sam dut le sentir aussi. Peut-être se prit-il à regretter de l'avoir laissée conduire.

Dès qu'elle eut changé de vitesse, elle sentit les pneus adhérer à nouveau à l'asphalte.

Et bientôt, la grand-rue de Mazingford s'ouvrit devant elle, avec la maison de mamie June dans l'une des ruelles sur la gauche. Bientôt garée devant la porte d'entrée jaune qu'elle cherchait, elle se tourna pour attraper la trousse de secours de son grand-père, sur la banquette arrière.

Sam sourit en découvrant la mallette.

— Je m'en charge. Va ouvrir…

Eloise se précipita, les mains tremblantes lorsqu'elle enfonça la clé dans la serrure. Elle devait oublier tout le reste maintenant, les après-midi où Bess et elle avaient joué chez mamie June, quand elles étaient petites, les vacances d'été qu'elle avait passées ici, avec son grand-père, tout ce qui était arrivé depuis… et le sentiment de devoir prouver à Sam que les rumeurs à son sujet étaient erronées. Rien de tout cela n'avait plus d'importance pour le moment : ce qui comptait, c'était une patiente qui avait besoin de ses compétences.

Elle traversa la maison au pas de charge pour aller ouvrir le portail du jardin. Au bout de l'allée, à côté de la mangeoire à oiseaux, elle aperçut mamie June allongée dans la neige, immobile. Soudain, alors qu'Eloise s'avançait, le cœur battant à tout rompre, mamie June remua. Eloise s'agenouilla bien vite à côté d'elle, dans la neige.

— Eloise…, balbutia la vieille dame.

— Bonjour, mamie June. C'est Bess qui m'envoie.

La grand-mère de son amie était bien emmitouflée dans une longue parka imperméable et des bottes doublées de fourrure qui semblaient l'avoir assez bien protégée de l'humidité. Tout en passant délicatement une main derrière la tête de mamie June pour la protéger du sol froid, Eloise entreprit de vérifier mentalement les signes vitaux.

Puis le choc de la lourde trousse de secours atterrissant sur le sol lui indiqua que Sam était là.

— Je ne vois pas de sang. Elle respire sans difficulté et… 60 BPM, annonça-t-elle quand elle eut trouvé le pouls de mamie June.

— Pas mal, hein ?

La voix de la vieille dame était faible mais cohérente.

— Je dirais : « très bien » même, déclara Sam dans son dos. On va vous ramener très vite au chaud, mais restez avec moi, le temps que je fasse quelques vérifications rapides pour m'assurer que vous ne vous êtes pas blessée en tombant.

Eloise se retourna et s'empressa d'acquiescer. Sam, qui ne connaissait pas mamie June, était en mesure d'avoir le recul nécessaire pour prendre des décisions réfléchies à son sujet. Le risque qu'il y aurait à la déplacer devait être soigneusement évalué par rapport à la nécessité évidente de la mettre à l'abri du froid.

Une voix de femme crépita dans le bipeur que la vieille dame avait autour du cou.

— Vous êtes toujours là, ma chérie ? Qu'est-ce qui se passe ?

— Je suis là…

La voix de June semblait un peu plus forte à présent.

— Je suis là aussi, je suis médecin. Mon collègue examine June, et nous allons la ramener au chaud aussi vite que possible, déclara Eloise en se penchant pour parler dans le petit micro.

— Dieu merci ! Je peux faire quelque chose pour vous ? Appeler quelqu'un ?

Eloise réfléchit à toute allure. Bess attendait des nouvelles, et on pouvait faire confiance à son grand-père pour les lui transmettre de manière rassurante, sans faire de promesses inconsidérées.

— Vous pourriez appeler le Dr Paul Grant, qui se trouve avec la petite-fille de June. Dites-lui que nous sommes sur place et que nous vérifions l'état de June, mais qu'elle semble aller bien...

— Je vais bien ! l'interrompit l'intéressée. J'aimerais juste pouvoir me lever !

Eloise entendit la femme rire à l'autre bout de la ligne, puis sa voix redevint professionnelle.

— Je m'en occupe. Je l'appelle tout de suite. Et vous êtes ?

— Le Dr Eloise Grant. Dites-lui que nous mettrons June au chaud dès que possible.

— J'aurais vraiment besoin d'une tasse de thé ! tempêta la vieille dame avec un regard de reproche à Eloise.

— Je n'en doute pas une seconde, renchérit l'opératrice. Je vais vous laisser, maintenant que vous êtes entre de bonnes mains. Bonne chance...

— Merci, ma belle.

Avant qu'Eloise ne puisse ajouter ses propres remerciements, un clic indiqua la fin de la communication. Eloise se promit de retrouver cette opératrice et de la remercier pour tout ce qu'elle avait fait. Les mains de mamie June étaient glacées.

— Elle a mal quelque part ? entendit-elle Sam demander.

— Je ne pense pas. Mamie June, tu ressens une douleur quelque part ? Ne fais pas la brave, parle-moi franchement.

— Je n'ai aucune douleur.

— Tu t'es cogné la tête en tombant ?

— Non, ma chérie. J'ai juste... glissé. Mais je n'ai pas pu me relever.

Sam vérifia si la hanche de la vieille dame était cassée, pour déterminer si c'était là la cause de sa chute. Aucune douleur ne fit grimacer mamie June pendant qu'il procédait à son examen.

— Pas de sang ou de bosses à l'arrière de sa tête ? murmura-t-il.

— Non... du moins pour autant que je puisse en juger.

— Bien, il est donc temps de rentrer prendre cette tasse de thé, conclut Sam avec, à l'adresse de mamie June, le sourire le plus rassurant qu'Eloise ait jamais vu.

Mise en confiance, leur blessée s'illumina.

Sam attendit qu'Eloise se positionne de façon qu'ils puissent soulever mamie June ensemble, en la soutenant de chaque côté. Puis, sur son ordre, ils la remirent précautionneusement sur pied.

— Essayez de faire un pas, June, dit-il sans se départir de son sourire.

Et il la suivit attentivement du regard alors qu'elle effectuait lentement un pas, avec force grimaces.

— J'ai un peu mal à la cheville.

— D'accord, alors ne mettez pas votre poids dessus. Eloise et moi allons vous soutenir. Autre chose ? Votre dos ou vos hanches ?

Mamie June secoua la tête. Doucement, lentement, ils se dirigèrent vers la porte arrière de la maison, que Sam s'empressa d'ouvrir. La cuisine-salle à manger était chaude et douillette après le froid du jardin. Ils conduisirent la vieille dame jusqu'à la banquette qui se trouvait à l'extrémité de la table. Elle poussa un profond soupir.

— Ça va mieux, maintenant ? demanda Sam, avant de reprendre, dès qu'elle eut hoché la tête : Nous allons vous enlever votre manteau et vos bottes, d'accord ? Cela vous aidera à vous réchauffer un peu.

Eloise alla chercher un pouf dans le salon. Sam y plaça les pieds de la blessée, dont il ôta les bottes, et examina soigneusement la cheville endolorie. Il la trouva un peu enflée et déclara qu'elle devrait être vue par un spécialiste à l'hôpital. Après quoi il laissa Eloise avec elle, pendant qu'il mettait la bouilloire à chauffer pour une tasse de thé.

— J'ai mal aux doigts, marmonna June en regardant ses mains rouge vif avec consternation.

— C'est parce qu'ils se réchauffent. Nous serions plus inquiets si tu ne les sentais pas.

June la dévisagea d'un air pensif.

— Sam est ton bon ami, ma chérie ?

La vieille dame se sentait à l'évidence bien mieux à présent, et sa question n'était pas aussi innocente qu'elle en avait l'air. Elle était toujours à la recherche du « bon ami » adéquat pour Eloise, et il était indéniable que Sam ferait un candidat des plus adéquats. Un bon amant aussi, si son intuition ne la trompait pas trop.

— Non, c'est le neveu de Celeste.

— Ah ! mais c'est bien, ça.

Manifestement pas encore prête à renoncer à voir en lui un fiancé potentiel, mamie June parut jauger Sam du regard pendant qu'il préparait le thé.

— Bess a été retardée en chemin. Elle est avec grand-père et Celeste.

Mieux valait laisser pour plus tard la partie de l'histoire où la voiture de Bess dévalait un talus.

La tentative de diversion eut l'effet escompté, et l'attention de mamie June se détourna de Sam.

— Vraiment ? Il ne neige pourtant pas tant que ça...

— Probablement un problème de moteur. On l'appelle pour que tu puisses lui parler ? Elle doit se faire un sang d'encre.

3

L'ambulance arriva au moment où Sam terminait un examen plus approfondi de mamie June : les équipes avaient visiblement été très occupées par les accidents liés à la dégradation des conditions météorologiques. Ils allaient emmener mamie June à l'hôpital, pour des radios de sa cheville et un petit gonflement apparu au niveau d'un coude. Bess et son mari Tom surgirent alors qu'Eloise se préparait à partir avec mamie June. Bess parut rassurée par le calme ambiant.

— On est venus dès qu'on a pu. Ton grand-père et Celeste sont chez nous, ils font du baby-sitting.

Eloise sourit.

— Je suis sûre que papy s'amuse comme un fou avec tous les jouets d'Aaron.

— Celeste et lui se mettaient en place pour un combat de super-héros quand on est partis. Merci mille fois, Eloise. Je n'ose même pas imaginer ce qui aurait pu se passer si elle était restée dehors plus longtemps...

Eloise étreignit son amie.

— Mamie June va bien, c'est tout ce qui compte. Tu l'accompagnes dans l'ambulance ?

— Oui. Tom suivra dans sa voiture, et on ramènera mamie chez nous après.

Sam aida l'équipe d'ambulanciers à transporter la vieille dame hors de la maison. Les deux amies eurent le temps de s'embrasser une dernière fois, puis Bess se précipita vers l'ambulance. Tom monta dans sa voiture dès qu'il eut fermé le cottage.

Il neigeait plus fort maintenant, à gros flocons. Eloise poussa un soupir et s'arrêta pour contempler le spectacle.

Quelque part en chemin, elle avait oublié que, par une soirée enneigée parfaite, portes et fenêtres pouvaient abriter chaleur et paix. Depuis que la trahison et la tromperie faisaient partie de sa vie, il lui semblait les voir partout.

— C'est beau par ici…

Peut-être devrait-elle aussi faire confiance à Sam, même si cela semblait plus difficile que de se fier simplement à son jugement médical.

— Où vont-ils emmener June ? C'est loin ?

— Non, l'hôpital communautaire ne se trouve qu'à quelques kilomètres d'ici. Ils ont un service de radiographie et peuvent la garder pour la nuit s'il y a un souci.

Sam acquiesça.

— Ce sera peut-être la meilleure chose à faire. Elle a eu un choc et elle était en hypothermie quand on l'a trouvée.

— Merci d'avoir été là, murmura-t-elle.

Il sourit, lui ôtant un flocon de neige accroché dans ses cheveux.

— Ça m'a fait plaisir. Tu es proche de June et de Bess ?

Pourquoi sa première réaction était-elle de s'excuser ? Elle avait agi de manière professionnelle, malgré toutes ses craintes pour mamie June. Son grand-père avait raison, elle s'excusait trop souvent.

— Oui. Ma mère est morte peu après ma naissance, et je séjournais chez mes grands-parents pendant les vacances scolaires. Bess et moi, on jouait souvent ici.

— Je suis désolé d'apprendre pour ta mère.

— Ma grand-mère s'y est très bien substituée. Tu sais, pour les conseils pendant l'adolescence, ce qu'il convenait de faire avec les garçons…

Peut-être que Sam ne voulait pas en entendre parler. Il était le neveu de Celeste, après tout.

— Elle doit te manquer, lâcha-t-il.

Le petit nuage formé par le souffle d'Eloise resta suspendu entre eux avant d'être emporté par le vent.

— Elle me manque. Grand-père a été dévasté par sa mort, mais ils tenaient à ce que la vie continue… Je suis vraiment heureuse de le voir avec Celeste. Ils vont bien ensemble.

Sam acquiesça.

— Comment ton père a réagi ?

— Il s'est remarié et il est parti en Indonésie, il y a huit ans. Il a deux jeunes enfants qui accaparent toute son attention.

Eloise avait essayé de rester en contact avec son père, mais il avait toujours une excuse pour ne pas répondre à ses appels et, lentement, ils s'étaient éloignés. D'abord en colère, elle s'était résolue à accepter la perte.

Elle frissonna. Peut-être parce qu'ils se trouvaient dehors, dans la neige. Ou bien les questions de Sam lui rappelaient-elles qu'elle n'avait plus que son grand-père pour la protéger ? À moins qu'elle n'ait décelé dans ses yeux le genre de compréhension qu'elle recherchait.

Elle se raccrocha à la première explication, la plus évidente, plutôt que d'envisager les deux autres.

— Il fait froid. On devrait rentrer…

Il opina du chef et sortit ses clés.

— Tu veux conduire ?

C'était une plaisanterie, bien sûr. Sur un sourire, elle se dirigea vers la portière passager.

Sam se dit qu'il était encore temps de s'enfuir.

Plus il passait de temps avec Eloise, plus il était fasciné par elle. Sa vulnérabilité, l'impression de solitude qui se dégageait d'elle, sa chaleur et l'attention qu'elle accordait à ses amis. Et puis la façon dont sa force s'était soudain manifestée, au bon moment. C'était la chose la plus excitante de toutes… Sauf qu'en s'autorisant à penser de cette façon il s'aventurait en territoire dangereux.

Il n'aurait aucun mal à inventer une excuse, comme prétendre qu'on avait besoin de lui dans son cabinet londonien : Paul et tante Celeste insisteraient même pour qu'il réponde à l'appel du devoir. La fête n'allait sans doute pas avoir lieu et, d'ici demain, il serait peut-être compliqué de se rendre où que ce soit.

Pourtant, il ôta son manteau. Eloise regardait dehors par la fenêtre du salon.

— Tu retournes au travail lundi matin ?

— Non, répondit-il. Pas avant mercredi prochain.

Elle hocha la tête en souriant.

— Tant mieux. Si ça continue, les routes vont être bloquées ce week-end, mais elles sont généralement déneigées en quelques jours...

Certes, mais il allait être obligé de naviguer à vue, au milieu de multiples incertitudes, des menaces pour sa tranquillité d'esprit, car il aurait l'impression de vouloir des choses auxquelles il avait décidé de renoncer. Pourtant, le sourire d'Eloise et son plaisir apparent à l'idée qu'il ne rentrerait pas à Londres ce soir l'emportaient sur tout.

Ils étaient affamés, et il y avait assez de nourriture dans la cuisine pour nourrir un régiment. Une demi-heure plus tard, grâce à Eloise, ils étaient attablés devant des saucisses et de la purée.

— Ces saucisses sont exquises. J'imagine que la sauce aux oignons doit être une recette secrète...

Elle répondit à ses compliments par un sourire radieux, comme si elle s'étonnait de voir quelqu'un remarquer ses efforts.

— Oui, c'est une recette secrète, donc motus...

— Tu t'es donné beaucoup de mal pour organiser ce week-end.

Cette fois, elle s'empourpra légèrement.

— Je voulais que tout soit parfait pour grand-père et Celeste.

— Les choses ne se sont pas tout à fait déroulées comme prévu pour l'instant, mais ce n'est pas si mal, si ? Quand j'ai appelé tante Celeste pour savoir comment ils s'en sortaient, elle m'a répondu qu'ils s'amusaient comme des petits fous à monter le train d'Aaron.

Eloise gloussa.

— Ils s'amusent beaucoup ensemble. J'espère juste que tout va bien se passer demain...

Voilà qu'elle se remettait à douter, à craindre un inévitable désastre.

— Quoi qu'il arrive, tout ira bien. On va tout faire pour.

Elle hésita, puis sourit.
— Oui. Merci.

Ils mangèrent en silence, trop affamés pour discuter, puis Eloise s'adossa à son siège.
— Celeste et toi, vous êtes très proches, non ?
Sam hocha la tête sur sa dernière bouchée de nourriture.
— Oui. Elle a été très présente pour mon frère, ma sœur et moi, lorsque le mariage de nos parents a explosé. Elle nous a offert un foyer sûr, loin des conflits. La rupture a été très chaotique.
— Je ne savais pas. Je n'aurais pas dû aborder le sujet...
Elle-même avait ses blessures. Elle devait respecter le jardin secret de Sam.
— C'est bon, c'est de l'histoire ancienne. J'avais treize ans quand mes parents se sont séparés, et leur divorce n'a rien eu d'inattendu. Mon père ne voulait pas que ma mère le quitte, alors il a commencé à la traquer et à la harceler, si bien qu'elle a dû demander une ordonnance restrictive. Tante Celeste a été la seule à continuer à parler aux deux parties... sans pour autant se priver de dire ce qu'elle pensait.
— Le contraire m'aurait étonnée, venant d'elle.
La remarque le fit rire, mais elle perçut une trace d'amertume dans son expression. L'air soudain hanté de son regard reflétait-il le sien ?
— Ce n'est pourtant pas du tout son style. Elle aimait mon père, son frère, mais elle n'a pas hésité à lui dire qu'il devait rester loin de ma mère et arrêter de boire, ni à soutenir ma mère de manière pratique. J'avais dix-neuf ans quand il est mort, et tante Celeste a eu une peine immense.
— Je suis vraiment désolée. La perte a dû être très difficile pour vous deux.
— On ne peut pas forcer quelqu'un à accepter de l'aide s'il la refuse. Malgré l'état de son foie, il ne voulait pas arrêter de boire. Tante Celeste m'a aidé à accepter cela aussi.
À la douleur qui se peignit sur son visage, Eloise comprit que ces blessures n'appartenaient toujours pas vraiment au passé. Sam

avait lui aussi ses tourments, il était donc encore plus nécessaire pour elle de garder une sorte de distance émotionnelle entre eux. La tranquillité d'esprit de son interlocuteur semblait tout aussi précaire que la sienne.

Toutefois, elle ne put s'en empêcher. Elle voulait lui montrer qu'elle reconnaissait le chaos et la douleur de son enfance. Sam croisa son regard. Les ridules de son front s'adoucirent. D'un petit signe de tête, il lui indiqua qu'il avait en quelque sorte lu dans ses pensées.

— Merci. Ça remonte à loin, maintenant.

De toute évidence, Sam ne voulait pas en dire plus. Eloise se leva pour débarrasser son assiette.

— Tu veux un dessert ?

Il secoua la tête.

— Merci... mais est-ce qu'on ne devrait pas attendre que Paul et tante Celeste soient rentrés ?

Son grand-père avait appelé pour dire que mamie June était sortie de l'hôpital avec une cheville gravement foulée et qu'elle séjournerait chez Bess et Tom, le temps de sa convalescence. Ils seraient à la maison dans une demi-heure.

Tandis qu'Eloise leur préparait à dîner, Sam s'attelait à ses propres préparatifs. Il disparut dans l'arrière-cuisine où elle l'entendit ouvrir et fermer des tiroirs et des placards. Avant qu'elle aille voir ce qu'il fabriquait, il réapparut, tenant bougies, serviettes et couverts en argent.

— J'ai pensé que nous pourrions servir le repas ici. Il y fait plus chaud que dans la salle à manger...

Il acquiesça, commençant à disposer les bougies à une extrémité de la longue table.

— Bonne idée, mais ce n'est pas une raison pour ne pas mettre les petits plats dans les grands, non ?

Eloise sourit. Il avait promis de l'aider à faire de ce week-end un succès et il semblait bien décidé à tenir sa promesse.

— On sabre le champagne, alors ?

Il réfléchit quelques secondes puis hocha la tête.

— Du champagne pour accompagner les saucisses et la purée. J'aime beaucoup ton style.

Quand son grand-père et Celeste franchirent la porte d'entrée, le champagne était au frais dans un seau à glace. Les verres en cristal brillaient à la lumière des bougies, et les saucisses et la purée étaient prêtes à être servies dans les plus belles assiettes.

— Magnifique, commenta-t-elle avant d'examiner une dernière fois la table. Tu as promis de rendre les choses agréables pour grand-père et Celeste...

Quelque chose scintilla au fond des yeux de Sam.

— Qu'est-ce qui te fait croire que c'est pour eux ? C'est pour toi.

Elle voulut répliquer, mais il était déjà dans le couloir, pour accrocher les manteaux et conduire leurs hôtes jusqu'à la cuisine. La pensée qu'il avait fait tout ça pour elle la réconfortait comme une couverture chaude.

Celeste poussa des cris de joie ; son grand-père partit d'un petit rire satisfait. Eloise et Sam s'attablèrent avec eux, sirotant du champagne pendant que les deux tourtereaux prenaient leur repas. Sentant les yeux de Sam sur elle, Eloise se retourna. « Merci », lui lança-t-il sans bruit. Il souriait.

Il y eut de la glace pour le dessert, puis ils se rendirent au salon, emportant leurs verres pendant qu'Eloise préparait le café. Lorsqu'elle revint avec le plateau, son grand-père se leva, sourire aux lèvres.

— Je pense que c'est le bon moment pour mon discours, n'est-ce pas, Celeste ?

— Absolument. Écoutez donc ce qu'il a à nous dire.

Elle regardait son fiancé avec impatience, même si elle devait déjà connaître la teneur de son annonce.

— Tu ne veux pas attendre que tout le monde soit là ?

Le discours de grand-père avait été programmé pour le dîner du vendredi soir, censé accueillir tous les invités.

— Nous sommes là, Eloise, la réprimanda-t-il gentiment. C'est précisément le moment de faire cette déclaration.

Sam avait rempli les verres de chacun, et tante Celeste s'était une fois de plus déclarée tout ouïe. Paul prit deux feuilles de papier pliées sur la cheminée, puis se plaça sur un côté de l'âtre.

Sam avait assisté à plus d'une conférence du Dr Paul Grant : il s'exprimait normalement avec aisance et de manière divertissante, sans même jeter un coup d'œil à ses notes. Mais cette fois, il paraissait presque nerveux.

— Vas-y, mon chéri.

Comme d'habitude, tante Celeste vint à la rescousse de Paul en lui adressant un sourire plein d'espoir. Sur un petit gloussement, il remisa les feuilles dans sa poche.

— Pour commencer, portons un toast. À Celeste, qu'une erreur de jugement a poussée à accepter de m'épouser. Je suis impatient de vivre avec toi de nombreuses autres années de mauvaises décisions, ma chérie.

— Carrément ! Et à Paul, qui sait toujours comment détourner une femme du droit chemin.

Tante Celeste but une gorgée de son champagne sur un éclat de rire. Sam fut soudain tenté de prendre lui-même une mauvaise décision.

Une autre mauvaise décision. Si faire de ce repas un événement un peu spécial s'était plutôt avéré une bonne chose, dire à Eloise qu'il l'avait fait pour elle n'avait pas été très malin, même si c'était la vérité.

Le champagne lui faisait tourner la tête. Ou peut-être était-ce le simple fait de la regarder, alors qu'elle prenait une gorgée de son verre. Ou encore d'avoir été surpris à la regarder, avant qu'elle ne détourne à nouveau les yeux.

Il reporta son attention sur Paul, qui avait déjà entamé la première partie de son discours.

— Nous sommes en 1802 et deux jeunes hommes viennent tout juste d'être diplômés de l'école de médecine. Aloysius Grant et Henry Douglas sont de grands amis, le premier ayant même présenté au second sa future épouse. Ils sont jeunes, jouissent de tous les avantages que l'argent peut offrir et sont liés par une profonde affection, née de leur désir d'aider leur prochain. Qu'est-ce qui pourrait mal tourner ?

Chaque membre des familles Grant et Douglas savait ce qui avait mal tourné. Paul parla de l'article de recherche publié par Aloysius Grant et critiqué par Henry Douglas, de la controverse qui s'était ensuivie dans la presse médicale et avait envenimé leur relation.

— L'affection qui les unissait explique peut-être pourquoi ils se sont disputés aussi âprement et ne se sont jamais réconciliés...

Paul esquissa un sourire de regret, et Sam sentit son cœur bondir. Peut-être devrait-il considérer cette histoire comme un avertissement. Si l'on gardait ses distances, on ne risquait pas de causer de grands dégâts. Son histoire et celle d'Eloise constituaient un mélange explosif, et leur rapprochement pouvait s'avérer désastreux.

— Trente ans plus tard, alors que leur ancienne *alma mater*, ici, à Norfolk, cherchait à se développer, les anciens élèves ont été invités à contribuer à la construction de nouvelles résidences pour les étudiants. Si Aloysius et Henry ont répondu à l'appel, c'est uniquement parce que chacun voulait faire honte à l'autre. Le Grant College et le Douglas College ont été construits, et la rivalité sportive et académique qui les oppose aujourd'hui témoigne de la folie de ces deux hommes qui voulaient chacun surpasser l'autre.

Eloise se tourna vers Sam en souriant.

— Tu as fait tes études au Douglas College ?

Sam n'avait pas vraiment envie de marcher dans les pas de son père lorsqu'il avait fait ses études de médecine... Il secoua la tête.

— Non, j'ai rompu avec la tradition et je suis allé à Londres. Mais il y a eu un match de rugby auquel j'aurais préféré ne pas participer...

— Je pensais t'avoir bien réparé le nez, Sam, protesta tante Celeste en gloussant. Tu es en train de me dire que tu ne l'aimes pas ?

— Tu as fait du bon travail. Il est bien plus beau qu'avant, mais je n'ai pas trop aimé me faire frapper au visage par le demi de mêlée de l'équipe Grant.

Ce fut au tour de Paul de glousser. Et pendant qu'ils se taquinaient gentiment, lui et tante Celeste, Sam se tourna vers Eloise. Il cessa aussitôt de sourire. Les joues rosies par la gêne, elle avait l'air de vouloir se faire engloutir par les coussins de son fauteuil.

Il n'eut pourtant pas l'occasion de lui demander ce qui se passait, car Paul s'était lancé dans un nouveau récit : comment Celeste et lui, de rivaux, en étaient venus à s'entendre parfaitement puis à tomber amoureux. Ils portèrent un autre toast, à la nouvelle ère d'harmonie entre les Grant et les Douglas.

Puis Eloise parut saisir la première occasion pour s'échapper et, avant que Sam ne puisse l'en empêcher, elle était debout, à ramasser tasses et verres vides pour les remporter à la cuisine.

4

Eloise s'était sentie gênée quand Sam avait mentionné un match de rugby, avant de s'angoisser franchement quand elle avait réalisé qu'il s'agissait du « fameux match de rugby ». Et qu'il avait été le « fameux joueur ».

Elle lui dirait la vérité plus tard, quand grand-père et Celeste ne seraient pas là. En attendant, la cuisine était une bonne cachette.

Elle se raidit en entendant quelqu'un arriver. Le temps qu'elle se détourne de l'évier, elle avait cependant réussi à se calmer.

Sam n'avait pas pris le prétexte de rapporter quoi que ce soit du salon, non, il se contentait de la regarder en silence. Elle renonça à s'excuser : cela n'allait pas le détourner de ses questions.

— Je... n'avais pas réalisé que tu avais assisté à ce match de rugby.

Elle scruta les dalles à ses pieds.

— Je n'avais pas réalisé que c'était toi, le blessé. En fait, je n'y étais pas. J'étais... ailleurs.

Cette explication n'allait pas le satisfaire non plus. Sam était clairement de ces personnes dont la curiosité s'aiguisait au contact des choses qu'elles ne comprenaient pas.

— Tu étais où ?

Elle ne put s'empêcher de croiser son regard. Mieux valait sans doute se montrer franche.

— Dans le hangar à bateaux. Avec les joueurs qui manquaient à l'équipe de Douglas College.

Le sourire de Sam s'élargit.

— Tu... Quoi ? Tu les as ensorcelés pour les éloigner du match ?

— Non ! Ça n'aurait pas marché, de toute façon. La semaine de bizutage venait de se terminer, et le Douglas College nous avait joué des tours assez méchants…

— Tante Celeste m'en a parlé. Assez vilains, en effet.

Il souriait toujours.

— Enfin, bref. On a décidé de leur rendre la monnaie de leur pièce. Deux de leurs meilleurs joueurs avaient l'habitude de faire leur footing ensemble, alors… j'ai fait semblant d'être tombée dans les bois et de m'être cassé la jambe.

Il gloussa.

— OK, pigé. Tu as sans doute été très convaincante et, quand les rugbymen se sont arrêtés pour t'aider, un gang de Grant College leur a sauté dessus, pour les faire monter à l'arrière d'un van.

— D'une voiture, rectifia-t-elle. On y a été mollo avec eux.

— Je suis déçu, répliqua-t-il avec un sourire qui démentait son affirmation. Je t'avais imaginée en train d'exécuter une opération militaire.

— Tu parles ! On les a emmenés au hangar à bateaux et on leur a donné du café et des sandwichs.

— Donc le kidnapping le plus bénin qui soit. Et j'ai été la seule victime collatérale de ce forfait, quand un membre de l'équipe du Grant College m'a donné un coup de poing alors que je n'avais strictement rien à voir avec le Douglas College et que je n'aurais pas dû jouer pour eux.

— Oui. Je suis vraiment désolée…

Les excuses étaient sans doute appropriées, pour le coup.

Il haussa les épaules.

— Ce n'est pas toi qui m'as frappé. Et tante Celeste a tout remis en place.

— Je savais que ces matchs de rugby étaient très disputés, j'aurais dû penser aux conséquences de mes actes.

Sam éclata de rire.

— Il est toujours plus facile de voir les choses avec du recul, j'imagine. C'est ce que je me répète quand je parcours le vaste catalogue de mes propres erreurs.

Il essayait de la réconforter. C'était gentil de sa part, mais elle se demanda si Sam n'était pas, lui aussi, hanté par ses erreurs.

— Tu aimerais boire autre chose ? On a de tout, du chocolat chaud à quatre sortes de jus de fruits.

— Merci, mais non. Je veux me coucher tôt.

Elle aurait dû éprouver un vrai soulagement. Elle n'aurait plus besoin de lutter contre elle-même pour ignorer la chaleur de son regard.

D'ici le lendemain, le sommeil lui aurait donné une meilleure perspective sur ce qui se passait entre eux.

Elle lui sourit en ouvrant le robinet pour rincer les verres.

— Dors bien, dans ce cas.

Non, Sam ne dormit pas très bien, dans ce lit qui n'était pas le sien, au sein d'une maison qui semblait grincer à tout bout de champ. Et puis, il y avait Eloise. Déterminée, pleine de ressources et pourtant si vulnérable. Sans trop savoir pourquoi, il ne pouvait pas renoncer…

Peut-être qu'il désamorcerait l'attirance entre eux s'il se montrait un peu plus franc et lui avouait qu'il était au courant de sa pénible rupture, qu'il en avait traversé une, lui aussi. Peut-être alors pourraient-ils apprécier la compagnie de l'autre en sachant qu'il n'y aurait rien de plus. À moins qu'une telle conversation ne soit interprétée comme un prélude à l'intimité.

Aux premières heures du jour, son cerveau dut cependant s'éteindre, submergé de pensées contradictoires : il se réveilla tard, le lendemain matin.

Eloise était attablée avec Paul et tante Celeste dans la cuisine. Il se dirigea vers la machine à café.

— Le week-end est annulé, annonça tante Celeste avec un sourire.

— Tu n'es pas déçue ?

Voilà qu'elle revenait, cette envie de défendre Eloise et de reconnaître à leur juste valeur tous les efforts qu'elle avait déployés pour la réussite du week-end.

— Bien sûr que si. Eloise s'est donné tellement de mal. Mais on ne peut rien y faire. Paul a téléphoné à tout le monde : personne ne viendra, car la météo prévoit de nouvelles chutes de neige cet après-midi.

Sam regarda par la fenêtre. La couche n'était pas encore trop épaisse mais, si cela continuait, tout serait au point mort.

— C'est logique, mais qu'est-ce qui te rend aussi heureuse, dans ce cas ?

— Il semble que nous ayons quelque chose d'autre à nous mettre sous la dent. Paul a reçu un appel de l'hôpital communautaire pour savoir si nous serions disponibles en cas de besoin. Nous y allons ce matin, afin de discuter avec leur chef de service. Tu es partant ?

Tante Celeste savait qu'elle n'avait pas besoin de demander.

— Oui, bien sûr. Laisse-moi juste prendre mon petit déjeuner…

Il eut à peine le temps d'avaler une demi-tasse de café. Paul et tante Celeste, déjà revêtus de leurs manteaux, étaient dehors en train de déneiger sa voiture. Eloise se dirigea en souriant vers la cuisinière, ouvrit le compartiment chauffant et en retira un sandwich au bacon sur une assiette.

— Je l'ai préparé quand je t'ai entendu bouger à l'étage. Je peux te l'emballer pour que tu l'emportes.

— Tu vas conduire ?

— Naturellement, répondit-elle en souriant.

Elle était en mode déterminé ce matin, et aucune des bonnes intentions qu'il avait prises la nuit précédente ne pouvait lui résister. Il alla chercher leurs manteaux et ses clés de voiture. Quand il revint à la cuisine, Eloise lui tendit son sandwich emballé et une tasse de café pleine.

— Merci.

Elle enfila sa parka puis enfonça un bonnet de laine violet sur ses oreilles.

— Allons-y alors, avant que grand-père et Celeste n'explosent d'impatience…

L'hôpital communautaire était un grand bâtiment d'un étage avec un toit d'ardoise en pente, qui se fondait dans la campagne environnante. Deux ambulances étaient garées sur un côté du bâtiment. Un homme en pull s'avança et serra la main de Paul à leur arrivée à l'accueil.

— Merci d'être venu, Paul, dit-il avant de se tourner vers Celeste. Vous êtes madame Douglas ?

— Celeste, je vous en prie. Je suis spécialisée en chirurgie plastique, même si je peux mener à bien la plupart des opérations. Et voici Eloise Grant, qui travaille dans un service d'urgence à Londres. Et mon neveu, Sam Douglas, médecin généraliste.

— Merci, c'est merveilleux. Je suis Joe Parrish, en charge de la coordination des volontaires. On se débrouille pour l'instant mais, avec la neige qui s'annonce, on risque d'être coupés de l'hôpital principal. Et dans ce cas, on aura besoin de toute l'aide possible.

— Vous vous occupez déjà des cas amenés en ambulance, n'est-ce pas ? s'enquit Sam, se souvenant de l'épisode de la veille, avec June.

— Oui, on a un service de radiographie et un scanner, ce qui nous permet de traiter un large éventail de blessures mineures. On a également deux ambulances qui emmènent les cas les plus graves aux urgences de l'hôpital principal. Comme je vous l'ai dit, on gère pour le moment, mais j'apprécierais toute contribution de votre part, Paul.

L'intéressé acquiesça.

— Bien sûr. Je pourrais peut-être faire d'abord visiter l'hôpital aux autres ? Histoire qu'ils sachent dans quoi ils s'engagent…

Paul les conduisit dans un petit couloir et ouvrit une porte à l'aide d'un code, pour aboutir dans un autre espace, très vaste, où étaient alignés des lits d'examen, séparés par des rideaux pour créer des zones semi-privées.

— Cette salle est généralement utilisée pour différentes consultations, mais elle peut aussi servir de renfort pour les urgences.

Eloise regardait autour d'elle, vérifiant l'équipement disponible.

— Il y a des défibrillateurs ?

— Il y a tout ce dont tu pourrais avoir besoin, répondit Paul.

Elle sourit soudain.

— Je n'ai donc pas besoin de dresser une liste, hein, grand-père ?

Paul gloussa. La complicité entre eux était manifeste. Sam ne put que s'étonner une fois de plus de la vulnérabilité d'Eloise dans sa vie privée. Les circonstances dans lesquelles son mariage avait été annulé avaient sans doute dû la blesser très profondément.

Son attention fut de nouveau attirée par la mention de son nom dans la discussion de Paul et d'Eloise.

— Qu'est-ce que tu en penses, Sam ? On rentre à la maison pendant que grand-père et Celeste restent ici pour aider Joe ?

— S'il n'y a rien à faire pour nous ici, oui. Appelez-moi et je reviendrai vous chercher, mais ne vous y prenez pas trop tard si vous ne voulez pas rester coincés ici.

— Il y a toujours Ted, objecta tante Celeste.

— Ted ou pas Ted, soyez de retour avant 18 heures, parce que je fais la cuisine, renchérit Eloise avec un sourire.

Alors qu'ils regagnaient la voiture, Sam voulut savoir qui était Ted.

— C'est l'un des fermiers du coin. Il a une motoneige qu'il utilise à la ferme quand il neige et qui peut facilement transporter quatre passagers. Il a téléphoné ce matin pour nous dire que, si nous devions aller prêter main-forte à l'hôpital, il suffisait de l'appeler.

— Une connaissance bien utile, vu les circonstances.

— Et son traîneau est super... Je soupçonne Celeste de vouloir rester assez longtemps pour être obligée de l'utiliser.

— Et pendant ce temps... qu'est-ce qu'on va faire ?

Sam était presque certain qu'Eloise avait un plan.

— Le dîner de bienvenue était censé avoir lieu ce soir. Personne ne vient, mais on a beaucoup de nourriture. Et, bien sûr, l'heureux couple à contenter.

— Faisons donc au mieux, pour eux comme pour nous...

Elle lui effleura les doigts au moment où elle lui tendit ses clés de voiture. Il la vit rougir.

— Si je cuisine, tu pourras peut-être t'occuper de la table ?

— D'accord. La répartition des tâches me semble tout à fait équitable. On fera un effort de toilette pour le dîner ?

— Oui, c'est ce que je me suis dit.

Il hocha la tête, en s'intimant de ne pas imaginer ce qu'Eloise allait porter. Oui, ce plan paraissait tout ce qu'il y avait de bon.

Eloise était presque heureuse que personne ne vienne passer le week-end et qu'elle n'ait pas à affronter toute sa famille réunie dans une seule pièce.

Sam la suivit dans la cuisine, où il accrocha son manteau au dossier d'une des chaises.

— On aura du bœuf Wellington, donc c'est assez facile. Je mettrai tous les restes au congélateur. *Idem* avec les légumes en trop.

— Il y aura assez de place au congélateur ? s'étonna Sam posté devant le réfrigérateur dans un coin de la cuisine.

— Il y a deux grands congélateurs dans le cellier. On va manger des haricots verts à l'ail, au thym et au vin blanc, des choux de Bruxelles aux châtaignes et au bacon, des asperges rôties, le tout accompagné de purée de pommes de terre et d'une sauce hollandaise.

— Ça m'a l'air délicieux. Tu as visiblement tout en main.

En cuisine, oui. Pour le reste... c'était loin d'être le cas.

— Il y a un autre problème. Tu as vu le grand salon ?

— Tante Celeste m'a fait visiter la maison quand je suis venu ici un week-end, pour rencontrer ton grand-père... On mange là-bas ?

— C'était le plan initial, le grand salon a toujours été la pièce préférée de grand-père. Mais on devrait plutôt opter pour la salle à manger.

— Tu aimes le grand salon ?

Il avait l'art de poser les questions les plus difficiles.

— Oui, il donne la sensation de vivre un moment solennel.

— Alors va pour le grand salon.

Sauf qu'on aurait beau faire l'espace semblerait vide, avec seulement quatre convives.

— Qu'est-ce que tu as en tête ? lança-t-elle à Sam qui se dirigeait déjà vers la pièce en question.

Un air froid flottait dans le grand salon. C'était un autre problème, en effet. Il fallait que la pièce soit pleine de monde pour atteindre une température confortable. Sam examinait les lieux, inspectant les fenêtres qui couraient le long de la salle d'un côté, la gigantesque cheminée à l'ancienne ainsi qu'un poêle vitré de l'autre et la longue table de chêne, au centre de la pièce.

— On pourrait juste utiliser cette petite table, déclara-t-il en désignant le meuble appuyé contre le mur.

Eloise ne voyait pas trop comment cela allait fonctionner : l'espace vide aurait l'air encore plus caverneux. Mais puisqu'elle avait demandé à Sam de l'aider, autant paraître au moins vaguement enthousiaste.

— La grande table se partage en deux, je peux t'aider à la déplacer.

— C'est bon, je vais me débrouiller. Et si on s'assied près de la cheminée, il y fera assez chaud ?

— Oui, je suppose. Mais on aura l'impression de se blottir autour du feu, avec cet immense espace autour de nous, non ?

Sam sourit soudain.

— Tu ne veux pas me laisser faire ?

Si, elle allait lui faire confiance, puisqu'il ne s'agissait que de déplacer des meubles.

— D'accord. Je vais me préparer à une surprise, alors.

— Je cherche plutôt à te faire plaisir, en fait.

D'accord, s'il cherchait à lui faire plaisir, c'était beaucoup plus dérangeant. Mais... Impossible de dire « non », l'idée était bien trop tentante. Et soudain, elle sentit qu'elle en brûlait d'envie.

— J'ai hâte de voir ce que tu vas inventer.

5

Eloise s'était cantonnée à la cuisine, car il y avait beaucoup à faire. Une fois les plats au four, elle aurait encore le temps de s'habiller pour le dîner et de tout servir sans trop de précipitation.

À 15 heures, le ciel s'assombrit et Sam réapparut sur le seuil.

— Paul vient d'appeler, je vais aller les chercher. Je ne serai pas long.

— Dois-je venir aussi ? Au cas où ils auraient besoin de nous.

— Paul dit qu'ils ont assez de personnel pour cette nuit et qu'on ne ferait que gêner. Ils nous appelleront sans doute demain.

— D'accord. Que penses-tu d'aller chercher une bouteille de vin à la cave pour la chambrer ?

Il soupesa l'idée.

— Il vaut probablement mieux nous en tenir aux boissons sans alcool. On ne sait jamais. Peut-être qu'on arrivera à créer une atmosphère enivrante…

Elle ne se rappelait pas depuis combien de temps elle n'avait pas passé une soirée à se contenter de savourer la compagnie des personnes avec qui elle se trouvait.

— Je m'en réjouis d'avance.

Il revint une heure plus tard. Eloise entendit son grand-père et Celeste discuter avec animation en montant l'escalier du perron. Puis Sam réapparut dans l'embrasure de la porte.

— On dirait bien qu'on est arrivés juste à temps. Il commence à neiger dru maintenant. J'ai envoyé Paul et tante Celeste à l'étage en leur interdisant de redescendre avant que nous soyons prêts. Apparemment ils sont au milieu d'une partie d'échecs.

— Ah ! les échecs ! Tu savais que, quand Celeste est à Londres, ils jouent par texto ?

— Je l'ignorais, admit-il en gloussant.

— Grand-père envoie des roses à Celeste chaque fois qu'elle gagne une partie. À mon avis, il fait exprès de perdre parfois.

Elle n'y avait jamais vraiment songé avant, mais le geste lui semblait maintenant d'un romantisme fou.

— À cause d'eux, je commence à me sentir vieux et guindé.

— Moi aussi.

Peut-être qu'un peu de ce bonheur déteignait sur elle. Eloise en sentait presque l'étincelle dans l'air. Mais tournant toujours autour de Sam.

— Je ferais mieux d'y aller. Appelle-moi quand tu veux que je surveille le dîner pour que tu puisses aller t'habiller.

— Merci. Ce ne sera pas avant une heure...

Lorsqu'elle entendit Sam monter l'escalier, la tentation fut presque irrésistible de se faufiler dans le grand salon pour y jeter un coup d'œil. Mais elle avait promis et elle avait assez à faire pour occuper son temps. Et puis Sam apparut, vêtu d'un smoking. Le gilet sombre et la cravate mettaient en valeur sa haute taille et ses traits ciselés, donnant un tout nouveau sens au mot « tentation ».

— Vous vous êtes fait sacrément beau, docteur Douglas.

Reconnais-le. Admets-le au grand jour. Ça t'évitera d'en souffrir.

— Merci.

La surprise dans le ton de Sam ne faisait qu'ajouter à la tentation. La plupart des hommes séduisants en étaient conscients mais, si tel était le cas de Sam, il ne le montrait pas. Elle non plus n'aurait pas dû perdre de temps à ça mais, d'une certaine manière, ce danger ne faisait qu'ajouter à l'excitation de se laisser attirer par lui.

— Tu vas me montrer tes préparatifs dans le grand salon, maintenant ?

Il hocha la tête et lui offrit son bras. Eloise s'en saisit dès qu'elle eut ôté son tablier.

Et soudain, elle eut l'impression d'être une princesse et non plus une jeune femme aux cheveux retenus par un chouchou, qui avait passé son après-midi à cuisiner. Et quand il lui sourit, elle fut certaine d'avoir bel et bien affaire à son prince charmant.

Avec l'ouverture en grand de la porte du salon, le conte de fées commença à devenir réalité. Presque trop même, car le romantisme de la scène allait au-delà de ce à quoi elle pouvait aspirer.

Sam avait allumé le poêle, et la chaude lueur des bougies des lustres – il avait éteint l'éclairage électrique – se déversait sur la petite table à manger qu'il avait placée devant la grande cheminée. Deux grands candélabres trônaient sur la table, chacun entouré de fleurs, dont il avait placé le surplus sur le manteau de pierre de la cheminée.

Une nappe d'un blanc pur. De l'argenterie et des verres en cristal étincelants. L'ensemble était simple, élégant et, puisque le reste de la pièce était plongé dans la pénombre, l'atmosphère était aussi intime que s'ils étaient réunis autour d'un feu de camp dans l'obscurité. Pour ajouter une touche de magie, Sam avait déniché des lampes solaires dans la réserve et les avait plantées devant les fenêtres, où elles illuminaient les flocons de neige qui tombaient.

— Sam, c'est magnifique ! Grand-père et Celeste vont adorer.

— Ce qui compte, c'est que, toi, tu aimes.

Elle sentit son souffle se bloquer dans sa gorge et des larmes lui piquer les yeux à l'idée de tout ce qu'elle avait perdu. Se détournant de lui, elle fit mine d'examiner les fleurs de chaque côté de l'âtre…

Tant bien que mal, elle réussit à se retourner vers lui. À sourire et à feindre d'être juste très impressionnée, et pas complètement bouleversée par ses attentions pour elle.

— C'est vraiment magnifique, Sam. J'adore.

Mieux valait partir, maintenant, avant de se ridiculiser. Elle prit le prétexte de devoir aller s'habiller pour le dîner et, comme Cendrillon, elle s'enfuit loin du prince charmant qu'elle ne pourrait jamais avoir.

Sam était assis à la table de la cuisine, pianotant sur son téléphone. Il avait vérifié sans relâche le contenu du four et passé en revue la liste d'Eloise. Comme elle le lui avait dit, il n'avait pas grand-chose à faire.

Ce qui était bien dommage, car son esprit se retrouvait ainsi entièrement libre de vagabonder. Celeste et Paul n'avaient pas vraiment besoin de plus de romance dans leur vie, ils en avaient déjà. Il avait commencé par essayer d'organiser une soirée spéciale pour Eloise, et fini par le faire aussi pour lui. Il avait eu envie de la voir à la lumière vacillante des bougies, d'observer son sourire devant le résultat de ses efforts… Il savait que les battements de son cœur ne manqueraient pas de s'accélérer.

Alors il avait essayé de laisser les doutes et les peurs derrière lui, de ne pas ressembler à son père qui ne tenait pas compte des souhaits des autres. Avec Alice, il avait échoué. Lorsqu'elle avait refusé de lui expliquer la raison de son départ, il n'avait pas pu canaliser sa colère et il avait été choqué de voir à quel point il ressemblait à son père.

Alors il avait laissé Alice partir. Et il était allé de l'avant, sans jamais reconnaître sa douleur. Pendant l'année qui s'était écoulée depuis, il avait à peine remarqué la monotonie de sa vie.

Et puis Eloise lui avait rappelé qu'il existait des couleurs, de l'excitation et de l'incertitude. Le frisson de ne pas pouvoir se sortir quelqu'un de la tête. Même le bruit de ses pas, dans le couloir, venait de mettre tous ses sens en alerte. Et quand elle apparut dans l'embrasure de la porte, son cœur fit un bond.

— Tu es superbe.

Elle portait une robe de velours vert bouteille, unie, avec des manches trois quarts et une jupe qui tombait presque sur ses chevilles. Elle avait complété sa tenue par des sandales argentées à lanières et talon haut. Le vert bouteille se mariait bien avec ses cheveux bruns, relevés en chignon, et la robe mettait en valeur sa silhouette… Elle était à couper le souffle.

— Merci.

Peut-être son expression l'avait-elle trahi, car il crut voir une légère rougeur apparaître sur les joues d'Eloise. Puis elle se détourna pour jeter un œil dans le four.

Il ne pouvait détacher les yeux de son corps, de ses mouvements fluides. Bon sang, il voulait qu'elle soit heureuse… et il voulait être celui qui la rendrait heureuse.

— Je crois que tout est prêt.

— Je vais faire le service, d'accord ? Tu peux aller chercher Paul et tante Celeste.

Leur réaction quand ils découvriraient la table chargée de victuailles serait quelques grains de bonheur supplémentaires à disperser aux pieds d'Eloise.

Elle hésita, puis sourit.

— D'accord, merci, lâcha-t-elle.

Sam la vit se redresser, lisser sa robe et sortir de la cuisine, comme si elle venait d'être choisie pour escorter des personnalités royales dans le grand salon. Visiblement, Paul et tante Celeste étaient plus importants pour elle qu'un roi et une reine. Sam sourit.

La maison demeura silencieuse pendant qu'il effectuait le premier aller-retour jusqu'à la table. Il soulevait les plats de service, prêt pour le second, quand il entendit un petit cri en provenance du grand salon. Tante Celeste manifestait son approbation. Quand il atteignit la pièce, elle serrait Eloise dans ses bras.

Paul lui décocha un large sourire.

— C'est super, Sam, merci. Je n'utilise le salon que lorsqu'il y a beaucoup d'invités, mais c'est une erreur, à l'évidence.

À son tour, tante Celeste lui lança un regard qui montrait clairement qu'elle appréciait ses efforts.

— Sam est doué pour tout ce qui est décoration. Et Eloise, la nourriture sent merveilleusement bon. Merci beaucoup.

Les verres furent remplis, et ils passèrent à table. Sam avait placé Celeste et Paul aux deux extrémités et, pour éviter que quiconque ne tourne le dos au feu, Eloise et lui étaient assis côte à côte, face à l'âtre. Grave erreur ! Il aurait supporté de rôtir, si cela lui avait permis d'admirer Eloise.

Elle était lumineuse. Le tissu chatoyant de sa robe ne parvenait pas à détourner son attention de l'éclat de son visage à la lumière du feu.

Et puis, le festin qu'elle avait préparé était digne d'un roi. Après le plat principal, Paul s'adossa à son siège en souriant.

— Que diriez-vous d'une petite pause avant le dessert ?

Celeste parut y voir le signal pour se saisir de sa pochette de soirée.

— Bonne idée, dit-elle en en sortant un paquet emballé dans du papier doré. Eloise, c'est pour toi. J'aurais aimé qu'il y ait plus de monde pour applaudir tout ce que tu as fait pour nous, mais il faudra se contenter de notre quatuor.

Eloise eut l'air décontenancée. Comme elle ne prenait pas le paquet, Celeste se leva et le lui fourra dans la main.

— Ce n'est pas moi..., balbutia Eloise en se tournant vers Sam, les joues en feu. C'est Sam qui a tout fait ici.

— Et tu as travaillé dur partout ailleurs pendant des jours, ma chérie, la réprimanda Celeste. De toute façon, ce petit cadeau ne conviendra pas vraiment à Sam.

Lequel gloussa en levant son verre.

— À Eloise. Merci d'avoir fait de cette soirée un vrai succès.

Paul et Celeste l'imitèrent, mais lui ne voyait plus qu'Eloise, qui se tournait dans sa direction, les lèvres un peu humides. Avec son regard plein de chaleur dans la lumière du feu, elle était la plus belle femme qu'il ait jamais vue.

Était-il juste aveuglé par le fantasme d'une vie différente, où il pourrait rencontrer quelqu'un et tomber amoureux, sans les hésitations et l'insécurité d'autrefois ? Il doutait d'être capable de fabriquer un fantasme de ce genre, où Eloise décollait soigneusement le ruban adhésif du papier d'emballage et lançait un sourire malicieux à son grand-père, qui brûlait de voir si elle allait aimer son cadeau.

La scène était à la fois délicieuse et stimulante, mais elle était réelle. Ce n'était pas seulement un rappel de ce qui semblait manquer à sa vie : non contente de lui avoir fait prendre conscience de ce vide, Eloise commençait aussi à le combler.

— Oh ! c'est magnifique, merci !

Elle sortit de la boîte un cœur en filigrane doré, suspendu à une chaîne.

Paul et Celeste parlaient, mais Sam n'entendait et ne voyait qu'Eloise. Comme elle peinait à le faire, il se leva d'un bond pour l'aider à attacher le collier dans sa nuque. Il en profita pour inhaler son parfum.

Après quoi elle pivota légèrement, la main sur le pendentif, pour remercier Celeste et Paul en souriant. Et son regard croisa le sien... Il eut soudain l'impression qu'ils étaient les deux seules personnes dans la pièce.

Qu'il était doux, le désir qu'il éprouvait lorsque les lèvres d'Eloise esquissaient un sourire qui semblait destiné à lui seul, le désir de la connaître, de pouvoir lui parler de tout et de partager des moments avec elle. Même si l'atmosphère romantique de cette soirée n'avait pas été conçue pour Eloise et lui, il en savourait chaque seconde...

Sam avait pensé à tout. Comme les feux d'artifice prévus pour la soirée n'allaient pas fonctionner à cause de la neige qui tombait, il disposa des feux d'artifice d'intérieur autour du dessert, de sorte qu'il regagna le grand salon auréolé de lumières scintillantes.

Même s'ils avaient déclaré ne pas vouloir échanger de cadeau de fiançailles, grand-père et Celeste avaient tous deux secrètement trahi leur parole, Celeste offrant à son promis une nouvelle montre, gravée d'un message d'amour. Puis ils étaient montés à l'étage pour voir la pièce que son grand-père avait fait décorer pour qu'elle devienne le nouveau bureau de sa future épouse.

— C'est ravissant, non ? constata Eloise en s'arrêtant devant la grande fenêtre, en haut de l'escalier, pour observer le paysage enneigé. Dommage que la neige nous complique autant l'existence.

Sam lui répondit par un petit rire.

— Peut-être qu'on ne devrait pas penser aux complications, pour le moment, et savourer nos plaisirs.

On aurait dit que Sam ne parlait pas seulement de la neige. Elle non plus, d'ailleurs. Ce soir, elle avait la sensation de pouvoir profiter des plaisirs et d'oublier les complications. Sam lui tendit le bras, et elle s'en saisit. Mais, en se tournant vers l'escalier, elle trébucha sur les planches inégales et ses talons hauts firent le reste : soudain, elle se retrouva dans ses bras.

Grand-père et Celeste étant déjà en bas, pourquoi ne pas profiter de ces instants pour savourer la sensation du corps puissant de Sam contre le sien ?

— Tu t'es tordu la cheville ?

Personne ne s'était jamais enquis de sa santé avec un sourire aussi délicieux.

— Non, mais cette maison n'est vraiment pas faite pour les talons hauts.

Il ne parut pas en conclure qu'il pouvait la relâcher : au contraire, il la serra un peu plus contre lui, retenant soudain son souffle. Son cœur à elle se mit à battre frénétiquement.

— On devrait aller voir ce qu'ils font là-bas, lâcha-t-il d'un ton indiquant qu'il n'en avait pas la moindre envie.

— Accorde-leur un moment d'intimité.

Accorde-nous un moment d'intimité... Sam hocha la tête. Et elle sentit ses doigts lui effleurer le dos de la main, puis la porter à sa bouche. Le geste était un peu démodé, mais le regard qui l'accompagna fit courir dans ses veines un frisson d'excitation.

— Eloise... Sam... Qu'est-ce que vous fabriquez là-haut ?

La voix de Celeste avait rompu le charme. Eloise reprit ses esprits. Elle connaissait à peine Sam. L'embrasser maintenant serait une mauvaise idée, et elle ne voyait pas comment il pourrait en aller autrement dans un futur proche.

— Rien, répondit-elle.

Sam pensait-il la même chose ? Le mot « rien » ne correspondait peut-être pas à la réalité, il fallait pourtant qu'il en aille ainsi.

Des moments précieux, très précieux, qui avaient semblé durer des années à Sam. Comme si le regard d'Eloise l'avait aspiré dans un vortex où le temps s'était arrêté.

Et, bien sûr, ça devait se terminer. Lorsqu'ils regagnèrent le grand salon, où Paul et tante Celeste déplaçaient les chaises pour qu'ils puissent prendre le café devant la cheminée, ils se tenaient à bonne distance l'un de l'autre.

Les traditions de la famille Grant étant visiblement les mêmes que celles de la famille Douglas, la discussion dériva sur des questions médicales. Paul avait été contacté pour écrire un livre relatif à une série de conférences qu'il avait données, et tante Celeste en avait relu les premiers chapitres pour lui.

— Ça t'intéresserait vraiment, Sam. Le livre porte sur les relations médecin-patient dans le cadre de la médecine générale. Certaines des conclusions sont applicables à de nombreux types de structures, et c'est très facile à lire, même si on ne travaille pas dans un cadre médical, indiqua tante Celeste.

— Je serais très heureux de me plonger dedans.

Paul sourit.

— Je t'enverrai les premiers chapitres si ça t'intéresse. J'aimerais beaucoup savoir ce que tu en penses.

— Ce qui est arrivé à Sam, la veille de Noël, l'année dernière, s'appliquerait parfaitement au chapitre II.

Même si tante Celeste échoua lamentablement à prononcer sa remarque sur un air décontracté, nul ne songea à mettre en doute ses bonnes intentions et sa compréhension très claire des questions médicales.

— Pourquoi ne pas éclairer notre lanterne ? intervint Eloise, qui avait suivi la conversation sans rien dire.

Incapable de résister, Sam raconta comment il avait répondu à l'appel urgent d'une patiente âgée. Il s'était avéré qu'elle avait en fait besoin de quelqu'un pour fixer l'étoile au sommet de son sapin, parce qu'elle ne parvenait pas à l'atteindre.

— Qu'est-ce que tu as fait ? demanda Eloise dont les yeux brillaient d'intérêt.

Sam haussa les épaules.

— J'ai accroché son étoile, préparé du chocolat et on s'est assis pour regarder une messe de Noël à la télévision. J'étais de garde mais, comme personne n'avait besoin de moi, je serais resté chez moi, sinon.

— Mon neveu est un tendre, le taquina tante Celeste.

— Qu'est-ce que je pouvais faire d'autre ? Elle était toute seule. Et on a passé un bon moment. Elle a fini par sortir des chocolats à la liqueur, et on s'est souhaité un joyeux Noël.

— Et donc, tu en as passé un, de joyeux Noël ? insista Eloise.

La chaleur de son visage le rendait fou de désir. Il décida de taire le fait qu'il était revenu le lendemain avec un cadeau pour sa patiente, car il n'était pas sûr de vouloir recevoir encore d'autres marques d'approbation de la part d'Eloise.

— Les autres médecins du cabinet sont tous mariés, et avec des enfants, donc je me porte en général volontaire pour le jour de Noël. Au nouvel an, j'ai fait en sorte qu'un membre d'une association caritative qui organise l'accompagnement des personnes âgées lui rende visite.

Paul acquiesça.

— C'était sans doute la meilleure chose à faire pour cette patiente.

— Ce qui est vrai, c'est qu'elle semblait bien plus en forme, la dernière fois que je l'ai vue.

La soirée touchait à sa fin, et tante Celeste étouffa un bâillement. Lorsque Paul et elle prirent congé, Eloise les imita. Sam décida donc de leur emboîter le pas et de gagner sa propre chambre sans se retourner.

Alors qu'il aurait dû tomber de sommeil, il était toujours bien éveillé. Il enleva sa veste et sa cravate, puis se souvint qu'il avait laissé son livre au rez-de-chaussée. Dans le salon, son attention fut attirée par la fenêtre dont il tira les rideaux pour regarder la neige avec les yeux d'un médecin, plutôt que ceux d'un homme assez fou pour avoir vu au cours des dernières heures le monde comme un endroit chatoyant.

La couche de neige atteignait à présent une soixantaine de centimètres par endroits et, si cela continuait, il y aurait des blessures à traiter le lendemain. Les routes étaient bloquées, autrement dit les ambulances et les urgentistes auraient du mal à se rendre auprès des patients. L'hôpital devrait faire face à un manque de personnel et à des besoins accrus, ce qui était une très mauvaise nouvelle.

Et constituait pourtant un défi plus facile à relever que ceux de la soirée. Il se détourna de la fenêtre pour allumer la lumière mais, avant d'atteindre l'interrupteur, il entrevit un mouvement et se figea.

Une épaisse couverture drapée comme un châle autour de ses épaules, Eloise avançait dans la galerie qui flanquait le mur du salon. Elle portait en dessous une fine chemise de nuit blanche. D'une manière ou d'une autre, elle parvenait à se déplacer sans faire craquer le plancher et paraissait presque fantomatique dans l'obscurité.

Elle rompit le charme en disparaissant, et Sam s'empara de son livre sur la table basse. Où était-elle donc partie ?

Mystère. Était-elle allée se chercher un verre d'eau à la cuisine ? Il aurait dû retourner à l'étage, mais quelque chose le poussait à partir à sa recherche.

Enfin, guidé par la lumière qui provenait de la cheminée, il la trouva dans le grand salon, assise devant le foyer, ses pieds nus tendus vers le poêle.

— Tu n'arrives pas à dormir ? demanda-t-elle en levant les yeux vers lui.

— Je suis descendu chercher mon livre.

Heureusement, Sam l'avait toujours en main pour appuyer ses dires.

— Et toi, qu'est-ce que tu fais ici ?

— C'est là que je venais réfléchir quand j'étais petite. Tu veux essayer ?

Sam ne put résister à cette invitation. Il y avait deux bancs en bois poli encastrés dans le mur, de chaque côté du poêle. Même si le feu avait été éteint pour la nuit, l'espèce d'alcôve était merveilleusement confortable.

— Je vois pourquoi tu aimes cet endroit. C'est vraiment douillet ici.

— Oui, c'est comme ça tout l'hiver, même quand le feu n'est pas allumé. Les briques absorbent la chaleur, et on y est à l'abri des courants d'air.

Sam prit place sur le banc en face d'Eloise.

— Un sou pour tes pensées...

6

Il fallait qu'elle les lui dise, non ? Si c'était le lieu où elle venait réfléchir d'ordinaire, Sam avait supposé, en toute logique, qu'elle était venue y méditer et il avait posé la question qui s'imposait. Elle n'était pas sûre d'avoir assez confiance en elle, ou en Sam, pour lui répondre franchement : elle pensait à lui.

— Je commence, d'accord ? suggéra-t-il avec un sourire.

Eloise acquiesça, se demandant si les pensées de Sam faisaient écho aux siennes.

— J'ai une confession à te faire. Je sais que tu n'attendais sans doute pas ce week-end avec impatience. Tante Celeste m'a dit que des ragots injustes avaient circulé à ton sujet, après l'annulation de ton mariage à la dernière minute.

Pendant un instant, elle fut incapable d'ouvrir la bouche.

— Tu n'y vas pas de main morte, dis donc.

Il hocha la tête, les yeux pleins de chaleur.

— Pour être honnête, ça m'a mis un peu mal à l'aise, de savoir et de ne rien dire.

D'accord. L'explication… paraissait raisonnable : elle dénotait le comportement d'un homme qui se souciait de son entourage. Et peut-être un peu d'elle.

— Et Celeste t'a mis en garde…

C'était une phrase qu'elle n'avait vraiment pas envie d'achever. Celeste avait mis en garde son cher neveu contre elle.

Il haussa les sourcils, surpris.

— Tante Celeste a cessé de me mettre en garde il y a des années.

Elle craignait juste que quelqu'un se montre indélicat avec toi et voulait que j'intervienne, le cas échéant.

Eloise ne s'était pas rendu compte du poids que cette perspective avait fait peser sur elle. Elle s'était dit qu'elle se moquait de l'opinion d'autrui, puisque grand-père, au courant de toute l'histoire, la soutenait. Que les commentaires venimeux ne pouvaient pas la blesser. Mais ce fut d'une main tremblante qu'elle essuya les larmes qui ruisselaient.

— C'est très gentil de la part de Celeste. Il faut que je la remercie.

— Elle n'avait pas l'intention que ça se sache, à mon avis. J'étais censé détourner ton attention pendant que Paul et elle prendraient le coupable en tenailles et lui régleraient son compte...

Voyant qu'elle souriait, il posa sur elle un regard plein de chaleur.

— Ce qui se dit dans le coin cheminée n'en sortira pas.

Il étira ses jambes devant lui, vers la chaleur résiduelle du poêle. Les ombres que la bougie projetait sur son visage soulignaient le dessin de sa mâchoire.

— Le mariage..., attaquèrent-ils en même temps.

— Vas-y la première, dit Sam avec un sourire.

Eloise prit une profonde inspiration pour ordonner ses pensées.

— Après le fiasco de mon mariage, je suis partie pendant deux semaines, en espérant qu'à mon retour les choses se seraient un peu calmées. Mais non, et j'ai compris que tout le monde était vraiment en colère contre moi. Alors, je suis venue ici trouver grand-père.

— Qui t'a sans doute donné de judicieux conseils.

— Il m'a dit de ne m'expliquer que quand je me sentirai prête...

C'était la première parole affectueuse qu'on lui adressait. Son grand-père lui avait fait confiance. Eloise sentit une larme s'échapper.

Sam resta silencieux un moment, les sourcils froncés.

— Et tu n'es toujours pas prête ?

— Je ne sais pas, répondit-elle, décontenancée.

Était-ce la façon dont Sam avait posé la question ? Allait-elle céder à l'envie d'obtenir son approbation ?

— Quand tu seras sûre, tu le sauras. Paul a bien fait de te rappeler que tu n'étais nullement obligée de satisfaire la curiosité d'autrui.

Un petit frisson d'inquiétude parcourut l'échine d'Eloise. Sam avait raison, mais elle ne voyait pas comment il en était arrivé à cette conclusion. Peut-être avait-elle été stupide de lui faire confiance ?

— Qu'est-ce qui te fait penser ça ?

— Parce que... Pardonne-moi si je me trompe... Tu as déjà fait l'expérience d'une perte, répondit Sam, prudent, à l'affût de sa réaction. Ta mère, ta grand-mère et puis ton père.

C'était exact.

— Oui. Papa n'a pas pu venir au mariage. Il est resté en dehors de cette affaire, sous prétexte que c'était trop compliqué.

— Donc tu avais peut-être juste besoin de quelqu'un qui te fasse passer en premier, sans chercher à savoir ce qui était arrivé. C'est à ça que servent les familles, non ?

Elle n'avait pas vu les choses sous cet angle. Heureuse que son grand-père l'ait soutenue, elle ne s'était pas interrogée davantage.

— Tu n'as pas tort. J'ai toujours pensé que ma place était ici et j'avais besoin de savoir que c'était toujours le cas.

Même si les événements commençaient à faire sens, grâce à Sam, elle avait toujours du mal à lui accorder sa confiance. Peut-être la trahison de Michael avait-elle irrévocablement brisé cette aptitude en elle.

— Je peux te demander quelque chose ?

Il eut un petit rire, suggérant qu'il s'attendait à une question délicate.

— Je peux difficilement répondre « non »...

— Ce n'était pas une question rhétorique, pourtant. Mais bref, tu sembles comprendre ce qu'est une rupture difficile. À quel point ça fait mal.

Il haussa les épaules.

— Oui et non. Quand mes parents se sont séparés, ça a été horrible pour toute la famille. Mais ce n'est pas vraiment ce que tu demandais, n'est-ce pas ?

Il était décidément très perspicace.

— En effet, même si le divorce de ses parents doit être très douloureux.

— J'ai toujours mis un point d'honneur à respecter la liberté de ma partenaire. À la laisser partir, sans lui mettre des bâtons dans les roues, précisa-t-il avec un petit sourire. Je ne veux pas être comme mon père.

— C'est une bonne chose, non ?

— Je pense que oui. Mais il est parfois difficile de tourner la page quand l'autre met fin à la relation sans expliquer pourquoi.

Eloise retint son souffle. Pensait-il qu'elle avait agi ainsi ?

— Je... Mon fiancé... ex-fiancé... Michael. Il a été partie prenante de la décision et connaissait exactement la cause de mon départ.

Sam leva soudain les yeux, sans arriver à croiser son regard. Elle en conclut qu'elle venait de répondre à la question qu'il n'avait pas osé poser. Il se montrait peut-être attentionné et plein de tact, mais la véritable raison de sa retenue, c'était qu'il avait été blessé, lui aussi, et qu'il se méfiait autant qu'elle.

— Je ne voulais pas établir de parallèle. C'est tout à fait différent.

Et pourtant, elle sentit soudain que leur connexion était brisée. Elle ne percevait plus la chaleur de Sam, ni son honnêteté, et toutes ses pensées semblaient ne plus concerner que lui seul.

— Je voulais juste dire... Je tiens à ce que tu le saches, acheva-t-elle en haussant les épaules.

Il hocha la tête.

— Ce qui compte, c'est que ton ex-fiancé soit au courant. Personne d'autre n'a besoin de le savoir.

— Toi en revanche, on dirait que tu n'as jamais compris ce qui s'était passé avec ton ex.

Peut-être poussait-elle Sam un peu trop loin en lui demandant d'aborder un sujet sensible. Mais il semblait porter un fardeau dont il avait peut-être envie de se délester un peu.

— Ma dernière rupture a été la plus simple de l'histoire de l'humanité. Même tante Celeste n'y a vu que du feu et pourtant elle a un radar infaillible pour ce genre de choses. Mon ex, Alice, m'a annoncé qu'elle voulait faire une pause, en refusant de m'expliquer pourquoi. Ça a été douloureux à bien des égards...

Il n'y avait rien à ajouter. En conclusion, l'un et l'autre devaient se montrer très prudents sur le plan sentimental. Mais à présent, elle pouvait aussi commencer à mieux connaître Sam, sans se demander en permanence si elle disait ou faisait ce qu'il fallait.

— J'ai beaucoup apprécié notre conversation.

— Moi aussi. Cependant, je pense que l'effet magique du coin cheminée doit être exploité à petites doses au début. C'est ma première fois, ne l'oublie pas...

Il étira ses bras, et Eloise ressentit le frisson auquel elle commençait à être habituée en présence de Sam.

— À demain matin, alors.

Eloise ne bougea pas. Elle attendrait qu'il ait regagné sa chambre, afin de ne pas être tentée d'accepter s'il suggérait qu'ils passent un peu plus de temps ensemble.

— Oui. Ne reste pas trop longtemps en bas. La journée de demain risque d'être chargée, lâcha-t-il en se levant.

— Tu as donc toujours l'intention de travailler avec moi ?

Il se retourna pour lui lancer un sourire à la faire frissonner.

— Plus que jamais.

L'appel attendu arriva de bonne heure le lendemain matin. Tante Celeste et Paul étaient attablés dans la cuisine pendant que Sam leur préparait une deuxième fournée de toasts. Il était resté éveillé juste assez longtemps pour entendre Eloise gagner sa chambre à pas de loup, puis il avait sombré dans un profond sommeil, qu'il attribuait entièrement au pouvoir bienveillant du coin cheminée. Il avait rêvé d'Eloise, mais ces rêves avaient été exempts des doutes et des questions qui le taraudaient à l'état de veille.

L'alchimie qui était immédiatement née entre eux demeurait un défi, étant donné toutes leurs différences. Mais il comprenait un peu mieux ces dernières, maintenant, et Eloise aussi, apparemment. Peut-être cela leur permettrait-il de se concentrer sur leur travail du jour à l'hôpital communautaire.

— Est-ce que je dois aller réveiller Eloise ? demanda tante Celeste.

— Elle arrive, répondit Paul en secouant la tête. Elle sort de la douche.

— Ce sont les craquements du plancher qui te renseignent ? répliqua tante Celeste avec un sourire.

Sam prit bonne note de l'information.

— Ça te dérange ? demanda Paul en s'adossant à sa chaise.

— Au contraire, mon chéri. Grâce aux craquements, je sais quand tu essayes de te faufiler derrière moi…

L'attention de Sam fut détournée par l'arrivée d'Eloise dans la cuisine, tenant à la main un bonnet vert émeraude assorti à son pull. Elle répondit d'emblée à son sourire.

— Tu as combien de bonnets ?

C'était le troisième qu'il lui voyait en autant de jours.

— Une femme ne peut pas avoir plusieurs bonnets ?

Elle lui décocha un regard de défi amusé, qui le fit frissonner.

— Je n'ai pas dit ça, répliqua-t-il en lui prenant le bonnet des mains pour le lui enfiler.

Eloise gloussa.

— Prêts pour l'hôpital ? s'enquit-elle.

— Oui, et Paul a déjà appelé Ted. Il vient nous chercher avec sa motoneige.

Il lui tendit l'assiette de toasts qu'il s'était préparée.

— Tu vas vraiment regretter de ne pas avoir de bonnet quand on arrivera à la partie traîneau…

Les chutes de neige de la nuit précédente avaient été importantes, et ils durent se frayer un chemin parmi de profondes congères pour gagner le bout de l'allée. Ce court trajet fut si éprouvant que, lorsqu'ils parvinrent aux abords de la route, tante Celeste, à bout de souffle, n'arrivait plus à avancer.

— Eloise et toi, allez-y… Je vous rattraperai, dit-elle à Sam quand il s'approcha pour l'aider.

Eloise se glissa derrière lui et prit le bras de tante Celeste.

— Nous n'irons nulle part sans vous.

— Ma chérie, c'est adorable…

Sauf que, visiblement, Eloise n'était pas disposée à plier, ce matin-là. Y voyait-elle un moyen de remercier sa tante pour l'avoir soutenue ? Elle désigna l'entrée de l'allée bordée d'arbres.

— Regardez, c'est moins profond là-haut. Sam et moi pouvons dégager le plus gros de la neige pendant que vous reprenez votre souffle.

Tante Celeste savait reconnaître une femme forte quand elle

en voyait une. Elle acquiesça et attendit que Sam et Eloise lui déneigent un petit chemin.

Lorsqu'ils atteignirent la route, Sam aperçut une énorme motoneige au bas de la pente et un homme d'âge moyen aux cheveux foncés, appuyé contre le flanc du traîneau. Il leur adressa un petit signe de la main, et Eloise aida tante Celeste à descendre, pour la placer sur le siège avant, à côté de Ted.

C'était une façon bruyante, très venteuse et glaciale de voyager, mais l'itinéraire que choisit Ted, à travers la neige intacte des champs, leur permit de faire le trajet rapidement.

— Je peux attendre, proposa le fermier. On dirait qu'ils n'ont pas encore commencé à dégager les routes, et je suis en mesure d'atteindre des endroits inaccessibles pour les ambulances.

— Et votre ferme ? demanda Paul.

— Tout ira bien. Les animaux ont été nourris, et Claire garde un œil sur tout. Elle appellera en cas de besoin.

— Dans ce cas, pourquoi ne pas entrer et prendre la température ?

La motoneige fut aussitôt attachée à un arbre voisin. Une bouffée d'air chaud les accueillit dans l'hôpital, et Paul demanda à la standardiste de prévenir Joe Parrish de leur arrivée.

Tout était bien organisé. Joe remit une blouse à Sam et à Eloise, et leur annonça qu'ils travailleraient ensemble au service des blessures mineures, qui pourrait recevoir en fait des blessures de toute gravité tant que les routes vers l'hôpital principal restaient impraticables. Paul et tante Celeste apporteraient leur expertise là où elle était nécessaire. On trouva à Ted un endroit chaud où il attendrait qu'on ait besoin de sa motoneige. Ce qui, vu les conditions météorologiques, n'allait pas tarder.

— Ne regarde pas la foule de patients, conseilla Eloise à Sam en le rejoignant sur le seuil de la salle d'attente pleine à craquer.

— Sage conseil !

Sam se détourna et la suivit dans la zone de traitement, qui avait été préparée pour recevoir les patients. Des infirmières de triage déterminaient qui devait être examiné en urgence ; autrement dit, il n'avait pas à prendre ces décisions.

Ils travaillèrent l'un à côté de l'autre, séparés par un mince rideau. Il demanda à Eloise de l'aider avec un patient qui avait eu un accident de voiture et présentait de multiples contusions et lacérations ; Eloise le pria de prendre le relais lorsqu'une femme arriva avec un jeune bébé, en expliquant qu'elle n'arrivait pas à joindre son médecin traitant. Après quatre heures d'efforts intenses, ils prirent quinze minutes de pause pour aller chercher un sandwich et quelque chose à boire à la cantine.

— Tu crois qu'on peut se hasarder à regarder ce qui nous attend, maintenant ?

Sam s'arrêta sur le seuil de la salle d'attente. Le flux de patients semblait s'être un peu calmé.

Eloise lui sourit.

— Enjolive la vérité si tu penses qu'elle sera trop lourde à affronter.

Eloise était capable de tout affronter, et Sam comprenait pourquoi elle n'avait pas été au bout de ses révélations, la veille au soir. Désormais, il espérait qu'ils pourraient tourner l'un et l'autre le dos au passé et repartir de zéro pour devenir de véritables amis.

Ouvrant la porte, il jeta un coup d'œil dans la salle d'attente, tandis qu'Eloise s'appuyait contre le mur, bras croisés, comme pour souligner qu'elle ne regardait vraiment pas.

— Pas si mal. La salle n'est pleine qu'au quart, et il y a un homme dans un coin qui sourit, en fait.

— Vraiment ?

— Regarde par toi-même...

— Je te crois sur parole, le coupa Eloise, amusée, avant de tourner la tête parce que tante Celeste se précipitait vers eux.

— Vu que les choses semblent sous contrôle ici, vous pourriez effectuer une sortie avec Ted ? Nous avons reçu un appel d'un pub de Terringford. Quelqu'un s'est cassé la jambe, et le village est complètement coupé du monde pour le moment. Ted n'est pas sûr d'arriver à l'atteindre, mais il pense pouvoir faire un bon bout de chemin.

Sam regarda Eloise, qui hocha la tête.

— D'accord, on y va.

— Super, merci. Paul est en train de préparer des attelles et une civière, ainsi que du matériel médical de base. Ted sera prêt à partir dans cinq minutes. La standardiste vous donnera deux gilets fluorescents. Et couvrez-vous bien…

Tante Celeste avait visiblement la situation sous contrôle.

7

Ils se dirigèrent vers la motoneige, tout en boutonnant leurs vestes. Ted rangea l'équipement médical sous les sièges et, bientôt, ils filaient à nouveau à travers champs, sous la morsure du vent. Sam était complètement désorienté, lorsqu'ils s'arrêtèrent au bord d'un petit ruisseau presque entièrement gelé.

— Nous ne pouvons pas aller plus loin, annonça Ted après examen d'une petite passerelle sur leur gauche. Je ne peux pas faire passer le traîneau sur ce pont.

— Où sommes-nous censés aller ? demanda Sam.

Ted désigna plusieurs bâtisses, à huit cents mètres environ.

— Je peux essayer de contourner par la route, mais ça rallonge pas mal et il est généralement plus sûr de rester dans les champs, parce qu'il y a moins d'obstacles.

— On ira sans doute plus vite en marchant. Qu'en penses-tu, Sam ? demanda Eloise.

— Je te suis sur ce coup-là. Tu connais la région mieux que moi. Qu'est-ce qu'il y a, là-bas ?

On aurait dit qu'une procession se dirigeait vers eux dans la neige.

Eloise observa l'horizon, en se protégeant les yeux du soleil.

— Je pense qu'ils sont en train de creuser. Si le gars que nous allons voir doit aller à l'hôpital et que le traîneau ne peut pas aller jusqu'à lui, nous allons devoir le transporter jusqu'ici.

Ted acquiesça.

— Prévenez-les que je serai de l'autre côté de la passerelle. S'ils savent comment je pourrais me rapprocher, passez-moi un coup de fil, mais je ne veux pas risquer de rester coincé quelque part.

— Je n'y manquerai pas. On laisse la civière ici, ou tu préfères qu'on l'emporte, Sam ?

— Laissons-la ici et prenons juste la trousse médicale. Inutile de se surcharger dans la neige si on peut envoyer quelqu'un chercher la civière quand un chemin sera creusé.

Les premières centaines de mètres après la passerelle ne furent pas trop difficiles, mais Eloise s'enfonça soudain dans la neige poudreuse.

— Oh ! reste de ce côté, Sam, c'est profond ici.

La neige lui arrivait déjà aux genoux, et elle s'enfonçait encore. Les hommes en train de creuser crièrent quelques mots, et Sam vit deux d'entre eux lui faire signe de rester sur la gauche.

— Super. Ils n'auraient pas pu nous le dire plus tôt ? maugréa Eloise qui leur lança, d'une voix plus forte : On est médecins.

L'un des hommes leur répéta de passer par la gauche.

Voyant qu'elle peinait à sortir de la neige, Sam voulut s'approcher mais, ayant avisé le sac qu'il portait, elle lui fit signe de reculer.

— Pourquoi ne pas détacher la sangle et la faire glisser vers moi ? Je pense que j'ai juste besoin de quelque chose à quoi m'accrocher. Je ne suis pas coincée, mais je n'arrive pas à faire levier.

Sam s'exécuta. Enroulant une extrémité autour de son bras, il fit glisser l'autre sur la surface neigeuse pour qu'elle l'attrape en tendant le bras.

— Ça y est ? Je vais essayer de t'extirper de là. Dis-moi si tu veux que j'arrête.

— Entendu. Et ne traîne pas, parce que je suis toujours en train de m'enfoncer.

Sam tira, et les jambes d'Eloise sortirent facilement de la poudreuse. Dès lors, elle se hâta de le rejoindre, apparemment prête à continuer.

— Merci, dit-elle en brossant la neige sur sa veste et son pantalon imperméable. Je vais essayer de ne pas recommencer, ce n'était pas drôle du tout.

Leur progression s'avéra difficile. Sam sentait l'humidité s'infiltrer dans ses bottes, mais ils y arrivèrent. Eloise s'arrêta, le temps de demander aux hommes qui creusaient s'il y avait un autre chemin pour la motoneige.

— Non, répondit l'un d'eux en secouant la tête. La route est assez étroite et elle est en partie bloquée par deux voitures accidentées. Un traîneau à une place pourrait passer, mais celui de Ted est trop large.

— Vous allez continuer à creuser alors ? Il faudra sans doute transporter notre patient sur le traîneau.

— Oui, on va recevoir du renfort. On y arrivera.

— Super. Merci.

L'esprit pratique d'Eloise et ses manières directes semblaient lui permettre de s'intégrer dans cette communauté rurale où tout le monde se connaissait. Il était facile de lui faire confiance sur le plan professionnel, et Sam avait de moins en moins de mal à lui accorder sa confiance sur le plan personnel désormais. Les hommes s'écartèrent pour les laisser passer et, grâce au chemin qui avait déjà été creusé, ils gagnèrent bien vite la porte arrière du pub. La salle principale était vide.

— Bonjour ! Nous sommes les médecins ! lança Eloise.

Une voix retentit depuis l'autre salle :

— Par ici...

L'homme était allongé sur l'une des longues banquettes, dans un bar plus petit et plus douillet. On lui avait déjà ôté chaussure et chaussette, et coupé la moitié de son pantalon. L'aspect de sa jambe suggérait qu'elle était cassée. Le blessé était flanqué d'un couple, dont l'homme s'avança pour les saluer.

— Je suis le propriétaire du pub. Kevin a fait une chute, et on l'a amené ici.

— Où est-il tombé ? Dehors, dans la neige ?

— Non, dans l'escalier de la cave. J'ai demandé aux gars de le porter jusqu'ici, et on l'a installé aussi confortablement que possible.

Attention compréhensible, mais peut-être pas la plus indiquée dans ces circonstances... Même si elle ne laissait transparaître aucune inquiétude, Eloise posait des questions pertinentes qui les renseignaient sur ce qu'ils avaient besoin de savoir.

— Bien. L'une de nos priorités est de trouver comment l'installer dans la motoneige. Donc si vous pouviez trouver quelques volontaires supplémentaires pour aider ceux qui creusent déjà, ce serait génial.

Puis elle s'agenouilla près du patient.

— Bonjour, Kevin. Je suis Eloise et voici Sam, médecins tous les deux. Juste pour être sûre : votre jambe vous fait visiblement souffrir, mais est-ce que vous avez mal ailleurs ?

— Non.

— Bien. Vous vous êtes cogné la tête ? Le dos ? Avez-vous atterri sur le coccyx ?

Eloise étant manifestement très douée pour mettre les gens à l'aise, Sam n'avait aucun mal à rester en retrait.

— Très bien, alors, la question que vous attendiez : à combien évalueriez-vous votre douleur sur une échelle de un à dix ? Un : ça va, et dix : c'est la plus grande douleur que vous ayez jamais ressentie.

— Hum... Je ne sais pas. Sept ? Sept et demi, sans doute.

— Sept et demi. C'est la première fois que vous vous cassez quelque chose ?

Kevin hocha la tête.

— Oui, mais j'ai eu l'appendicite quand j'étais gosse. Ça, je pense que ça devait être une douleur de dix.

— Vous êtes allergique à quelque chose ?

— Aux plumes. Elles me font éternuer.

— D'accord. Tu entends ça, Sam ? Pas de plumes.

— Pigé.

Eloise laissa Sam administrer l'analgésique et procéder à quelques vérifications de base, tandis qu'elle sortait un carnet de sa poche pour noter l'heure et les précisions que Sam lui donnait au fur et à mesure.

— Fréquence cardiaque au repos : 60 battements par minute, constata-t-elle. C'est parfait, ça, Kevin.

Le blessé sourit.

— Je vais à la salle de sport deux fois par semaine.

— Super. Je crains que vous ne deviez laisser cette activité de côté pendant un certain temps, mais retournez-y dès que vous le pourrez. Quel âge avez-vous ?

— Vingt-deux ans.

— Une petite amie ?

La question permettait de deviner que la suite de l'examen allait être douloureuse.

— Non.

— Vous attendez que la bonne personne se présente ?

Kevin sourit soudain.

— Ouais. Il y en a une que j'aime bien, une fille du club de sport. On va prendre un café de temps en temps.

Eloise hocha la tête.

— Pour apprendre à la connaître, alors. C'est chouette d'avoir quelqu'un qui partage vos centres d'intérêt, non ? Ça va faire un peu mal, mais on va procéder aussi vite que possible. Accrochez-vous, d'accord ?

Elle avait implanté l'idée de la fille qu'il aimait bien dans la tête de Kevin, histoire de lui insuffler un peu de courage.

Eloise examina la jambe cassée, jusqu'à ce que Kevin pousse un cri.

— Désolé. Tout va bien, c'est presque terminé... Ça y est ! lança-t-elle au jeune homme avec un sourire éblouissant. Vous vous êtes débrouillé comme un chef. Vous pouvez vous reposer un peu, maintenant. Prenez quelques grandes inspirations... Comme nous le pensions, votre jambe est cassée et nous allons vous poser une attelle temporaire. Puis nous vous emmènerons à l'hôpital. En motoneige, j'en ai bien peur, mais le trajet ne prendra pas longtemps.

— Dans le traîneau à moteur de Ted ? demanda Kevin. Quand je lui ai demandé si je pouvais faire un tour dessus, l'autre jour, il m'a envoyé paître.

— Eh bien, pas aujourd'hui.

— Cool. Mais je ne pourrai pas la conduire...

— Non, Kevin. Surtout après l'injection que Sam vient de vous faire. Comment vous sentez-vous maintenant ?

— Bien mieux.

Eloise fouilla dans la trousse pour en tirer l'attelle, puis elle se tourna vers Sam, à qui elle chuchota :

— Il y a bien une fracture, j'ai senti l'os bouger. Je ne pense pas que le transport jusqu'ici ait empiré la situation : il ne me semble pas que les os soient mal alignés. Il faudra être très prudents quand on placera la jambe dans l'attelle. Je la soulèverai et tu glisseras l'attelle en dessous ?

— Ça marche.

Elle se tourna à nouveau vers Kevin.

— On y est presque…

Lorsque Sam sortit du pub, il constata que les villageois n'avaient pas chômé. Des hommes, des femmes et même quelques enfants creusaient. Le chemin déneigé atteignait presque le traîneau. Il téléphona à Ted pour lui demander d'envoyer quelqu'un avec la civière, et se retourna juste au moment où une boule de neige le frappa à l'épaule.

— Je t'ai eu ! s'écria Eloise, presque pliée en deux de rire.

Sam ne put s'empêcher de sourire. Le travail semblait avoir fait ressortir chez elle une assurance quasi irrésistible.

— C'est injuste. Tu ne m'avais pas prévenu !

Il se pencha pour ramasser une poignée de neige, mais il fut trop lent. Eloise s'était déjà réfugiée dans l'embrasure de la porte. En revanche, lorsqu'il lança la neige en l'air, elle ressortit.

— Les Grant sont des tricheurs, Sam. Tu ne le savais pas ?

Eloise était fourbue quand ils regagnèrent la maison. Elle avait passé la moitié de l'après-midi dans un jean mouillé, qui n'avait séché qu'à l'hôpital. Elle avait emmené Kevin au service d'urgence temporaire, pour qu'on effectue une radio de sa jambe, puis elle était retournée travailler aux côtés de Sam pendant quelques heures.

Ted avait déjà ramené son grand-père et Celeste chez eux, et il revint juste au moment où la neige recommençait à tomber. Pour rentrer, ils traversèrent des champs qui brillaient sous le clair de lune. Dès que la porte d'entrée se referma sur eux, Celeste déboula de la cuisine, les débarrassa de leurs manteaux et les poussa dans le salon. Ils se laissèrent tomber aux deux extrémités du canapé, trop fatigués pour parler.

— Selon toi, le week-end se passe bien, pour le moment ? demanda Sam, les yeux au plafond, les pieds vers le feu.

— Oui. Peut-être qu'on devrait fêter Noël prochain aux urgences, à condition d'éviter le gamin qui a essayé de me mordre. J'ai décroché le pompon avec lui.

Sam tourna la tête.

— Quelqu'un a essayé de te mordre ? Il t'a perforé la peau ?

— Non, mais il avait un fantastique tonus musculaire dans la mâchoire. Tu ne m'as pas entendue crier de l'autre côté du rideau ?

— Maintenant que j'y pense, si, mais je pensais que tu avais recommencé à torturer Kevin.

— Non, entre Kevin et moi, tout va pour le mieux. Il m'a demandé si je voulais prendre un café avec lui.

Sam porta une main à son cœur dans un désarroi simulé.

— Tu avais l'intention d'aller prendre un café sans moi ? Je suis dévasté.

Eloise s'esclaffa.

— Ne sois pas jaloux. J'ai dit à notre jeune enthousiaste qu'il devrait garder ses invitations pour la jeune femme de sa salle de sport.

Dès que les mots eurent quitté ses lèvres, Eloise comprit qu'elle avait commis un impair. Toute trace d'humour avait disparu des yeux de Sam, qui se passa la main sur le visage.

— Je ne suis pas jaloux. Je suis désolé si je t'ai donné cette impression. Tu peux prendre un café avec qui tu veux, bien entendu.

Il savait très bien qu'elle n'aurait pas pu, même si elle avait voulu. Un flirt avec un patient de vingt-deux ans, gorgé d'analgésiques, était interdit. Mais ce n'était pas vraiment le sujet. Il avait passé une grande partie de son enfance à regarder son père essayer de contraindre sa mère. Il avait vu les dégâts d'un comportement autoritaire et jaloux, et l'avait à ce point banni de sa vie qu'il se sentait obligé de s'excuser pour une remarque sur un petit flirt inoffensif, lui qui était un homme gentil, ne lui ayant témoigné que du respect.

— Sam, je pense que tu sais à quoi ressemble la vraie jalousie et je n'aurais pas dû plaisanter à ce sujet. Je n'ai pas réfléchi, c'est toi qui mérites des excuses, pas moi. Je suis vraiment désolée.

— Ne..., commença-t-il avant de s'interrompre, puis de reprendre : En fait, j'apprécie vraiment que tu dises ça. Mon père était un homme très jaloux, et c'est un sujet sensible pour moi.

Il y avait certes encore beaucoup à dire, mais Sam avait appuyé le bras sur les coussins du dossier. Eloise l'avait imité. S'ils s'effleurèrent seulement du bout des doigts, ce contact voulait néanmoins tout dire. Ils avaient franchi une partie de la barrière qui les séparait... La voix de Celeste leur parvint de la cuisine.

— Eloise... Sam... Le dîner est prêt !

Sam sourit. Il déposa un baiser sur la joue d'Eloise, qui sentit un feu s'allumer dans ses veines. Elle ne s'était pas trompée : Sam éprouvait la même chose qu'elle. Mais quoi qu'ils décident d'en faire, cela devrait attendre.

8

La soirée avait été bonne, sans être remarquable, et Sam en avait retiré un sentiment d'inachevé. Après un repas tranquille, suivi d'une heure de discussion autour de la table de la cuisine, Paul était monté avec Eloise pour voir pourquoi le radiateur de sa chambre ne fonctionnait pas. Tante Celeste avait gagné sa chambre, et Sam n'avait eu d'autre choix que de se replier dans la sienne.

Pas de problème. S'il laissait à regret les regards ardents échangés avec Eloise, au moins se comprenaient-ils, désormais. Ils étaient convenus que, quelle que soit la tournure prise par leur relation, ils seraient honnêtes l'un envers l'autre.

Le lendemain matin, Ted les retrouva sur le chemin et les déposa à l'hôpital, avant de rejoindre d'autres agriculteurs pour déblayer les routes menant aux villages encore isolés. Le conseil communal se chargeait des voies principales et, dès le lendemain, ils pourraient effectuer le voyage en voiture. Mais l'hôpital communautaire était toujours sous pression, pour faire face à l'afflux de blessés à cause du verglas.

Ils travaillèrent pendant trois heures, avant que la salle d'attente ne désemplisse un peu. Au moment où Sam songeait à aller prendre un café, tante Celeste entra en trombe dans la salle de soins.

— Eloise, Sam... Une ambulance est en route. Le patient a fait un infarctus du myocarde. Pouvez-vous vous préparer à l'accueillir ?

— Il ne peut pas être conduit à l'hôpital principal ? s'enquit Eloise, sourcils froncés.

La salle de soins était bien équipée, mais pas pour des urgences comme celle-ci.

— Ça prendrait beaucoup trop de temps par la route, à supposer qu'ils y arrivent. Nous avons demandé un avion sanitaire mais, comme ils sont débordés, il mettra une heure avant d'arriver jusqu'à nous.

Eloise acquiesça.

— De quels équipements disposons-nous ? Je sais qu'on a un défibrillateur et un ECG. Un échocardiogramme ?

— Oui, et l'échographiste arrive. En revanche, les tests sanguins sont analysés par le labo de l'hôpital principal.

— Donc on n'aura pas le résultat de nos prises de sang, pesta Eloise. On devra se contenter des antécédents du patient pour établir un diagnostic et le traiter... en espérant que ce sera suffisant.

La situation n'était pas idéale, tant s'en fallait. Habituée à disposer des ressources d'un grand hôpital, Eloise était manifestement frustrée. Pourtant, lorsque les ambulanciers arrivèrent, elle se tourna vers leur patient avec un sourire radieux. Sam fut soulagé de voir que l'homme était conscient et parvenait même à lui rendre son sourire.

— Bonjour à tous. Je m'appelle Eloise et je suis médecin. Vous êtes Terry... Soixante-deux ans... Quelqu'un vous accompagne, Terry ?

— Non. J'ai appelé mon frère et sa femme quand j'ai commencé à me sentir mal, mais la route est coupée.

Eloise feuilleta les notes laissées par les ambulanciers.

— Ne vous inquiétez pas, on va bien s'occuper de vous... Donc, vous avez des douleurs dans la poitrine et le bras, vous vous sentez nauséeux et à bout de souffle.

— Oui, docteur. On va m'emmener à l'hôpital principal ?

— Nous sommes en train d'organiser votre transfert, au cas où vous en auriez besoin. Mais pour l'instant, nous vous soignons ici, ajouta-t-elle en gratifiant Terry d'un autre sourire plein de chaleur.

Il fallait éviter de stresser les patients cardiaques, et Sam se dit que ce sourire était le meilleur des sédatifs.

— Je vais aller chercher des médicaments qui vous soulageront un peu, et mon collègue s'occupera de vous pendant ce temps.

Elle se tourna vers Sam, à qui elle décocha un regard entendu.

— Tu pourrais vérifier ses antécédents, pratiquer un autre ECG et lancer l'échocardiogramme ?

Sam acquiesça et se tourna vers Terry pour lui poser les questions qui s'imposaient.

Une demi-heure plus tard, Terry avait reçu des anticoagulants et des analgésiques pour soulager la douleur dans sa poitrine. Eloise avait chargé une infirmière de lui administrer de l'oxygène en cas de besoin. Sam avait réussi à contacter le médecin traitant du patient pour un tableau de ses antécédents. L'échographiste était en train de réaliser un échocardiogramme quand Paul arriva.

— D'après l'ECG, c'est un infarctus du myocarde NSTEMI, déclara Eloise en tendant le résultat de l'examen à Paul.

C'était une relativement bonne nouvelle. Obstruction partielle de l'artère coronaire, un NSTEMI était moins grave qu'une obstruction complète, mais toujours considéré comme une urgence médicale.

Paul acquiesça.

— L'avion sanitaire sera là dans une demi-heure. Vous réussirez à le garder stable ?

— Il faudra bien. Ses antécédents médicaux ne sont pas très favorables : hypertension, cholestérol élevé, antécédents familiaux de maladies cardiaques. Le patient ne fait pas beaucoup d'exercice et il est légèrement en surpoids.

— Est-ce qu'il est traité pour tout ça ? demanda Paul.

— Son médecin traitant a dit qu'elle essayait, répondit Sam. J'ai rédigé des notes et j'espère que l'hôpital pourra s'attaquer à la racine du problème.

— Je vais parler à une collègue, là-bas, pour la prévenir.

— Ce serait en effet génial, grand-père.

— Je vais faire de mon mieux, docteur Grant, répondit Paul avec un sourire.

Eloise essayait de ne pas le montrer, mais elle était inquiète. Elle avait pratiqué tous les tests possibles, rédigé des notes très complètes et, lorsque l'avion sanitaire arriva, l'état du patient était stable.

Sam prenait en charge un nouveau patient quand, un peu

plus tard, elle passa la tête par-dessus le rideau de séparation de leurs box d'examen : l'hôpital principal venait d'appeler pour les informer que Terry était arrivé et la remercier de son travail minutieux.

— Je me rends compte maintenant de la chance que j'ai de travailler dans un grand hôpital où tout est à disposition, ajouta-t-elle. Comment tu fais pour tout coordonner, Sam ?

— J'ai des contacts..., répondit-il en riant. Tu es disponible pour aller déjeuner ?

— D'ici dix minutes. Je dois juste réparer un doigt cassé...

La petite cafétéria grouillait de monde. Eloise se dirigea vers une table qui venait de se libérer, laissant Sam dans la file d'attente avec leurs sandwichs et leurs boissons. Quand il la rejoignit, il la trouva plongée dans la lecture d'un journal local que quelqu'un avait laissé sur la table.

— Qu'est-ce que c'est ?

L'article avait l'air bien plus intéressant que le sandwich et le café. Sam dut même tirer un peu sur le journal pour qu'elle le lâche.

C'était en fait une très belle photo d'Eloise et de lui, devant le pub de Terringford, la veille. Elle avait encore le bras en l'air, après avoir lancé une boule de neige, tandis que lui levait le sien pour se protéger. Sam supposa que l'air agacé d'Eloise provenait de la lecture du titre.

Des médecins se livrent à une bataille de boules de neige devant le pub de Terringford, où un homme est blessé !

Son premier réflexe fut de traiter l'article par le mépris, comme il le faisait toujours avec ce qui le mettait en colère. Puis il songea à contacter le journal pour leur demander une copie de la photo, parce qu'elle avait capturé le sourire d'Eloise. Ni l'une ni l'autre de ces réactions n'était adéquate.

— Ce n'est pas toute l'histoire, tu le sais bien.

— Oui, mais c'est ce que les gens vont penser.

Et elle avait déjà été blessée par l'opinion d'autrui.

— Nous n'allons pas nous excuser pour ça, déclara-t-il.

— « Nous » ? C'est moi qui lance la boule de neige.

— Il me semble que je souris, non ?

La résolution de l'image ne permettait pas de l'affirmer, mais il se souvenait d'avoir souri.

Il parcourut le bref article. On y disait en passant que l'homme avait été emmené à l'hôpital, puis on ajoutait l'insulte à l'a priori en demandant aux lecteurs d'envoyer leurs propres photos de personnes ayant pris des congés pour profiter de la neige.

— Bien entendu, ils ne parlent pas des gens de cet hôpital qui travaillent très dur, qui passent la nuit loin de leur famille pour pouvoir faire fonctionner l'établissement. En revanche, ils publient une photo de moi en train de chahuter dans la neige.

— Ce n'est pas ta faute. C'est le journal qui a déformé les choses… Tu crois que Joe Parrish a vu l'article ? Il pourrait faire une déclaration.

— Pour dire quoi ? Il n'était pas là, et la photo ne ment pas.

En l'occurrence, si.

— Tu veux bien me laisser régler ça ?

Eloise secoua la tête en lui prenant le journal pour le jeter sur le siège à côté d'elle.

— Laisse tomber, Sam. C'est irritant, mais ça n'a pas vraiment d'importance. Ne nous laissons pas atteindre.

Il avait passé sa vie à ne pas se laisser atteindre : par le comportement de son père, par le départ d'Alice…

— D'accord. Mais tu m'autorises à te donner mon avis ?

Elle parut se radoucir et sourit.

— N'hésite jamais à me donner ton avis, Sam.

Il frissonna. Ça ressemblait beaucoup à de la confiance.

— Tu es sûre ?

— Mange d'abord, fit-elle en désignant son sandwich. Et bois. Nous reprenons le service dans une demi-heure.

La première partie de son plan était d'appeler tante Celeste et de lui demander de mentionner l'article à Joe. Vu l'efficacité de sa tante, Sam était certain qu'Eloise ne serait pas interrogée sur ce papier.

La deuxième partie s'avérait un peu plus difficile. Mais un soupçon d'indignation judicieusement placé au cours d'un échange avec une infirmière atteignit le but recherché. En milieu d'après-midi, presque toutes les personnes avec lesquelles ils travaillaient parlaient des « absurdités » du journal. Il entendit même l'un des patients d'Eloise lui dire à quel point l'article était injuste, d'autant plus qu'elle était bénévole.

— Qu'est-ce que tu fabriques, Sam ? demanda-t-elle en passant la tête par-dessus le rideau, dès qu'elle en eut terminé avec l'homme en question. Ce n'est pas une guerre de propagande, tu sais.

— J'ai juste mentionné la chose en passant, répliqua-t-il en lui lançant un regard innocent.

Soudain, elle sourit et l'on aurait dit l'apparition du soleil derrière les nuages par un jour de pluie. Il ne put s'empêcher de sourire en retour.

— La famille Grant ne défend-elle pas les siens ? fit-il.

— Pas tous. Et il semblerait que la famille Douglas soit en train de nous battre sur ce point.

Sur quoi, elle disparut derrière le rideau, non sans lui avoir adressé un petit sourire entendu.

S'il était allé un peu trop loin pour la défendre, c'était peut-être parce qu'il était impuissant à régler les autres problèmes qu'elle avait rencontrés avec sa famille, alors que, cet article de journal, il savait comment le gérer.

Sam se tourna vers la femme que lui amenait l'un des bénévoles. Elle tenait contre elle l'un de ses bras replié, dont le poignet était enflé. Une énième chute, s'il ne se trompait pas trop.

— Bonjour, je suis Sam et je suis médecin. Désolé que vous ayez dû attendre si longtemps...

Eloise retrouva son grand-père et Celeste quelques heures après la fin de son service. Le personnel de nuit semblait avoir la situation sous contrôle. Sam avait brusquement disparu et, en dépit de ses efforts, elle ne l'avait pas retrouvé.

— Il viendra plus tard.

Son grand-père l'entraîna hors de l'hôpital, tout en interpellant Ted, qui venait d'arriver en motoneige.

— Comment va-t-il nous rejoindre, si on l'abandonne ?

Eloise devinait que Sam devait encore essayer de rétablir la vérité à propos de cet article de journal qui, certes, était ennuyeux mais n'avait au fond que fort peu d'importance. Elle se sentait un peu coupable, car il aurait plutôt dû rentrer au manoir manger quelque chose.

— Il va se débrouiller. Et il ne sert à rien d'essayer de l'arrêter. Quand Sam se met en tête de faire quelque chose, il le fait.

Celeste, qui semblait avoir une idée de ce qui se tramait, passa son bras autour des épaules d'Eloise. Pour la réconforter ou pour s'assurer qu'elle n'allait pas chercher Sam ?

— J'ai entendu dire que vous aviez parlé de l'article à Joe Parrish. J'apprécie vraiment...

Cela signifiait beaucoup pour elle que Celeste ait pris sa défense.

— Je lui ai dit la vérité, c'est tout, répliqua Celeste qui semblait malgré tout heureuse qu'Eloise aborde le sujet. Je n'aime pas qu'on reproche aux gens quelque chose qu'ils n'ont pas fait.

— Eh bien, à proprement parler, j'ai bien...

— Oh ! cette manie que vous avez, les Grant, de tout prendre au pied de la lettre ! s'exclama Celeste. J'ai lu cet article et ce qui y est clairement sous-entendu, c'est que, Sam et toi, vous vous êtes amusés toute la journée sans vous soucier des gens qui avaient besoin de vous. C'est inexact, hein, Paul ?

Son grand-père gloussa.

— Tout à fait, ma chérie.

— Ne me donne pas du « ma chérie » avec l'air de qui approuve dans le simple but d'avoir la paix, protesta Celeste, non sans sourire.

— Pas du tout, ma douce. Je t'ai déjà dit ce que j'en pensais. Tu n'as pas écouté ?

Avec eux, Eloise avait parfois l'impression d'avoir mille ans, tant ils semblaient libérés des fardeaux de la vie et follement amoureux l'un de l'autre. Cela lui faisait envie lorsqu'elle sentait la chaleur du regard de Sam.

Mais Sam et son regard n'étaient pas dans les parages. Après le repas, Celeste ne tarda pas à aller se coucher, pour finir son livre au lit, et son grand-père lui emboîta le pas. Eloise resta près de la fenêtre, à contempler la neige qui avait recommencé à tomber.

Puis elle l'aperçut, silhouette sombre remontant péniblement l'allée, le bonnet descendu sur les oreilles et les mains dans les poches. Elle résista d'abord à l'envie de se précipiter vers l'entrée, puis elle se rua dans le couloir, ouvrant la porte pour trouver Sam sous le porche, en train de taper la neige de ses bottes.

— Tu dois être gelé !

Elle aurait tellement préféré l'accueillir d'un baiser ! Il lui répondit par un sourire.

— Il fait froid dehors. Il vient de se remettre à neiger.

— Tu as marché longtemps ?

— J'ai fait une partie du chemin en voiture, répondit-il en frottant ses mains pour les réchauffer.

— Viens, je vais te faire chauffer de la soupe et il y a du hachis Parmentier dans le frigo.

Eloise le poussa jusqu'à la cuisine, où elle s'affaira devant la cuisinière en fonte. Il se tenait tout près, comme attiré par la chaleur du four.

— D'autres questions ?

— Non. Mais quoi que tu aies fait, tu n'avais pas besoin de...

Elle voulait le remercier d'avoir fait plus que le nécessaire pour la défendre. Mais Sam se raidit et traversa la cuisine pour aller se planter devant la fenêtre. Soudain, la pièce lui parut très froide.

Impossible de laisser les choses en l'état. Eloise le rejoignit et lui donna un petit coup de coude afin d'attirer son attention, qui semblait captivée par la neige.

— Tu n'avais pas besoin de faire tout ça, mais sache que j'apprécie vraiment tes efforts pour moi. D'autant que tu as dû marcher sous la neige...

L'ébauche d'un sourire se dessina sur les lèvres de Sam.

— Même si j'ai fulminé tout le long du chemin ?

Sam avait un problème avec la colère. Malgré les hauts et les bas du week-end, c'était la première fois qu'elle l'entendait exprimer la moindre exaspération. Or elle comprenait désormais pourquoi. Son père avait dû être un colérique.

— Si tu t'es indigné en mon nom, ça me plaît encore plus. Tant que tu n'as pas été trop virulent avec les journalistes.

Il afficha un air presque coupable.

— Tante Celeste t'a mise au courant ?

— Non, ton secret a été bien gardé avec elle. Mais vu que tu n'étais plus à l'hôpital et que les bureaux du journal ne se trouvent pas très loin…

La soupe se mit à bouillonner. Eloise s'empara de la main de Sam, qui retraversa la pièce à sa suite. Dès qu'elle eut retiré la casserole de la plaque chauffante, elle reporta son attention sur lui.

— Alors tu as frappé à leur porte, en exigeant de voir quelqu'un ?

Il souriait maintenant.

— Non, je leur ai téléphoné pour demander s'il y avait quelqu'un au bureau, parce que je voulais passer corriger une erreur. J'ai pris un café avec un jeune homme de bonne volonté…

— Tant que tu ne lui as pas lancé une boule de neige… J'apprécie vraiment tout le mal que tu t'es donné pour moi. En fait, j'envisageais de m'excuser auprès de toi, mais… je crois que j'en ai fini avec les excuses. À moins que je ne sois vraiment désolée, s'entend.

Il opina en souriant.

— Ce n'est pas une mauvaise idée. Et en l'occurrence, tu n'as rien à regretter.

— Pas pour la boule de neige, mais pour l'autre incident, si.

— Tu veux parler de l'annulation de ton mariage ? Je peux te poser une question ?

— Vas-y.

Eloise souhaitait presque qu'il insiste pour savoir ce qui s'était passé, qu'elle mette enfin un terme à ses tergiversations sur le fait de le lui raconter ou non. Mais Sam lui avait dit qu'elle n'était nullement obligée de s'expliquer.

— Tu l'aimais ?

— Quand j'ai accepté de l'épouser, oui. Quand j'ai rompu, je ne savais plus, mais j'étais certaine de n'avoir plus aucun respect pour lui.

— Et maintenant ?

— Non. Pas même un peu.

Comment aurait-elle pu ? Michael s'était vengé d'elle, en laissant tout le monde se présenter à l'église alors qu'il savait très bien qu'elle n'y serait pas… puisque c'était lui qui lui avait ordonné de partir.

— C'est tout ce qui compte. Si tu ne l'aimes pas, tu n'as pas besoin d'une autre raison.

— Mais comment fait-on pour laisser ces choses derrière soi ? Tu le sais, Sam ?

— Si tel était le cas, je te le dirais. Mais non.

— Dommage, regretta-t-elle. J'espérais qu'il existe une formule magique.

Peut-être cette formule magique se trouvait-elle tout près, sans qu'elle la voie. Elle avait besoin de quelqu'un à qui se fier, or elle se voyait bien faire confiance à Sam. Mue par une impulsion soudaine, elle enroula les bras autour de son cou.

Elle sentit ses prunelles ardentes se poser sur elle, puis les bras de Sam se refermèrent autour de sa taille et ses lèvres effleurèrent les siennes brièvement, mélange exquis de désir et de tentation.

La tendresse céda bien vite le pas à la passion, et il l'embrassa. Voyant les yeux de Sam s'assombrir soudain, elle sut qu'il était tout à elle.

— On ne peut pas faire ça, murmura-t-elle. Même si on le veut vraiment.

Peut-être pourrait-elle lui faire confiance, un jour, peut-être même parviendrait-elle à se faire confiance à elle-même. Mais ce jour n'était pas encore advenu.

— Oui, je sais. Mais avec toi, j'en viens à croire que c'est possible, Eloise.

— Et moi aussi.

— Alors... on pourrait répéter l'expérience ? Juste un autre baiser ?

— Parce qu'il est follement romantique de séjourner dans cette belle maison coupée du monde par la neige ?

Elle n'était pas vraiment sûre de vouloir que Sam lui fasse tourner la tête de cette façon. Michael avait procédé ainsi, usant d'un charme qu'il avait ensuite retourné contre elle.

— Non, je veux au contraire que tu prennes conscience de ce que tu es en train de faire : tu m'embrasses dans une cuisine froide, alors que nous sommes tous les deux épuisés par une journée de travail.

Ce que Sam voulait semblait bien plus romantique que tout

ce que Michael aurait pu imaginer. La banalité et deux êtres de sang-froid, transfigurés chacun par la présence magique de l'autre à ses côtés.

— Un autre baiser me ferait très plaisir, Sam...

9

Sam avait eu beaucoup de mal à regagner sa chambre tout seul. Le désir que lui inspirait Eloise était terrifiant, car il n'avait jamais autant été attiré par une femme, et certainement pas en la connaissant si peu. Il avait le sentiment que rien ne pourrait aller tant qu'ils ne seraient pas ensemble, et cela lui rappelait le comportement de son père.

Réveillé avant l'aube, il avait constaté que quelques centimètres de neige supplémentaires étaient tombés. Ce ne serait pas suffisant pour bloquer les routes déjà ouvertes, mais les températures resteraient glaciales. Il s'habilla, espérant que le grincement de l'escalier ne réveillerait pas la maisonnée, et il se glissa dehors.

Il avait à peu près dégagé la moitié de l'allée quand Eloise apparut, manifestement frigorifiée, malgré le pull épais qu'elle portait.

— Brrr... Il fait froid ce matin. Rentre. Je t'ai préparé un petit déjeuner.

Il ne se le fit pas dire deux fois. Un peu d'exercice, pour évacuer son agitation, lui avait semblé judicieux, mais il était congelé à présent, et fatigué.

Paul et tante Celeste étaient déjà debout. Eloise déposa une assiette devant lui, garnie de bacon, d'œufs et de tomates, à côté d'un petit monticule de pommes de terre rissolées.

— Pile ce dont j'avais besoin. Merci.

Il remarqua la tablette d'Eloise sur la table.

— Je viens de lire l'article, dit-elle en lui souriant.

Elle avait donc une longueur d'avance sur lui.

— Ce n'est pas moi qui ai suggéré à Eloise de regarder, tint à préciser tante Celeste. Mais on ne peut pas empêcher une femme intelligente de faire des recherches. C'est contre nature.

Il hocha la tête et attaqua son petit déjeuner.

— Soit. Et alors, qu'est-ce que ça dit ?

— C'est un bel article, répondit Eloise, rayonnante. En première place de leur page d'actualités sur le web.

— Il s'intitule : « Nous aimerions remettre les pendules à l'heure », ajouta tante Celeste d'un ton approbateur. Il sera également publié dans le journal de la semaine prochaine.

— Bien. Je vais le parcourir quand j'aurai fini mon petit déjeuner. Juste pour être sûr qu'ils ont mis tout ce que je leur ai demandé.

Eloise grimaça.

— Tu leur as communiqué une liste ?

— Un pense-bête.

Personne ne parut très convaincu, mais Sam n'en dit pas plus. S'il ne pouvait pas réparer le passé, peut-être avait-il son mot à dire sur l'avenir. La nuit précédente, quand il avait serré Eloise contre lui et qu'ils s'étaient embrassés, il avait entrevu la possibilité d'un futur alléchant.

Mais pour l'instant, il devait cesser d'y penser. Une fois le petit déjeuner terminé, ils laissèrent tante Celeste et Paul débarrasser la table pour aller achever de déneiger l'allée. C'était le genre d'expérience partagée susceptible de leur fournir des bases solides sur lesquelles ils pourraient construire.

À l'heure du déjeuner, le flot de patients commença à se tarir. Sam se réjouissait déjà de passer son heure de pause à boire un café avec Eloise quand l'une des volontaires, une infirmière ayant laissé ses deux jeunes enfants avec son mari pour retourner aider à l'hôpital, eut une meilleure idée.

— Bataille de boules de neige !

Eloise en dansa presque de joie.

— Ce que c'est mal !

— N'est-ce pas ? Qu'en diraient les journaux ?

— Je pourrais les appeler pour les prévenir, suggéra Sam en sortant son téléphone de sa poche.

— Non ! s'exclama Eloise en riant. C'est leur boulot de dénicher des sujets.

Paul et tante Celeste, qui avaient eu vent de l'entreprise, sortirent eux aussi sur l'esplanade derrière l'hôpital.

— Les Douglas contre les Grant ? suggéra tante Celeste en prenant le bras de Sam. Je revendique le meilleur lanceur.

— Oh ! vraiment ? s'indigna Eloise. Fais attention à ton nez, Sam...

Il gloussa, et tante Celeste envoya Paul rejoindre sa petite-fille et les trois autres membres de leur équipe.

— Pour l'instant, Sam, vu que j'ai l'épaule ankylosée, je ne peux pas lancer aussi bien que toi. Donc je vais t'alimenter en boules de neige, et toi, tu les lances.

Sam haussa les sourcils.

— Tu ne crois pas que tu devrais faire travailler un peu ton épaule ?

— Naturellement, répliqua sa tante en levant les yeux au ciel. Mais on parle de l'honneur de la famille, là.

— Tu aurais dû y penser en te fiançant à un Grant, plaisanta Sam.

— C'est absurde. Paul et moi, nous nous disputons tout le temps, mais on aime ça. Tu pourrais y penser, Sam...

L'œil avisé de tante Celeste avait-il remarqué ce qui se passait entre Eloise et lui ? Enfin, pour l'instant, cela n'avait pas d'importance, car Eloise et Paul s'étaient mis à les bombarder. Après le stress et le dur labeur des deux derniers jours, voilà qui était plus qu'amusant.

À 14 heures, les médecins du service temporaire se trouvèrent presque sans patients. Puis à 15 heures, on leur annonça que l'hôpital était extrêmement reconnaissant envers tous les volontaires mais que, maintenant que les routes étaient à nouveau ouvertes et l'hôpital principal accessible aux ambulances, ils pouvaient rentrer chez eux.

Paul paraissait agité et, même s'il ne pouvait regretter la résorption des patients à traiter, Sam sentait lui aussi l'adrénaline bourdonner encore dans ses veines.

— Qu'est-ce que vous diriez d'un film ? demanda Paul avec

un petit coup de coude à tante Celeste. Celui que nous voulions voir est toujours à l'affiche.

— Vraiment ? Super ! Les sous-titres ne vous dérangent pas ? ajouta tante Celeste en se tournant vers eux.

Eloise leva les yeux vers Sam. Visiblement, tout comme lui, si elle ne discutait pas les goûts de Paul et de tante Celeste en matière de films, elle n'avait pas envie de rester assise pendant deux heures.

— On va peut-être passer notre tour, répondit-il.

Il ignora l'échange de regards complices entre tante Celeste et Paul.

— Tu pourrais faire visiter les lieux à Sam, suggéra Paul en souriant à Eloise.

— Visiter les lieux ?

On lui avait déjà fait faire le tour complet de la maison.

— Oui, grand-père et moi avons mis au point une visite de la maison qui permet de voir tous les recoins cachés que personne ne connaît.

— Ça m'a l'air intéressant.

Tante Celeste paraissait approuver l'idée.

— Ça l'est, en effet... La maison est là depuis si longtemps qu'elle a accumulé tout un tas de petites manies fascinantes. Il y a une cachette secrète...

— Je l'ignorais. Où ?

Cette visite promettait d'être d'autant plus amusante que sa guide débordait d'enthousiasme.

— Suis-moi, lui intima Eloise. Je vais te montrer.

C'était l'excuse idéale. Paul et tante Celeste avaient décidé d'aller tester un nouveau restaurant indien après la projection de leur film et annoncé qu'ils ne rentreraient pas avant 21 heures. Sam disposait donc de cinq heures rien qu'avec Eloise, dans une maison qui offrait plus de pièces à explorer que nécessaire.

La maison était glaciale, mais Eloise le conduisit à la cuisine, qui était toujours un îlot de chaleur. Tout en mettant de la soupe à chauffer, elle lui désigna la porte du cellier.

— De quand datent ces graffitis ? demanda-t-il après l'avoir examinée.

— On ne sait pas grand-chose là-dessus, répondit-elle en montrant un cœur, profondément gravé dans le bois, flanqué de deux paires d'initiales. Qui que soient « EW » et « JP », j'espère qu'ils ont eu une belle vie ensemble.

Sam aussi. Il lui semblait soudain crucial que le sort ait été clément pour ces deux amoureux anonymes.

— Et regarde celui-là.

Sam plissa les paupières afin de déchiffrer l'inscription que lui désignait Eloise.

— « J'ai laissé ma jambe… » Qu'est-ce qu'il y a après ?

— « À Waterloo. » Et son cœur est ici.

Sam décryptait à présent les caractères bancals.

— Donc ces mots doivent avoir presque deux cents ans.

Eloise hocha la tête.

— Ce graffiti-ci est un peu plus récent, tracé par la mère de grand-père, à la fin de la guerre. Mon arrière-grand-mère.

— « Jour de la victoire, 8 mai 1945. Que Dieu bénisse la paix. » Tout est là, constata Sam en souriant. L'amour, les blessures et les pertes… L'espoir.

— Oui, c'est pour cela que ces mots sont aussi fascinants. Nous ne sommes pas si différents des gens qui les ont gravés.

Les initiales de Paul figuraient un peu plus bas sur la porte, ainsi que celles de sa première femme. En dessous, on apercevait encore trois paires d'initiales entrelacées.

— Ce sont mes parents, John et Elizabeth Grant. Grand-père m'a aidée à graver mes initiales en dessous, quand j'avais huit ans. Et regarde, il y a encore une fois grand-père, avec Celeste.

Sam hocha la tête.

— Je me souviens que tante Celeste m'en avait parlé, quand Paul lui a demandé de l'épouser. Elle m'a dit être très touchée qu'il veuille l'inclure dans la liste des membres de la famille, mais je n'avais pas réalisé que c'était au dos d'une porte.

Eloise s'esclaffa.

— C'est le propre de cette maison : elle a beau être très grande, ce sont ses petits détails qui comptent le plus. Viens voir le passage secret.

Elle le conduisit au salon et le mit au défi de le trouver. Sam tapota les boiseries, chercha des leviers secrets dans la cheminée et regarda derrière les bibliothèques.

— D'accord, j'abandonne.

— Tu es sûr ? Tu ne t'en es même pas approché...

Sam examina encore la pièce. Les marches qui menaient à la galerie du premier étage étaient une possibilité, mais l'espace en dessous s'avérait dissimulé par des boiseries, sans aucune ouverture où un homme aurait pu se faufiler.

— Tu chauffes, le taquina Eloise.

Sam gravit l'escalier en frappant les contremarches.

— Je n'arrive pas à trouver.

— Laisse-moi te montrer, fit-elle en gloussant.

Elle le rejoignit sur les marches et passa les doigts sur le bord de l'une d'elles. Il y eut un déclic, et les deux marches supérieures pivotèrent, révélant une petite cavité. Sam jeta un coup d'œil à l'intérieur.

— Ça ne fait pas plus de vingt centimètres cubes. Personne ne pourrait entrer là-dedans.

Eloise éclata de rire.

— C'est exactement ce que tu es censé penser, qu'il s'agit d'une cachette pour les objets de valeur, mais derrière...

Elle poussa les poutres en bois à l'arrière du compartiment, lesquelles s'écartèrent. En se penchant dans la cavité, elle actionna un interrupteur, et la lumière éclaira une cachette en brique, qui s'étendait sous l'escalier.

— Si quelqu'un trouve le moyen de soulever les marches, il tombera sur la petite cavité et s'arrêtera probablement là. Et même s'il poussait plus loin les investigations, les poutres peuvent être sécurisées de l'intérieur.

Sam se pencha pour mieux voir.

— C'est astucieux. Car en ôtant les boiseries sous l'escalier, on ne verrait qu'un mur de brique.

— Tout à fait.

— Et c'est le seul passage secret ?

— Nous avons cherché et nous n'en avons pas trouvé d'autre. Mais comme Celeste a eu l'idée d'une sorte de sondage par sonar et que mon grand-père est en train de se renseigner là-dessus, ils en trouveront peut-être d'autres.

Sam jeta un autre coup d'œil à l'intérieur. Que ressentait-on en se cachant ici ? Voulant éteindre la lumière, il sentit une vive douleur : il s'était éraflé la main.

— Aïe ! J'ai rencontré un clou, il me semble.

Eloise lui prit la main pour inspecter sa blessure.

— Tu es à jour dans tes vaccins contre le tétanos ? J'aurais dû te mettre en garde.

— Ça va aller. Mais si tu avais un pansement...

Eloise pressa sur la petite coupure.

— Je m'assure juste qu'il n'y a rien dedans, expliqua-t-elle avant de lui lâcher la main quand ils furent dans la cuisine. Tiens-la sous le robinet.

Sam se rinça le doigt, pendant qu'Eloise se hissait sur la pointe des pieds pour inspecter l'étagère supérieure de l'armoire à pharmacie. Sam coupa le robinet et s'approcha afin de l'aider.

— C'est une des choses que j'aime chez Paul. Il ne lésine pas sur les fournitures médicales.

— En effet, mais j'aimerais qu'il les organise un peu mieux. Parce que, si lui sait où chaque chose se trouve, personne d'autre ne peut dégoter quoi que ce soit.

Alors qu'il déplaçait une partie du contenu de l'étagère pour avoir une meilleure vue, deux boîtes tombèrent du placard, qu'Eloise rattrapa in extremis.

— Ah ! voilà les pansements, annonça-t-elle avant de s'interrompre.

Sam se rendit compte alors que l'autre boîte contenait des préservatifs. Elle la laissa aussitôt tomber, comme si elle risquait de se brûler, et se retourna rapidement vers lui.

— Ils ne vont pas nous être d'une grande utilité, commenta-t-elle.

Puis elle ouvrit la boîte de pansements pour en sortir le plus grand. Sam tendit la main, et elle réussit à poser le sparadrap sans lui toucher la peau. Mais son parfum lui caressa les sens...

— Merci. C'est super.

En voyant la boîte de préservatifs tomber du placard, Sam, qui n'avait pourtant jamais eu l'impression que le destin se mêlait de sa vie, devait admettre que la coïncidence était troublante.

Eloise ramassa la boîte, qu'elle fit tourner dans sa main.

— Je ne sais pas ce qu'ils fichent ici, de toute façon, marmonna-t-elle en remisant la boîte.

Sam entendit la serrure du placard s'enclencher. Comme si cela faisait une différence… Il tenta d'arracher son esprit à ces pensées.

— Alors, quelle est la prochaine étape de la visite ?

Elle resta silencieuse un moment.

— Le secrétaire que grand-père a installé dans le bureau de Celeste a trois compartiments secrets.

— Trois ?

— Oui. Et le mur à l'arrière de la propriété est en partie romain. Grand-père l'a prolongé, mais il a utilisé une maçonnerie qui s'harmonise avec la partie romaine, tout en soulignant sa spécificité.

— Fascinant.

Eloise était fascinante. Ses cheveux, ses yeux, sa peau qui rougissait dans la chaleur de la cuisine.

— Mais il fait froid dehors. Et si l'envie te prenait de rester ici…, poursuivit-elle en venant se coller à lui. Cet endroit est comme une maison pour moi, Sam, et les décisions que je prends ici ne peuvent pas être remises en cause…

Pour l'instant, Eloise était la seule certitude à laquelle se raccrocher. Or elle avait envie de lui, et la joie pure que ce constat fit naître en lui anéantit toutes ses peurs. Comment allait-il s'habituer à la désirer autant ?

— Paul et Celeste ne seront pas de retour avant quatre heures. J'adorerais passer ce temps à apprendre à mieux te connaître.

Pourtant, il ne pouvait pas faire le premier pas. Sam n'avait jamais eu de problème avec la question du consentement. Mais le mépris continuel de son père pour les desiderata de sa mère avait accru sa prudence.

Eloise resta immobile pendant quelques secondes. Si elle renonçait à lui, il devrait accepter sa décision.

— Sam, je veux que tu m'emmènes à l'étage et que tu me fasses l'amour. C'est assez clair comme ça ?

Elle avait compris ce qui le retenait… D'un geste rapide, il la souleva et l'assit sur le plan de travail de la cuisine.

— Donne-moi la combinaison de l'armoire à pharmacie…

Eloise souriait maintenant.

— Il va falloir que tu m'y obliges.

Il l'embrassa, sentant son corps se mouler contre le sien. *Exquis.* Combien de temps faudrait-il avant qu'elle ne lui donne le code de la serrure ? Il glissa une main dans son dos et posa l'autre sur ses seins. Même si elle portait un pull épais, il l'entendit bientôt haleter.

— Applique-toi, Sam.

— Ah ! tu veux la jouer comme ça ?

L'attirant à lui pour qu'elle puisse sentir à quel point il la désirait, il passa une main sous son pull.

— Tu vas devoir faire mieux…

Il lui murmura alors tout ce qu'il pourrait encore lui infliger, et elle se tortilla contre lui. La sensation attisa le feu dans ses veines. Il lui décrivit un autre scénario, plus détaillé.

— Je me rends ! Trois-sept-quatre-huit.

— Tu es sûre ?

Il la serra contre lui, semant des baisers dans son cou. Enfin, il réussit à faufiler ses doigts sous toutes les couches de vêtements et à la toucher, remontant jusqu'à l'agrafe de son soutien-gorge, puis vers l'avant, pour effleurer la peau la plus douce de toutes.

— Trois-sept-quatre-huit, Sam ! répéta-t-elle.

Elle relâcha soudain les bras qu'elle avait noués autour de son cou pour l'écarter légèrement. Il sentit alors qu'elle déplaçait ses mains vers l'avant de son jean… et eut une réaction si puissante à son contact qu'il faillit s'étrangler.

— Dépêche-toi ! lança-t-elle d'une voix autoritaire.

Sam s'empressa de taper la combinaison de la serrure et sortit la boîte de préservatifs du placard. L'ayant repoussé pour pouvoir glisser du plan de travail, Eloise lui lança, dès qu'elle eut reposé les pieds sur le sol :

— Viens à l'étage. Et tout de suite.

10

Sam n'était pas quelqu'un d'indécis. Simplement, ce qu'elle voulait, elle, revêtait une importance plus grande à ses yeux. Eloise comprenait pourquoi. Il avait grandi avec un père qui avait toujours ignoré les souhaits de sa mère. Ces hésitations montraient que Sam était un être intègre, constat qui ne faisait que renforcer son désir.

Elle le conduisit jusqu'à sa chambre, en espérant que le lit à baldaquin lui donnerait des idées. Ils furent accueillis par l'air froid de la pièce.

— Le radiateur ne fonctionne plus. On devrait peut-être aller chez toi...

Il s'assit sur le lit.

— Ne t'inquiète pas, je vais te tenir chaud.

C'était un grand pas pour tous les deux. Ils étaient attirés l'un vers l'autre par une puissante alchimie mais, en cet instant, ils semblaient avoir surtout besoin de savoir qu'ils seraient en sécurité et au chaud. Elle s'approcha de lui pour qu'il l'enveloppe de ses bras.

La lenteur avec laquelle Sam entamait leur étreinte était exquise.

— J'aime bien jouer un peu pour commencer, lui murmura-t-elle à l'oreille. Juste pour que tu saches.

— Et moi, j'adore que tu me dises exactement ce que tu veux. Et j'aime bien jouer aussi.

Ce fut une douce et lente ascension vers la fièvre. Sam la

déshabilla sans précipitation, la laissant sentir l'air frais sur sa peau ainsi que profiter de la chaleur de son corps.

Sous les épaisses couvertures, il lui fit des choses qui mirent bientôt son sang en ébullition.

— Sam... Sam, tu es prêt ? demanda-t-elle enfin.

Elle sentit son souffle chaud sur sa peau lorsqu'il soupira.

— Plus que prêt. Et toi ? ajouta-t-il en la faisant rouler sur le dos.

— Au-delà de ce que tu peux imaginer...

Il s'empara des préservatifs. Et elle sentit bientôt son poids sur elle. Puis une chaleur s'épanouit dans son corps qui réagissait au sien quand il la pénétra.

Sam n'hésitait plus, il n'avait plus besoin d'être encouragé par la parole. Il avait découvert exactement ce qu'elle aimait et semblait ne plus vouloir que l'entendre gémir de plaisir. Impossible de résister très longtemps à pareil traitement : elle sentit les larmes venir alors que la libération tant attendue montait en elle.

Et puis ce fut la déferlante. Il n'y avait pas de mots, ils n'existaient pas. Mais Eloise perçut chacune des réactions de Sam qui, soudain libéré, s'abandonnait à l'instant. L'entendant reprendre son souffle, elle sut qu'ils étaient enfin débarrassés du passé.

Puis elle sentit le corps de Sam se raidir, et il la serra contre lui alors que l'orgasme qui la submergeait chassait tout le reste et l'entraînait dans le précipice.

L'intensité de son plaisir l'étourdit, avant que de puissantes répliques ne parcourent son corps. Aucune pensée n'accompagna cet instant, juste de l'émotion pure.

L'avait-il ressentie, lui aussi ? Elle n'avait aucun doute sur ce point. Mais l'admettrait-il ?

— Ça va ?

C'était un début. Qu'il en soit conscient ou non, il venait de reconnaître qu'ils avaient dépassé les limites de ce qu'ils avaient prévu.

— Mieux que bien. Qu'est-ce que tu m'as fait, Sam ?

— Je me posais la même question...

— Je n'ai pas...

La vérité commençait à faire son chemin. Sam était un amant merveilleux, attentif et à l'écoute, qui cherchait avant tout à la satisfaire. Mais ils avaient tous les deux entrevu quelque chose de plus, quelque chose d'instinctif qu'ils n'avaient pas planifié. Elle n'avait rien fait pour que ça arrive, et lui non plus.

— C'est sans doute lié à ce qui se passe entre nous, non ?

— Je suppose…, lâcha-t-il, sourcils froncés.

Il n'avait pas l'air très convaincu, et elle non plus. Mais c'était leur première fois ensemble, et ils commençaient tout juste à se connaître. Ils n'étaient probablement pas encore prêts pour les brefs moments de liberté totale qu'ils venaient de vivre. Cela viendrait avec le temps.

— J'ai vraiment envie de le découvrir.

— Oui, moi aussi, convint Sam en l'embrassant.

Sam n'avait pas remarqué qu'Eloise avait réglé un réveil, mais il était content qu'elle l'ait fait. Ils somnolaient confortablement dans son lit, bien au chaud sous l'épaisse couette, et il avait complètement oublié que Paul et tante Celeste rentraient à 21 heures. Eloise aussi, apparemment, car elle sursauta avant de se redresser dans le lit.

— C'est bon, on a une demi-heure, constata-t-elle en se frottant les yeux.

— Sauf s'ils rentrent en avance.

— J'en doute. Grand-père n'aime pas se presser au restaurant, à moins que la nourriture s'avère infecte, ajouta-t-elle, sourcils froncés.

— Du calme. Au pire, ils rentrent et nous trouvent au lit. Ton grand-père t'enferme dans ta chambre, puis m'emmène dans son bureau et me tire dessus.

Eloise gloussa.

— Il ne ferait jamais ça. Il t'aime vraiment beaucoup.

— Et tu crois qu'il va aimer ce que tu viens de me faire ?

Sam reçut un petit coup de poing en guise de réponse.

— Toi aussi, tu m'as fait des choses. Je vais d'ailleurs aller prendre une douche pour en effacer les preuves.

Il la regarda traverser la pièce sur la pointe des pieds, vers la porte en chêne qui menait à la salle de bains attenante.

Elle était magnifique. Hypnotique. S'il avait été capable d'imaginer la déflagration causée par leur étreinte, il aurait reculé devant cette perte de contrôle. Leur intimité sans fard avait balayé sa résolution de toujours soupeser ses actions et leurs effets potentiels sur son partenaire.

Mais tout retour en arrière était exclu. Son monde avait été chamboulé en profondeur. Il devait l'assumer et avoir le courage de découvrir où cela allait le mener. Parce que la seule chose qu'il avait essayé d'éviter s'était produite et qu'il était dedans jusqu'au cou.

Ils avaient rangé le rez-de-chaussée, refermant le passage secret et nettoyant casserole et bols de soupe à moitié bus. La boîte de préservatifs était retournée dans l'armoire à pharmacie. Tante Celeste et Paul avaient un quart d'heure de retard.

Ils avaient pris une décision. C'était une chose de profiter d'un après-midi de liberté, mais se retrouver dans la chambre d'Eloise ce soir, alors qu'ils étaient tous deux des invités de la maison, en était une autre, un pas qu'il n'était pas tout à fait prêt à franchir. Cependant, il devait aussi penser à Eloise désormais. Elle tenait à en parler à Paul, par souci d'honnêteté, et Sam était d'accord.

— Bonsoir, vous deux. Qu'est-ce que vous fabriquez ici ?

Tante Celeste s'était arrêtée sur le seuil de la cuisine, devinant qu'il se passait quelque chose.

— Rien ! s'écria Eloise.

Au sens strict, c'était vrai. Sam et elle ne se touchaient plus.

— Bon, d'accord. Le film était merveilleux, hein, Paul ?

— Oui, vous devriez essayer de le voir à Londres. Et je pense que nous retournerons aussi dans ce restaurant, hein, Celeste ?

— Absolument. La nourriture était délicieuse. Mais je prendrais bien un chocolat chaud, maintenant, conclut l'intéressée en suspendant son manteau au dossier d'une chaise.

— Je m'en charge.

Eloise, qui semblait avoir complètement perdu son sang-froid, allait se lever, quand Sam lui effleura le bras. Elle se rassit.

Tante Celeste leur jeta un regard interrogateur et se dirigea vers la cuisinière, non sans attraper au passage une casserole sur l'étagère. Paul s'assit en face d'eux, mains croisées, et Eloise leva les yeux vers lui.

— Qu'est-ce qu'il y a, ma chérie ?

— Je voudrais te dire quelque chose...

Paul avait à l'évidence compris. Il acquiesça, et Sam jugea que, puisque Eloise s'était déjà engagée dans cette conversation, il devait lui prêter main-forte.

— Eloise et moi avons décidé de nous voir un peu plus quand nous rentrerons à Londres.

Personne ne prêta attention au vacarme de la casserole que tante Celeste fit tomber sur les dalles.

— Vous voir un peu plus ? Tu veux dire professionnellement ? s'enquit Paul, le regard fixé sur sa petite-fille.

Il cherchait visiblement à évaluer sa réaction. Sam posa une main sur le dossier de la chaise d'Eloise.

— Mais non, mon chéri ! Professionnellement, mon œil ! ironisa tante Celeste. Ils vont se voir un peu plus sur le plan personnel. Je parie qu'ils ont d'ailleurs passé l'après-midi à se voir sur le plan personnel.

Sam ferma les yeux. Si l'approche pragmatique que sa tante avait de la vie constituait généralement une source de joie, il arrivait que ce ne soit pas le cas. Il sursauta quand Eloise prit soudain la parole.

— Oui. Bien vu.

— Ah ! fit Paul en se grattant la tête, l'air perplexe. Et tu es contente ?

— Oui, grand-père.

Voilà qui le comblait de joie. S'il avait pu penser un seul instant qu'Eloise regrettait leur après-midi, il aurait dû s'ordonner de quitter la maison, avant que Paul ne puisse le mettre dehors.

— C'est une bonne nouvelle, hein, Paul ? lança tante Celeste. Il y a un truc entre les Douglas et les Grant, non ? Quand nous ne sommes pas à couteaux tirés, nous nous entendons très bien.

Tante Celeste, qui avait ramassé la casserole, l'inspectait en quête de bosses. Paul gloussa.

— On dirait bien, convint-il. Dépêche-toi de préparer ce chocolat chaud, ma chérie, qu'on porte un toast à la nouvelle.

Mystérieusement, le radiateur de la chambre d'Eloise semblait fonctionner à nouveau et réchauffait la pièce. Sam s'assit dans le fauteuil près de la fenêtre.

Paul ayant demandé à Eloise de la suivre au salon, elle lui avait murmuré de l'attendre ici. La conversation avec Paul était évidemment liée à leur relation et, même si le vieil homme avait semblé très heureux de la nouvelle, Sam éprouvait un léger malaise à l'idée qu'on était en train de parler de lui.

Il entendit les pas de tante Celeste dans l'escalier, puis ceux d'Eloise et de Paul, qui s'entretenaient toujours à voix basse. Enfin, la porte s'ouvrit, et elle se dirigea vers lui.

— Salut, toi, lança-t-elle, tout sourires, en s'asseyant sur ses genoux.

— Tu m'as l'air pensive. Ça va ?

Maintenant qu'il avait les bras enroulés autour des épaules d'Eloise, le monde lui semblait à nouveau normal.

— Oui, en effet. Grand-père voulait savoir si j'étais heureuse.

— Je ne vais pas l'en blâmer. Je me posais la même question.

Eloise se pencha pour lui déposer un baiser sur la joue.

— Tu me rends heureuse, Sam. Si j'ai l'air un peu réticente, c'est que je n'en reviens pas d'avoir eu la chance de te rencontrer.

Oui. Lui aussi luttait contre cette vérité. Mais quand ils étaient ensemble, les réticences semblaient reléguées aux oubliettes.

— Tu as expliqué ça à Paul ?

— Je lui ai dit que l'année écoulée n'avait pas été facile, mais que je voulais vraiment la laisser derrière moi. Et il est très content pour nous.

La question qui préoccupait Sam devait être posée. Elle pouvait l'être dès lors qu'il la tenait dans ses bras, car Eloise lui donnait la force de croire en l'avenir.

— Qu'aurais-tu fait s'il n'avait pas approuvé ? Ou si tante Celeste y avait trouvé à redire ?

— Je t'aurais dit de ne pas venir dans ma chambre ce soir. Car c'est la maison de grand-père, après tout, et que nous sommes ses invités. Et je lui aurais annoncé que j'allais partir avec toi, parce que c'est moi que ça regarde.

C'était exactement ce que Sam voulait entendre. Eloise avait été capable de se libérer du passé et elle lui apportait un peu de la sécurité dont il avait besoin, dans une relation déjà pleine d'incertitudes.

— Tu pensais que j'allais renoncer à toi, juste parce qu'on m'en aurait donné l'ordre ? Tu as une bien piètre opinion de moi, Sam.

— Pas du tout, mais je sais qu'il peut être difficile de perdre quasiment tout son entourage à cause d'une relation.

— Grand-père me fait confiance, et j'aurais dû moi aussi lui accorder davantage de crédit.

Soudain les yeux d'Eloise se mirent à pétiller malicieusement, et elle tira quelque chose de la poche de sa jupe.

— Il t'a donné ça ? s'étonna Sam en riant.

Elle tenait le paquet de préservatifs.

— Juste au cas où nous n'aurions pas eu le temps de passer à la pharmacie. Je lui ai dit que la boîte était déjà entamée.

Au moins Eloise avait-elle songé à mentionner qu'ils se conduisaient de façon responsable. Devrait-il avoir de son côté une discussion avec Paul pour lui assurer qu'il se jetterait par la fenêtre plutôt que de faire du mal à sa petite-fille ?

— Parfois il pense que j'ai encore dix-sept ans, reprit-elle. Mais c'était vraiment gentil de sa part.

Elle se blottit contre le torse de Sam, avant d'ajouter :

— Et maintenant, c'est toi qui vas être gentil avec moi ?

— Tu en aurais envie ?

— Oh que oui. Et j'aimerais bien te rendre la pareille. Découvrir toutes les choses que tu aimes.

Sam n'était pas tout à fait à l'aise avec l'idée d'énoncer ce dont il avait envie, après les ordres véhéments que son père avait fait pleuvoir sur sa mère.

— Ton plaisir suffit au mien. Vraiment, répondit-il en l'embrassant, ce qui fit disparaître toute pensée concernant sa famille dysfonctionnelle. Laisse-moi te consacrer cette soirée.

Sam était génial.

Et vu l'intensité de ce qui les unissait, Eloise pouvait attendre, jusqu'à ce que Sam se sente assez en sécurité pour lui confier ce dont il avait envie.

Leur réveil n'avait plus rien eu d'un processus ordonné. Ils s'étaient redressés dans le lit pour réaliser qu'ils étaient restés trop longtemps dans les bras l'un de l'autre alors qu'ils étaient attendus. Sam était retourné dans sa chambre afin de se doucher et de s'habiller. Il devait repartir pour Londres dans la journée et il lui manquait déjà. Qu'allait-il se passer quand elle le rejoindrait, le lendemain ? Sur la table de la cuisine, elle trouva un message laissé par Celeste.

L'hôpital n'a pas besoin de nous et la matinée est belle, donc nous sommes sortis nous promener. Bisous

Court et précis. Eloise sourit. Celeste avait probablement pensé que Sam et elle aimeraient prendre leur petit déjeuner en tête à tête – son grand-père n'y aurait pas songé tout seul –, mais elle avait choisi d'agir avec tact. Les deux amoureux étaient probablement quelque part à construire un bonhomme de neige. Eloise appela Sam, qui apparut en haut de l'escalier.

— On a l'endroit pour nous. Grand-père et Celeste sont sortis se promener, donc on pourra flirter au petit déjeuner.

Il la rejoignit au rez-de-chaussée.

— C'est gentil de leur part. Ils ont appelé l'hôpital ?

— Oui. Celeste dit qu'on n'a pas besoin de nous, là-bas. On pourrait prendre des toasts et du café, et partir à leur recherche, si tu veux. Ils ne doivent pas être loin.

— Non, répliqua-t-il en se penchant pour l'embrasser. Cet hiver, on va privilégier les échanges de mots doux au coin du feu. Il sera bien assez tôt, l'année prochaine, pour construire des bonshommes de neige.

L'idée même d'un lendemain semblait énorme pour l'instant.

— Tu crois qu'il y aura une année prochaine ?

Il la regarda d'un air pensif.

— Je ne peux pas te le garantir, mais je l'espère.

Tout cela était si nouveau, à la fois délicieux et pourtant précaire. Faire confiance à qui que ce soit semblait être un jeu dangereux, mais l'alchimie entre eux, la compréhension dont Sam semblait faire preuve alimentaient puissamment son espoir.

Elle n'eut pas l'occasion de lui dire qu'elle brûlait de voir ses prédictions se réaliser, car il y eut un bruit de voix devant la porte d'entrée. Son grand-père et Celeste faisaient tomber la neige de leurs bottes sous le porche.

— Ah ! vous êtes levés, constata Celeste dont le visage était aussi rose que joyeux. Vous voulez venir construire un bonhomme de neige ?

— Non…, commença Sam, avant de s'interrompre parce qu'ils avaient répondu tous les deux en même temps.

— Merci pour l'invitation, acheva Eloise, mais nous allons rester au chaud. Je pense que c'est à moi de préparer le petit déjeuner, non ?

11

Sam avait préparé sa valise puis l'avait chargée dans la voiture. Il avait embrassé Celeste et serré la main du grand-père d'Eloise, les remerciant pour ce week-end qui, même s'il ne s'était pas déroulé comme prévu, n'en avait été que meilleur. Puis grand-père et Celeste s'étaient éclipsés, et Eloise avait enfilé son manteau pour s'approcher du véhicule, à côté des quatre nouveaux bonhommes de neige fraîchement construits devant la maison.

Sam s'appuya contre la portière et passa un bras autour d'elle.

— Je n'embrasserai aucun bonhomme de neige pendant ton absence. Pas même les plus beaux, fit-elle avant de se mordre la langue.

Sam n'aimait pas qu'on lui prête un caractère jaloux, même sous forme de plaisanterie. Cette fois, cependant, la remarque ne sembla pas le déranger, au contraire.

— Surtout pas les beaux. Je travaille demain. Tu rentres à Londres dans l'après-midi ?

— Oui, c'est ce que j'ai prévu.

— Eh bien… si tu as envie de passer chez moi dans la soirée… Ou si c'est trop tôt…

Encore la timidité de Sam. Il lui laissait toujours le choix et, parfois, cela donnait l'impression qu'il n'accordait pas grande importance à ce qui se passait entre eux. Eloise se rendait compte peu à peu qu'il se conformait simplement à ce que le passé lui avait appris.

— J'en serais ravie. Seulement… je ne connais pas ton adresse.

— En y réfléchissant, reprit-il en riant, je ne connais pas non plus la tienne. On se les envoie par texto ?

— Entendu.

Cela lui ferait quelque chose à attendre avec impatience. Elle le regarda monter dans sa voiture et partir, puis elle regagna la maison. Celeste était dans la cuisine, en train de faire du thé. Un bruit à l'étage indiqua à Eloise que son grand-père était probablement en train d'essayer de remettre les radiateurs en marche.

— Nous allons devoir agir pour ces vieux machins. Paul prétend savoir ce qu'il fait, mais je pense que nous devrions appeler un plombier. L'été serait sans doute le meilleur moment pour s'en occuper.

Eloise s'assit à la table.

— Oui, convint-elle. Grand-père ne fait sans doute que déplacer le problème sans le résoudre.

— Probablement, renchérit Celeste en s'asseyant devant une tasse de thé. Je voudrais te dire une chose, Eloise.

Sam. Un frisson de malaise rampa dans son dos. Elle essaya de se raccrocher à son optimisme, mais il semblait l'avoir emporté avec ses bagages.

— De quoi s'agit-il ?

Il aurait été assez facile d'esquiver la conversation mais, si Sam avait bien laissé quelque chose derrière lui, c'était une part de courage, et elle pouvait au moins lui faire l'honneur d'écouter ce que Celeste avait à dire.

— Ce n'était pas à moi de le faire, mais j'ai parlé à Sam de tes démêlés avec Michael. Personnellement, je pense que tu es mieux sans lui…

Celeste laissa échapper un soupir.

— Sam m'a dit que vous aviez l'intention de prendre en tenailles avec grand-père quiconque chercherait à me faire passer un mauvais quart d'heure.

— Vraiment ? C'est gentil à lui de supposer que j'avais quelque chose d'aussi sophistiqué dans ma manche. Mais Sam est un homme bon qui compte beaucoup pour moi. Il serait furieux de savoir que quelqu'un a été maltraité sans que je me porte à son secours.

— J'apprécie, Celeste, merci. C'était très gentil et… certaines des décisions que j'ai prises n'ont pas été très judicieuses.

— C'est à toi de décider qui tu épouses et ce que tu veux révéler à ce sujet. Paul m'a dit t'avoir tenu à peu près le même genre de discours.

— En effet. Peut-être que je n'aurais pas dû lui faire jurer le silence. J'apprécie la façon dont vous m'avez défendue…

Celeste lui jeta un regard perplexe.

— Tu crois que Paul me dicte mes pensées ? Je ne sais pas si tu te souviens, mais c'est à ton mariage que j'ai été pour la première fois sa cavalière officielle. Je faisais profil bas, au cas où l'un des Grant déciderait de m'attaquer à la hachette.

Eloise éclata de rire.

— Je m'en souviens. On mourait tous d'envie de vous apercevoir.

— Eh bien, moi, en apercevant Michael, je l'ai trouvé bien trop désireux de raconter une longue histoire et de s'attirer la sympathie générale. La plupart des gens ne sont pas aussi charmants quand ils ont le cœur brisé. Quand tu es rentrée à la maison, clairement bouleversée par l'événement, j'ai su qui mentait ou pas dans cette histoire.

Eloise se saisit des mains de Celeste.

— Je ne sais pas ce que grand-père a fait pour vous mériter, mais j'en suis vraiment heureuse. Merci.

Celeste gloussa.

— J'en suis bien contente, moi aussi. Même si je me retrouve à vivre dans un manoir qui grince et au chauffage capricieux.

— Il y a un endroit toujours bien chaud dans cette maison. C'est là que je vais pour réfléchir. Je vous le montre ?

— J'en serais ravie, ma chérie. Merci.

Eloise se leva pour conduire Celeste dans le grand salon.

Une longue nuit et une journée très chargée n'avaient pas émoussé le désir de Sam. Il brûlait de revoir Eloise… plus qu'il ne l'aurait dû. Il lui faisait confiance, certes, mais il était toujours aussi difficile d'essayer d'être l'homme qu'elle méritait, qui l'aimerait et ne lui ferait jamais de mal.

Il trouverait un moyen. Eloise lui avait dit que leurs ébats amoureux devaient viser aussi bien son plaisir à lui que le sien et, dans les brefs instants où la pensée l'avait abandonné, il y avait en effet trouvé quelque chose de précieux, qui transcendait toutes ses expériences passées.

En attendant, il pouvait lui envoyer des SMS : ils avaient passé une heure à échanger la veille au soir. Et Eloise, qui arriverait à Londres dans quelques heures, se rendrait directement chez lui.

Son téléphone sonna. Bon sang, c'était le seul soir où il ne voulait pas être dérangé par la standardiste du cabinet.

— Bonsoir, Maria. Qu'est-ce qui se passe ?

— Je suis vraiment désolée, Sam. Mme Cornelius a appelé, en larmes... À mon avis, c'est une répétition de son appel pour le sapin de Noël...

Il ne partageait pas l'optimisme de la jeune femme.

— Elle veut me voir ?

— Elle a demandé après vous, mais je peux m'adresser au Dr Chowdhary à la place.

— Il a déjà plus qu'assez à faire.

Avec les plaques de verglas qui couvraient les rues de Londres, les patients blessés ne manquaient pas.

— C'est bon, je m'en occupe.

Sam attrapa son manteau, remettant au passage dans le réfrigérateur tous les ingrédients étalés sur le comptoir de la cuisine. Il envoya un message à Eloise pour la prévenir qu'il avait été appelé par une patiente et reviendrait dès que possible. Elle comprendrait.

Car elle comprendrait, n'est-ce pas ? Il sortait la clé de la porte pour la glisser dans sa cachette, afin qu'Eloise puisse ouvrir sa porte, quand il entendit l'ascenseur arriver. Eloise fixait son téléphone.

— Non ! Quelle malchance que ça tombe ce soir !

— Je suis vraiment désolé.

Tout comme elle, il s'efforçait de masquer sa déception.

Elle sourit cependant, prenant Sam au dépourvu.

— Où vas-tu ? Je peux t'accompagner, si tu veux.

— Voir Mme Cornelius, la dame du sapin de Noël. Mais tu ne préfères pas attendre ici ?

Eloise leva les yeux au ciel.

— La seule chose que je veux voir, c'est toi, Sam. Viens. Ne faisons pas attendre Mme Cornelius...

En effet, mais le temps que mettrait l'ascenseur pour descendre jusqu'au parking serait à sa disposition. Les émotions contradictoires qu'il éprouvait donnèrent à son baiser un caractère impérieux, et il s'écarta.

— Et moi, ne me fais pas attendre entre deux baisers, Sam, protesta-t-elle dans un murmure.

Il l'embrassa à nouveau, le frisson de son propre désir renforcé par l'urgence du sien.

La cabine s'immobilisa bien trop tôt. Prenant la main d'Eloise, il se précipita vers son véhicule. Pourquoi était-elle la seule femme à avoir jamais suscité un tel désir en lui ?

— Je suis... je suis déçu, moi aussi. Un peu fâché, même...

Il actionna la télécommande de sa voiture.

— Je sais, répondit-elle en lui adressant un sourire lumineux qui lui fit bondir le cœur.

Mme Cornelius n'ouvrait toujours pas. Eloise posa une oreille contre la porte.

— Je n'entends aucun bruit, constata-t-elle en appuyant à nouveau sur la sonnette.

— Peut-être qu'un voisin a la clé. Au pire, j'ai un pied de biche dans le coffre de la voiture...

Eloise s'accroupit pour regarder par la fente de la boîte aux lettres.

— Attends... Je vois ses pieds. Elle arrive...

Lentement. Il fallut encore une minute avant que Mme Cornelius n'ouvre la porte, ce qui fut plus que suffisant à Sam pour établir un diagnostic. Un coup d'œil à Eloise lui permit de constater qu'elle partageait son avis.

— Bonjour, madame Cornelius. C'est Sam, vous vous souvenez de moi ? Et voici Eloise, qui est médecin, elle aussi.

Il entra, prenant le bras de Mme Cornelius pour le cas où celle-ci ne tiendrait pas bien sur ses jambes.

— Vous êtes venus à deux. Je suis malade à ce point ?

Mme Cornelius avait du mal à articuler, mais elle parvenait encore à parler. C'était une bonne chose, car tous les autres signes – sa lèvre tombante et sa main qui pendait, ballante, sur son flanc – indiquaient un AVC.

Eloise lui adressa un sourire éclatant.

— Non, mais vous êtes une patiente importante.

Elle demeura en retrait, observant Sam qui aidait la vieille dame à rentrer dans le salon. Eloise emmagasinait toutes ses observations, obtenant une image complète des parties endommagées dans le cerveau de Mme Cornelius.

Et leur patiente les examinait, elle aussi, pendant que Sam l'asseyait précautionneusement sur le canapé.

— Je vais appeler une ambulance. Vois si tu arrives à en savoir un peu plus...

Eloise acquiesça. Elle se pencha devant Mme Cornelius et lui prit la main.

— C'est un peu effrayant, n'est-ce pas ? Mais nous allons veiller sur vous. Est-ce que je peux procéder à quelques tests, pour savoir comment vous vous sentez ?

Mme Cornelius acquiesça.

— J'aime bien votre bonnet, lâcha-t-elle.

Eloise gloussa et ôta le bonnet en question pour le poser sur les genoux de sa patiente. Celle-ci approcha une main du couvre-chef, probablement comme Eloise l'avait prévu. Sam composa le numéro des services d'urgence. Quand il raccrocha, Eloise était déjà en possession d'une partie des informations dont il avait besoin.

— Elle se sent comme ça depuis environ une heure et demie. Elle s'est préparé à dîner. Puis sa voisine de palier est arrivée... Quelle heure était-il, Joy ? Aux alentours de 17 heures ?

Mme Cornelius acquiesça.

— D'accord, je vais aller vérifier.

Il était important de savoir à quelle heure l'attaque s'était produite, car les briseurs de caillots pourraient être une option thérapeutique lorsque Mme Cornelius arriverait à l'hôpital. Sam transmit l'information à l'opérateur des urgences, puis alla frapper à l'autre porte du palier pour s'entretenir avec la fameuse voisine.

La jeune femme lui expliqua qu'elle était venue voir si

Mme Cornelius avait besoin d'être conduite en ville, ce week-end-là. Elle confirma que la vieille dame avait l'air en forme.

— Elle va devoir aller à l'hôpital ?

— Oui, une ambulance est en route.

— Je l'accompagne, décréta aussitôt la voisine.

Sam regagna l'appartement de Mme Cornelius, après avoir dit à la jeune femme de frapper quand elle serait prête.

Eloise se leva, sans quitter Mme Cornelius des yeux pendant qu'elle s'adressait à Sam.

— Elle a un engourdissement facial évident et ne peut plus du tout lever le bras droit. Elle a aussi quelques difficultés d'élocution, mais elle a réussi à écrire son nom et son adresse.

— Bien. J'ai parlé à la voisine : à 17 heures, tout était normal. Elle va l'accompagner à l'hôpital. L'ambulance est en route, ils arrivent dans quinze minutes.

— Super. Quel est le nom de la voisine ?

— Aucune idée.

— C'est bon, je vais me débrouiller.

Elle s'accroupit à nouveau devant Mme Cornelius, qui caressait le pompon de son bonnet.

— Joy, Sam est allé à côté pour parler à votre voisine. Il n'a pas saisi son nom...

— Frankie, compléta aussitôt Mme Cornelius, promptitude qui n'échappa nullement à Eloise.

— Nous sommes presque sûrs que vous allez devoir être hospitalisée. Frankie aimerait vous accompagner. Ça vous plairait ?

— Oui... Oui... Sam sait ce qui ne va pas chez moi ?

Comme c'était Eloise qui avait effectué la plus grande partie du travail de diagnostic, il se dit qu'elle avait de quoi se vexer, mais elle garda le sourire.

— Oui, il le sait. C'est un excellent médecin, vous avez bien fait de l'appeler.

Mme Cornelius acquiesça, les joues baignées de larmes qu'elle ne parvenait pas à essuyer. Eloise sortit un mouchoir.

— Tout va bien, murmura-t-elle en tamponnant le visage de la vieille dame avant de la serrer dans ses bras.

Le temps que l'ambulance arrive, Sam avait appelé le cabinet et pris des notes concernant les antécédents médicaux de Mme Cornelius, qu'il transmit à l'ambulancier. Il vit Eloise mettre son bonnet sur la tête de Mme Cornelius alors que l'ambulance se préparait à partir.

Quand elle eut disparu au bout de la rue, Eloise prit le bras de Sam.

— Je pense qu'elle va s'en tirer, Sam. J'ai vu des gens arriver aux urgences dans un état bien pire et qui s'en sont sortis.

Il la dévisagea, intrigué.

— Je pensais qu'aux urgences on passait à autre chose, une fois les patients rentrés chez eux.

— Le suivi fait partie intégrante du processus. Il nous permet d'évaluer l'efficacité de nos traitements.

— Bien sûr, ironisa Sam. Au même titre que le don de bonnets.

Eloise feignit de lui lancer un coup de poing dans le bras.

— J'aime veiller sur le moral de mes patients. Et j'ai des tas de bonnets. Je pourrai toujours en tricoter un autre.

— Tu tricotes ?

S'il savait exactement comment donner du plaisir à Eloise, il devait admettre ne pas savoir grand-chose d'autre sur elle.

— Oui, c'est un bon moyen de se détendre, le soir.

— Oh ! dans ce cas, si tu veux rentrer chez toi et t'atteler à la confection d'un remplaçant…

— Et te laisser manger seul ? Comme Celeste m'a dit que tu étais tout juste capable de te faire des plats tout prêts au four ou au micro-ondes, je ne voudrais surtout pas t'abandonner…

— Tu as donc interrogé tante Celeste à mon sujet ?

— Oui. Et je sais que ton anniversaire tombe le 27 juillet.

— Correct. Autre chose ?

— Non, c'est tout. En fait, je ne sais même pas quel âge tu as.

— Trente-cinq ans. Et toi ?

— Trente-deux. Tu vois, ce processus qui nous permet d'apprendre à nous connaître est vraiment sans douleur.

Sam l'espérait bien. Ils avaient partagé à la fois tant de choses et si peu avant de se lancer tête baissée dans une liaison. Impossible de revenir en arrière, cela dit. Ils devaient juste avoir confiance dans la connexion qui crépitait entre eux depuis le début.

Il déverrouilla sa voiture et lui ouvrit la portière du côté passager.

— Je t'offre l'occasion de venir chez moi, d'en apprendre un peu plus sur ma personne… et de te réchauffer les oreilles.

— J'accepte. Surtout en ce qui concerne le réchauffement de mes oreilles…

12

L'appartement de Sam était superbe. Situé dans un immeuble des années 1920, il comportait des fenêtres bombées et des cheminées Art Déco, ainsi que des luminaires et autres accessoires du même style. Mais Sam l'avait aussi meublé de manière originale, créant un ensemble à la fois élégant et tout à fait personnel.

— C'est magnifique, Sam !

Elle s'assit sur le lit, très confortable, ce qui le fit rire.

— N'hésite pas à l'essayer, lâcha-t-il.

— Tu ne voudrais pas que j'essaye d'abord ta cuisinière ?

— Ça ne te dérange pas ?

— Non, j'adore cuisiner et je ne le fais pas assez, comme je vis seule. Et puis, j'aime aussi manger, donc c'est un investissement pour mon avenir.

Elle lui prit la main pour qu'il vienne s'asseoir à côté d'elle. Il la dévisagea.

— Est-ce que ça va trop vite, Eloise ?

Tout semblait s'être passé à la vitesse de la lumière. Ils avaient été coincés dans la neige, sans leurs repères habituels, mais ils s'étaient quand même connectés, physiquement et émotionnellement. Ils avaient ri aux blagues de l'autre et vu les choses à travers ses yeux.

— Peut-être. Mais tant pis, parce que je n'ai jamais rien vécu de pareil avant. Ce n'est pas parce que c'est arrivé vite que je vais te lâcher.

Il sourit soudain.

— Moi non plus. J'en serais incapable.

— Et demain soir, tu peux venir chez moi, pour déplacer les meubles à ton goût...

Il porta sa main à ses lèvres et y déposa un baiser.

— Je ne déplacerai rien, Eloise. Ton appartement sera aussi parfait que toi.

Les trois semaines qui venaient de s'écouler avaient été incroyables. Pendant les jours ouvrés, ils n'avaient devant eux que quelques heures de détente avant de s'écrouler au lit ensemble, mais ils en avaient profité au maximum. Ils avaient parlé, choisi des livres sur les étagères de l'autre, écouté sa musique. Eloise avait vu des photos de Sam enfant et lui avait montré les siennes.

Les week-ends, c'était différent. Deux jours pour explorer tout ce qu'ils aimaient à Londres. Sam l'avait emmenée à la National Gallery, et ses connaissances en matière d'art et de peinture l'avaient impressionnée. Eloise, en retour, l'avait entraîné sur ses marchés préférés, non sans lui avoir tricoté un bonnet pour qu'il ait chaud pendant leurs déambulations. Ils étaient allés au cinéma, avaient testé différents restaurants...

Il lui avait beaucoup donné et, à présent, elle allait lui demander la seule chose qu'il avait gardée pour lui. On était vendredi soir, et ils avaient le week-end devant eux. Le moment était venu de franchir une nouvelle étape.

— Sam, je voudrais te parler... de sexe.

— C'est un bon sujet pour commencer le week-end.

Il prit deux verres dans le placard de la cuisine et attrapa la bouteille de vin qu'il venait de sortir du réfrigérateur.

Eloise s'assit à la table de la cuisine. Après mûre réflexion, elle avait jugé qu'une conversation sérieuse sur le sexe ne devait pas avoir lieu dans la chambre.

Sam fronça les sourcils et repoussa bouteille et verres pour s'asseoir en face d'elle.

— Il y a un problème ?

— Non, j'aime chaque seconde qu'on passe ensemble. Que ce soit dans ou hors du lit.

— Moi aussi.

Il paraissait tendu maintenant. Elle avait espéré que la conversation serait un peu plus facile. Résignée, elle lui attrapa la main.

— Tu es l'amant que j'ai toujours voulu, quelqu'un qui s'intéresse à ce que je ressens et à ce que je veux…

— Pourtant, je devine qu'il y a un « mais ». Parle-moi franchement. On peut arranger les choses.

La tendresse qu'elle aimait tant se lisait sur son visage. Sam voulait lui dire qu'il ferait tout ce qu'il faudrait pour la rendre heureuse. Eloise prit une profonde inspiration.

— Je veux te rendre heureux, Sam. Tu entends mes fantasmes et tu les réalises, et c'est incroyable. Mais je veux faire la même chose pour toi.

Si elle savait que ce ne serait pas facile de le lui faire comprendre, elle n'avait pas réalisé que ce serait aussi difficile, tant Sam s'était persuadé qu'il ne devait à aucun prix ressembler à son père.

— Laisse-moi être celle qui exauce aussi tes souhaits, Sam. Ça me ferait vraiment plaisir.

Pourvu qu'il comprenne, à la différence de Michael lorsqu'elle avait contesté sa vision de leur relation. Sam valait mieux que lui, elle ne devait pas en douter.

Elle l'entendait presque penser. Dans le silence, le tic-tac de l'horloge et le bruit lointain de la circulation devinrent soudain assourdissants.

— Tu ne parles pas seulement de la chambre, n'est-ce pas ?

Il ne se laissait pas duper.

— Ce qui se passe dans la chambre est le reflet de tout le reste, répondit-elle. L'équilibre de notre relation…

Sam acquiesça.

— Je ne suis pas sûr de savoir comment y remédier.

— Cette tâche ne t'incombe pas à toi seul. Je sais que tu es à l'écoute de ce que je veux, de ce que je ressens. Je dois avoir le courage de te dire ce que j'ai vraiment sur le cœur.

Car elle s'était montrée sincère, une fois, et elle avait eu le cœur brisé. Certes, cette histoire était terminée maintenant. Michael était parti, elle n'avait pas commis l'erreur de l'épouser. Mais depuis, elle avait pris l'habitude de garder ses pensées pour elle.

Il lui tendit ses mains ouvertes.

— Accroche-toi à moi. Je te promets de m'accrocher à toi.

C'était précisément ce dont elle avait besoin. Il referma ses doigts autour des siens. Chaleureux et sécurisant, comme toujours.

— Ce n'est pas parce que tu me dis ce que tu veux que tu ressembles à ton père, Sam.

Elle sentit ses doigts se resserrer, et il haussa les épaules.

— Tout ce qu'on entendait quand on était gamins, c'étaient des ordres de mon père. Il a mené la vie dure à maman après leur divorce. Par la suite, elle m'a révélé que, si elle était restée forte, c'était pour nous montrer, à nous ses enfants, que le comportement de mon père n'était pas celui qu'un homme doit avoir.

— Elle a dû constituer un modèle difficile à égaler.

Elle lut de la surprise dans ses yeux, puis il hocha la tête.

— Oui, peut-être... Tu penses que j'ai trop essayé de lui ressembler ?

— Je pense que tu n'as pas besoin d'essayer, Sam. Tu as vu les dégâts causés par un homme qui cherche à prendre le contrôle de sa famille, tu as rejeté cette figure et tu n'es pas ton père.

— J'ai peut-être besoin d'y réfléchir encore un peu...

— Pas de problème. Ce n'est pas un ultimatum. Je veux juste que tu y penses.

C'était un autre défi à relever pour tous les deux. Sam devait se convaincre qu'elle n'allait pas disparaître brusquement et l'abandonner sans explications.

— Eloise..., commença-t-il soudain, le regard animé d'une immense chaleur. Je crois que je suis en train de tomber amoureux de toi. En fait... je suis presque certain que c'est le cas.

— Moi aussi, Sam, je suis presque certaine de tomber amoureuse de toi. Alors faisons les choses bien.

Leur soirée ne manqua pas de chaleur entre caresses, baisers et éclats de rire.

Sam alla jusqu'à lui demander si cela la dérangeait qu'il se contente de la prendre dans ses bras, cette nuit-là. C'était ce qu'il voulait, ce dont il avait envie à ce moment-là, et Eloise était plus que désireuse de se conformer à ses souhaits. Elle se cala contre les oreillers, vêtue du T-shirt et du short qu'elle réservait aux grasses matinées dominicales, jouant avec la télécommande de la télévision pour ne pas le regarder pendant qu'il se changeait.

— Un film, ça te dirait ? demanda-t-elle en lui tendant la télécommande.

— Oui, répondit-il tout en passant les programmes en revue. Ça ?

— Non, pas de réalisme sordide. Ça me rappellera trop ma semaine.

Il gloussa.

— Bien vu. Ça, alors... ?

Il avait trouvé un dessin animé.

— Parfait.

Au lieu de lancer le film, il insista :

— Tu sais, il y a toujours le consentement...

— Tu veux parler du choix du film ? plaisanta Eloise.

— C'est un peu plus important que ça, non ? protesta Sam en fronçant les sourcils.

— Oui, bien sûr. Tu connais la différence entre « oui » et « non » ?

— Oui.

— Je sais dire l'un et l'autre, Sam.

Il hocha la tête, passa un bras autour de ses épaules et lança le dessin animé.

C'était totalement inattendu. Sam avait grandi en sachant ce qu'il ne voulait pas être mais sans trop réfléchir à ce qu'il voulait. Il s'était promis de toujours respecter les desiderata d'une femme. Et puis Eloise avait bousculé sa vision des choses. Elle lui avait dit vouloir écouter et réaliser certains de ses souhaits.

C'était pour cette raison qu'il l'aimait. Il savait que leur conversation avait été pénible pour elle, mais elle s'était montrée déterminée. Elle ne voulait pas se contenter d'une relation pourtant étonnamment épanouissante : elle voulait ce qu'il avait à donner sans savoir comment y parvenir et s'arrangeait pour qu'il y parvienne.

Voyant qu'elle bâillait, Sam éteignit la télé. Puis il posa la question qui lui brûlait les lèvres mais qu'il redoutait de formuler parce qu'elle lui donnerait l'occasion de s'éloigner de lui.

— Tu me laisseras un peu de temps ?

— Autant que tu veux, Sam. Je ne vais nulle part.

Ils dormirent, pelotonnés douillettement l'un contre l'autre. En sécurité. Et de cette sécurité naquit le sentiment que, s'il l'aimait assez, il pourrait apprendre à combiner ses propres désirs avec les siens.

Sam se réveilla alors que les premières lueurs de l'aube commençaient à troubler l'obscurité. Percevant des mouvements dans la salle de bains, il se demanda quel jour on était, puis se souvint : samedi.

Et Eloise était déjà debout ? Il repensa à la soirée précédente. Elle lui accordait juste l'espace demandé.

Le temps qu'elle rentre dans la chambre sur la pointe des pieds, enveloppée dans une serviette, il était sorti des limbes du sommeil.

— C'est moi qui t'ai réveillé ?

— Non, j'attendais que tu reviennes.

Peut-être Eloise allait-elle comprendre et regagner le lit…

Elle lui lança un regard amusé, visiblement pas d'humeur à se contenter d'allusions, et alla se planter devant le miroir en pied pour libérer ses cheveux sur ses épaules.

Était-ce une manœuvre de séduction ? Soudain, Sam sut exactement ce qu'il voulait. Ce qui le sidérait le plus, c'était l'idée qu'il n'allait pas se contenter d'attendre qu'elle demande.

Il se leva du lit et alla passer les bras autour de la taille d'Eloise, qui referma aussitôt les doigts sur ses poignets. Elle dut sentir à quel point il était excité, car elle se pressa contre lui et croisa son regard dans la glace.

Elle parut fondre entre ses bras lorsqu'il lui déposa un baiser sur l'épaule. Tout… tout lui disait que c'était exactement ce qu'elle voulait. Pourtant, il ne put s'empêcher de demander :

— Tu veux faire l'amour ?

— Oui. Et toi, Sam, que veux-tu ?

La question l'enhardit. Il la débarrassa de sa serviette, non sans effleurer son corps. Elle s'adossa à lui, paupières closes.

— J'aimerais que tu regardes…

Elle rouvrit les yeux.

— Et moi, j'aimerais que tu enlèves ton T-shirt...

Il obéit, puis enroula les bras autour d'elle, posant une main sur ses seins tandis que l'autre descendait lentement.

— Sam !

Il la sentit trembler. Leurs désirs respectifs se mêlaient pour leur donner un aperçu de quelque chose qu'ils n'avaient fait qu'entrevoir pour l'instant.

Lentement, doucement, il commença à bouger les doigts. Et il comprit soudain ce qu'était l'abandon. Fini les craintes, les doutes, juste la certitude que ce qu'il voulait était aussi excitant pour Eloise que pour lui.

— Cela va peut-être prendre du temps, murmura-t-il, et il la sentit frissonner de plaisir.

— Oui. Sam, s'il te plaît... Prends tout ton temps...

C'était incroyable. Eloise n'avait jamais autant désiré quelqu'un, ni ressenti un abandon aussi complet. Coucher avec Sam avait toujours été meilleur qu'avec n'importe qui d'autre, mais là c'était tellement différent qu'il n'y avait même pas moyen de comparer.

Il avait aimé, lui aussi. La confiance retrouvée de Sam avait permis à la sienne de s'épanouir.

Elle se blottit contre lui, le serrant fort.

— Il me semble qu'on s'améliore au fil du temps, non ?

Elle sentit son baiser sur le sommet de son crâne.

— Peut-être qu'on devrait s'arrêter à cette étape ?

— Tu ne veux pas recommencer ?

— Bien sûr que si ! Je parlais au contraire d'arrêter de chercher à savoir qui nous sommes exactement pour privilégier une recherche plus sensorielle...

Il se moquait de sa consternation.

— Ah ! oui, je pense que des tas de pistes s'ouvrent à nous, en la matière. Mais pas tout de suite.

— En effet, convint-il en riant. Je pense être temporairement à court de ressources. Nous avons le week-end entier devant nous, cependant.

— C'est exactement mon avis...

Sam n'avait jamais été aussi heureux. Au cours des deux semaines qui avaient suivi ce merveilleux week-end, ils avaient trouvé leurs marques, un endroit où il pouvait exprimer sans crainte ses désirs et besoins, et où Eloise parvenait à croire que son propre passé était relégué… dans le passé.

Il s'inquiétait parfois, généralement pendant les quelques nuits par semaine qu'ils passaient seuls, de devenir aussi dépendant d'elle pour son bonheur. De ne plus pouvoir s'imaginer sans Eloise. Mais il ne pouvait se résoudre à exprimer ses craintes sur le sujet.

Elle arriva tard chez lui, ce vendredi-là, après une urgence à l'hôpital. Elle sortit une liasse de clichés de son sac à main.

— J'ai trouvé une autre pile de photos. Je devrais vraiment les ranger dans des albums…

Sam sourit. Eloise imprimait ses photos et avait pour habitude de les utiliser comme signets et de les disséminer un peu partout, si bien qu'elle retombait de temps à autre sur tel ou tel cliché. Ses photos à lui étaient soigneusement classées, à part celles qui lui inspiraient de la gêne, et il appréciait justement qu'elle ne ressente pas le besoin de censurer son enfance, alors qu'elle avait rougi d'embarras devant certaines d'entre elles.

— Bienvenue dans un nouvel épisode de mes horribles goûts vestimentaires à l'adolescence !

— J'adore, au contraire. Tu veux un verre de vin ?

Il venait de s'en servir un.

— Je me contenterai d'une ou deux gorgées dans ton verre, si ça ne te dérange pas. Je suis épuisée.

Elle alla se jeter sur le canapé du salon.

Sam la rejoignit et ramassa les photos. Il connaissait la plupart des personnes qui y figuraient désormais : sa grand-mère et son père, et des clichés plus anciens de sa mère, sur lesquelles Eloise s'arrêtait toujours avec une pointe de regret.

— C'est Bess ? Et June ?

Eloise se rapprocha pour regarder par-dessus son épaule.

— Oui, et le garçon s'appelle Tom. Elle sortait avec lui depuis des années, depuis leurs seize ans.

Il continua à passer les photos en revue, sourit devant celles de Paul occupé à rénover le vieux mur du manoir. Et puis… il tomba sur Eloise avec un homme qu'il ne connaissait pas. Elle semblait différente, moins animée, le sourire moins radieux.

Eloise lui arracha la photo des mains.

— Elle ne devrait pas être là…

— Michael ? demanda Sam avant de pouvoir s'en empêcher.

Si la photo ne donnait aucun indice sur ce qu'Eloise pouvait penser, sa réaction en disait long.

Elle hocha la tête. L'homme était très beau. Eloise et lui formaient le couple parfait. La jalousie poignarda Sam, d'autant plus virulente qu'elle était inattendue.

— Hé ! Ne fais pas ça, s'exclama-t-il en la voyant déchirer la photo.

— Elle ne devrait pas être là, Sam. Michael ne fait plus partie de ma vie.

Il comprenait, certes, mais, si Michael ne signifiait plus rien pour elle, pourquoi nier son existence ? Il aurait dû laisser tomber, sauf qu'il en était incapable.

— Que tu le veuilles ou non, il a eu de l'importance pour toi. Tu ne peux pas faire comme si de rien n'était, Eloise.

Il s'efforçait de rester calme, de parler rationnellement, même si craintes et incertitudes le déchiraient. Et si sa relation avec Eloise était trop belle pour être vraie ? Et s'ils étaient incapables de supporter les intrusions du monde réel ?

Elle fixait la photographie, le regard indéchiffrable. La distance semblait augmenter d'instant en instant entre eux, et Sam préféra se lever pour se diriger vers la fenêtre.

— Si tu veux que je te dise ce qui s'est passé avec Michael, tu n'as qu'à me le demander, lança Eloise, visiblement blessée.

Sam se retourna. Il était encore temps d'arranger les choses.

— Ce n'est pas ce que je veux dire, Eloise. Même si tu ne me racontes jamais… Si tu ne me racontes jamais, reprit-il après une pause, j'aurai mal, parce que cela signifiera que tu ne me fais pas assez confiance pour me parler de ta blessure, mais je saurai m'en contenter.

Elle fronça les sourcils.

— Qu'est-ce que tu veux, alors ?

Bonne question. Sam l'ignorait. Mais tout semblait soudain hors de contrôle. Il aurait voulu la prendre dans ses bras, la réconforter et calmer ses craintes. Toutefois, la jalousie et la colère le narguaient : il avait eu tort de croire que ce bonheur pouvait durer.

— Je veux que tu sois libre, Eloise. Je ne sais pas comment tu vas t'y prendre, mais tu devras te débrouiller toute seule, puisque tu ne veux pas me dire ce qui s'est passé.

Eloise dut percevoir sa colère, car elle leva le menton, sur un air de défi.

— Alors... quoi ? Quand tu m'as dit que je n'avais pas besoin d'en parler à qui que ce soit, parce que ça ne regardait personne, ce n'étaient que des mots ? Prononcés parce que tu pensais que c'était ce que je voulais entendre ?

— C'était il y a un moment, Eloise. Selon toi, rien ne s'est passé entre nous depuis ? Tu ne me fais toujours pas confiance ?

— Non ! Sam, je ne vais pas te laisser me dire ce que je dois ressentir à propos de quelque chose dont tu ne sais rien.

— Dans ce cas, explique-moi.

Sam ne voulait pas d'une dispute, aussi choisit-il de lui tourner le dos et de regarder par la fenêtre. Pour une raison qui lui échappait, le monde extérieur était toujours identique à lui-même : il ne s'était pas mué en un brasier ardent.

Ils ne s'étaient encore jamais disputés. Ils avaient eu des désaccords, avaient parfois bataillé pour trouver un terrain d'entente, et Sam avait trouvé cela pénible. Mais il n'y avait jamais eu cette colère irraisonnée, qui déformait l'équilibre de leur relation. Il avait cherché à l'éviter parce qu'il en avait peur.

Et maintenant, il savait pourquoi. Il avait éprouvé la force de la colère paternelle, dans son enfance, et vu ses effets sur sa mère. Il avait décidé que l'homme qu'il deviendrait ne serait pas sujet à ces accès de rage insensés. Les autres se disputaient, se défoulaient et recollaient les morceaux. Pas lui. Pour Sam, chaque dispute portait atteinte à son identité et l'éloignait de celui qu'il voulait être.

C'était l'une des ironies atroces de la vie : en l'encourageant à exprimer ses propres désirs et besoins, Eloise l'avait rendu heureux, mais elle avait également amorcé le processus de leur séparation. Il ne pouvait plus se prétendre capable de fonctionner dans une relation normale et saine.

— Je ferais mieux d'y aller.

Eloise avait-elle lu dans ses pensées ? Il commença sur-le-champ à les regretter.

— Quoi ?

Il s'effondra presque, faillit la supplier de rester. Et puis il réalisa qu'Eloise était parvenue à la même conclusion que lui. Qu'aucun d'eux ne pourrait jamais empêcher son passé d'interférer avec leur présent et leur futur.

— Je veux juste partir. S'il te plaît.

Sa voix tremblait, mais elle savait ce qu'elle faisait. Et elle avait raison, même si c'était douloureux. Et irréversible.

Il se retourna, juste à temps pour la voir se lever et sortir en trombe du salon. Il l'entendit prendre son manteau dans le placard du vestibule. Puis la porte d'entrée claqua si fort que sa lucarne en verre vibra. Il y eut ensuite le bruit des clés heurtant le sol lorsqu'elle glissa son double par la fente de la boîte aux lettres.

Saisi d'un haut-le-cœur, il se précipita dans la salle de bains. Il n'avait pas perdu Eloise. C'était lui qui avait délibérément mis un terme à leur relation.

Et maintenant ? Alors que tremblements et sueur froide commençaient à refluer, il se fit une promesse : il ne laisserait plus jamais Eloise le voir dans cet état. En colère. Même si ça faisait un mal de chien, il devait la laisser partir.

13

Il était 6 heures du matin, et Eloise avait pris place dans le train. Le voyage aller-retour allait durer onze heures – si elle avait de la chance –, et elle ne serait pas de retour chez elle avant minuit. Mais c'était nécessaire.

Quitter Sam avait été une décision difficile, mais c'était la bonne. Il avait eu raison de se mettre en colère : elle n'en avait pas plus fini avec le passé que lui. Trois semaines s'étaient écoulées, et il lui manquait pourtant toujours autant.

Elle ne l'avait pas appelé. Il ne lui avait pas davantage téléphoné. Avait-il décroché son appareil aussi souvent qu'elle ? Peu importait. Ils trimbalaient tous deux trop de problèmes non résolus. Elle avait laissé passer quelques jours, avant de prévenir son grand-père par mail, après quoi elle avait reçu un étrange message de Celeste, lui conseillant de prendre contact avec Elsa, la mère de Sam.

Eloise avait répondu : la démarche ne lui paraissait pas appropriée en ces circonstances. Elle avait reçu une réponse immédiate, où elle avait perçu l'exaspération de Celeste.

> Fais-moi confiance. Ce n'est pas à moi d'en parler, mais je te promets qu'Elsa sera ravie.

Même si la situation semblait sans issue, elle ne pouvait laisser partir Sam sans saisir cette chance. Celeste et sa mère prendraient soin de lui, et peut-être que les blessures de Sam commenceraient à cicatriser.

Eloise avait rédigé un mail avec soin, et il devint vite évident, avec la réponse d'Elsa, que celle-ci désirait sincèrement lui parler et que le sujet était trop important pour être traité à distance. Elle était donc montée dans un train pour la France.

Elsa et Hugo, son compagnon, l'attendaient à la gare. La mère de Sam paraissait aussi nerveuse qu'Eloise.

L'appartement du couple était lumineux et joliment décoré. Elsa la conduisit au salon et l'invita à s'asseoir sur un canapé ancien à haut dossier.

— De combien de temps disposes-tu, Eloise ?

— Trois heures. Nous avons tout notre temps.

— Super. Alors nous pourrons déjeuner ensemble. Je m'en occupe, déclara Hugo en les laissant toutes les deux.

Mal à l'aise, Eloise sourit, et Elsa lui rendit son sourire.

— Comment va Celeste ?

— Eh bien, elle semble très heureuse, avec mon grand-père.

— C'est ce qu'on m'a dit. Celeste m'a sauvé la vie, même si mon ex-mari était son frère. Son aptitude à prendre une situation à bras-le-corps est tout bonnement… merveilleuse, même si elle s'avère parfois un peu déroutante.

Eloise s'esclaffa, spontanément attirée par la gentillesse affable d'Elsa.

— Celeste a été très bonne pour moi aussi. Et vous avez raison, elle peut être très surprenante.

— Je dois lui rendre une visite sous peu, mais je voulais d'abord m'entretenir avec toi en privé.

— J'en suis très heureuse. Je ne m'y attendais pas, mais je vous en suis très reconnaissante.

— Il y a quelque chose que je veux que tu saches à propos de Sam…

— D'accord, mais je vous préviens quand même qu'il y a fort peu de chances que Sam et moi nous remettions ensemble. Nous avons trop d'obstacles à surmonter, tous les deux.

— Je suis au courant, mais ça t'aidera peut-être de savoir ce que Sam a dû affronter. Et à dire vrai, ça m'aidera aussi.

Le long voyage en train avait déjà éprouvé les nerfs d'Eloise, mais l'atmosphère dans la pièce était si pleine de non-dits que battre en retraite apparaissait presque comme une option.

Tiens bon. Même si Sam n'apprend jamais que tu as été assez courageuse pour faire ça pour lui, toi au moins tu le sauras.

— Tu sais que mon divorce avec le père de Sam n'a pas été facile, commença Elsa en la regardant fixement.

— Oui, Sam m'a dit que son père s'était montré... insistant.

Elsa sourit.

— Tu n'as pas besoin de faire preuve de tact avec moi, Eloise. Je sais exactement ce qui s'est passé.

— Sam m'a dit que son père surgissait à toute heure du jour et de la nuit, qu'il refusait de vous laisser tranquille.

— C'est vrai. Une des raisons pour lesquelles j'ai quitté le père de Sam, c'était que je ne voulais pas que mes enfants soient affectés par sa colère. Sam était assez âgé pour le comprendre, mais peut-être qu'il le vit comme un fardeau.

Elsa se leva, ouvrit un tiroir de l'élégant buffet et en sortit une photo encadrée. Sans mot dire, elle la tendit à Eloise.

Pendant quelques secondes, celle-ci crut qu'elle tenait un cliché de Sam avec une femme. Puis elle se rendit compte que le visage de l'homme avait quelque chose de différent.

— C'est... vous ? Avec le père de Sam ?

Elsa acquiesça, puis attendit qu'Eloise tire ses propres conclusions.

— Ils se ressemblent vraiment beaucoup. À part...

— Le nez, convint Elsa avec un sourire. Dont le mérite revient à Celeste. Sam se l'est cassé à un match de rugby, et Celeste le lui a remis en place, mais en un peu plus beau.

— Je n'avais jamais vu de photo du père de Sam, avoua-t-elle. Même si sa ressemblance avec Celeste aurait dû me faire comprendre qu'il tenait des Douglas. Je n'y ai pas beaucoup réfléchi...

En tout cas, elle avait la réponse à ses interrogations : quand Sam se regardait dans un miroir, il voyait sans cesse l'homme qu'il ne voulait pas être.

— Sam, lui, ne s'est jamais rendu compte que sa colère ressemblait plus à celle de Celeste qu'à celle de son père.

Eloise réfléchit un moment.

— Vous voulez parler de... l'impulsivité qui pousse Celeste à agir, si elle voit que quelque chose cloche ?

— Oui, exactement. Sam a la même propension à vouloir

améliorer les choses. Je crois qu'il peut faire tout ce qu'il veut, s'il s'y autorise.

— Je suis de votre avis. Mais il se réfrène, parce qu'il redoute de ressembler à son père.

Elsa hocha la tête.

— Il a besoin de quelqu'un comme toi, Eloise. Quelqu'un qui se soucie assez de lui pour comprendre cet état de fait.

— Et moi, j'ai besoin de quelqu'un comme lui...

Elle sentit les larmes lui monter aux yeux.

— Je ne te ferai aucune suggestion sur la conduite à tenir. J'ai juste pensé que tu devais savoir.

— Merci. J'apprécie vraiment que vous ayez tenu à me parler. Je sais que ça n'a pas dû être facile.

— C'est en tout cas beaucoup plus facile que de ne rien faire.

Elsa reprit la photographie des mains d'Eloise, comme si sa vue était trop douloureuse, et la fourra dans le tiroir.

— Je vais aller voir si Hugo a une tasse de thé pour nous. J'ai d'autres photos de Sam quand il était petit. Tu veux les voir ?

Ce serait douloureux. Mais elle avait appris que la douleur était parfois nécessaire si on voulait guérir.

— J'en serais ravie. Merci.

Sam s'était donné beaucoup de mal, courant jusqu'à tomber d'épuisement, pour espérer passer une bonne nuit de sommeil.

Ça ne marchait pas. Dans ses rêves, il entendait encore la porte claquer, puis les clés d'Eloise tomber par la fente de la boîte aux lettres. Il revoyait son visage et se réveillait en sursaut pour constater qu'elle n'était pas là.

Il avait passé le week-end dans le Norfolk, après que tante Celeste l'y avait invité, ayant manifestement eu vent de leur séparation. Elle lui avait fait comprendre qu'elle était prête à l'écouter s'il voulait parler, mais il avait poliment décliné, arguant que cette rupture l'affligeait mais qu'il n'y avait rien à faire.

Il rendit visite à Joy Cornelius, qui venait de sortir de rééducation après son attaque cérébrale. La rapidité de son transfert à l'hôpital après son AVC avait considérablement limité les effets de l'attaque. À l'exception d'un léger trouble de l'élocution et d'une faiblesse de la main, en voie d'amélioration l'un et l'autre, Joy était redevenue elle-même.

— Je suis heureuse de vous revoir, Sam. Merci infiniment de m'avoir mise en contact avec les gens du centre communautaire. Les clubs et les activités qu'ils proposent sont merveilleux.

— Ça fait partie du service, Joy.

— Pas du tout. Eloise a de la chance de vous avoir, vous êtes un homme bon. À ce propos, j'ai toujours son bonnet. Je l'ai lavé pour le lui rendre.

Sam étouffa un petit rire.

— À mon avis, elle tenait à ce que vous le gardiez.

Joy lui sourit.

— Elle est vraiment gentille. Vous avez de la chance, vous aussi.

— Eloise et moi sommes… Nous sommes juste amis.

— Oh ! j'ai fait une gaffe, alors ?

— Non, tout va bien.

La pensée que Joy avait perçu quelque chose entre Eloise et lui le rendait étrangement heureux. L'espace d'un instant, il ne lui resta plus que le sentiment de la connexion qui les avait réunis tous les deux.

— Nous avons mis un terme à notre relation.

Les mots étaient sortis tout seuls, poussés par la nostalgie.

— Vous l'avez laissée s'échapper ?

— C'est compliqué, lâcha-t-il. Essayez donc ça, ajouta-t-il en tendant à Joy la pâte à malaxer qu'il lui avait apportée pour aider à sa rééducation.

Joy commença à la pétrir avec ses doigts, en hochant la tête.

— Pas facile, commenta-t-elle, avant de demander : Vous avez lutté pour empêcher la rupture ?

— Je ne vais pas me battre pour qu'une femme agisse à ma guise. Seulement avec vous, Joy, nuança-t-il en riant. Si vous refusez de faire vos exercices.

Elle lui jeta un regard entendu et se remit à triturer la pâte à malaxer.

Elle ne semblait pas vouloir développer, et Sam aurait dû laisser tomber. Mais l'idée que Joy avait peut-être quelque chose à dire, qui serait susceptible de lui indiquer un chemin vers Eloise, était bien trop séduisante pour qu'il n'insiste pas.

— Que vouliez-vous dire, dans ce cas ?

Joy soupira.

— Vous êtes un homme intelligent, Sam, mais vous vous trompez. On ne se bat pas contre une femme quand on cherche à la récupérer. On se bat pour elle.

Sam hocha la tête.

— Je vois. Merci...

Soudain, le monde s'ouvrit. Il n'avait aucune idée de ce que « se battre pour Eloise » signifiait concrètement, mais c'était l'un de ces exemples où un petit mot faisait toute la différence.

Il sourit à Joy et s'empara du livret qui se trouvait à côté d'elle, sur la table basse.

— Et si nous regardions les exercices que votre kinésithérapeute vous a laissés ? Revoyez-les et assurez-vous de les faire correctement...

14

Sam avait beau essayer, il n'arrivait pas à se sortir les mots de la tête. Si se battre contre Eloise était honteux, se battre pour elle semblait beaucoup plus honorable.

Bien sûr, ce qu'il voulait, c'était la récupérer. Évidemment. Mais comment se battre pour elle ? Là, c'était un peu moins clair.

Il se demanda s'il devait appeler Alice. S'excuser et l'inviter à prendre un café, afin de voir si elle pouvait lui expliquer la raison de son départ. Et puis il se rendit compte qu'il n'avait pas besoin de tourner la page, plus maintenant, parce que, tout ce dont il avait besoin, c'était d'être l'homme qui aimait Eloise. Ne restait plus qu'à décider quand passer à l'action.

Et même cette décision, il n'eut pas à la prendre car il se retrouva comme malgré lui à se lever tôt, le samedi matin, à se raser et à choisir un pull assorti à sa chemise au lieu de prendre le premier qui lui tombait sous la main.

Il hésita tout de même avant d'emprunter l'allée d'Eloise. Les rideaux du salon étaient tirés… Puis il la vit à la fenêtre, qui les ouvrait justement. Son cœur faillit s'arrêter de battre lorsque la porte d'entrée s'entrebâilla.

— Sam… Sam, ne pars pas, s'il te plaît.

Elle était si belle, avec ses cheveux encore humides de la douche, son ample pull jaune et son jean.

— Je n'entre pas, déclara-t-il en remontant l'allée pour s'arrêter sous le porche.

— Pourquoi ? s'enquit-elle, sourcils froncés.

— Je veux te demander… si tu serais d'accord pour venir chez moi un jour… afin qu'on parle. Je nous préparerais à dîner.

— Qu'est-ce qui se passe ? Pourquoi ne pas entrer pour discuter maintenant, puisque tu es là ?

Il n'avait pas prévu cette alternative.

— Je ne veux pas renoncer à ce que nous avions. Je me suis dit qu'une invitation te donnerait le temps de réfléchir à ce que cette perspective t'inspire.

Elle lui adressa le sourire par lequel elle lui avait toujours fait comprendre que tout allait bien.

— Sam, si tu crois que je vais m'infliger ta cuisine, juste pour avoir le temps de réfléchir… J'ai quelque chose à te dire, moi aussi, et j'allais justement t'appeler pour te demander de venir.

Elle le conduisit au salon. Les fauteuils étaient toujours là où il lui avait suggéré de les placer, un peu en retrait devant la baie vitrée pour donner plus d'espace à la pièce.

Peu importait. Il n'était pas venu parler décoration mais, maintenant qu'il était là, il n'arrivait pas à imaginer ce qu'il pourrait dire à Eloise qui la persuaderait de le reprendre.

Tout ce dont Eloise avait envie, c'était se jeter dans les bras de Sam. Autrement dit, la solution de facilité, parce qu'ils pouvaient compter sur la connexion entre eux pour aplanir tout le reste. Pourtant, ils devaient emprunter le chemin ardu de toutes les choses qui les séparaient, s'ils voulaient venir à bout des difficultés.

Elle s'assit sur le canapé tandis que Sam prenait place dans l'un des fauteuils devant la fenêtre.

— Sam, ta mère m'a contactée… En fait, pour être exacte, Celeste m'a dit que ta mère voulait me parler et je l'ai contactée…

Il sourit.

— Je vois le tableau. Maman et Celeste t'ont prise en tenailles. C'est bien leur genre.

Au moins ne semblait-il pas trop contrarié.

— Donc je suis allée en France…

Il haussa les sourcils, intrigué.

— Tu as fait tout ce chemin ? Juste pour discuter ?

— Je pensais que c'était important, et ça l'était, en effet. Ta mère m'a aidée à voir certaines choses plus clairement.

— Je te suis très reconnaissant d'avoir fait le voyage, lâcha-t-il, pensif. Mais tu ferais mieux de me dire ce qu'elle avait à te confier.

— Elle m'a montré quelque chose… Une photo de ton père. Ça a dû être très dur pour toi, de savoir à quel point tu lui ressemblais alors que tu tenais tant à être différent de lui.

Il hocha la tête tout en se frottant le nez.

— Tu m'as vraiment rendu service en kidnappant le joueur de rugby vedette de l'équipe Douglas.

C'était tellement typique de Sam d'essayer d'alléger la conversation. Mais elle n'allait pas se laisser distraire.

— Celeste a fait du bon travail, en effet, donc je ne te contredirai pas sur ce point. Mais là n'est pas la question. Nous héritons tous de certaines caractéristiques de nos parents. La façon dont ils nous élèvent ajoute encore quelques éléments au mélange. Mais, en fin de compte, il nous reste notre libre arbitre. Tu es l'homme que tu choisis d'être.

— C'est une belle pensée…

— Non, ce n'est pas juste cela. Je comprends ton point de vue. Ta mère m'a dit que, l'une des raisons pour lesquelles elle avait quitté ton père, c'était qu'elle voulait une vie meilleure pour ton frère, ta sœur et toi…

— Autrement dit, une façon élégante d'insinuer qu'elle avait décelé sa colère en moi, non ?

— Absolument pas. Elle m'a dit que, s'il fallait te comparer à l'un des Douglas, ce serait à Celeste. Et je suis d'accord avec elle. Celeste ne se laisse pas marcher sur les pieds, mais elle utilise son tempérament pour améliorer les choses.

La peur commençait à la tenailler. Sam paraissait résigné, douter de pouvoir changer quoi que ce soit. Elle se battait pour eux et elle avait besoin de l'avoir à ses côtés dans cette lutte.

Sauf qu'il était là, chez elle qui avait passé cinq jours à y réfléchir sans réussir à trouver le courage de prendre sa voiture et d'aller sonner à sa porte.

— Si je ne me suis pas mariée, c'est parce que…

Sam leva une main.

— Je n'ai pas besoin de savoir.

— Je dois te le dire. Tu avais raison. Je n'avais pas tiré un trait bien net sur Michael, et ce n'était pas juste vis-à-vis de toi. Je dois te faire confiance, ajouta-t-elle avant de prendre une inspiration pour tenter de se calmer. La veille de notre mariage, j'étais en train de trier des documents, pour trouver le passeport de Michael, et j'ai découvert d'autres papiers : la réclamation d'une pension alimentaire non payée pour un enfant. Quand je l'ai interrogé à ce sujet, il m'a avoué avoir eu une relation avant de me rencontrer.

Sam acquiesça.

— Ça arrive.

— Certes. En revanche, il est fort inélégant de quitter sa partenaire quand elle est enceinte et de faire comme si elle n'existait pas au moment d'entamer une nouvelle relation. Non seulement il n'avait jamais vu son enfant, mais il avait par-dessus le marché cessé de payer sa pension alimentaire. Et puis il n'y avait pas que les mensonges : comment pouvais-je épouser un homme prêt à tourner le dos à son propre enfant ?

— Et tu ne l'as dit à personne ? Pourquoi ?

— Je pensais que tout le monde savait que nous avions annulé le mariage. On a rédigé un mail conjoint, puis il a commencé à s'énerver. « Hors de ma vue », voilà ce qu'il m'a lancé. Et le lendemain, il s'est présenté à l'église, pour prétendre que je l'avais planté devant l'autel. J'ai découvert à mon retour qu'il n'avait pas envoyé le fameux mail et, à ce moment-là… Michael pouvait être très charmant, si bien qu'il a persuadé tout le monde que je venais de le quitter.

Les larmes ruisselaient sur ses joues, mais elle parvint à poursuivre :

— C'est pour ça que je t'ai quitté. Parce que je n'étais pas prête à te dire la vérité. J'avais peur que tu ne sois pas de mon côté et que tu me dises, toi aussi, de disparaître de ta vue.

Elle n'arrivait même pas à regarder Sam, et encore moins à croiser son regard.

Il vint s'asseoir à côté d'elle sur le canapé. Puis il prit ses mains dans les siennes, et Eloise s'y cramponna.

— Qu'est-ce qu'on fait maintenant, Sam ? Est-ce qu'on peut se remettre de toutes les choses qui nous sont arrivées ?

Elle sentit son courage l'abandonner pendant un instant.

Sam lui releva le menton pour croiser son regard.

— On arrête de se battre l'un contre l'autre, et on se bat l'un pour l'autre. Quand je vacille, tu me soutiens. Et quand c'est l'inverse, je te prends dans mes bras pour te porter.

— Sam… Ne dis pas ça si tu ne le penses pas vraiment…

Même si elle le souhaitait de tout son cœur, elle n'osait y croire.

— Je suis sincère. Si tu m'embrasses maintenant, je ne te fuirai plus jamais et je ne te laisserai plus t'enfuir… Même si nous avons encore beaucoup de choses à régler et que ça sera peut-être très dur.

— Vas-y, Sam.

Il l'embrassa. Pas avec la tendresse propre aux réconciliations, non, mais avec la possessivité d'un homme sachant ce qu'il voulait et prêt à se battre pour l'obtenir.

— Je veux que tu m'épouses. Tu peux dire « oui » ou tu peux dire « non ». Cela ne fera aucune différence…

Eloise lui sourit.

— Tu veux dire que ma réponse importe peu ? Qu'un « non » sera aussi bien qu'un « oui » ?

Il lui décocha un regard de reproche.

— Je veux dire que je t'aimerai quoi que tu répondes. Je veux être avec toi et me battre pour notre relation. Tu peux trouver cela un peu dur…, la taquina-t-il à son tour.

— Plus c'est dur, mieux c'est. Donc ma réponse est oui.

Il éclata de rire, l'air incroyablement soulagé.

— Vraiment ?

— Oui, Sam. Tu as peur que je te plante devant l'autel ?

— Non, parce que je ne te laisserai pas partir.

Elle entendait les battements de son cœur. Il était honnête et vrai, ce cœur qu'elle chérirait toujours.

— Nous allons être occupés pendant les deux prochains jours, alors.

Il sourit, avant de lui déposer un baiser sur la joue.

— Occupés ? Pourquoi ?

— Ma mère et Hugo sont dans le Norfolk en ce moment, avec

Paul et tante Celeste. Ils viennent tous à Londres mercredi et, d'ici là, il faudra que je t'aie acheté une bague de fiançailles et invitée à un dîner romantique pour faire ma demande.

— Mais tu viens de la faire. Si tu penses que c'était un coup d'essai, oublie, Sam : maintenant que je t'ai dit « oui », je compte bien t'obliger à m'épouser.

— Tant mieux, parce que, moi non plus, je ne vais pas renoncer. Mais maman et tante Celeste voudront voir la bague et savoir que j'ai organisé la soirée romantique parfaite pour te demander en mariage. Quant à Paul, il tiendra à s'assurer que je suis un futur mari convenable, qui te traitera comme tu le mérites. Donc je me suis dit qu'on pourrait tout recommencer avant mercredi. Si ça ne te dérange pas, bien sûr.

Elle le serra dans ses bras. Sam savait combien la famille était importante à ses yeux.

— Je trouve que c'est une merveilleuse idée. Tu n'oublies pas quelque chose, cependant ?

— Absolument rien. La bague, ce sera pour cet après-midi, car j'aimerais mieux qu'on s'occupe à autre chose ce matin.

La lueur au fond des yeux de Sam lui indiquait clairement ce qu'il avait en tête.

— Je l'espérais, moi aussi...

15

Six mois plus tard

L'homme qu'Eloise avait rencontré était paralysé par le doute. Et l'homme qu'elle avait épousé aujourd'hui était libre de l'aimer de tout son cœur.

Sam aussi l'avait libérée. Il y avait eu des disputes, des silences et des craintes, mais leur amour ne s'était jamais démenti. Eloise n'avait jamais ressenti un tel bonheur et elle savait qu'il en allait de même pour Sam.

Leur mariage avait eu lieu dans la petite église près du manoir de son grand-père et de Celeste, dans le Norfolk. Elle aurait souhaité se marier en hiver, après qu'ils se seraient installés dans leur nouvelle maison, mais leurs plans avaient soudain changé, cinq semaines plus tôt, lorsqu'elle avait fait irruption dans la cuisine, agitant son test de grossesse. Sam l'avait serrée très fort dans ses bras, avant de la supplier de l'épouser très vite, parce qu'il n'arriverait plus à attendre.

Cinq semaines leur avaient suffi pour tout organiser. La réception s'était tenue dans le jardin du manoir et, à la tombée de la nuit, les invités avaient commencé à regagner leurs pénates pendant que les traiteurs rangeaient leur matériel. Grand-père avait accroché des lanternes dans la pagode sur la pelouse, où Sam et elle l'avaient rejoint en compagnie de Celeste, d'Elsa et d'Hugo.

— C'est magnifique. Tu crois qu'on pourra avoir quelque chose comme ça pour notre mariage, Paul ? s'enquit Celeste.

— Je pourrais en construire une. C'est dans le style de la maison, et je pourrais peut-être y ajouter une cheminée et des vitres amovibles pour l'hiver...

— Maintenant qu'on a lancé la mode des épousailles, murmura Sam en se penchant pour embrasser Eloise, on ne peut plus les arrêter...

— Rien ne nous arrêtera non plus.

Elle avait aimé chaque minute de ces six derniers mois, quelles qu'aient pu en être les difficultés. Dès qu'elle lui touchait la main, elle le voyait sourire et sentait la chaleur de son regard.

— Quand Celeste a attrapé le bouquet d'Eloise par mégarde et a crié : « Eloise, raté ! » et l'a relancé...

Son grand-père racontait les moments forts de la journée. Elsa l'interrompit d'un éclat de rire :

— J'ai vu qu'il venait droit sur moi et j'ai esquivé. Hugo a dû l'attraper pour moi.

— Ce n'est pas facile d'atteindre sa cible avec un bouquet de fleurs, mais il a fini par arriver à destination, conclut Eloise en souriant à Elsa. Alors, Hugo et vous avez déjà décidé où vous comptiez vous marier ?

— Nous avons pensé à Londres. Je pourrai peut-être séjourner dans votre belle maison neuve, le temps de repérer quelques endroits ?

— Quand tu veux, maman, répondit Sam en riant. Même si elle n'est pas encore complètement aménagée.

— C'est pourquoi nous avons besoin d'Elsa, intervint Eloise. Elle me donnera des idées pour la chambre du bébé.

Sam sourit et l'embrassa.

— J'ai hâte : encore six mois à attendre, c'est long.

— Ils passeront vite, commenta Elsa en riant. Avant que tu t'en aperçoives, ils feront leurs bagages pour la fac de médecine.

— Ou... d'autres études, nuança-t-il.

— Ce qui ne serait pas une mauvaise idée : il y a beaucoup trop de médecins dans la famille. Nous avons besoin de...

Celeste marqua une pause, peinant visiblement à trouver une autre profession digne d'intérêt. Tout le monde se mit à rire.

— Je propose un toast, lança Paul en se levant.

Il récupéra la dernière bouteille de champagne dans le seau à glace.

— Aloysius Grant et Henry Douglas n'avaient aucune idée des conséquences qu'aurait leur brouille. Celeste et moi sommes tombés amoureux en nous opposant sur un détail mineur concernant le Grant College et le Douglas College.

Celeste éclata de rire.

— Ensuite, Sam et Eloise ont eu la grande chance, même si personne ne s'en doutait à l'époque, d'être les seuls invités de notre fête de fiançailles. Et maintenant, nous attendons avec ferveur le petit Grant-Douglas, nouveau membre de nos familles enfin réunies.

Eloise sentit la pression que Sam exerçait sur sa main. Il était très excité à l'idée de devenir père. Leur bébé grandirait au sein d'une famille soudée et aimante.

— Et maintenant, le jour même du mariage d'Eloise et de Sam, notre Elsa bien-aimée a accepté la demande d'Hugo.

— Elsa a refusé six fois, mais sept est mon chiffre porte-bonheur, lança Hugo en embrassant la main de sa dulcinée.

— Alors, mesdames et messieurs, veuillez lever vos verres à Henry Douglas et à Aloysius Grant. Ils ont peut-être été malavisés, mais ils nous ont apporté beaucoup de bonheur, de rires et d'amour.

— Maintenant et pour toujours, murmura Sam tandis qu'Eloise et lui se joignaient au toast.

— Aux Douglas et aux Grant !

KATE HARDY

Une vétérinaire à Paris

Traduction française de
CAROLINE JUNG

BLANCHE

HARLEQUIN

Titre original :
AN ENGLISH VET IN PARIS

1

— Antoine, j'ai besoin de vous.

Pourquoi la directrice des ressources humaines du zoo du Belvédère avait-elle besoin de lui ?

Antoine Bouvier avait plutôt l'habitude que les gardiens l'appellent pour lui demander d'examiner un animal. À moins que Marie ait un problème avec son animal de compagnie et veuille avoir un avis de la part d'un professionnel ? Mais elle n'avait jamais fait allusion à un chien, à un chat, ni même à un poisson rouge.

— Qu'est-ce que je peux faire pour vous ? demanda-t-il après avoir sauvegardé ses notes.

— Tenez, Antoine, je vous ai apporté du café. Exactement comme vous l'aimez, je crois.

Elle posa la tasse sur son bureau.

Oh ! oh ! première étape, quand Marie avait besoin de quelque chose, elle attendrissait d'abord son interlocuteur avec une petite attention. Il l'avait déjà vue faire avec d'autres personnes. Ensuite, elle l'appelait par son prénom. À l'excès. Puis elle amenait le sujet qui l'intéressait et le présentait de manière à donner l'impression que son interlocuteur en avait eu l'idée. Enfin, avant que ce dernier puisse dire ouf, elle le remerciait et tournait les talons sans lui laisser une chance de contester la décision prise presque sans lui.

— Merci, dit-il poliment mais sur ses gardes. De quoi s'agit-il ?

— De la vétérinaire anglaise.

La vétérinaire censée arriver le lundi suivant, pour un détachement de six mois. Le zoo du Belvédère était jumelé avec celui de Cambridge, et Geraldine Milligan avait pris une disponibilité pour venir travailler à Paris, dans son équipe.

— Elle a changé d'avis ? Elle ne vient plus ?

— Si, répondit Marie d'un air bizarre. Le problème, Antoine, c'est son logement. Les fenêtres de l'appartement où elle était censée vivre devaient être changées cette semaine, mais les ouvriers ont trouvé de l'amiante. Le géomètre dit qu'il faut tout enlever. Mais cela va prendre du temps. Des semaines, en fait. Et il ne va pas être facile de trouver un autre appartement au pied levé...

Marie grimaça, l'air soucieux.

— Je me demandais, Antoine, si vous ne pourriez pas la loger chez vous, en attendant.

— Chez *moi* ?

— Vous avez une chambre d'amis, dit-elle.

Oui, il avait une chambre d'amis dans l'hôtel particulier qu'il avait hérité de sa grand-mère, deux ans auparavant. Ce dont il avait été très reconnaissant, à l'époque, car cela avait un peu amorti le choc de l'annulation, à la dernière minute, de son mariage. Il avait au moins un endroit où se réfugier. Où panser ses blessures. Un endroit à lui, dans lequel il n'avait aucun souvenir avec Céline.

— Je me suis dit que ce serait bien, Antoine, pour souder l'équipe, ajouta Marie.

Ses arguments tenaient debout mais, outre l'emploi excessif qu'elle faisait de son prénom, il avait une réserve de taille.

— Ne risque-t-elle pas de trouver un peu bizarre de vivre avec un homme qu'elle ne connaît pas ?

C'était le directeur des services vétérinaires du zoo, dont le travail consistait à négocier et à régler des problèmes administratifs plus qu'à soigner les animaux, qui s'était occupé du détachement de la vétérinaire de Cambridge. Antoine s'était contenté d'accepter.

— Vous allez travailler ensemble, Antoine. Je ne pense pas que ce soit un problème pour elle de cohabiter avec un collègue de travail.

— Il vaudrait peut-être mieux qu'elle aille vivre chez une femme, non ? Valérie ne pourrait pas l'héberger ?

Marie fronça les sourcils.

— Valérie vit chez ses parents. Cela me paraît difficile de la leur imposer.

En revanche, cela ne la gênait pas de la *lui* imposer.

— Ce ne sera que pour quelques semaines, dit-elle comme si elle lisait dans ses pensées. Et je suis sûre que le Dr Milligan sera une invitée tout à fait agréable.

Bien sûr ! Il ne savait rien de Geraldine Milligan si ce n'est qu'elle avait récemment obtenu un master en médecine vétérinaire pour animaux exotiques, et que le directeur du zoo de Cambridge était suffisamment impressionné par ses compétences pour suggérer au zoo du Belvédère de l'intégrer à son équipe.

De plus, Antoine avait l'habitude de vivre seul, et l'idée de partager sa vie quotidienne avec quelqu'un ne le réjouissait pas vraiment.

— Ce sera quasiment impossible de trouver une chambre d'hôtel de libre à cette période de l'année, poursuivit Marie.

Le printemps à Paris... C'était effectivement la saison préférée des touristes.

— Pour quelques semaines..., répéta-t-il.

Qu'est-ce que cela impliquait, exactement ?

Avant qu'il n'ait le temps de demander plus de précisions, un immense sourire illumina le visage de Marie.

— C'est super ! dit-elle. Je savais que je pouvais compter sur vous, Antoine. Merci beaucoup.

Merci ? Mais... Il ne lui semblait pas avoir donné son accord. Marie avait la réputation d'être un vrai bulldozer. Ce qui était parfait quand on avait besoin qu'une situation avance ou se débloque, et qu'elle faisait partie de l'équipe. Mais c'était moins agréable quand on se trouvait de l'autre côté de la table des négociations.

— Je ne vous aurais jamais demandé ce service si j'avais eu une autre solution, ajouta-t-elle.

Il n'était pas absolument certain que ce soit vrai, mais il n'avait pas envie de se lancer dans une discussion, sachant déjà qu'il n'aurait pas le dernier mot.

— Elle arrive dimanche après-midi, gare du Nord, à 15 heures.

Marie lui décocha un autre grand sourire.

— Bien. J'irai l'attendre à la gare.

Il n'avait pas vraiment le choix. Il fallait que le Dr Milligan ait une clé de chez lui, et il ne pouvait décemment pas lui donner rendez-vous devant sa porte ou au café du coin, ni la laisser se débrouiller dans le métro, surtout si elle était chargée.

— Mieux vaudrait peut-être que vous l'informiez de la situation et que vous lui demandiez qu'elle m'envoie son numéro de téléphone. Et donnez-lui le mien, bien sûr, au cas où elle ait besoin de me contacter.

— Merci, Antoine. Vous êtes adorable, dit Marie en lui tapotant l'épaule avant de disparaître du bureau après avoir accompli sa mission.

Antoine était perplexe. Il allait devoir vivre avec quelqu'un pendant quelques semaines.

Même si le Dr Milligan se révélait être l'invitée la plus accommodante du monde, sa venue provoquait tout de même un grand changement dans sa vie quotidienne. Un changement qui fit remonter des souvenirs et l'emplit d'appréhension.

Ses notes pouvaient attendre. Il fallait qu'il se pose pour réfléchir. Et le meilleur moyen de gérer des situations qui le stressaient était d'aller voir les tigres. Notamment Bianca, la tigresse du Bengale blanche qui était arrivée au zoo du Belvédère le même jour que lui, huit ans auparavant. En tant que vétérinaire, il n'était pas censé avoir de favoris, mais il adorait les gros chats. Bianca avait déjà donné naissance à trois portées de petits, en huit ans. Depuis quelques mois, il la surveillait d'un peu plus près, car elle avait développé une insuffisance rénale. Une petite marche jusqu'à l'enclos des tigres l'aiderait probablement à y voir plus clair.

La statue de John Betjeman, à la gare St. Pancras de Londres, était l'endroit idéal pour dire au revoir à ses parents et à sa sœur, car il y avait trop de monde pour qu'elle ose éclater en sanglots. Elle leur était vraiment reconnaissante de l'avoir accompagnée jusque-là.

— Geraldine, tu es *sûre* de ton choix ? répéta son père. Il est encore temps de changer d'avis, tu sais. Nous trouverons une solution.

Elle se remémora le discours qu'il avait fait le jour de son mariage, dans lequel il lui avait dit qu'elle pouvait encore changer d'avis. Elle avait répondu qu'elle était sûre de son choix, à l'époque. Et elle se retrouvait, cinq ans plus tard, divorcée, le cœur brisé...

Elle se secoua intérieurement. Ce n'était vraiment pas le moment de s'apitoyer sur son sort. On ne pouvait pas changer le passé, mais on pouvait faire en sorte que l'avenir soit meilleur. Elle avait pris une bonne décision. Elle avait un peu chancelé quand le directeur des ressources humaines du zoo du Belvédère l'avait appelée de Paris pour lui dire qu'il y avait un problème dans son appartement et qu'elle allait loger chez le vétérinaire avec lequel elle travaillerait, Antoine Bouvier. Mais c'était peut-être mieux d'être accueillie dans une famille plutôt que de se retrouver toute seule dans une ville qu'elle ne connaissait pas encore.

Mieux valait regarder le côté positif des choses. Il y avait du positif dans toutes les situations. Il suffisait de le chercher.

— Paris est magnifique au printemps, dit-elle sur un ton léger. Et je ne pars que six mois, papa. C'est un nouveau départ et, avec un peu de chance, je vais pouvoir m'occuper d'une femelle panda en gestation et être parmi les premiers à voir son petit.

Sa sœur, Alex, la regarda d'un air intrigué.

— Tu pars avec une seule valise. Les *fashionistas* parisiennes ne te laisseront pas t'en tirer comme ça.

Geraldine éclata de rire.

— Je ne compte pas devenir *fashionista*. Crois-moi, on ne porte ni costume ni Louboutin pour anesthésier un tigre. De toute façon, si j'ai besoin de quelque chose de plus chic, j'irai faire les boutiques.

Sally, sa mère, la regarda d'un air soucieux.

— Je sais qu'on en a déjà parlé mais, Paris, c'est loin !

— C'est à moins de trois heures en train, dit Ben, son père, sur un ton rassurant. Ne t'inquiète pas, tout ira bien.

Il la regarda en souriant.

— Si tu as besoin de quoi que ce soit, appelle-nous à n'importe quelle heure du jour et de la nuit. Nous viendrons aussitôt.

— D'accord, répondit-elle en croisant mentalement les doigts.

Il fallait qu'elle prenne son envol. En retournant vivre chez ses parents pour préparer son master en médecine vétérinaire exotique, elle était redevenue un peu trop dépendante d'eux. Et ensuite, quand elle s'était de nouveau installée à Cambridge, ils avaient fait des tas d'histoires.

Elle les prit dans ses bras l'un après l'autre.

— Ne vous faites pas de souci pour moi. Le Dr Bouvier vient me chercher à la gare. Tout ira bien, dit-elle en se demandant si elle ne cherchait pas à s'en convaincre aussi.

— Au revoir, ma sœur. Profite bien de chaque seconde à Paris, dit Alex en l'embrassant. Et n'oublie pas ta mission : trouver la meilleure crème brûlée de Paris, si les tigres, les pandas et les pingouins ne prennent pas tout ton temps. Je viendrai bientôt la déguster avec toi.

— Message reçu, Alex.

Elle embrassa de nouveau ses parents et sa sœur.

— Il faut que j'y aille, maintenant. Je vous envoie un message à mon arrivée à Paris.

Ce ne serait probablement pas nécessaire. Elle était sûre que sa mère suivrait son trajet sur l'application de géolocalisation qu'elle avait installée sur son téléphone, et qu'elle saurait exactement à quelle heure Geraldine poserait le pied sur le quai de la gare du Nord. Elle sourit, espérant masquer son appréhension.

— À bientôt !

Avait-elle commis une erreur en acceptant ce détachement à Paris ? Ou ce séjour serait-il l'occasion de tourner la page sur le passé et de passer à autre chose ? C'était ce qu'elle avait en tête. Si elle était suffisamment courageuse pour aller vivre dans un pays dont elle n'avait pas parlé la langue depuis le collège, elle devrait l'être aussi pour être honnête vis-à-vis d'elle-même et de ses émotions. Ce qui signifiait, en d'autres termes, qu'il faudrait qu'elle choisisse, pour sa prochaine relation, un homme qui ait vraiment envie des mêmes choses qu'elle. Qui ait envie d'évoluer avec elle, pas sans elle.

Tout le monde disait que Paris était merveilleux au printemps. De plus, elle était fascinée par les pandas géants depuis son enfance, et allait avoir la chance de travailler avec l'un d'entre eux dans le cadre du programme de reproduction du zoo du Belvédère – elle allait réaliser l'un de ses rêves !

Elle ne se retourna pas pour faire coucou à ses parents et à sa sœur de peur de ne pas pouvoir gérer les émotions que cela risquait de générer. Elle approcha son billet de la borne, et la barrière s'ouvrit, telle la permission de commencer une nouvelle vie.

Une fois installée dans le train, elle envoya un texto à Antoine Bouvier pour lui confirmer l'heure de son arrivée. Puis elle ouvrit son roman, mais ne parvint pas à se concentrer. Les cadeaux qu'elle avait achetés pour ses hôtes étaient-ils convenables ? Le risque de commettre un impair était trop grand quand on offrait du vin à des Français, aussi avait-elle opté pour de très bons chocolats et une boîte de biscuits de chez Fortnum & Mason. Elle trouverait aussi l'occasion de les inviter quelque part à dîner dans la semaine.

Elle répéta mentalement les expressions qu'elle avait révisées avant de venir : *Bonjour, madame, bonjour, monsieur, merci de me recevoir chez vous.*

Elle sentit une boule d'appréhension se former dans son ventre et essaya de penser à tout ce que cette expérience lui apporterait de bon. C'était l'occasion de faire enfin une chose dont elle rêvait depuis des années. Elle était tout à fait capable de se débrouiller dans une autre grande ville, et elle ne tarderait pas à faire des progrès en français, surtout en vivant dans une famille et en travaillant en équipe. De plus, elle s'était bien entendue avec ses collègues de Cambridge. Pourquoi en serait-il autrement à Paris ?

Quand le train sortit de l'autre côté du tunnel sous la Manche, elle reçut un message d'Antoine Bouvier :

Je vous attends dans le hall, au bout du quai.

Quelques jours auparavant, il lui avait envoyé une photo de lui afin qu'elle le reconnaisse, assortie d'un message :

Ce sera plus simple, pour nous retrouver, qu'un écriteau avec votre nom.

Elle ne s'attendait pas à ce qu'il soit si jeune. Il était beau, si on aimait le genre ténébreux – brun, légèrement poivre et sel sur les tempes, avec de beaux yeux noirs et une barbe naissante ombrant à peine ses joues. Avec une bouche aussi sensuelle, il aurait pu faire une publicité pour un parfum.

Mais mieux valait ne pas le regarder sous cet angle. C'était son nouveau collègue – avec une expérience qui pourrait faire de lui son supérieur hiérarchique, en réalité –, et il avait la gentillesse de l'inviter à vivre chez lui, en famille.

Elle lui avait envoyé à son tour une photo d'elle et, jusqu'à ce jour, cela avait constitué l'essentiel de leurs échanges.

Le train entra en gare du Nord.

Elle était arrivée.

Une nouvelle vie commençait.

Elle sentit l'adrénaline parcourir ses veines et sortit du train. Puis elle suivit le flot de voyageurs et scruta les personnes qui attendaient, impatiente de croiser le regard de son nouveau collègue.

Antoine dévisagea tous les passagers provenant du train et reconnut d'emblée Geraldine Milligan, qui lui parut légèrement plus grande et plus mince que sur la photo qu'elle lui avait envoyée. Elle avait tiré ses cheveux blonds en une queue-de-cheval et posait sur lui de grands yeux bleu foncé, presque marine. Il remarqua aussi qu'elle avait une bouche parfaitement dessinée. Elle portait un jean et un T-shirt à manches longues sous une veste en polaire, des tennis de toile aux pieds. Elle avait un air très anglais.

Il s'étonna de ne la voir tirer qu'une valise. C'était peu pour un séjour de six mois. Peut-être avait-elle pris de quoi tenir quelques semaines, le temps de voir de quoi elle aurait besoin par la suite. Partir six mois à l'étranger était un grand changement.

Il prit une profonde inspiration, puis avança vers elle. Elle le reconnut et lui sourit.

— Bonjour, monsieur. Merci beaucoup de me recevoir chez vous, dit-elle d'une traite.

Il ne s'attendait pas à ce que le Dr Milligan fasse l'effort de parler français.

— Je vous en prie. Soyez la bienvenue, docteur.

— Vous pouvez m'appeler Geraldine.

Elle lui tendit la main.

— Antoine.

Il lui serra la main et eut l'impression d'avoir été galvanisé.

C'était la première fois qu'il avait ce type de réaction. Même Céline ne lui avait jamais fait cet effet-là. C'était un peu déstabilisant.

— Vous n'avez qu'un bagage ? dit-il en lâchant sa main, espérant qu'elle ne se soit pas aperçue de son trouble. Ce n'est pas facile de se garer autour de la gare. Nous allons rentrer en taxi, ce sera plus simple. Il y a la queue, mais cela avance vite, en général.

Il tendit le bras pour prendre la valise.

— Ne vous inquiétez pas, je peux la tirer moi-même, dit-elle en souriant.

Elle était indépendante, ce qui était un avantage – à condition de savoir demander de l'aide quand on en avait besoin. Il avança jusqu'à la file d'attente des taxis.

Antoine Bouvier était encore plus séduisant en vrai qu'en photo. Quand ils s'étaient serré la main, elle avait senti un frisson lui parcourir le dos, ce qui lui avait presque fait perdre l'équilibre. Réagir de cette manière face à un collègue, dès le premier jour, était malvenu, à plus forte raison s'il était marié. De ce fait, sa réaction, quand il avait voulu lui prendre la valise des mains, avait été un peu brusque, et elle espéra ne pas avoir eu l'air impolie.

Elle le suivit jusqu'à la file d'attente des taxis qui, comme il l'avait prédit, avançait rapidement. Une fois dans le véhicule, elle regarda un nouveau paysage défiler par la fenêtre : les grands immeubles avec leurs balcons en fer forgé, les rues pavées, les trottoirs ombragés par d'immenses platanes. Cela n'avait rien à voir avec les petites rues anciennes du centre de Cambridge, où l'on ne voyait que des universités et des gens à vélo.

Le taxi s'arrêta, et Antoine régla la course avant qu'elle ait le temps d'ouvrir son sac à main. Une fois sur le trottoir, sa valise à la main, elle leva la tête vers l'immeuble de cinq étages en pierre blanche devant lequel ils s'étaient arrêtés.

— Cet immeuble est magnifique ! s'exclama-t-elle. Très parisien.

Bravo, Geraldine ! C'est une belle entrée en matière. Ton nouveau collègue va te prendre pour une demeurée.

— Merci, dit-il. Bienvenue à Montmartre. L'appartement est au deuxième étage.

Il ouvrit la porte, et ils entrèrent dans le hall. L'ascenseur était tout juste assez grand pour les contenir eux et sa valise. Par la force des choses, ils étaient presque collés l'un à l'autre, et elle se serait bien passée de la bouffée de chaleur qui l'envahit à cette pensée. C'était une chose de remarquer qu'une personne était séduisante et c'en était une autre de se sentir attirée par un nouveau collègue qui avait la gentillesse de l'accueillir chez lui.

Elle demeura silencieuse de peur de laisser échapper encore des fadaises et attendit qu'il commence la conversation. Ce qu'il ne fit pas. Heureusement, la cabine s'arrêta bientôt, ne laissant pas le temps au silence de devenir gênant. Antoine Bouvier était peut-être du genre à être plus à l'aise avec les animaux qu'avec les humains. Avec un peu de chance, sa femme serait un peu plus loquace que lui.

Il ouvrit la porte de l'appartement.

— Vous pouvez laisser votre valise ici, dit-il dans l'entrée, pendant que je vous fais visiter les lieux. En fait, les chambres, les salles de bains et mon bureau se trouvent à cet étage, et les pièces à vivre sont au-dessus. Ici, c'est ma chambre. Vous pouvez choisir la vôtre. Il y en a plusieurs.

— Merci.

— Venez, je vais vous montrer le haut.

Un vaste escalier les conduisit dans une grande pièce dont la couleur biscuit des murs mettait en valeur le parquet en chêne clair. Tous les plafonds étaient ornés de moulures et de lustres à pampilles. La salle à manger donnait sur un petit balcon qui courait tout le long de l'immeuble, auquel étaient accrochées des jardinières en terre cuite. Au centre trônait une table, avec six chaises, et, contre le mur, une console qui lui parut très ancienne et très française, ainsi qu'une horloge à balancier.

De là, ils passèrent dans le salon qui comprenait deux canapés, un épais tapis persan et une armoire. Quelques illustrations de botanique ornaient les murs, ainsi qu'une cheminée surmontée d'un grand miroir. L'absence de touches personnelles lui sauta immédiatement aux yeux : pas de livres, pas de photographies, rien qui indique qu'une famille vivait ici. C'était étrange. Marie lui avait dit qu'Antoine Bouvier était marié… à moins qu'elle l'ait inventé en pensant à son supérieur hiérarchique de Cambridge dont elle savait qu'il avait femme et enfants.

— Vous faites du feu dans la cheminée, l'hiver ? demanda-t-elle.

Il secoua la tête.

— Mes grands-parents en faisaient quand j'étais petit, mais je ne me donne plus cette peine. C'est plus simple d'allumer le chauffage. Cela dit, j'ai tenu à garder la cheminée quand j'ai fait faire des travaux. Venez, je vais vous montrer la terrasse.

Il l'emmena dans une immense cuisine au sol en tomettes et aux placards en bois. L'évier semblait ancien, lui aussi, mais les équipements étaient tout ce qu'il y a de plus moderne. Il ouvrit une porte donnant sur une terrasse ornée de gros pots de plantes, d'une table de bistrot et de deux chaises.

— C'est l'endroit parfait pour lire, les soirs d'été, dit-elle.

Il hocha la tête.

— Oui, c'est vrai que c'est un endroit agréable.

— Je vous suis vraiment reconnaissante, à votre femme et à vous, de m'héberger. Je ne suis pas sûre que j'aurais pu trouver un autre appartement en si peu de temps.

Il tourna la tête vers elle.

— En fait, je n'ai pas de femme, dit-il sur un ton qui lui parut un peu sec.

Elle grimaça.

— Oh ! je suis désolée. Je pensais que...

Elle se sentit rougir de honte.

— Je suis vraiment désolée, parvint-elle à articuler.

— C'est moi qui devrais l'être, dit Antoine. J'aurais dû vous le dire avant.

Il y aurait une femme dans cet appartement si sa fiancée n'était pas tombée amoureuse de son frère. Une femme et peut-être un enfant. Une petite fille qu'il porterait sur ses épaules et qui lui demanderait sans arrêt d'aller voir les tigres au zoo.

Mais la vie en avait décidé autrement et, en attendant mieux, il fallait qu'il rassure son invitée qui avait l'air très mal à l'aise. Il prit une profonde inspiration.

— J'ai dit à Marie que vous risquiez de ne pas vouloir habiter chez un collègue homme et célibataire. Elle a eu l'air de dire que nous saurions rester professionnels.

— Bien sûr, dit promptement Geraldine.

— Mais si vous préférez, je peux aller loger chez des amis et vous laisser l'appartement, le temps que vous trouviez un logement.

— Non ! Tout va bien, ne vous inquiétez pas.

Mais elle avait l'air perturbée et rougit de nouveau. C'était la troisième fois depuis son arrivée.

— Je vous suis très reconnaissante d'avoir accepté de m'héberger alors qu'on vous a prévenu à la dernière minute. J'essayerai de ne pas vous déranger. Et je vous remercie aussi d'être venu me chercher à la gare, mais je tiens à vous rembourser le taxi.

Il secoua la tête.

— Il n'en est pas question. C'est le moins que je puisse faire. Est-ce que vous avez faim ? Soif ? Voulez-vous un café ? Un verre d'eau ?

— Un café, avec plaisir, dit-elle d'un air empli de gratitude.

— Allez choisir votre chambre pendant que je le prépare, si vous voulez.

Cela leur permettrait de souffler un peu.

— Je peux boire du café lyophilisé, si vous avez.

Il secoua la tête.

— Vous êtes à Paris, dit-il en souriant. Ici, on boit du vrai café.

— Il n'y a rien de mal à boire du café instantané, dit-elle.

Il n'était pas de cet avis, pour y avoir goûté une fois. Jamais plus.

— Chacun ses goûts, dit-il. Allez visiter les chambres. Et il faut que je vous donne une clé de l'appartement.

Il ouvrit un tiroir et en sortit un petit trousseau.

— Merci.

Elle sortit de la cuisine, et il se mit à moudre le café. Le temps qu'elle revienne, il était prêt à être servi.

— J'ai choisi ma chambre – la plus petite des deux. J'espère que cela vous convient.

— Très bien.

— Et, tenez. Je vous ai apporté ceci de Londres, pour vous remercier de votre hospitalité.

Elle lui tendit une boîte de biscuits et une autre de chocolats provenant d'un grand magasin cossu de Londres.

— Et je me suis dit que je pourrais vous inviter à dîner, un de ces soirs.

— C'est gentil, mais il ne fallait pas. Je suis certain que vous auriez fait la même chose si j'avais débarqué à Cambridge et que je m'étais retrouvé sans logement. Vous prenez du sucre, du lait ?

— Ni l'un ni l'autre, merci.

Il lui tendit une tasse et retourna sur la terrasse.

— Votre appartement est vraiment très beau, dit-elle. J'aime beaucoup le mélange d'ancien et de moderne. Le carrelage de la salle de bains m'a fait penser à une ruche.

— J'ai évité de peu les abeilles, dit-il ironiquement. C'est ce que voulait ma sœur aînée, Amélie. C'est sa chambre que vous avez prise.

Geraldine le regarda d'un air anxieux.

— Oh ! je suis désolée. Je peux changer de chambre si vous voulez...

— Non, pas du tout. Elle ne vient pas souvent à Paris et, de toute façon, seulement à certaines périodes de l'année. Par chance, elle est trop occupée à faire son vin pour venir jouer au chef avec moi.

Ou pour remuer le couteau dans la plaie de ce que leur frère avait fait et qu'il n'avait pas encore digéré.

Geraldine se détendit et sourit.

— Dans ma famille, c'est moi la grande sœur. C'est moi qui joue au chef, dit-elle en souriant.

Il avait du mal à l'imaginer en grande sœur autoritaire. Il la revit sur le quai de la gare, un peu perdue, et se demanda ce qui l'avait poussée à accepter un détachement de six mois à l'étranger.

— Quel genre de vin produit-elle ?

— Du sancerre. Mes grands-parents étaient vignerons. Amélie avait envie de reprendre l'affaire, comme l'a fait mon père avant elle. Quand nous étions petits, elle s'intéressait déjà à la terre et aux plantes. Moi, j'aimais bien la compagnie des chiens et des chats du domaine, et de l'âne que notre voisin avait recueilli.

— Vous êtes vétérinaire dans l'âme.

Il hocha la tête. Il avait même pensé s'associer avec son frère

Jean-Luc et fonder la clinique vétérinaire des frères Bouvier. Par chance, il avait été attiré par la médecine zoologique pendant ses études, sans quoi sa carrière aurait pris le même chemin que sa vie privée.

— Je faisais régulièrement des pansements à notre pauvre labrador, dit Geraldine. Je crois qu'il le supportait sans broncher parce que je lui donnais toujours un gâteau comme « médicament ».

— Vos parents sont vétérinaires, eux aussi ?

— Non. Ma mère travaille dans l'administration, mon père est comptable. Et ma sœur est prof de gym dans un club de sport. D'ailleurs, elle m'a donné une mission : il faut que je trouve la meilleure crème brûlée de Paris et que je la fasse venir pour la goûter. Il me tarde – à la fois de chercher la crème brûlée et de lui montrer la ville quand je la connaîtrai un peu mieux.

À la tendresse qu'il perçut dans sa voix, il comprit qu'elle était proche de sa famille.

— Bienvenue à Paris, dit-il en levant sa tasse.

— Merci. Je suis très contente d'être là.

— Qu'est-ce qui vous a donné envie de venir ?

Il vit une ombre obscurcir son visage. Ce n'était peut-être pas un sujet sur lequel elle avait envie de s'épancher. Ce qui lui convenait très bien. Lui non plus n'aimait pas évoquer certains aspects de sa vie.

— J'ai toujours été fascinée par les pandas. Alors, quand l'opportunité s'est présentée de travailler au sein du programme international de reproduction, je l'ai saisie.

C'était une bonne raison. Lui aussi se réjouissait d'en faire partie.

— Je vous présenterai les animaux et les employés du zoo demain. Je me suis dit que vous pourriez me suivre tout au long de la journée, pour comprendre comment nous travaillons et rencontrer les autres membres de l'équipe.

— Je suis vraiment contente d'élargir mes connaissances et mes compétences. Et j'espère que, en retour, celles que j'ai déjà acquises seront utiles aux autres.

— J'en suis certain.

Il finit son café.

— Je vais préparer le dîner, ce soir.

— Merci. Durant le temps de ma présence ici, nous pourrions peut-être cuisiner à tour de rôle et dîner ensemble, plutôt que de faire la cuisine chacun pour soi. Mais je ne veux pas vous envahir. Qu'en pensez-vous ? Et je suis tout à fait d'accord pour que nous partagions les autres tâches.

— J'ai une femme de ménage, dit-il. Pas besoin de faire un planning pour cela. Mais j'accepte avec plaisir votre proposition pour la cuisine.

Il n'était pas nécessaire de lui expliquer qu'en général, à midi, il prenait quelque chose à la cantine du zoo et allait le manger dans son bureau, et que, le soir, il se contentait de se faire un sandwich. Cela dit, quand il avait des invités, il aimait bien se mettre aux fourneaux, comme il y avait été habitué étant petit.

— Y a-t-il des aliments que vous n'aimez pas ou auxquels vous êtes allergique ?

— Non, je mange de tout.

Il se retint de lui demander si elle mangeait même les cuisses de grenouille. Cette envie spontanée de plaisanter le troubla car il y avait longtemps qu'il ne l'avait pas éprouvée.

— Je vais faire quelque chose de simple. Je pensais à du poulet à la provençale. J'ai aussi du fromage, des fruits.

— C'est parfait, dit-elle en souriant. Est-ce que je peux me rendre utile ?

— Non. Allez vous installer et défaire vos bagages, si vous voulez. Nous pourrons dîner vers 19 heures. Vous buvez du vin ? Rouge ou blanc ?

— Je vous laisse choisir en fonction de ce que vous cuisinez.

— D'accord. À tout à l'heure.

2

Geraldine ouvrit sa valise et rangea ses affaires dans l'armoire de la chambre. Son nouveau collègue était une énigme. Antoine Bouvier était tout à fait courtois, mais elle sentait qu'il gardait ses distances vis-à-vis d'elle. Marie avait dit qu'il avait spontanément proposé de l'héberger mais, vu ce qu'il avait dit sur le fait qu'elle serait peut-être plus à l'aise chez une femme ou dans une famille, elle se demandait si la directrice des ressources humaines n'avait pas un peu insisté.

À part cela, le séjour commençait bien. Sa chambre était très jolie, dans des tons de blanc et de bleu sarcelle. Et elle voyait un bout du Sacré-Cœur depuis la fenêtre. De tous les quartiers de Paris, Montmartre était sans doute l'un des plus jolis. Elle pourrait faire une photo pour ses parents.

Elle jeta un coup d'œil à sa montre. Il restait une heure avant le dîner. Antoine lui avait fait comprendre qu'il n'avait pas besoin d'elle à la cuisine, et elle ne voulait pas qu'il se sente obligé de lui faire la conversation tout le temps. Elle ferait tout pour ne pas être envahissante. Elle éprouva un sentiment de solitude et de nostalgie. Elle aurait bien aimé que quelqu'un la serre dans ses bras.

Elle décida d'envoyer à sa famille et à ses amis la vue de sa chambre en photo avec des messages enjoués, bien résolue à ne pas se laisser happer par la mélancolie qui menaçait de la vider de son énergie. Puis elle commença la liste de tout ce qu'elle aimerait voir à Paris. Si la conversation venait à manquer pendant le dîner, elle pourrait toujours y recourir.

Quand elle remonta à l'étage, la table de la salle à manger était magnifiquement dressée – argenterie et verres en cristal. Elle s'arrêta sur le seuil de la cuisine.

— Quel parfum délicieux ! s'exclama-t-elle.

Antoine leva la tête.

— Timing parfait ! dit-il sans relever le compliment.

— Qu'est-ce que je peux faire ? Voulez-vous que j'apporte quelque chose ?

— Le vin, dit-il en désignant une bouteille débouchée sur le plan de travail.

Ils passèrent à table, et il fit le service.

— C'est exquis ! dit-elle après avoir goûté le plat.

— Je suis content que cela vous plaise.

— Le vin est très bon aussi. C'est celui que fait votre sœur ?

— Oui.

Il ne développa pas. Le silence tomba dans la pièce, et il lui parut bizarre de parler de but en blanc de sa liste d'endroits à visiter. Elle opta pour un sujet plus neutre, à savoir le travail.

— Vous m'avez suggéré de vous suivre, demain. Qu'est-ce qui est prévu ?

— J'arrive généralement au zoo vers 8 heures.

Heureusement qu'elle était lève-tôt.

— Je vais vous présenter à l'équipe. En général, nous commençons par une réunion, lors de laquelle nous consultons l'agenda et discutons des cas en cours, avant de programmer la journée. J'ai déjà quelques rendez-vous de prévus – il faut que j'aille examiner l'un de nos éléphants qui s'est fait piquer à la paupière, hier. Et un okapi a la mâchoire enflée. Il faudra lui faire une radio.

— Vous les anesthésiez, les animaux ?

— Le moins possible. Nous travaillons sur les comportements conditionnés, dit Antoine. De plus, les okapis ont des réactions imprévisibles quand on les anesthésie. Il restera conscient pendant que nous lui ferons passer la radio.

— Vraiment ? Comment ? demanda-t-elle.

Il lui décocha un sourire qui lui coupa violemment le souffle. Quand il n'était pas poli et détaché, ou sérieux et silencieux, Antoine Bouvier était beau comme un dieu.

— À l'aide de petits exercices, nous dressons les animaux pour qu'ils restent tranquilles quand on s'occupe d'eux.

— C'est l'idéal. Cela réduit les risques liés à l'anesthésie, et les animaux sont aussi moins stressés, dit-elle.

— Oui. Ils savent qu'ils auront une petite récompense, s'ils se comportent bien. Vous ne procédez pas de cette manière, à Cambridge ?

— Nous n'avons pas d'okapis.

— Le conditionnement fonctionne avec tous les animaux.

— Comme les chiens de Pavlov.

Il se remit à sourire, et elle sentit son cœur faire un petit bond dans sa poitrine. De toute évidence, les animaux étaient un sujet qui lui plaisait. Elle continua à lui poser des questions pour le plaisir de l'entendre parler et de le voir sourire.

— Quels sont les animaux que vous préférez ?

— Les vétérinaires ne sont pas censés avoir de préférences.

Elle ignora sa remarque. Tous les vétérinaires qu'elle connaissait avaient des préférences. Elle lui lança un regard entendu. Il soupira.

— D'accord. Les tigres. Nous avons une tigresse du Bengale blanche, Bianca. Elle est arrivée au zoo le même jour que moi. Je l'adore.

— Il me tarde de faire sa connaissance. Et celle des pandas.

— Vos animaux préférés sont les pandas, semble-t-il.

— Oui. Mon premier souvenir de panda, c'était au zoo de Londres. Mes parents m'avaient acheté un panda en peluche et un livre que je leur ai demandé de me lire tous les soirs, pendant des années, jusqu'à ce qu'il tombe en lambeaux. Il y a toujours des pandas au zoo d'Édimbourg mais plus à Londres. Il faut que je me déplace pour assouvir ma passion. Je suis allée voir des petits à Berlin, c'était incroyable.

Le souvenir la fit sourire.

— Je n'en reviens toujours pas qu'un petit panda ne pèse que quatre-vingt-dix grammes à la naissance – c'est mille fois moins que sa mère.

— J'espère que l'une de nos femelles, Zhen, va mettre bas, dit Antoine. Elle a un comportement typique d'une femelle qui entre en période de fécondité. Il faut saisir l'occasion.

La période en question était très courte – deux ou trois jours par an –, ce qui contribuait aussi au déclin de la population des pandas dans le monde.

— J'arrive au bon moment, dit-elle, enjouée. Est-ce que la conception se fait par accouplement ?

— Non. Nous avons essayé d'accoupler Zhen et Bohai, notre mâle, pendant deux ans. La première année, Bohai n'avait pas l'air de bien savoir quoi faire, même si nous lui avions construit une rampe spéciale pour l'aider. Et l'an dernier, il semblait plus inspiré, mais c'est Zhen qui ne voulait pas de lui. Cette année, nous allons procéder à une insémination artificielle. Nous ignorons quel est le meilleur moment pour prélever les ovules chez un panda femelle et pour transférer un embryon. L'insémination artificielle est la seule technique que nous puissions utiliser en l'état actuel des choses.

— J'ai fait cela avec des vaches, dit-elle.

— Alors vous devez tout savoir sur la congélation et la décongélation du sperme. C'est une bonne chose. Cela dit, contrairement aux vaches, les ours doivent être sous anesthésie pendant la procédure, et pour l'insémination nous utilisons un cathéter plutôt qu'un pistolet.

— Vous anesthésiez le mâle et la femelle ?

— Oui. Nous prélèverons le sperme de Bohai sous anesthésie, le mélangerons à du sperme décongelé provenant de la banque de sperme internationale et procéderons à l'insémination de Zhen, également sous anesthésie. Quatre étudiants assisteront à la procédure. Je présume que vous avez l'habitude des anesthésies.

— Je me suis occupée de gros animaux dans le cabinet vétérinaire où je travaillais avant de passer mon master et de me réorienter vers la médecine zoologique.

— Qu'est-ce qui vous a fait vous orienter vers la médecine zoologique ? demanda-t-il, curieux.

L'exercice de la médecine vétérinaire classique l'avait conduite à un tournant de son existence, un drame qui avait tout changé. Et brisé son cœur par la même occasion. Mais elle ne risquait pas de raconter sa vie privée à un parfait inconnu.

— J'ai toujours été attirée par les animaux exotiques, dit-elle.

Après mon divorce, j'ai fait le bilan de ma situation et j'ai eu envie de changer légèrement d'orientation.

Reprendre des études l'avait aidée à sortir la tête de l'eau, après sa fausse couche et le choc qu'elle avait eu en comprenant que Mark et elle attendaient des choses vraiment très différentes de la vie. Sans parler du chagrin à l'idée qu'elle ne fonderait peut-être jamais la famille de ses rêves.

— Puis-je vous demander pourquoi vous utilisez un mélange de sperme frais et de sperme décongelé ? demanda-t-elle.

— C'est au cas où Bohai ne produirait pas suffisamment de sperme. Le mélange favorise la diversité génétique et augmente les chances de fécondation, parce que les cellules du sperme congelé sont déjà activées, expliqua Antoine.

— Ensuite, il faut attendre. Si tout va bien, Zhen mettra bas entre cinquante et cent soixante jours plus tard, selon la date de l'implantation de l'œuf fécondé. Je suis toujours aussi émerveillée par la diapause embryonnaire chez les pandas.

L'œuf fécondé commençait à se diviser, puis le processus s'arrêtait et l'embryon pouvait s'implanter dans la paroi utérine beaucoup plus tard, parfois plusieurs semaines après, quand les conditions étaient les meilleures pour que son développement reprenne.

— C'est fascinant, c'est vrai. La diapause embryonnaire existe aussi chez les kangourous, les mustélidés et certaines autres espèces d'ours.

— Le problème, c'est que nous, pauvres humains, avons du mal à savoir ce qui se passe pendant ce temps-là.

— D'autant plus que les femelles pandas font souvent des grossesses nerveuses : elles ont le même comportement et les mêmes changements hormonaux que si elles étaient vraiment en gestation, dit-il.

— Je suis ravie de pouvoir suivre tout cela de près, dit-elle. J'adore les petits. Il n'y a rien de tel que de caresser un chaton ou un chiot.

— Vous avez des animaux familiers, en Angleterre ?

— Non. Je travaillais trop pour cela. Il faut du temps pour s'occuper d'animaux.

Sans compter que Mark tenait à ce que l'appartement soit absolument impeccable tout le temps – ce qui aurait dû lui mettre la puce à l'oreille. Elle se rattrapait dans son métier, auprès du bétail, des chats ou chiens de ferme, des cochons ou des moutons. Moutons qui avaient été involontairement à l'origine du drame, cela dit.

— Comme je ne vois aucune trace de chien dans votre appartement, je présume que vous avez un chat qui passe sa vie sur les toits de Paris ?

— Même pas. Comme vous, je passe le plus clair de mes journées au zoo. Je n'ai pas envie d'avoir un animal dont je ne peux pas m'occuper. Par chance, j'adore mon métier. Et mes patients.

Le thème vétérinaire finit par se tarir quand ils passèrent au fromage et, lorsqu'elle lui demanda ce qu'il aimait en matière de musique, de littérature et de cinéma, elle eut le sentiment de lui faire passer un interrogatoire plutôt que de faire connaissance avec lui.

— À quelle heure devons-nous partir, demain matin ? finit-elle par demander.

— Il faut dix minutes à pied pour arriver à la station de métro Pigalle, puis c'est direct jusqu'au zoo. Nous en avons pour une vingtaine de minutes.

Il marqua une pause, l'air préoccupé.

— Je suis désolé, je n'ai pas de quoi vous préparer des œufs au bacon pour le petit déjeuner, dit-il.

— Je mangerai ce que vous mangez. À la française.

— Personnellement, je prends du café et des tartines.

— Ce sera parfait. Et, comme vous avez cuisiné ce soir, je fais la vaisselle.

Comme il s'apprêtait à protester, elle enchaîna :

— Nous étions d'accord pour partager les tâches ménagères.

— En fait, j'ai un lave-vaisselle.

Et il y avait des chances qu'il ait sa propre méthode pour le remplir.

— Cela me prendra deux minutes pour le remplir, dit-il comme s'il avait lu dans ses pensées.

Il la laissa tout de même y mettre les couverts.

— J'ai des papiers à faire, dit-il une fois la table débarrassée. Vous pouvez regarder la télévision, si vous voulez.

— Je peux regarder des films sur mon ordinateur, répondit-elle.

— Ce qui me fait penser que je ne vous ai pas donné le code wi-fi de l'appartement. Je vous l'envoie par texto, dit-il en prenant son téléphone.

— Merci. Est-ce que cela vous dérange si je me fais un thé ? Je crois savoir que les Français boivent du café, alors j'ai apporté du thé de Londres. En voulez-vous une tasse ?

— Non merci, mais faites comme chez vous. J'ai des infusions – camomille et menthe, je crois – mais pas de thé anglais.

— Vous n'avez pas à acheter quoi que ce soit pour moi. D'ailleurs, j'aimerais participer aux frais, tant que je vis chez vous. Et demain soir, c'est moi qui cuisine. Il faudra juste que vous m'indiquiez où je peux aller faire des courses.

— Il y a plusieurs magasins dans la rue d'à côté – un boulanger, un boucher, un primeur et un fromager –, ainsi qu'un supermarché, à dix minutes d'ici. Je vous envoie aussi les adresses. Vous les trouverez facilement sur un plan.

— Merci. Y a-t-il des aliments que vous ne mangez pas ?

— Non, je ne suis pas difficile.

— Bien. Dans ce cas, on se voit demain matin, pour le petit déjeuner. Bonne nuit !

Geraldine Milligan était troublante.

Antoine ne comprenait pas très bien ce qui, en elle, le perturbait. L'intensité du bleu de ses yeux, qui lui donnait le sentiment qu'elle lisait en lui comme dans un livre ouvert ? L'éclat de son sourire ? Le fait qu'elle ne l'ait pas laissé s'emmurer dans son silence mais l'ait incité, au contraire, à bavarder avec elle ? Il avait tellement l'habitude qu'on le laisse ruminer tout seul dans son coin.

Tout cela prouvait qu'elle était capable de mettre sa vie bien rangée sens dessus dessous. Il fallait qu'il fasse très, très attention car il ne serait pas en mesure de faire face de nouveau au chaos et au chagrin s'ils se représentaient dans sa vie.

Le lendemain matin, la cuisine embaumait le café quand Geraldine rejoignit Antoine pour le petit déjeuner. Elle fit sa première dégustation de baguette-beurre-confiture, puis ils allèrent prendre le métro. Le wagon était bondé et trop bruyant pour leur permettre de bavarder, mais Antoine se transforma en guide dès qu'ils entrèrent dans le parc, attirant son attention sur tout ce qui risquait d'être intéressant pour elle.

Au zoo, il la présenta à toute l'équipe lors de la réunion matinale. Ils consultèrent le planning, puis chacun partit vaquer à ses tâches.

— On va commencer par l'okapi, dit Antoine en prenant l'appareil de radiographie portable.

Il la conduisit jusqu'à l'enclos, où une jeune femme les accueillit avec un grand sourire.

— Geraldine, je vous présente Sylvie, qui s'occupe des okapis. Sylvie, voici Geraldine Milligan, qui vient du zoo de Cambridge et qui va passer six mois avec nous. J'aimerais faire une radio à Nia.

— Très bien. Dans ce cas, nous lui ferons faire quelques exercices avant, afin qu'elle reste calme pendant l'examen.

— Elle est magnifique ! dit Geraldine. Avec ces rayures, les okapis ressemblent plus à des zèbres qu'à des girafes.

— C'est vrai. D'autant que les femelles n'ont pas d'ossicônes. Et dire qu'on ne connaît leur existence que depuis un siècle !

— Voulez-vous vous charger de la radio, Geraldine ? demanda Antoine.

— Bien sûr.

La manière dont Sylvie travaillait avec l'animal était fascinante. Elle utilisait un bout de bois comme cible et récompensait Nia de feuilles d'acacia quand elle la touchait du bout de son museau. Sylvie répéta l'exercice plusieurs fois.

— Les okapis aiment l'acacia ?

— Oui, ils adorent ça. Ainsi que certains fruits, dit Sylvie.

Une fois que cette dernière eut terminé l'exercice de dressage avec Nia, l'okapi fut en mesure de supporter la radio sans bouger, ce qui lui valut d'autres feuilles d'acacia en guise de récompense.

— Nous avons une dentiste spécialisée à qui je vais envoyer les radios, dit Antoine. Elle nous dira ce qui se passe sur la mâchoire de Nia et ce que nous devons faire pour y remédier.

Il se tourna vers Sylvie.

— Je vous tiens au courant. Merci pour votre aide.

Ils allèrent ensuite voir l'éléphant qui avait été piqué à l'œil. Par chance, sa paupière avait déjà dégonflé, et ils n'eurent pas à lui administrer de nouveau traitement. Antoine se réjouit aussi de ne pas trouver d'inflammation chez une tortue qui s'était cassé une griffe.

— Et voici le moment que vous attendez avec impatience, dit-il en se dirigeant vers l'enclos des pandas. Je vous présente Pierre, qui s'occupe des pandas.

Geraldine salua le gardien qui lui présenta les pandas.

— Là, c'est Zhen, la femelle. Son nom signifie « précieux » en chinois. Et Bohai, le mâle, dont le nom veut dire « mer ».

— Qu'ils sont beaux ! dit Geraldine.

— Comment vont-ils ? demanda Antoine.

— Zhen est un peu agitée. Elle déambule dans l'enclos, recule, la queue en l'air, et joue dans l'eau.

Autant de signes que la période d'ovulation approchait.

— Et elle est plus bavarde que d'habitude.

Comme pour illustrer le propos de Pierre, Zhen se mit à gazouiller et à bêler.

— J'attends de pouvoir faire un prélèvement d'uri…

Il s'interrompit en voyant Zhen uriner et se dirigea vers elle.

— On va pouvoir comparer l'échantillon d'aujourd'hui avec celui d'hier.

— Je suis vraiment contente de pouvoir participer au programme de reproduction et d'en apprendre un peu plus sur les pandas.

— C'est un privilège que nous avons, en effet, dit Antoine.

Pierre revint quelques instants plus tard.

— Cela fait une semaine que je trimballe une seringue stérile dans ma poche, dit-il en lui tendant un petit sac.

Antoine le remercia et poursuivit la visite avec Geraldine. À l'heure du déjeuner, il sortit de table plus tôt que les autres en disant qu'il avait du travail.

— Mais prenez votre temps, dit-il à Geraldine.

Elle le regarda s'éloigner en se demandant si sa présence y était pour quelque chose.

— Ne vous inquiétez pas, dit Valérie, une infirmière vétérinaire. C'est déjà incroyable qu'il ait passé autant de temps à table avec nous. En général, il emporte directement son sandwich dans son bureau.

— Ce n'est pas à cause de moi, alors, dit Geraldine. J'ai remarqué qu'il était un peu distant.

Elle grimaça.

— Je suis désolée, je ne voulais pas avoir l'air de le juger...

— Non, vous avez raison, acquiesça Valérie. Antoine est merveilleux avec les animaux. Il est patient, attentionné. Mais il semble un peu moins à l'aise avec les humains.

— Il l'était, pourtant, intervint Émilie, l'infirmière chef. Avant que...

Elle s'interrompit.

— Dites-moi s'il y a quelque chose qu'il est important que je sache, dit Geraldine. Je ne veux pas faire de gaffe...

— Depuis qu'il est séparé de son ex – cela fait deux ans, maintenant –, il ne laisse personne s'approcher de trop près. À part peut-être ses parents et sa sœur, mais ils vivent tous dans la Loire. Il passe beaucoup de temps seul.

Geraldine compatit. Elle aussi était passée par là. À la différence près que sa famille et ses amis ne l'avaient pas laissée se renfermer sur elle-même. De son côté, elle essayait toujours de voir le bon côté des choses.

— C'est dommage, dit-elle doucement. J'essayerai de faire preuve de tact. Merci de m'avoir prévenue.

La conversation s'orienta ensuite sur Paris et sur les endroits à ne pas manquer, ainsi que sur le meilleur moment pour les visiter. À la fin de la pause-déjeuner, Geraldine retourna dans le bureau d'Antoine.

— Quel est le programme de l'après-midi ? demanda-t-elle.

— J'ai quelques coups de fil à passer, puis nous continuerons à aller voir les animaux. Les résultats de l'analyse d'urine de Zhen sont ceux que j'espérais : le taux d'œstrogènes a beaucoup augmenté. Il se peut qu'elle soit en train d'ovuler. Demain, nous procéderons à l'insémination.

— Quelle bonne nouvelle !

— Oui, je suis content. Après une sédation initiale, trois personnes effectueront l'anesthésie – Jacques, Émilie et vous –, puis je ferai l'insémination. Il faut qu'une personne s'occupe de l'intubation, une autre de l'anesthésique et que la troisième prenne des notes.

— Quelle tâche préférez-vous que je fasse ? demanda-t-elle.

— Celle que vous voulez.

— Je peux m'occuper de l'intubation.

— Parfait.

Dans le courant de l'après-midi, Geraldine eut l'occasion de rencontrer Marie, la directrice des ressources humaines, qui se montra chaleureuse et démonstrative. Puis, en fin de journée, les infirmières rentrèrent chez elles, ainsi que Jacques, l'autre vétérinaire.

— À quelle heure partez-vous, en général ? demanda-t-elle à Antoine.

— Cela dépend de la paperasse. Malheureusement, aujourd'hui, il y en a beaucoup. Vous sentez-vous de rentrer seule à l'appartement ?

Elle se demanda s'il utilisait les tâches administratives comme excuse pour se débarrasser d'elle, mais elle sourit.

— Bien sûr. À quelle heure souhaitez-vous dîner ?

Il la regarda d'un air perplexe.

— Je... Euh...

— À 19 heures, comme hier ?

— Vous n'êtes pas obligée de cuisiner, vous savez.

— Je peux vous inviter à dîner au restaurant, si vous préférez.

La perplexité se mua en franche panique dans son regard. Elle se remémora les paroles d'Émilie. Non, ce n'était pas elle qu'il cherchait à éviter. Il ne s'était simplement pas encore remis de sa déception amoureuse.

Elle était bien placée pour savoir à quel point les ruptures étaient douloureuses et longues à cicatriser. Mark était passé à autre chose, et elle était contente pour lui. En même temps, elle aurait préféré que les événements se déroulent autrement. Elle aurait préféré qu'ils aient les mêmes envies, les mêmes besoins.

Elle aurait préféré ne pas avoir de problèmes de fertilité pour avoir contracté la fièvre Q.

— Je vais m'adapter, dit-elle. Envoyez-moi un texto vingt minutes avant de rentrer.

— D'accord.

Elle prit le métro jusqu'à Pigalle puis trouva les magasins qu'Antoine lui avait recommandés dans le quartier. Il s'attendait sans doute à ce qu'elle prépare un plat anglais indigeste. Elle avait bien l'intention de le surprendre.

Antoine eut du mal à se concentrer sur son travail. Le plus perturbant était que ce soit à cause de Geraldine. Sa présence le déstabilisait.

Il finit par refermer son ordinateur et se dirigea vers la station de métro. Là, il envoya le texto promis. Quand il entra dans l'appartement, l'air embaumait. L'idée qu'il aurait dû apporter des fleurs lui traversa l'esprit. Mais il rentrait chez lui, et Geraldine était son invitée. Lui offrir des fleurs aurait été déplacé, et le geste les aurait mis tous deux mal à l'aise.

Il gravit les marches jusqu'à l'étage, et elle apparut dans l'embrasure de la porte de la cuisine, tout sourires. Il sentit son cœur battre un peu plus vite et respira profondément pour qu'il recouvre son rythme normal. C'était ridicule de réagir de cette manière à un sourire. Le célibat de ces dernières années lui convenait parfaitement, et il n'avait aucunement l'intention de changer cet état de fait. Et encore moins pour une femme qui était de passage à Paris.

— Bonsoir ! lança-t-elle d'un ton gai. Vous avez réussi à dompter votre paperasserie ?

— On peut dire ça, oui. Qu'est-ce que ça sent bon !

Ses joues rosirent, et son sourire s'élargit.

— J'espère que cela vous plaira. Vous m'avez dit que vous n'étiez pas difficile, mais je n'ai tout de même pas osé vous faire du *roast-beef* et du *Yorkshire pudding*.

— Les rosbifs, laissa-t-il échapper.

Geraldine se mit à rire.

— Non. J'ai préparé une recette que l'une de mes amies m'avait apprise, à la fac : un curry de poulet du Kerala, avec des *chapatis*, du riz et un *dhal*. Et, comme il fait doux, j'ai pensé que nous pourrions dîner sur la terrasse.

— Excellente idée ! Est-ce que je peux me rendre utile ?

— Non, asseyez-vous. J'en ai pour cinq petites minutes. Si vous voulez, vous pouvez prendre le *lassi* dans le frigo.

— Vous vous êtes donné de la peine…

— Ce n'est pas si compliqué, dit-elle en souriant de nouveau.

Son sourire avait vraiment le don de réduire son cerveau en bouillie. Il fallait qu'il fasse attention. D'autant que la terrasse, sur le toit, donnait un sentiment d'intimité. Geraldine avait mis la table avec la vaisselle de la cuisine, et non l'argenterie de sa famille. Cela semblait annoncer une soirée tranquille en tête à tête à la maison. Ce qui ne lui était pas arrivé depuis que Céline était sortie de sa vie. C'était bizarre.

Le curry était délicieux ; les saveurs, bien équilibrées.

— J'en ai fait dix fois trop, mais on peut le congeler, si on n'a pas envie d'en manger encore demain.

— C'est tellement bon que je crois que je pourrais en manger tous les jours, dit-il avant de boire une gorgée de *lassi*.

Il reposa son verre.

— Alors, qu'avez-vous pensé de votre première journée au zoo ?

— Je suis enchantée. Et impatiente d'y retourner demain.

— Nous ferons le bilan de santé annuel des pandas, en plus de l'insémination artificielle. Poids, taille, contrôle des dents, prise de sang, pour commencer.

Ils parlèrent de pandas – un sujet neutre et inoffensif – pendant tout le repas. Puis ils débarrassèrent et firent du café qu'ils retournèrent boire sur la terrasse.

— J'ai regardé le planning, aujourd'hui, et j'ai vu que je ne travaillais pas mercredi prochain.

— Je confirme. Je ne travaille pas non plus ce jour-là.

— Je crois que je vais commencer à visiter tout ce que j'ai inscrit sur ma liste, dit-elle. Est-ce que cela vous dirait de…

Elle lui jeta un coup d'œil timide.

— … de m'accompagner ?

Il s'attendait à tout sauf à cela et se sentit pris de court. D'un côté, il avait envie d'accepter. De l'autre, il préférait maintenir ses distances avec Geraldine. Sa présence mettait en péril sa tranquillité d'esprit.

— C'est gentil, mais je pense tout de même me rendre au zoo, pour surveiller les pandas après l'insémination.

— Je comprends, dit-elle sans se départir de son sourire.

Mais il perçut une pointe de déception dans son expression. La culpabilité s'empara de lui. Qu'est-ce que cela lui coûtait de lui faire faire sa première visite de Paris ? D'aider sa nouvelle collègue à connaître la ville et à s'y sentir plus à l'aise ? C'était aussi une bonne façon de favoriser son intégration dans l'équipe.

Mais cela impliquait de créer des liens, de baisser la garde. Or il n'était pas encore prêt à laisser qui que ce soit s'approcher de trop près.

— Vous avez fait la cuisine, je débarrasse, dit-il en se levant, content de pouvoir mettre un peu de distance entre eux.

À l'expression de son visage, il vit qu'elle n'était pas dupe, qu'elle avait compris qu'il cherchait une excuse pour s'éloigner. La culpabilité l'assaillit de nouveau. Geraldine n'y était pour rien dans le fait qu'il préfère rester seul, mais la situation était trop compliquée à expliquer.

— À tout de suite, murmura-t-il avant de tourner les talons.

3

Le lendemain matin, Antoine se rendit au zoo une heure et demie plus tôt que d'habitude pour examiner les animaux qui en avaient urgemment besoin et préparer le bloc opératoire pour l'insémination de Zhen. Il distribua à chacun son rôle : Geraldine s'occuperait des voies respiratoires, Jacques, de l'anesthésie et Émilie ferait le compte rendu de la procédure.

— Je vais réduire le nombre de personnes présentes auprès des pandas tant qu'ils sont éveillés, pour ne pas les stresser. Les directeurs du zoo et les intervenants extérieurs assisteront à la procédure quand les pandas seront sous anesthésie. Et quatre étudiants pourront intervenir, sous notre contrôle, bien sûr. Est-ce que cela convient à tout le monde ?

L'équipe acquiesça.

Antoine Bouvier était efficace sans être brusque, et il était évident que le bien-être des animaux était sa priorité. Geraldine appréciait le fait qu'il les fasse passer avant toute considération politique. Elle lui fut également reconnaissante de s'apercevoir des moments où elle avait du mal à suivre la conversation et de lui traduire en anglais le plus naturellement du monde ce qui lui avait échappé.

— Si vous n'avez pas de questions, je vais faire entrer les étudiants.

Il sortit et revint avec quatre jeunes étudiants vétérinaires qu'il présenta à l'équipe.

— Pierre, pouvez-vous confirmer que Zhen et Bohai n'ont

absorbé aucun aliment liquide ou solide depuis douze heures ? demanda-t-il.

— Je le confirme. Ils sont un peu grognons d'avoir sauté le petit déjeuner, mais ils auront plus de bambous au repas qui suivra l'opération.

— Bien, dit Antoine avant de se tourner vers les étudiants. Je présume que vous savez pourquoi il est important que les pandas soient à jeun ?

— C'est pour éviter tout risque de régurgitation ou d'aspiration du contenu de l'estomac pendant l'anesthésie, répondit l'un d'entre eux.

— Exactement, dit Antoine en gratifiant le jeune homme de l'un de ses rares sourires.

Geraldine sentit une vague de chaleur monter en elle et se félicita qu'Antoine ne sourie pas à longueur de journée. Elle était là pour travailler, il ne fallait pas l'oublier.

— Les enclos vont être soigneusement nettoyés pendant que les pandas seront au bloc. On va vider les bassins et désinfecter le sol et les rochers.

Antoine hocha la tête.

— On va commencer, dit-il. Pour l'anesthésie, je préfère utiliser une seringue plutôt qu'une fléchette, quand c'est possible. Nous allons commencer par mettre Bohai, le mâle, en cage.

Antoine jeta un coup d'œil à Geraldine en espérant qu'elle saisisse l'occasion pour poser la question.

— Pourquoi le met-on en cage ? demanda-t-elle aux étudiants.

— Pour le protéger, afin qu'il ne se blesse pas pendant la procédure, répondit l'un d'entre eux.

Elle sourit.

— C'est effectivement l'une des raisons. Il y en a d'autres.

Personne n'intervint. Elle reprit :

— J'adore les pandas, mais sont-ils aussi gentils et aussi câlins qu'on l'imagine ?

Bonne question. Geraldine faisait réfléchir les étudiants aux raisons qui sous-tendaient les décisions cliniques. Elle avait un sens pratique appréciable.

— Non. Ce sont des ours. Ils sont dangereux.

Geraldine hocha la tête.

— Aussi dangereux que les ours bruns ou les ours polaires, même s'ils ne sont pas aussi lourds. La cage nous met à l'abri de leurs griffes et de leurs dents.

Antoine, Geraldine et les étudiants sortirent de la salle d'examen et se dirigèrent vers l'enclos des pandas. Pierre fit entrer Bohai dans la cage en lui grattant doucement le dos. Bohai grogna de plaisir, et Antoine lui parla calmement tout en procédant à l'injection. Le temps qu'elle fasse effet, il continua à l'apaiser et à donner des explications aux étudiants. Quelques minutes plus tard, le panda commença à montrer des signes de somnolence et, au bout d'un quart d'heure, ils purent ouvrir la cage en toute sécurité. Antoine vérifia son degré de conscience et ses signes vitaux, fit un prélèvement sanguin et mit un bandeau sur ses yeux.

— Je sais qu'il est sous anesthésie, mais cela permet de minimiser les stimuli extérieurs.

Geraldine lui mit un masque à oxygène.

— Il faut que la saturation en oxygène reste élevée pendant le transport, expliqua-t-elle. Quel est le meilleur endroit pour accrocher le capteur ?

— La langue ou la joue, répondit un étudiant.

— Pourquoi pas l'oreille ?

Il aimait sa manière de stimuler la réflexion des étudiants. Elle le faisait aussi sortir de sa zone de confort et reprendre contact avec le monde extérieur. Il ne savait pas s'il devait en être intrigué ou terrifié.

— Parce que les résultats sont moins précis et que le capteur peut glisser plus facilement, répondit un étudiant.

— Parfait, dit-elle en souriant. Vous pouvez mettre le capteur sur sa langue.

Elle vérifia qu'il était bien positionné, puis ils déplacèrent le panda sur une bâche, le mesurèrent, le pesèrent et enfin le transportèrent dans la salle d'examen principale.

— Nous allons prendre sa tension artérielle, dit-elle en posant un tensiomètre sur une patte antérieure.

Une fois le panda détendu et prêt à être intubé, elle se prépara à examiner sa gueule et ses voies respiratoires.

— On commence par vérifier les dents, suggéra-t-elle aux étudiants qui s'exécutèrent à tour de rôle.

— Ses dents me semblent être en bonne santé, dit le dernier.

Geraldine vérifia à son tour la dentition du panda.

— Il n'y a rien qui me fasse penser qu'il faut lui faire une radio – aucune dent n'est fissurée ou ébréchée. Nous allons donc pouvoir vaporiser de la lidocaïne sur ses cordes vocales pour réduire le risque de spasmes du larynx lors de l'intubation.

Elle inséra le tube et écouta sa respiration à l'aide d'un stéthoscope qu'elle passa ensuite aux étudiants.

Le petit hochement de tête qu'Antoine lui adressa lui fit chaud au cœur. Ils avaient une relation un peu étrange en dehors du travail mais, au zoo, ils étaient vraiment sur la même longueur d'onde.

Une fois les voies aériennes du panda protégées et le cathéter pour l'intraveineuse en place, Jacques lui administra une solution électrolyte pour maintenir le taux de fluides constant. Puis Antoine préleva le sperme de Bohai par électro-éjaculation tout en expliquant ses gestes aux étudiants, et Jacques lui administra un anti-émétique.

— Êtes-vous prêts pour le réveil ? demanda Antoine.

— Prêts, répondirent Jacques et Geraldine d'une seule voix.

Ils transportèrent le panda jusque dans la cage. Dès qu'il recouvra le réflexe de déglutition, Geraldine dégonfla la sonde d'intubation et la retira doucement. Ils le surveillèrent jusqu'à ce qu'il relève la tête, et le remirent sur pied. Quand Antoine estima qu'il pouvait y retourner en toute sécurité, ils le ramenèrent dans son enclos, où on lui servit son petit déjeuner habituel de bambous.

Ils procédèrent ensuite à l'anesthésie de Zhen puis à l'insémination.

— Nous utilisons un mélange de sperme frais de Bohai et de sperme congelé provenant de la banque internationale, expliqua

Antoine. Les femelles pandas ont de petits utérus. Il faut d'abord vider la vessie de Zhen, à l'aide d'un cathéter, puis insérer le sperme avec un autre.

La procédure se déroula sans accroc et, une fois remise de l'anesthésie, Zhen fut reconduite dans son enclos.

Lors du débriefing, Antoine eut la prévenance de laisser Geraldine, Jacques et Pierre répondre également aux questions des étudiants, révélant une autre facette de sa personnalité. Elle l'avait vu rester un peu distant avec ses collègues, la veille, et s'attendait à ce qu'il n'ait pas beaucoup de patience avec les étudiants. Or il se montrait très abordable – et beaucoup plus agréable. Geraldine remarqua que l'étudiante lui jetait des coups d'œil admiratifs et se dit qu'elle aurait fait la même chose à sa place. Non seulement Antoine était bel homme, mais il était aussi passionné par son travail et cette passion était captivante.

Était-il capable de déployer la même passion en dehors de son travail ? Elle se sentit rougir rien qu'à cette pensée.

Lorsque les visiteurs furent partis, ils reprirent le cours d'une journée normale, mais elle remarqua qu'Antoine passa la pause-déjeuner et celle de l'après-midi auprès de Zhen et de Bohai. Le soir, il n'accepta de partir qu'une fois que Pierre lui eut promis de l'appeler si l'un d'entre eux montrait le moindre signe préoccupant.

— Je peux refaire du riz et des *chapatis*, dit Geraldine, une fois qu'ils furent rentrés à l'appartement. Nous pourrons réchauffer le reste de curry, si cela vous convient. Et dîner tôt. Vous n'avez pas pris de pause-déjeuner.

— Je voulais m'assurer que les pandas allaient bien. L'anesthésie comporte toujours un risque.

— C'est la première fois qu'une insémination artificielle avait lieu au zoo du Belvédère ?

Il hocha la tête.

— Cela fait quatre ans que les pandas sont arrivés. La première année, nous avons manqué la période d'ovulation de Zhen. Les deux années suivantes, comme je vous l'ai dit, l'accouplement n'a pas pu se faire. Cette année, nous mettons toutes les chances de notre côté pour qu'elle ait un petit.

— J'espère que cela va fonctionner, cette fois.

— Il faudra la persuader de passer une échographie d'ici trois mois pour le savoir. D'après Pierre, elle ferait n'importe quoi pour de l'eau sucrée ou des patates douces, dit Antoine en souriant.

— Un réflexe de Pavlov, dit-elle avec légèreté.

— Et un apprentissage. L'équipe qui s'occupe des pandas a mis leurs fruits et légumes préférés dans des cubes qu'ils cachent dans leur enclos. En plus de dénicher les cubes, les pandas doivent trouver la bonne manière de les tenir pour pouvoir être récompensés.

— On est loin des zoos de mon enfance, dit Geraldine.

— C'est vrai. C'est drôle, j'ai toujours pensé que je travaillerais avec des animaux de ferme, mais j'ai eu la chance de faire un projet de fin d'année au zoo du Belvédère quand j'étais étudiant. C'est là que tout a changé.

Elle avait eu le même parcours, mais elle n'avait pas envie de revenir sur l'époque où elle travaillait avec les animaux de ferme et où sa vie avait volé en éclats. Aussi changea-t-elle de sujet.

— Vous êtes doué avec les étudiants.

— J'adore transmettre et j'adore les questions des étudiants. Elles me poussent à approfondir mes connaissances. Vous aussi, vous êtes pédagogue. Vos explications étaient très claires.

— Merci. J'aime autant travailler avec les humains qu'avec les animaux. Et j'adore aussi la médecine zoologique. C'est un peu comme appliquer ce que j'ai appris à des animaux différents.

— C'est vrai, dit-il, sans développer.

Elle sentit qu'il avait remis de la distance entre eux.

— Je vais aller préparer le dîner, dit-elle simplement.

Le lendemain matin, Antoine alla travailler tôt. Il eut un peu mauvaise conscience de laisser Geraldine se débrouiller seule pour son premier jour de repos, puis se rappela qu'il n'était pas responsable d'elle, qu'elle était adulte et parfaitement capable de visiter Paris sans lui. Il passa tout de même à la boulangerie, avant de se rendre au zoo, pour lui acheter des croissants qu'il posa sur la table de la cuisine avec un petit mot.

J'ai pensé que des croissants vous feraient plaisir. Bonne visite de Paris. Ce soir, c'est moi qui cuisine.

A.

Il reçut une réponse en arrivant au zoo.

Merci beaucoup pour les croissants. À ce soir !

Il appréciait ses efforts pour parler et écrire en français alors qu'il aurait été facile pour elle de parler anglais avec lui. Et la relation amicale qui naissait entre eux lui faisait chaud au cœur.

À son grand soulagement, Zhen et Bohai n'avaient aucune séquelle de l'anesthésie. Il passa le reste de la journée à rendre visite aux autres animaux, notamment un pingouin chez qui il suspectait une pododermatite infectieuse.

Il était en train de chercher des recettes pour le dîner quand son téléphone se mit à vibrer. Le prénom de sa sœur s'afficha sur l'écran. Bizarre. En général, elle n'appelait pas à cette heure-là.

— Amélie, tout va bien ?

— Oui, oui, ça va. Enfin...

— Que se passe-t-il ?

— Je... Euh... Je sais qu'on aurait dû te prévenir avant, mais...

La panique s'empara de lui.

— C'est papa ? Maman ? Il leur est arrivé quelque chose ?

— Non, tout va bien de ce côté-là.

Elle poussa un gros soupir.

— Ce n'est pas une mauvaise nouvelle, mais... tu risques d'être un peu choqué. Je suis désolée, tu sais que pour rien au monde je ne te ferais souffrir. Tu es mon frère, et je t'aime très fort...

— Je sais, Amélie. Dis-moi ce qui se passe.

— C'est au sujet de Jean-Luc et de Céline. Ils ont eu une petite fille. Elle est née ce matin.

La nouvelle lui fit l'effet d'un coup de poing dans le ventre. Aucun membre de sa famille n'avait eu le courage de lui dire que Céline était enceinte. D'une petite fille qui aurait dû être la sienne.

Il eut la sensation de tomber dans un puits sans fond où rien n'existait d'autre qu'une souffrance aiguë.

Mais il ne voulait pas que ses parents ou sa sœur s'inquiètent pour lui. Il se ressaisit.

— Je vois, dit-il d'une voix qu'il espérait neutre.
— Je sais qu'on aurait dû t'en parler avant.
Oui, ils auraient dû lui en parler. Mais il savait pourquoi ils ne l'avaient pas fait.
— Vous marchez sur des œufs avec moi. J'imagine que c'est toi qui as tiré la paille la plus courte.
— J'aurais dû venir te voir au lieu de te l'annoncer par téléphone.
— Tu es occupée, Amélie. Tu as bien fait. Ce n'était pas la peine de perdre une journée de travail pour ça.
— Il n'empêche... Je suis vraiment désolée. Je sais à quel point tu aimais Céline et j'aurais voulu que les choses se passent différemment.
— C'est comme ça, dit Antoine. On ne décide pas de qui on tombe amoureux.
— Oui, mais elle aurait pu tomber amoureuse de quelqu'un d'autre que de notre frère.
C'est ce qu'il s'était dit un nombre incalculable de fois. La situation était vraiment chaotique. Le vide que le départ de Céline avait laissé était toujours là, et il ne savait toujours pas qu'en faire.
— Comment vas-tu ? demanda Amélie.
— Bien, mentit-il.
Il allait falloir qu'il enfouisse les sentiments qu'il éprouvait dans un coin de son cœur avant qu'ils ne fassent encore plus de ravages.
— Amélie, je suis content que tu m'aies appelé, mais il faut que je prépare le dîner. Geraldine va bientôt arriver.
— Geraldine ?
— C'est la vétérinaire anglaise dont je t'avais parlé. Les maçons ont trouvé de l'amiante dans l'appartement où elle était censée habiter. Elle reste chez moi le temps des travaux. Elle a pris ta chambre, d'ailleurs.
— Elle est sympa ?
— Oui, elle s'occupe bien des animaux. Je pense que ce sera une bonne collaboration.
Amélie soupira.
— Ce n'est pas ce que je t'ai demandé.
Il le savait, mais il n'était pas disposé à en dire davantage.
— On se rappelle bientôt. Embrasse papa et maman de ma part.

— Pourquoi tu ne viens pas les embrasser toi-même ?

— Parce que j'ai beaucoup de boulot en ce moment.

Et parce qu'il n'avait pas envie de tomber sur son ex et son frère avec leur bébé. Pas tant qu'il n'avait pas digéré la nouvelle et apaisé le tourbillon de ses émotions. Car, contrairement à ce qu'il avait dit à sa sœur, il n'allait pas bien. Au point de faire brûler le dîner. À deux reprises. Et de prendre la décision de commander une pizza quand Geraldine rentrerait. Il se mit à récurer la cuisine, mais cela ne suffit pas à lui changer les idées. Il n'avait pas de travail – du moins rien qu'il puisse faire de chez lui – et il n'aimait pas regarder la télévision. Il ne trouva rien qui efface l'image qu'il avait en tête, à savoir Céline, radieuse, regardant amoureusement le bébé qu'elle avait dans les bras. Et qui n'était pas le sien.

Quand Geraldine rentra, son humeur avait empiré. Et cela ne s'arrangea pas quand elle se mit à raconter sa journée, débordant d'enthousiasme.

— Le Louvre est incroyable ! Je ne m'attendais pas à ce que *La Joconde* soit aussi petite. Mais j'ai vu des tonnes de tableaux magnifiques. Et le jardin des Tuileries était en fleurs, c'était somptueux ! Et il s'est mis à pleuvoir, pendant que je faisais la queue, mais ce n'était pas grave parce qu'un énorme arc-en-ciel est apparu, qui s'est démultiplié dans la pyramide inversée. Et…

— Vous êtes un vrai petit rayon de soleil, semble-t-il.

Il regretta ses paroles dès qu'il les prononça. Comment pouvait-il être aussi méchant, aussi injuste ? Geraldine n'y était pour rien si sa vie amoureuse était partie en eau de boudin et elle ne méritait en aucun cas qu'il défoule sa colère sur elle.

Elle fronça les sourcils en traduisant ce qu'il venait de dire. Puis elle leva la tête.

— Vous préférez rester sous la pluie et jouer les rabat-joie ? dit-elle sans se démonter.

Elle avait raison, mais il n'était pas prêt à l'admettre devant elle.

— C'est quoi, votre problème, Antoine ?

— Je n'ai pas de problème, répondit-il avant de tourner les talons.

— Oh ! non ! Vous n'allez pas vous en sortir comme ça. Vous m'agressez et puis vous faites comme si de rien n'était, alors que vous avez toujours été poli et gentil avec moi jusque-là. Un peu distant, parfois, mais toujours courtois. Et vous avez eu la gentillesse de m'acheter des croissants ce matin. Que s'est-il passé depuis ? Est-il arrivé quelque chose aux pandas ?

— Non, tout va bien au zoo.

— Tant mieux. Par contre, tout ne va pas bien dans votre vie.

Elle s'arrêta et huma l'air.

— Ça sent le brûlé, dit-elle. Et l'eau de Javel.

— J'ai fait cramer le poulet.

Elle le regarda, surprise.

— Cela m'étonne que quelqu'un d'aussi méticuleux que vous fasse brûler un poulet.

Elle avait décidément un peu trop de flair à son goût.

— C'est juste que… On m'a annoncé une nouvelle qui…

Il ne finit pas sa phrase, estimant que son geste de la main serait suffisamment explicite.

— Qu'est-ce qui vous a contrarié au point que vous fassiez brûler le poulet et me parliez sur ce ton ? insista-t-elle.

Il grimaça.

— Je suis désolé, dit-il. Je n'aurais pas dû m'emporter contre vous.

— C'est vrai. Je ne vous connais pas bien, mais cela ne ressemble pas à l'image que j'ai de vous depuis que je suis arrivée. Est-ce que je peux faire quelque chose ?

— Non.

— Non parce qu'il n'y a rien à faire ou non parce que vous êtes contrarié et avez besoin de ressasser cela tout seul dans votre coin ?

— Les deux, je crois, répondit-il sans pouvoir s'empêcher d'admirer sa perspicacité.

— Ne bougez pas. Je reviens dans deux minutes.

Il l'entendit mettre la bouilloire en marche et ouvrir des tiroirs dans la cuisine. Puis un parfum de vanille – ou de chocolat ? – parvint à ses narines. Qu'est-ce qu'elle fabriquait ?

Elle revint dans le salon, un plateau dans les mains.

— La solution anglaise à tous les problèmes, annonça-t-elle. Du thé et du gâteau.

— C'est du thé ? demanda-t-il en scrutant le liquide beige dans les tasses.

Elle sourit.

— Même en Angleterre, on se moque de ma manière de boire mon thé, que j'aime léger et avec du lait. Et le gâteau, c'est un *mug cake* au chocolat. Il n'y a pas mieux quand on a besoin d'une petite douceur.

Antoine regarda les tasses avec effarement. Ce n'était pas le genre de petite douceur qu'il avait l'habitude de consommer, mais le geste était adorable. Il se demanda s'il devait rire ou pleurer.

— Merci, dit-il simplement. Je ne suis pas sûr de mériter un tel traitement.

— Vous me faites penser à un panda, dit-elle. Un panda pas très sociable. Mais je vois bien que vous avez eu une dure journée, et ce ne serait pas très sympa de ma part de vous laisser dans cet état.

Un panda pas très sociable ? Une fois encore, elle n'avait pas tort. Depuis le jour de son mariage avorté, il tenait tout le monde à distance. Y compris ses parents et sa sœur. Il n'avait pas envie de lire la pitié dans leur regard. Mais il détestait que la famille soit divisée. Comme il l'avait dit à sa sœur, on ne décidait pas rationnellement de qui on tombait amoureux. Jean-Luc et Céline avaient résisté de toutes leurs forces à leurs sentiments. Mais les sentiments avaient fini par l'emporter.

Il ne savait pas comment s'y prendre pour mettre sa famille sur la voie de la réconciliation.

— Je vous présente mes excuses, dit-il.

— Mangez votre gâteau pendant que je vais faire le mien, buvez votre thé et ensuite racontez-moi. Je sais que nous nous connaissons à peine, mais je peux vous assurer que je n'irai pas répéter à qui veut l'entendre ce que vous voudrez bien me dire. Quand ça va mal, cela soulage de parler.

Il n'avait rien à dire à cela. Le thé était infect et le gâteau un peu trop sucré à son goût, mais il apprécia la gentillesse de son geste. Ainsi que le fait qu'elle quitte la pièce quelques minutes pour le laisser respirer un peu.

— Merci, dit-il quand elle revint avec son thé et son *mug cake*.

— Je vous en prie. J'ai l'impression que vous êtes du genre à aimer qu'on ne tourne pas autour du pot. Alors, maintenant que vous avez mangé et bu, dites-moi. Que s'est-il passé ?

Elle avait raison. Parler lui permettrait peut-être de se vider la tête de tout ce qui y tournait en boucle. Puisque le reste n'avait pas fonctionné, autant essayer.

— C'est mon frère, dit-il. Il a eu un bébé.

— Oui, et alors ? demanda Geraldine sans comprendre où était le problème.

Antoine détourna le regard.

— Avec mon ex.

Son frère. Un bébé. Avec son ex. Elle ne s'attendait pas à cela et, l'espace d'un instant, se demanda comment réagir. Mais, après quelques secondes de silence, Antoine poursuivit.

— Je suis très content pour eux, bien sûr.

— Vraiment ?

Ce n'était pas ce que son visage exprimait.

— Enfin, oui et non. J'étais persuadé que Céline et moi aurions des enfants ensemble.

Geraldine et Mark n'avaient jamais eu ce projet. Mais la vie en avait décidé autrement et, quand elle avait perdu le bébé, ils avaient eu une conversation franche. Et douloureuse, pour l'un comme pour l'autre. Mark répétait qu'il ne voulait toujours pas d'enfants, alors que la fausse couche avait fait comprendre à Geraldine qu'elle avait changé d'avis sur le sujet. Alors, bien que cela leur fasse beaucoup de peine, ils avaient décidé de se séparer et de créer la vie qu'ils désiraient, chacun de son côté.

Antoine avait-il vécu la même chose ?

— Puis-je vous poser une question franche ? demanda-t-elle sans attendre la réponse. Pourquoi avez-vous rompu avec elle ?

— Précisément parce qu'elle est tombée amoureuse de mon frère.

Il poussa un long soupir.

— Ils ne voulaient pas me faire de mal, bien entendu. Jean-Luc a même déménagé à Chartres, à deux heures de Paris, pensant que la séparation physique l'aiderait à l'oublier. De son côté, Céline s'imaginait aussi qu'elle pourrait cesser de l'aimer.

— Mais cela n'a pas marché, dit-elle doucement.

— Non. Le matin de notre mariage, elle a compris qu'elle était sur le point de commettre une erreur.

Les mots sortaient de sa bouche comme de petits galets roulés par les vagues.

— Mon frère était mon témoin. Nous l'attendions devant la mairie, un quart d'heure avant que nous passions devant le maire. Céline l'a appelé, en larmes. Puis il m'a tout raconté.

Brisant le cœur de son frère au passage.

— C'est dur de l'apprendre de cette manière. Et ce jour-là, en particulier.

— Ça aurait pu être pire, dit-il dans un haussement d'épaules. Elle aurait pu attendre qu'on soit devant le maire, avec toute la famille et les amis, et dire « non » au lieu de dire « oui ».

Il avait néanmoins dû expliquer à tout le monde pourquoi le mariage était annulé.

— Pourquoi ne vous a-t-elle rien dit avant ?

— Je crois qu'ils ont résisté autant qu'ils ont pu et espéré que tout rentre dans l'ordre. Ils ne voulaient pas me faire de mal.

— Mais ils vous en ont fait beaucoup, apparemment.

Il baissa la tête.

— Nous ne nous sommes pas parlé depuis. Et ma famille est divisée à cause de moi.

— Vous n'y êtes pour rien.

— Jean-Luc et Céline ne l'ont pas fait exprès non plus.

— Il y a une différence entre savoir avec la tête et savoir avec le cœur.

Il la regarda d'un air accablé.

— Je pense que c'est tout de même à moi de faire le premier pas. Je sais que mes parents vont avoir envie de passer du temps avec leur première petite-fille. Je sais qu'ils voient Jean-Luc, et cela ne me pose pas de problème. Mais, si je me réconcilie avec lui, tout le monde va me prendre en pitié, à plus forte raison maintenant qu'ils ont un bébé. Et ça, je ne pourrai pas le supporter.

— Je ne suis pas sûre qu'ils vous prendront en pitié, dit-elle avec prudence.

— Vous croyez ? « Ce pauvre Antoine, dont la fiancée est partie avec son frère. » Je n'ai pas envie de cela. Je suis vétérinaire. J'aime mon métier et je le fais bien.

C'était ainsi qu'il se définissait ? Par son métier ?

— Vous n'êtes pas que vétérinaire. Vous êtes aussi un homme qui a perdu son frère et sa fiancée en ce qui aurait dû être un jour de fête. Ce n'est pas rien, dit-elle en posant une main réconfortante sur la sienne.

— Non, ce n'est pas rien. Mais c'est ainsi. Je crois que c'est pour cette raison que je me suis un peu coupé du reste du monde. Je n'ai pas le cœur à voir des gens.

Il retira sa main.

— Et je n'ai pas envie qu'on ait pitié de moi.

— Je n'ai pas pitié de vous, rétorqua-t-elle du tac au tac. Mais je pense que ce n'est pas une solution de rester enfermé dans votre coquille.

— Je ne suis plus un panda, alors. Je suis un escargot ? dit-il d'un air entendu.

— Non. C'est juste que... Je comprends très bien ce que vous éprouvez. Moi aussi, je suis passée par là.

Elle lui fut reconnaissante de s'être livré avec autant d'honnêteté. Peut-être était-ce à elle de s'ouvrir à lui, à présent.

— Votre fiancé vous a quittée le jour de votre mariage ? demanda-t-il.

— Non. Mark et moi nous sommes mariés. Mais cela n'a pas fonctionné. Nous nous sommes rendu compte que nous ne voulions pas les mêmes choses dans la vie.

Quand elle avait appris qu'elle était enceinte, le choc de la nouvelle avait rapidement fait place à une grande joie. Jusque-là, elle pensait ne pas vouloir d'enfants. La grossesse lui avait ouvert les yeux et fait changer d'avis. Mais elle avait attrapé un virus qui non seulement avait provoqué une fausse couche mais risquait d'avoir mis définitivement fin à son rêve d'enfants.

— Alors nous avons divorcé. Mais je trouve que la vie est plus belle depuis que je m'efforce de voir le bon côté des choses, depuis que je suis, comme vous dites, un « rayon de soleil ».

— Je suis désolé de vous avoir blessée.

Elle secoua la tête.

— Je n'ai pas dit cela pour que vous me présentiez des excuses. Ce que je veux dire, c'est qu'il y a d'autres moyens que l'évitement pour avancer, après un drame. Celui-ci a fonctionné pour moi, en tout cas. Parfois, quand on fait *comme si* les choses allaient bien, elles finissent par aller vraiment bien.

Antoine considérait que sa solution à lui était plus efficace. Se tenir à distance des gens était le meilleur moyen de ne pas souffrir. Certes, cette mise à l'écart lui pesait, mais revoir ses parents l'obligerait à se confronter au fait qu'il était responsable de l'éclatement de sa famille. Et, même s'ils lui manquaient tous terriblement, il préférait enfouir ce sentiment de culpabilité plutôt que de le voir exposé au grand jour.

Geraldine avait manifestement souffert, elle aussi. Il avait perçu une profonde douleur en elle quand elle avait dit que son ex-mari et elle ne voulaient pas les mêmes choses. L'avait-il trompée ? Qu'est-ce qui avait provoqué leur rupture ?

— C'est à cause de votre divorce que vous êtes venue à Paris ?

— En partie. C'est en tout cas ce qui m'a fait me réorienter en médecine zoologique.

— Votre ex était vétérinaire, lui aussi ?

— Non. Dentiste. Nous nous étions rencontrés en dernière année de fac. À l'époque, tout allait bien, mais nous avons fini par nous consacrer en priorité à notre travail respectif, et notre relation s'est vidée de toute spontanéité. C'est ce qui m'a donné envie de faire autre chose. De découvrir une autre culture et un autre pays, pendant quelques mois.

— Et de faire une liste de tout ce que vous avez à voir à Paris.

— Oui. Je suis contente de visiter la ville toute seule, mais c'est vrai que c'est plus drôle à deux.

Elle sourit.

— Je ne suis pas en train d'essayer de vous convaincre de m'accompagner, cela dit. Et je ne cherche pas à me caser non plus. Mais je ne serais pas contre le fait d'avoir un ami. Et je pourrais devenir votre amie, si vous le vouliez aussi.

Une amie.

Il eut l'impression que quelque chose se déchirait dans sa poitrine, à l'endroit où se trouvait normalement son cœur.

— En fait, vous pourriez venir visiter Paris avec moi. Vous me montreriez des choses qui ne figurent pas sur ma liste et, moi, je vous ferais redécouvrir la ville à travers mes yeux.

Elle sourit de nouveau.

— On ne visite jamais mieux l'endroit où on habite qu'en le montrant à quelqu'un qui ne le connaît pas.

— C'est vrai.

Pouvait-il aller visiter Paris avec elle ? Elle l'avait traité de panda asocial puis d'escargot retiré dans sa coquille. Elle avait peut-être raison. Ses parents et sa sœur s'inquiétaient pour lui. Explorer Paris avec Geraldine serait un premier pas vers un retour à un peu de normalité dans sa vie.

— Et si on commençait ce soir ? Nous pourrions aller boire un verre au Moulin-Rouge et manger une pizza quelque part ?

— La pizza n'est pas un plat typiquement français, dit-il d'un air espiègle.

— Je sais que c'est une spécialité italienne. Mais c'est généralement ce qui me fait du bien quand j'ai passé une mauvaise journée. Ce qui me semble être votre cas.

— Le Moulin-Rouge est un endroit très touristique, vous savez.

— J'ai toujours rêvé de danser le French cancan, dit-elle en souriant.

— Nous n'avons pas réservé.

— Dans ce cas, ce sera pour une autre fois.

Elle sortit son portable et consulta sa liste.

— On pourrait aller boire un verre dans l'un de ces cafés fréquentés par les artistes.

— Il faut que je fasse une recherche.

— Bon. Je me contenterai de manger une bonne pizza.

— D'accord. C'est moi qui vous invite, puisque j'ai fait brûler le dîner. Et que je suis votre ami.

— Puisque je suis votre amie, j'offre le vin.

— D'accord, dit-il pour ne pas faire de problèmes. On peut y aller quand vous voulez.

— En fait, j'ai faim, malgré le *mug cake*. Je ne sais pas combien de kilomètres j'ai parcourus dans Paris. Faut-il que je me change ?

— Non, vous êtes très bien comme ça.

Il était sincère. Mais ce n'était pas le moment de s'attarder sur le fait qu'il la trouvait même très séduisante. Après la nouvelle qu'il avait reçue, il n'était pas tout à fait dans son état normal. Et Geraldine Milligan était une collègue. Elle vivait chez lui et avait proposé qu'ils soient amis, ce qui maintenait leur relation dans certaines limites à ne pas dépasser.

Le problème, c'était que sa présence même le mettait en alerte. La manière dont elle souriait et dont ses yeux changeaient de couleur quand elle était contente. Il aimait bien aussi qu'elle le bouscule, lui fasse voir les choses sous un nouveau jour au lieu de le laisser ruminer dans son coin.

Il l'emmena dans une petite pizzéria non loin de l'appartement et la fit s'asseoir face au Sacré-Cœur, certain qu'elle apprécierait la vue.

— Nous irons un jour, si vous voulez. Vous pourrez vous faire faire un portrait. C'est presque un passage obligé.

— Avec plaisir.

Ils commandèrent les pizzas et deux verres de vin.

— Dites-moi ce que vous avez mis sur votre liste, dit-il.

— Évidemment, je veux monter en haut de la tour Eiffel et je veux la voir clignoter la nuit. Et aller vérifier si les Champs-Élysées sont vraiment la plus belle avenue du monde.

— Vous risquez d'être déçue. C'est devenu une vitrine géante des grandes enseignes. Si vous voulez voir des boutiques de luxe, mieux vaut aller rue du Faubourg-Saint-Honoré. Les Parisiens font plutôt leurs courses rue du Commerce, près de la tour Eiffel, ou dans le Marais.

Elle prit des notes sur son téléphone.

— Merci. Et je veux aller danser sur les quais.

— Il y a longtemps que cela ne m'est pas arrivé. Mais c'est une bonne idée.

— J'ai lu sur Internet qu'on pouvait y aller même sans savoir danser. Que la première heure était un cours de danse, dans lequel même les débutants étaient acceptés. Je rêve de danser le tango. Ou la salsa.

Peut-être n'aurait-il pas dû accepter de l'accompagner. La salsa comme le tango étaient des danses incroyablement sensuelles. Et il préférait éviter d'associer Geraldine Milligan et sensualité.

— Des musées ? dit-il, cherchant un sujet plus neutre.

— Je veux tous les visiter. Et les galeries d'art aussi. J'ai très envie de voir *Les Nymphéas* de Monet. Trois d'entre eux ont été exposés à Londres, mais je suis passée à côté de l'exposition.

— Je peux vous emmener à Giverny dimanche, si vous voulez voir son jardin en vrai.

Elle le gratifia d'un grand sourire.

— C'est aussi sur ma liste. Mais je ne veux pas vous déranger.

— Cela ne me dérange pas. Mieux vaut réserver les billets. La campagne alentour est très belle. Et, même s'il pleut, je suis certain que vous verrez le soleil briller.

— Vous vous moquez de moi ?

— Non, de moi-même. Je pense que vous avez raison. Je me suis renfermé sur moi-même, dans l'obscurité de ma coquille. Je devrais essayer d'adopter votre vision des choses. Chercher le soleil.

Et faire *comme si*, pour voir. Jamais cela ne lui avait traversé l'esprit. Il avait simplement fermé la porte à tout ce qui ne relevait pas de son travail. Il ne connaissait Geraldine Milligan que depuis trois jours, mais elle lui donnait envie de se rouvrir au monde. Sa spontanéité et sa joie de vivre étaient contagieuses.

Après les pizzas, ils commandèrent une glace au *limoncello* pour Geraldine. Antoine se contenta d'un expresso.

— Mmm... C'est délicieux. Vous voulez goûter ?

Il se surprit à se pencher et à ouvrir la bouche.

— Oui, c'est bon mais un peu suc...

Il s'interrompit, ne voulant pas se montrer encore négatif. Mais Geraldine avait compris.

— Vous n'êtes pas un bec sucré, dit-elle. Dire que je vous ai apporté des biscuits et des chocolats !

— C'est gentil de votre part. Et j'aime le chocolat noir.

— Noir, comme de gros nuages un jour d'orage ? dit-elle en

riant. Non, je plaisante. Vous n'êtes plus du tout renfrogné. Au contraire, vous souriez !

— C'est grâce à vous, dit-il, choqué de constater qu'elle disait vrai. Merci d'avoir dissipé les nuages. Je ne sais pas comment vous avez fait, mais c'est vrai que je me sens beaucoup mieux que tout à l'heure.

Elle décocha un regard qui le fit chavirer.

— Je crois que c'est ce que sont censés faire les petits rayons de soleil, non ?

Il eut soudain envie de la prendre dans ses bras et de lui prouver qu'il aimait aussi la douceur, à défaut d'aimer les douceurs. Mais ce n'était pas à l'ordre du jour. Geraldine lui avait proposé son amitié, ce qui était déjà beaucoup plus qu'il ne méritait.

Sans cesser de sourire, il hocha la tête et but son café d'un trait.

4

La première semaine au zoo se termina comme elle avait commencé. Par chance, l'okapi n'eut pas besoin de se faire opérer – l'infection révélée par la radio pouvait être soignée par des antibiotiques. En revanche, Geraldine dut poser des points de suture sur la patte d'un lémur qui s'était battu avec l'un de ses congénères.

— Vos points de suture sont impeccables, dit Antoine quand elle eut terminé.

— Je préfère m'appliquer pour ne pas avoir à recommencer. Cela m'est arrivé avec un chien, à qui j'avais retiré un kyste. Ses maîtres n'ont pas fait attention, et il a arraché les points le soir même. Bref. Qu'avons-nous à faire ensuite ?

— Il faut aller voir Bianca, répondit Antoine. Je garde un œil sur ses reins.

L'insuffisance rénale était l'une des causes majeures de mortalité chez les tigres, surtout chez les animaux âgés.

— Depuis quand a-t-elle ce problème aux reins ?

— Cela fait un an. Nous avons commencé par la trouver un peu léthargique. Elle passait moins de temps dehors et avait perdu l'appétit. Mais elle a bien réagi au traitement.

Antoine était positif, mais sa préoccupation était palpable.

— Quel âge a-t-elle ?

— Quinze ans, ce qui est à peu près le double de l'âge qu'elle aurait atteint à l'état sauvage. Nous surveillons son état de près et nous assurons qu'elle ne souffre pas.

Une fois le lémur remis de l'anesthésie, ils se dirigèrent vers l'enclos des tigres où Antoine lui présenta Belle, la gardienne des carnivores.

— Belle dresse les tigres afin qu'ils se laissent examiner et qu'on puisse les vacciner ou leur faire des prises de sang. Cela nous permet d'éviter le recours systématique aux anesthésiques et réduit ainsi les risques qui leur sont associés, expliqua-t-il. De cette manière, nous les observons quand ils vont et viennent devant la vitre et, si nous avons besoin de les examiner de plus près, ils peuvent nous donner la patte ou se coucher sur le dos.

— Ils sont dressés pour faire tout cela ? demanda Geraldine à Belle.

— Oui. Il faut entre deux mois et deux ans pour atteindre ce niveau. Cela dépend des tigres. On ne dresse pas un tigre comme on dresse un chien. On utilise le renforcement positif. Par exemple, quand ils sont assis, on dit « assis » et on ajoute « bien » afin qu'ils associent un son avec le comportement que nous attendons d'eux, et nous leur donnons aussitôt une récompense. Nous les faisons se lever, s'asseoir, se rouler sur le dos – en nous fondant sur des comportements naturels, sans leur faire faire des choses pour amuser les visiteurs. Le dressage est une bonne manière de stimuler les chats.

— L'enrichissement est toujours positif, acquiesça Geraldine.

Belle se tourna vers Bianca et l'appela.

— Elle répond à son prénom ? s'étonna Geraldine en voyant la tigresse approcher.

Une fois près du grillage, elle se mit à feuler.

— Bonjour, ma jolie, dit Belle en lui donnant un morceau de viande à l'aide d'une perche.

— Bonjour, Bianca, dit Antoine avant de feuler à son tour.

La tigresse refit le même son, comme si elle lui répondait.

— Je croyais que les tigres feulaient seulement pour communiquer entre eux, dit Geraldine.

— Ils le font aussi avec leurs gardiens et les gens qu'ils connaissent, expliqua Antoine. Ce qui fait de nous des tigres honoraires, ajouta-t-il d'un air entendu.

Il se souvenait probablement de la comparaison qu'elle avait faite de lui avec un panda puis un escargot. Il ajoutait un troisième animal à la liste. C'est vrai qu'il semblait être aussi méfiant qu'un tigre. Mais Bianca lui faisait manifestement confiance. Si un tigre avait une telle confiance en cet homme, peut-être pouvait-elle elle aussi lui confier des choses plus intimes, comme lui l'avait fait avec elle.

Belle fit faire quelques mouvements à la tigresse, en la récompensant chaque fois par des compliments et des morceaux de viande, pendant qu'Antoine l'examinait.

— Il faut lui faire une prise de sang, dit-il.

— Je n'en reviens pas qu'un tigre accepte qu'on le pique, fit remarquer Geraldine.

— En fait, dit Belle, nous commençons par lui toucher doucement le bout de la queue et remontons très progressivement jusqu'à la base. Nous les habituons au contact de plus en plus appuyé de nos doigts puis d'aiguilles de taille croissante, en observant leur réaction à chaque changement et en revenant en arrière s'ils manifestent la moindre contrariété.

— Belle est aussi capable de leur faire ouvrir la gueule pour que nous examinions leur dentition, dit Antoine.

— C'est vraiment fascinant, dit Geraldine, une fois qu'Antoine et Belle eurent procédé au prélèvement de sang.

— Et voilà, dit Antoine, avant de donner le dernier bout de viande à Bianca.

La tigresse feula doucement, puis se releva et s'éloigna.

— Pourvu que les résultats soient aussi bons que la dernière fois, dit Belle d'un air un peu inquiet.

— Je l'espère aussi. Je ne suis pas encore prêt à me séparer d'elle.

— Je sais que nous ne sommes pas censés nous attacher aux animaux, dit Belle, les yeux humides. Mais comment est-ce possible ? Ce sont quasiment des membres de notre famille, même s'ils pèsent cent cinquante kilos et qu'on ne peut pas les prendre sur nos genoux comme des chats.

— Il faudrait un grand canapé, dit Antoine en riant.

Geraldine visualisa le salon d'Antoine et se vit, allongée avec lui sur le canapé, dans ses bras, échangeant des mots doux et des baisers.

Elle se secoua intérieurement. C'était impossible. Elle ne pouvait pas se permettre d'être attirée par lui. Et, en cet instant précis, son attention devrait être toute fixée sur le tigre, pas sur le vétérinaire.

— Je vous préviens dès que je reçois les résultats, dit-il à Belle avant de prendre congé.

Ils marchèrent en silence jusqu'au laboratoire. Geraldine estima que ce n'était pas le moment de bavarder. Ils déposèrent l'échantillon de sang, puis se dirigèrent vers l'enclos des pandas.

Pierre leur dit ne pas avoir observé de changements chez Zhen, ni sur le plan comportemental ni sur le plan hormonal.

— Il faut simplement patienter pour savoir si elle est enceinte, dit Antoine quand ils retournèrent au bureau.

— J'espère que nous n'aurons pas à attendre six mois, dit Geraldine.

— Si elle est enceinte et qu'elle n'a toujours pas mis bas à la fin de votre détachement, nous ferons en sorte que vous restiez ou reveniez pour assister à la naissance du bébé, dit Antoine.

— Merci, dit-elle en souriant. J'ai assisté à l'insémination, je serais ravie de pouvoir suivre la gestation jusqu'à la fin. D'ailleurs, il y a une chose dont je veux vous parler depuis une semaine mais que j'oublie chaque fois. Faut-il que je cherche moi-même un appartement ou est-ce que c'est Marie qui s'en charge ?

— Marie devrait s'en occuper. Mais il n'y a pas d'urgence, dit Antoine. Vous pouvez rester chez moi autant que vous voulez. Si vous y êtes bien, vous pouvez même rester les six mois.

— Vraiment ? C'est vraiment gentil de votre part. Mais, dans ce cas, je tiens à vous payer un loyer.

— Ce n'est pas nécessaire. Je n'ai pas d'emprunt à rembourser. Et j'ai aussi pensé à autre chose : je vous ai dit que, l'une des plus belles façons de visiter Paris, c'était en bateau-mouche, la nuit. Je pourrais réserver deux places pour ce soir, si vous voulez. Tous les monuments sont éclairés, c'est très beau.

— Avec plaisir ! dit-elle.

— Je m'en occupe, dit-il avant de jeter un coup d'œil à sa montre. C'est l'heure du déjeuner. Allez manger, je reste ici pour avancer.

— Vous ne venez pas déjeuner avec nous ?

— Non, je mangerai un sandwich en travaillant.

Elle s'efforça d'ignorer la pointe de déception qu'elle ressentit à l'idée qu'il ne vienne pas déjeuner avec elle mais recouvra sa gaieté en bavardant à table avec Valérie, Émilie et Jacques.

— Timing parfait, dit Antoine quand elle le rejoignit en fin d'après-midi. J'ai réservé le bateau-mouche.

— Vous me direz combien je vous dois.

— Non, c'est moi qui vous invite.

— Dans ce cas, je vous invite à dîner, dit Geraldine.

Dès qu'ils embarquèrent, elle alla leur chercher une coupe de champagne.

— C'est la première fois que je vois Paris la nuit. Cela mérite bien des bulles.

Ce n'était pas un rendez-vous galant. Antoine ne faisait que l'accompagner dans ses visites de la capitale. Mais lorsqu'il approcha sa flûte de la sienne et que leurs mains s'effleurèrent, elle sentit un long frisson lui parcourir l'échine.

Que lui arrivait-il ?

Depuis sa rupture avec Mark, elle était sortie avec plusieurs hommes, mais aucun d'entre eux ne lui avait donné envie d'approfondir la relation. Antoine était à la fois son logeur et son collègue : deux bonnes raisons de se tenir à distance. Qu'est-ce qui, en lui, l'attirait à ce point ? Comment se faisait-il qu'elle ait remarqué les petits éclats dorés dans le brun de ses yeux ? Pourquoi son sourire la faisait-il pétiller comme le champagne qu'ils étaient en train de boire ?

— Dites-moi ce que je vois, suggéra-t-elle pour penser à autre chose qu'à sa bouche.

— Nous sommes en train de passer devant l'île Saint-Louis. On aperçoit Notre-Dame sur l'île suivante. Depuis l'incendie, elle n'est toujours pas rouverte au public, mais je vous montrerai quelque chose sur l'île Saint-Louis, à l'occasion.

Elle le regarda d'un air interrogateur.

— Je suis sûr que cela vous plaira, dit-il sans lui donner plus d'indices.

Il y avait une lueur malicieuse dans son regard. Elle essaya de se convaincre que le champagne la grisait déjà, mais elle savait qu'il n'en était rien. C'était la proximité d'Antoine qui la mettait dans cet état. Elle leva mentalement les yeux au ciel. Ils n'avaient pas besoin de complications, ni l'un ni l'autre. Elle n'était là que pour quelques mois, et lui n'était manifestement pas encore remis de sa rupture douloureuse avec celle qui aurait dû devenir sa femme, si le destin n'en avait pas décidé autrement.

Il lui raconta l'histoire de l'Hôtel de Ville puis lui indiqua le Louvre, la place de la Concorde.

— C'est là que Marie-Antoinette...

Elle s'interrompit en grimaçant.

— Oui, et plus d'un millier d'autres. L'obélisque se trouve à l'emplacement de la guillotine.

— Je n'aurais pas aimé être à Paris pendant la Révolution.

— Moi non plus. Là, c'est le Petit Palais, qui doit faire partie des musées que vous avez l'intention de visiter. Et là, le monument que vous étiez si impatiente de voir.

La tour Eiffel, toute d'or vêtue, se mit à scintiller au moment où elle levait la tête.

— Oh ! regardez, c'est magique ! s'exclama-t-elle, ravie.

— Elle clignote cinq minutes toutes les heures, jusqu'à minuit. Au départ, c'était une installation censée marquer le passage à l'an 2000, mais elle a été tellement plébiscitée que les autorités ont décidé de la laisser en place.

— C'est encore plus beau que je l'imaginais. Je vais la filmer, pour la montrer à mes parents.

Ils passèrent sous un autre pont, et Antoine lui indiqua l'île aux Cygnes.

— Elle est célèbre non pas pour ses cygnes, autant que je sache, mais pour un autre monument célèbre : la statue de la Liberté, réplique réduite de celle que la France a offerte aux États-Unis, et que les États-Unis ont offerte à la France pour commémorer le centenaire de la Révolution française.

— Je ne savais pas qu'il y avait une statue de la Liberté à Paris.

— En réalité, il y en a sept. Celle-ci est la plus grande.

Elle fronça les sourcils.

— Vous saviez tout cela ou vous l'avez découvert en préparant notre visite ?

Il se mit à rire.

— Comme vous l'avez dit, on ne connaît vraiment l'endroit où l'on vit qu'en le faisant visiter à quelqu'un d'autre. Vous avez raison, j'ai fait des recherches à l'heure du déjeuner.

Geraldine fut touchée qu'il y ait passé du temps normalement consacré à son travail administratif mais ne put s'empêcher de se sentir fautive qu'il n'ait pas fait de vraie pause-déjeuner.

— Il y en a une que j'aimerais voir parce que je n'en avais même jamais entendu parler. Elle est incrustée dans le buste d'une statue de centaure, dit-il en souriant.

Sans son air sérieux et légèrement taciturne, Antoine était un homme très beau. Son sourire donnait à Geraldine le sentiment que tout Paris scintillait.

— On ne le voit pas d'ici, mais je vous conseille vivement d'aller vous promener au jardin du Luxembourg. Le printemps est une belle saison pour visiter les parcs de Paris.

— Je ne sais pas comment je vais pouvoir tout voir, dit Geraldine.

— Le mieux, c'est de procéder par arrondissement. En commençant par le premier puis en élargissant en spirale. Ou en repérant tout ce que vous avez envie de voir, quartier par quartier, sur une carte.

— C'est logique, fit-elle remarquer.

— C'est le meilleur moyen de ne rien manquer de ce que vous avez envie de voir. Mais cela ne vous empêche pas d'être spontanée. Vous savez ce que nous pouvons faire ? Aller visiter un grand monument de votre liste, puis sortir des sentiers battus et voir où cela nous mène.

— Cela me paraît être une très bonne idée ! Depuis combien de temps vivez-vous à Paris ?

— Je suis arrivé à dix-huit ans, pour faire mes études. Ce qui fait… une quinzaine d'années.

Il avait donc trois ans de plus qu'elle.

— Je connais bien le 5e, parce que j'y ai vécu quand j'étais étudiant, ainsi que Montmartre, où habitaient mes grands-parents et où je réside désormais, et le 10e, où j'ai vécu quand j'ai commencé à travailler.

Elle n'osa pas demander où il avait vécu avec son ex.

— Ce que j'ai découvert aujourd'hui m'a donné envie d'explorer davantage la ville.

— Vous n'êtes pas obligé de me suivre dans les endroits super touristiques, dit-elle.

— Les balades en bateau-mouche sont super touristiques, mais je n'en avais jamais fait auparavant.

— Je suis désolée, dit-elle en grimaçant.

— Ne soyez pas désolée. Cela m'a permis de voir la ville autrement. Vous savez pourquoi on appelle Paris la ville des Lumières ?

— Oui, parce qu'elle était le cœur de la vie intellectuelle et scientifique, au XVIIIe siècle. Pas parce qu'elle est bien éclairée, dit-elle en riant.

Il rit à son tour.

— Cela dit, c'est la première ville dans laquelle on a installé l'éclairage public.

— En tout cas, merci d'avoir organisé cette visite. Je suis ravie.

— Avec plaisir. Moi aussi, je suis content d'être là.

Lorsqu'ils rentrèrent à Montmartre, Antoine s'installa à son bureau. Il avait besoin de réfléchir. Geraldine avait suggéré qu'ils aillent visiter Paris ensemble et qu'il en tirerait autant de profit qu'elle en découvrant sa ville à travers le regard neuf qu'elle posait sur elle. Cette invitation l'avait laissé sceptique, au départ. Mais la soirée qu'il venait de passer lui avait fait changer de point de vue. Il vivait à Paris depuis tellement longtemps qu'il ne prêtait plus aucune attention à la tour Eiffel. Ils étaient passés devant au moment où elle s'était mise à clignoter et, outre l'éblouissement provoqué par le scintillement de ces millions de lampes, qu'il ne regardait plus depuis des années, le ravissement sur le visage de Geraldine avait confirmé que son idée était bonne. Il avait eu l'impression de voir la tour Eiffel pour la première fois, lui aussi, et cela avait été magique.

Jamais il ne se serait imaginé boire du champagne sur un bateau-mouche. Et, pour être honnête, l'idée l'aurait certainement fait ricaner. Il avait pourtant passé une excellente soirée. Il s'était même senti libre, insouciant.

Il allait devoir faire attention. Geraldine était en détachement pour six mois. C'était une collègue et une colocataire avec qui il ne pouvait pousser la relation au-delà d'une simple et belle amitié. Les obstacles étaient trop nombreux. Il fallait faire preuve de prudence. Et, surtout, de bon sens.

Antoine et Geraldine travaillèrent tous les deux le samedi, mais ils avaient prévu de se rendre à Giverny le dimanche, pour visiter la maison de Monet. Antoine avait suggéré qu'ils partent tôt pour éviter les embouteillages.

— Vous aimez la peinture, le dessin ? demanda-t-il dans la voiture.

— Il ne faut pas me demander de dessiner quoi que ce soit, mais j'adore admirer le travail des artistes, admit-elle. Et vous, vous dessinez ?

— J'aimais bien le dessin, à l'école. Je crois que je dessinais mieux que je n'écrivais. Les profs se plaignaient toujours de ne pas pouvoir me lire, dit-il en souriant.

— Vous confirmez la règle. On dit toujours que les médecins ont une écriture illisible. Quel genre d'art aimez-vous ?

— Je ne suis pas fan de l'art abstrait, en général. Mais j'aime bien Monet, par exemple. Il y a quelque chose d'apaisant dans sa façon de capter et de retranscrire la lumière et l'eau.

— C'est aussi ce que j'aime dans ses tableaux, dit Geraldine. Il me tarde de découvrir son jardin. Il paraît qu'il l'entretenait comme un peintre plutôt que comme un jardinier.

— Vous aimez les plantes ?

— Ma mère adore jardiner. Quand elle visite des châteaux, je crois qu'elle éprouve plus de plaisir à admirer les jardins que les bâtiments eux-mêmes. Chaque année, ma sœur et moi lui offrons l'adhésion à la Société d'horticulture royale et aux jardins botaniques de Kew. Elle m'a avoué être un peu envieuse, quand je lui ai dit que nous allions à Giverny. Je vais devoir lui envoyer des tas de photos.

Antoine aimait les liens qui unissaient Geraldine à sa famille. Il ressentit un petit pincement au cœur en pensant qu'il empêchait la sienne d'être soudée comme elle l'était auparavant. Il ne connaissait pas les circonstances du divorce de Geraldine, mais elle semblait décidée à ne pas laisser le chagrin l'affecter autant que lui.

Sa mère adorait les fleurs, elle aussi. Il devrait peut-être lui envoyer un bouquet, « juste comme ça ». Ce serait une façon de tendre la main, après avoir coupé le contact pendant des années.

Ils se garèrent et marchèrent jusqu'à l'entrée du musée.

— Je suis ravie d'être là, dit Geraldine, le visage illuminé par un grand sourire.

Contre toute attente, cette visite le réjouissait aussi. Contrairement à ce qu'il avait toujours pensé, visiter des jardins n'était peut-être pas un passe-temps de retraités.

— Le jardin sera plein de fleurs printanières, dit-elle. Il paraît que les roses et les nymphéas éclosent plus tard, en été.

— Nous allons devoir revenir en été, dit-il en souriant. Un jour de semaine, où il y a moins de monde.

Le sourire qu'elle lui décocha l'emplit d'un sentiment de joie profonde.

Ils décidèrent de commencer par le jardin d'eau, où les massifs d'azalées mauves étaient en fleur.

— C'est beau ! dit Geraldine.

Ce n'était pas seulement beau, c'était l'un des endroits les plus romantiques qu'il ait jamais connu. Ils déambulèrent le long du ruisseau qui serpentait au milieu d'une végétation multicolore. Leurs mains se frôlèrent, et il sentit la chaleur monter en lui. Que se passerait-il s'il effleurait de nouveau sa main et laissait ses doigts s'entrelacer aux siens ?

Il parvint tant bien que mal à résister à la tentation, alors qu'ils passaient devant les bambous, dont le vent agitait doucement les feuilles. Puis le fameux pont japonais que les tableaux du peintre avaient rendu si célèbre leur apparut, recouvert de glycine, salué par les branches inclinées des saules pleureurs.

Il vit une larme couler sur la joue de Geraldine et prit sa main.

— Ça va, mon petit rayon de soleil ? s'entendit-il dire en se demandant d'où lui venait cette spontanéité.

Et ce possessif. Il chassa cette pensée de son esprit.

— Ce sont des larmes de joie, dit-elle en souriant à travers ses larmes. Je n'en reviens pas d'être là et d'avoir ce tableau vivant sous les yeux.

— Mettez-vous là, je vous prends en photo pour votre maman.

Il recula et prit quelques clichés de Geraldine qui posait près du petit pont de bois, comme s'il prenait des photos de sa petite amie, en se demandant comment ce Mark avait pu quitter une femme comme elle.

Mais en quoi cela le regardait-il ?

Il la rejoignit.

— Je vous les enverrai tout à l'heure.

— Merci. Voulez-vous que j'en prenne une de vous ?

— Non merci, répondit-il en souriant. Venez, on va voir les nymphéas.

Geraldine s'arrêta tous les trois mètres pour prendre des photos des iris, des tulipes et des pâquerettes pomponnettes qui ornaient le tour de l'étang. Une fois parvenue au bout, elle photographia le pont sous les saules.

— Je vais avoir de quoi poster sur les réseaux sociaux, dit-elle, aux anges.

Il avait dit en plaisantant qu'elle était son petit rayon de soleil, mais c'était vrai. Sa joie était communicative, et tout, à ses côtés, semblait plus beau qu'il ne l'aurait jamais imaginé.

— J'ai l'impression d'être dans un tableau impressionniste, ajouta-t-elle, émerveillée.

Elle avait raison : chaque feuille, chaque fleur ajoutait une petite touche colorée à la vue d'ensemble. L'air embaumait, et il se sentit presque pris de vertige. Il eut envie de la prendre dans ses bras et de l'embrasser jusqu'à ce qu'elle ait la tête qui tourne aussi.

Il parvint à se retenir, ce qui devenait chaque fois plus difficile. Car il ne pouvait s'empêcher de se demander ce qui se passerait si…

Geraldine était consciente d'être un vrai moulin à paroles. Mais Giverny était un endroit bouleversant. Tous ses sens étaient en éveil. La nature était exubérante : les sons, les parfums, les formes et les couleurs formaient un mélange enivrant.

Sans parler de la présence d'Antoine.

Il avait pris sa main dans la sienne pour la réconforter en la voyant pleurer. Elle en gardait encore la sensation et se félicitait de n'avoir pas cédé à la tentation de se retourner et de se blottir dans ses bras, la tête contre son torse.

Ce jardin était le genre d'endroit qu'on avait envie de découvrir, main dans la main, avec son amoureux. Mark aurait sans doute détesté la luxuriance de la végétation et son désordre apparent. Il aimait les plates-bandes tirées au cordeau, les jardins à la française.

Antoine ne semblait pas être un passionné de jardinage, mais il paraissait sensible à la beauté et à la singularité de ce lieu magnifique.

Leurs mains s'étaient frôlées à plusieurs reprises, et elle avait déployé des efforts surhumains pour ne pas glisser ses doigts entre les siens. Il avait eu la gentillesse de l'emmener à Giverny et accepté de l'accompagner dans certaines de ses visites parisiennes. Il ne fallait pas gâcher par un geste malheureux une amitié qui prenait naissance. Car c'était bien d'amitié qu'il s'agissait. Il n'avait toujours pas fait le deuil de sa relation avec son ex qui, non seulement l'avait quitté le jour de leur mariage, mais qui, de surcroît, était partie avec son frère.

Ils se dirigèrent vers la maison rose aux volets verts dans laquelle avait vécu le peintre. À l'intérieur, les pièces étaient claires et lumineuses.

— Je me verrais bien vivre ici, dit-elle alors qu'ils entraient dans la salle à manger aux tons jaune vif.

Ils passèrent ensuite dans la cuisine.

— Et je me verrais bien cuisiner ici, ajouta-t-elle. Mais je ne suis pas sûre que j'aurais envie d'astiquer la cuisinière en fonte.

— Ce n'est pas si compliqué, dit Antoine.

— Vous avez déjà astiqué une cuisinière en fonte ?

Il sourit.

— Un poêle, mais c'est la même technique. Quand nous

étions petits, mon frère, ma sœur et moi aidions la gouvernante, chez ma grand-mère. Évidemment, nous finissions couverts de graphite, et elle devait certainement repasser derrière nous, mais nous adorions le faire. D'autant qu'ensuite elle nous faisait des madeleines que nous mangions encore chaudes, tout juste sorties du four.

— C'est très proustien, dit-elle, souriant à son tour.

Elle se réjouit de l'entendre parler de sa fratrie sans amertume. La situation complexe actuelle n'avait pas altéré ses souvenirs d'enfance, qu'il racontait avec une affection palpable. Jusqu'à ce que son visage s'assombrisse.

— C'est loin, tout ça...

Elle décida de mettre les pieds dans le plat.

— Je n'imagine pas ma vie sans ma sœur. Il nous est arrivé de nous disputer, à l'adolescence, mais nous nous sommes toujours réconciliées.

— Ce qui est arrivé entre Jean-Luc et moi est un peu plus grave qu'une querelle d'adolescents, dit-il froidement.

— Je sais. Si cela m'était arrivé – je veux dire, si ma sœur était tombée amoureuse de Mark –, j'aurais sûrement été furieuse et malheureuse, mais je crois qu'elle m'aurait ensuite terriblement manqué.

— Même si elle vous l'avait annoncé le jour de votre mariage ?

— C'est difficile à dire, bien sûr. Mais Alex n'est pas qu'une sœur, pour moi. C'est aussi ma meilleure amie. Il ne passe pas un jour sans que nous communiquions.

— Jean-Luc aussi était mon meilleur ami, admit-il. Nous avions prévu d'ouvrir une clinique vétérinaire ensemble, dans la région où nous habitions tous, à l'époque. Mais je suis tombé amoureux de la médecine zoologique. J'étais partagé entre l'envie de travailler avec lui et celle de travailler dans cette autre branche. C'est lui qui m'a dit de suivre mon cœur, de postuler au zoo et de rester à Paris.

— Il vous manque ? demanda-t-elle doucement.

Si n'importe qui d'autre lui avait posé la question, Antoine aurait sans doute répondu de manière acerbe. Mais, avec Geraldine, même parler de Jean-Luc se faisait naturellement. Était-ce parce qu'ils ne se connaissaient pas et qu'il était parfois plus facile de parler à un inconnu qu'à ses proches ? Ou, au contraire, parce que leur relation était en train de s'approfondir ?

Il hocha doucement la tête.

— Oui, il me manque, admit-il. Quand nous étions petits, je le suivais partout. Amélie aussi. Il a trois ans de plus que moi. Nous disions que nous étions les trois mousquetaires, et appelions l'un de nos chiens d'Artagnan. Ou l'un des chats, quand les chiens en avaient assez de jouer.

Elle lui prit la main et la serra entre les siennes. C'était un geste de réconfort, pas un signe d'apitoiement. Aussi ne la retira-t-il pas.

— Vous ne lui avez pas parlé depuis le mariage ? demanda-t-elle.

— Non. Je n'ose même plus imaginer l'appeler. Je ne saurais pas par où commencer.

— Et si vous profitiez de l'arrivée de ce bébé, justement ? Vous pensez peut-être que c'est avec vous qu'elle aurait dû avoir un enfant mais, pour moi, les bébés sont là pour être chéris par tout le monde.

Il décela un tremblement dans sa voix, comme si elle faisait un effort. Mais il n'eut pas le temps de lui poser la question. C'est elle qui reprit le fil de la conversation.

— Je suis sûre que vous lui manquez aussi. Et il doit se sentir coupable de vous avoir fait du mal. Peut-être que lui non plus n'ose pas faire le premier pas, de peur de vous blesser encore davantage ou que vous le rejetiez.

Antoine ne s'était jamais dit que Jean-Luc pouvait avoir peur d'être rejeté.

— C'est possible, dit-il.

Mais il avait besoin de temps pour y réfléchir.

— On continue ?

Au regard qu'elle lui décocha, il sut que Geraldine n'était pas dupe de sa façon d'esquiver la question – mais aussi qu'elle le comprenait.

Après la visite de la maison, Geraldine alla acheter des graines à semer pour sa mère, ainsi que quelques cartes postales. Ils refirent un tour dans le jardin, puis décidèrent d'aller déjeuner à Vernon, une petite ville voisine très pittoresque.

De retour à Montmartre, Antoine proposa de préparer le dîner.

— À moins que vous n'ayez envie de commencer votre quête de la meilleure crème brûlée de Paris.

— Vous avez une adresse en tête ?

Il hocha la tête.

Il l'emmena dans un petit bistrot donnant sur une place pavée, aux tables garnies de nappes à carreaux rouge et blanc et dont les murs étaient couverts de tableaux représentant Montmartre. Un pianiste jouait sur un grand piano trônant au milieu de la salle. Et, comble de chance, la crème brûlée figurait au menu.

— Cet endroit est vraiment typique, dit Geraldine.

Antoine eut l'air content.

— Savez-vous d'où vient le mot « bistrot » ?

— Non. Éclairez-moi, dit-elle d'un air entendu, faisant référence au surnom de Paris.

— On dit – mais c'est probablement une légende urbaine – que, durant la guerre de 1814 contre la Russie, les soldats cosaques criaient « bystro ! », qui signifie « vite ! », aux serveurs à qui ils commandaient à boire. Il existe une autre hypothèse, qui fait dériver le terme du mot « bistraud » signifiant « marchand de vin ».

Elle aimait cette facette d'Antoine, Parisien toujours en quête du sens des choses. Plus elle passait de temps avec lui, plus elle appréciait sa compagnie.

— C'est délicieux, dit-elle une fois qu'elle eut entamé son dessert. Est-ce la meilleure crème brûlée de Paris ?

— Je ne sais pas. Mais ma grand-mère en commandait souvent ici.

— Je n'ai pas suffisamment de références, mais j'ai très envie d'emmener ma sœur ici. Cela dit, il serait dommage de ne pas essayer d'autres endroits.

Il se mit à rire. Quand il était détendu, Antoine était vraiment très attirant.

— J'ai vraiment passé une bonne journée, dit Geraldine une fois qu'ils furent rentrés à l'appartement.

— Moi aussi.

Elle se réjouit qu'il ne cherche pas d'excuse pour se retirer dans ses quartiers et reste discuter cinéma avec elle. Elle n'était là que depuis une semaine, mais elle avait l'impression de connaître Antoine depuis toujours.

Venir à Paris était l'une des meilleures décisions qu'elle ait prises de sa vie.

5

Si on avait dit à Antoine ne serait-ce qu'une semaine auparavant que non seulement il ferait du tourisme à Paris avec son invitée mais qu'en outre cela lui plairait beaucoup, il aurait certainement pouffé de rire.

Pourtant, il était là, sortant du zoo à une heure normale un lundi soir, au lieu de trouver un prétexte pour rester au bureau ou rendre visite aux animaux simplement pour ne pas rentrer seul et broyer du noir dans un appartement vide.

Tout cela grâce à Geraldine et à son idée de « faire comme si » jusqu'à ce qu'on y prenne vraiment du plaisir. Cela fonctionnait. Il avait oublié qu'il vivait dans l'une des plus belles villes du monde. Et, grâce à Geraldine, il retrouvait des sensations qu'il n'avait pas éprouvées depuis sa séparation d'avec Céline.

Ce soir-là, il l'emmena au parc Monceau avant d'aller assister à une cérémonie, à l'Arc de Triomphe, où des anciens combattants ravivaient, comme chaque soir, la flamme sur la tombe du soldat inconnu.

— Ce genre de commémoration me fait prendre conscience de la chance que j'ai de ne pas avoir perdu un membre de ma famille à la guerre, dit-elle alors qu'ils gravissaient les marches menant à la terrasse panoramique située au sommet de l'arche.

Il hocha la tête. Jamais il n'avait vu cela sous cet angle.

Une fois en haut, ils admirèrent la vue, les monuments qu'ils avaient déjà visités et ceux qui étaient encore sur la liste. Puis ils remontèrent les Champs-Élysées et allèrent manger un morceau afin que Geraldine puisse goûter une autre crème brûlée.

— Elle est bonne, mais pas aussi bonne que la première – qui est désormais ma référence, dit-elle d'un air sérieux.

— Ce n'est pas une quête facile. Et il ne faut pas non plus que vous passiez à côté de toutes les autres spécialités françaises en ne mangeant que de la crème brûlée durant tout votre séjour.

— Certes, mais j'ai promis à ma sœur de trouver la meilleure. Il faut que je tienne ma promesse.

— Soit, dit-il d'un air faussement résigné. Dans ce cas, la quête continue...

Le lendemain, au cours de la réunion du matin, Belle évoqua un problème chez Sabu, l'un des tigres.

— J'ai remarqué que l'une de ses canines était fêlée, dit-elle en tendant son téléphone à Antoine pour qu'il examine de lui-même la dentition du félin sur la photo.

— Est-ce qu'il se nourrit normalement ? demanda Geraldine.

Belle confirma qu'il mangeait bien et ne semblait pas avoir mal.

— Je vais transmettre la photo à Léa. C'est notre dentiste, expliqua-t-il à Geraldine. En fonction de ce qu'elle dira, nous déciderons d'un plan d'action.

Il avait presque fini d'ausculter une grenouille souffrant d'une lacération sur une patte quand Léa le rappela au sujet du tigre.

À l'heure du déjeuner, il se rendit dans l'enclos des tigres où Geraldine se trouvait avec Belle.

— Léa est d'avis de lui faire une obturation canalaire et de réparer la dent. Elle peut venir demain. Dans ce cas, il faudra suivre le protocole habituel précédant l'anesthésie.

— Pas d'aliments ni liquides ni solides après 18 heures ce soir, confirma Belle, et Sabu passera la nuit séparé des autres tigres.

— Parfait, dit Antoine. Geraldine, je vais avoir besoin de vous pour l'opération, demain matin. Est-ce que vous pourrez vous occuper des voies respiratoires ?

— Bien sûr !

Le soir, une fois rentrés à l'appartement, il revint sur le sujet.

— Vous m'avez dit que votre ex était dentiste. Est-ce qu'il travaillait sur les humains ou sur les animaux ?

— Sur les humains. Il n'était pas très à l'aise avec les animaux, de manière générale.

— C'est drôle de se marier avec un vétérinaire quand on n'aime pas trop les animaux, fit remarquer Antoine.

Elle hocha la tête.

— C'est ce que je pense aussi, rétrospectivement.

— Vous n'en avez jamais parlé ?

— Si. Quand nous nous sommes rencontrés, nous ne voulions d'animaux domestiques ni l'un ni l'autre. Nous passions notre temps à travailler.

Elle marqua une pause.

— Nous ne voulions pas d'enfants non plus.

Il vit une ombre de tristesse voiler son regard et se demanda ce qui s'était passé entre eux. Elle avait dit que son ex et elle n'attendaient pas la même chose de la vie. Avant qu'il puisse lui poser la question, elle revint à l'opération du tigre.

Il comprenait qu'elle ait envie de changer de sujet. Qu'elle ne souhaite pas évoquer le passé, revenir sur ce qui n'avait pas fonctionné – et sur ce qui pourrait mal se passer si elle décidait un jour de se lancer dans une nouvelle relation.

Le mercredi matin, ils installèrent une table d'opération – une bâche sur des bottes de paille – dans l'enclos jouxtant celui de Sabu.

— Je ne sais pas comment vous procédez à Cambridge, dit Antoine, mais il est plus facile de travailler ici qu'au bloc, où nous ne possédons pas de table d'opération suffisamment grande. Cela nous permet aussi de réduire le temps de l'anesthésie.

— Nous faisons la même chose avec les gros animaux, confirma Geraldine.

Léa, la dentiste, les rejoignit, et Belle et Antoine anesthésièrent Sabu à travers le grillage.

— Il faut le couvrir pour maintenir sa température corporelle pendant l'anesthésie, dit Antoine.

Après avoir vérifié que l'anesthésie avait fait son effet, Geraldine procéda à l'intubation. Elle ouvrit la gueule du tigre et la fixa de sorte qu'elle ne se referme pas sur la sonde – ou sur la main de la dentiste – puis plaça le tube, avant d'ausculter le cœur et les poumons.

— C'est bon, dit-elle, satisfaite. On peut le déplacer.

Elle était professionnelle et efficace, deux qualités qu'Antoine ne pouvait qu'apprécier chez une collègue.

Il fallut quatre personnes pour transporter les deux cents kilos de muscles et de poils sur la table d'opération, puis on enveloppa le félin de papier bulle et d'un duvet. Léa commença enfin l'opération.

— C'est la première fois que j'assiste à une opération dentaire sur un tigre, dit Geraldine. Et que j'en vois un d'aussi près. Ses canines sont impressionnantes.

— Elles mesurent dix centimètres, précisa Léa. Et les racines sont dix fois plus longues que chez les humains. Voulez-vous que je vous explique ce que je suis en train de faire ?

— Avec plaisir, dit Geraldine.

— Je vais enlever la partie supérieure de la dent afin de retirer la pulpe et les bactéries dans la chambre pulpaire, que je remplirai ensuite d'un matériau inerte. Enfin, je réparerai le haut de la dent.

Antoine avait déjà assisté à ce genre d'intervention, mais c'était chaque fois une expérience fascinante.

Tandis que Valérie prenait des notes, Geraldine veillait à ce que le tigre respire correctement et Antoine contrôlait l'évolution de l'anesthésie.

Au bout des trois quarts d'heure que dura l'opération, l'équipe put ramener Sabu dans son enclos et le déposa sur de la paille fraîche. Geraldine retira la sonde d'intubation, et Antoine procéda à l'inversion de l'anesthésie. Le tigre fut rapidement sur ses pattes, un peu étourdi mais capable d'aller boire.

— Maintenant, nous allons suivre le protocole habituel post-anesthésie. Il va rester vingt-quatre heures seul dans son enclos, où nous le surveillerons, dit Belle.

— S'il y a quoi que ce soit, dit Antoine, appelez-moi, même au milieu de la nuit.

Le jeudi midi, Sabu était complètement remis de l'opération. Il se comportait et se nourrissait normalement, et l'équipe se réjouit de le voir retrouver ses congénères dans l'enclos principal.

Le vendredi, Geraldine et Antoine furent en congé et décidèrent d'aller admirer les tableaux de Monet au musée de l'Orangerie et au musée d'Orsay.

Geraldine s'étonna de voir Antoine s'arrêter longuement devant *La Nuit étoilée sur le Rhône* de Van Gogh.

— C'est un tableau tellement paisible ! dit Geraldine. J'adore la joie qui se dégage des étoiles et des lumières qui se reflètent dans l'eau du fleuve.

— Je vous reconnais bien là, dit Antoine. Toujours attentive à la lumière.

Son sourire lui coupa le souffle. Son commentaire était un compliment, dénué de toute moquerie. La sensation de partager avec lui plus que ce que partagent généralement des collègues grandissait en elle. Mais Antoine pouvait-il la considérer comme autre chose qu'une consœur et amie ? L'idée la terrifiait en même temps qu'elle l'excitait. Depuis qu'elle avait attrapé la fièvre Q qui avait provoqué sa fausse couche, son univers avait volé en éclats. Elle ignorait où la phase de deuil et de reconstruction qu'elle traversait la mènerait. Elle ne s'était pas imaginé rencontrer un homme avec qui elle s'entendrait aussi bien, et les émotions que la présence d'Antoine suscitait ne faisaient qu'ajouter à sa confusion. Pour autant, la vie ne pouvait pas s'arrêter avec une fausse couche et une rupture amoureuse. Il fallait avancer, passer à autre chose. Mais à quoi ?

Elle lui sourit en retour et continua à déambuler dans le musée en bavardant. Lorsqu'ils atteignirent le dernier étage, où se trouvait l'horloge, Antoine proposa de la prendre en photo.

— Voulez-vous que je prenne une photo de vous avec votre femme ? demanda soudain un touriste en souriant.

Votre femme. Avaient-ils l'air de former un couple ? L'idée était séduisante. Elle aimait bien cet homme, mais éprouvait-il les mêmes sentiments à son égard ?

Elle lui jeta un coup d'œil. Il avait l'air aussi troublé qu'elle. Mieux valait se montrer raisonnable, donc.

— Ce n'est pas mon mari. Nous sommes amis, c'est tout, corrigea-t-elle en souriant. Mais oui, c'est gentil.

Amis, c'est tout.

Antoine était choqué de constater qu'ils étaient effectivement en train de devenir *amis*. Avec Geraldine, il était détendu et il appréciait tout autant leurs différences que leurs ressemblances. Il aimait la collègue posée et sensée qu'elle était, ainsi que la légèreté avec laquelle elle regardait le monde.

Il se plaça à côté d'elle et posa le bras sur ses épaules. Le geste lui parut naturel, y compris quand Geraldine se laissa aller contre lui. Il sentit la chaleur de son corps à travers leurs vêtements, et son parfum frais et léger lui fit presque tourner la tête.

Quand avait-il posé pour une photo pour la dernière fois ?

C'était aussi troublant que l'impression qu'il avait eue en la photographiant près du pont japonais à Giverny. Il n'avait fréquenté aucune femme depuis le départ de Céline et n'imaginait même pas que ce soit possible un jour. Il se disait à présent que, s'il devait sortir avec quelqu'un, ce serait une personne comme Geraldine Milligan.

Il leva mentalement les yeux au ciel. Il savait parfaitement que, s'il devait sortir avec quelqu'un, ce serait Geraldine Milligan. Cette femme l'attirait. Mais, elle avait beau être sympathique, gentille et agréable avec lui, elle avait pour habitude de faire *comme si*, jusqu'à ce que la situation convoitée se produise dans son existence. Sa manière de sourire à la vie cachait quelque chose qu'elle n'était pas prête à lui dévoiler. Et il n'avait aucune idée de ce qu'elle pouvait ressentir à son égard. Et encore moins de la manière dont il pourrait le savoir.

Elle lui donna un petit coup de coude.

— Hé ! petit nuage, dit-elle, le sortant de ses réflexions.

— Quoi ?

Elle avait déjà récupéré son portable et remercié le touriste qui s'éloignait.

— Vous faites une drôle de tête, dit-elle.

— Ah ? Je... Désolé.

— Vous n'aimez vraiment pas qu'on vous prenne en photo ?

Il la dévisagea en se rendant compte de ce qu'elle venait de dire.

— Comment m'avez-vous appelé ?

Elle sourit.

— Vous m'appelez « petit rayon de soleil », je peux bien vous appeler « petit nuage » quand vous avez l'air renfrogné.

— C'est vrai, dit-il en souriant à son tour.

Mais, si elle était un rayon de soleil et lui un nuage, cela signifiait qu'ils étaient peut-être trop différents pour que leur relation puisse s'approfondir.

De toute façon, leur relation s'était déjà approfondie, mais Geraldine avait été claire : ils étaient amis. Ce qui tombait bien car il avait besoin d'une amie plus que d'une nouvelle histoire d'amour. Même si Geraldine était la première personne avec qui il s'entendait aussi bien depuis deux ans. À qui il avait envie de se confier. Avec qui il était heureux de passer du temps.

— Vous êtes reparti dans vos pensées, dit-elle doucement. Voulez-vous que nous allions boire un café ?

— Avec plaisir, dit-il, content de pouvoir changer de sujet de réflexion. Et si nous allions manger un morceau ? Je peux vous emmener dans un endroit que fréquentaient Picasso, Hemingway et Sartre.

— Super ! Je commence aussi à avoir faim.

Après un croque-monsieur et un café aux Deux Magots – où ils ne servaient pas de crème brûlée, au grand dam de Geraldine –, ils allèrent se promener dans le Quartier latin.

— C'est l'un des plus vieux quartiers de Paris. Après le Marais.

— Pourquoi « latin » ?

— Parce que c'est un quartier d'universités, où les cours étaient dispensés en latin, à l'époque.

— C'est le quartier dans lequel vous viviez quand vous étiez étudiant ?

— Oui, j'habitais juste là.

Ils empruntèrent une petite rue pavée et s'arrêtèrent devant un immeuble.

— C'est là, au dernier étage, la troisième fenêtre en partant de la gauche.

Il sourit.

— Le toit fuyait les jours de pluie et j'étouffais en été, mais j'y ai de bons souvenirs. Et je suis toujours ami avec mes colocataires de l'époque.

Même si, depuis le naufrage de son couple, il trouvait toutes sortes de prétextes pour ne plus les voir. Si bien qu'ils avaient, eux aussi, cessé de le solliciter.

— Vous ne viviez pas chez vos grands-parents ?

— Ils me l'avaient proposé, mais je préférais la compagnie des autres étudiants.

— Je vous comprends. Le quartier est très beau, avec ces balcons fleuris, les arbres en fleur et les tables de bistrot sur les trottoirs. Ma résidence étudiante était moins attrayante. Un bloc en béton sans âme.

— Il y a aussi des résidences étudiantes modernes et sans âme à Paris. Mais je crois que, quand on est étudiant, les rencontres que l'on fait sont plus importantes que le confort des logements.

— C'est vrai. C'est à cette période que j'ai rencontré Mark.

— Vous logiez dans la même résidence ?

— Non. En fait, nous nous sommes rencontrés au concert d'un groupe dans lequel jouaient un ami à moi et un ami à lui. Le courant est tout de suite passé. Et nous ne nous sommes plus quittés.

Elle eut soudain l'air triste.

— Enfin, jusqu'au divorce, je veux dire. Et vous, vous avez connu Céline à l'université ?

— Non, dans une soirée, du genre chez un copain de copain. J'avais quitté ma petite amie de l'époque quelques mois auparavant et, comme vous, nous nous sommes plu tout de suite. Cela dit, il aurait peut-être mieux valu qu'elle rencontre mon frère avant que je la demande en mariage. Mais Jean-Luc était parti aux États-Unis pour un an. Je les ai présentés à son retour.

Il poussa un gros soupir.

— Je n'ai jamais vraiment remarqué qu'il gardait ses distances vis-à-vis d'elle ou qu'il insistait toujours pour me voir seul, sans elle. Je n'ai rien compris.

— Ils ont dû essayer de lutter contre l'attirance qu'ils éprouvaient l'un pour l'autre, dit Geraldine. Vous n'avez pas envie d'aller les voir, maintenant ?

— J'y pense souvent. Mais je ne sais pas comment m'y prendre.

— Vous pouvez leur envoyer une carte pour la naissance de la petite, suggéra-t-elle. Cela brisera la glace.

— Il faut que je réfléchisse.

— Je comprends, dit-elle.

— On ne peut pas changer le passé. Et je ne suis plus amoureux de Céline. Et vous ? Vous êtes toujours amoureuse de Mark ?

— Non. Et il a rencontré quelqu'un. Ils sont heureux. Apparemment, ils ont la même vision des choses.

Antoine prit bonne note de ce qu'elle venait de dire et s'étonna du soulagement que cette nouvelle lui procura.

— Et vous, quelle est votre vision des choses ? Qu'est-ce que vous attendez de la vie ?

— C'est une discussion bien profonde pour un vendredi après-midi, dit-elle sur un ton léger. En fait, ce que j'aimerais, là, tout de suite, c'est une bonne glace.

La détermination qu'il lut dans son regard lui fit comprendre que le sujet était clos. Au moins avait-elle commencé à s'ouvrir un peu à lui.

— Cela tombe bien, dit-il. Je connais un endroit près d'ici qui devrait vous plaire.

Ils reprirent la direction de la Seine, qu'ils traversèrent pour se rendre sur l'île Saint-Louis.

— C'est l'un des plus vieux glaciers de Paris, dit-il devant une devanture en bois. Et il se trouve que j'aime beaucoup leur sorbet au cacao amer.

— Laissez-moi vous inviter, dit-elle. Quel parfum me conseillez-vous ?

— Le plus simple, c'est de demander à goûter les glaces qui vous font envie.

Elle opta pour la glace au caramel au beurre salé.

— Goûtez mon sorbet, dit-il en lui tendant une cuillérée.

Le temps sembla s'arrêter quand la bouche de Geraldine s'approcha de la cuillère, qu'elle l'entrouvrit et ferma les yeux.

Lorsqu'elle rouvrit les paupières, elle avait un peu de glace sur les lèvres. Antoine dut rassembler toute sa force de volonté pour ne pas l'embrasser.

— Alors ? dit-il en priant pour qu'elle ne devine pas l'idée qui venait de lui traverser l'esprit.

— Vraiment intense !

— Trop amer, peut-être ?

— Un peu, effectivement.

Elle goûta sa glace au caramel.

— Mmm ! Celle-ci est l'une des meilleures glaces que j'aie jamais mangées.

Cette merveilleuse journée se termina dans un petit bistrot du Quartier latin qui, d'après Antoine, servait l'un des meilleurs cassoulets de la ville. Lorsqu'ils rentrèrent à l'appartement, Geraldine était épuisée.

— Merci pour cette magnifique journée ! dit-elle.

— Je vous en prie.

Elle se mit à bâiller.

— Excusez-moi. Je suis exténuée. Nous avons beaucoup marché. Et bien mangé.

— Et vous pourrez goûter leur crème brûlée demain soir.

Antoine avait négocié avec le serveur pour qu'il les laisse emporter le dessert à condition qu'ils rapportent l'assiette.

— Je ne suis pas sûre de pouvoir attendre jusqu'au dîner, dit-elle en souriant. Je risque de la manger au petit déjeuner.

— Ah ! ces barbares d'outre-Manche ! dit-il en riant.

Il devait être à l'aise avec elle pour oser la taquiner de cette manière. De son côté, elle dut déployer des efforts surhumains pour ne pas céder à la tentation de l'embrasser.

Collègues et amis. Telle était la teneur de leur relation.

Mais que se passerait-il si…

6

Cela faisait seulement quelques semaines que Geraldine était arrivée, mais elle avait l'impression d'être déjà bien intégrée dans sa nouvelle vie parisienne. Grâce à Antoine, Valérie, Émilie et Belle, elle avait fait de gros progrès en français et était beaucoup plus à l'aise pour converser.

Antoine continuait à lui faire visiter la ville. Et, au zoo, Zhen commençait à se comporter comme une femelle en gestation.

— On ne peut pas se fier aux changements hormonaux qui sont les mêmes, qu'il s'agisse d'une véritable grossesse ou d'une grossesse nerveuse, dit Antoine. Tant qu'on n'aura pas fait une échographie, on ne peut pas avoir la certitude qu'elle est enceinte.

— Quand le taux de progestérone redeviendra normal, cela signifiera soit qu'elle va mettre bas, soit qu'elle n'était pas enceinte.

Mais la femelle panda continuait à se montrer moins active que d'habitude. De plus, elle se léchait le corps et prenait des objets dans ses bras – autant de signes associés à la gestation.

— Nous allons lui construire une tanière dans la partie cachée de son enclos, dit Pierre. À l'état sauvage, les pandas mettent bas dans une grotte, sur un lit de brindilles, ou dans le tronc creux d'un conifère – un endroit étroit et confortable. Ainsi, elle sera protégée tout en ayant toujours accès au reste de l'enclos.

— Est-ce que le zoo va annoncer au public qu'elle risque d'être enceinte ? demanda Geraldine.

— Nous sommes en pleine négociation avec le service des relations publiques du zoo, répondit Antoine. C'est bien de divulguer des informations susceptibles d'augmenter les entrées au zoo, mais le bien-être des animaux reste la priorité et il ne faut pas que l'afflux de visiteurs les perturbe.

— Raison pour laquelle la tanière se trouvera hors de la vue des visiteurs et insonorisée, expliqua Pierre. Mais nous installerons une caméra pour la surveiller et donnerons régulièrement de ses nouvelles au public.

Un après-midi où elle ne travaillait pas, Geraldine s'installa sur la terrasse de l'appartement d'Antoine pour appeler sa sœur.

— Tu as l'air en pleine forme ! s'exclama Alex en la voyant à l'écran. Paris te réussit.

— J'adore cette ville ! Il me tarde que tu viennes. Il y a tellement d'endroits que je voudrais te montrer !

— Les endroits où tu es allée avec Antoine ?

— Oui, il s'est transformé en guide touristique.

— On peut appeler cela comme ça, dit Alex sur un ton entendu.

— Je ne vois pas de quoi tu parles, mentit Geraldine.

— Je crois que si. Tu es rouge pivoine. Sans compter le nombre de fois où tu prononces son prénom dans nos conversations.

— Évidemment ! C'est mon hôte, mon collègue et il est en train de devenir un ami aussi, protesta-t-elle.

— J'ai l'impression que tu aimerais bien qu'il soit plus qu'un ami.

— Cela ne risque pas. Ce serait bien trop compliqué.

— Pourquoi ? Il est célibataire, tu es célibataire... Et il ne passerait pas tout son temps libre avec toi si tu ne lui plaisais pas un tant soit peu. Si vous vous entendez bien, où est le problème ? Après ce qui s'est passé avec Mark, tu mérites bien d'être heureuse. Mark a trouvé son bonheur ; maintenant, c'est ton tour.

— Je sais.

Mais Antoine aussi était vulnérable. Elle n'avait pas plus envie de le faire souffrir que de souffrir elle-même.

— Si vous vous plaisez, offrez-vous au moins une aventure torride.

— Je vais y réfléchir, dit Geraldine. Et toi, alors ? Ton rendez-vous d'hier soir ? Toi aussi, tu es radieuse.

— Ça n'a pas l'air d'aller fort, dit Geraldine à Antoine alors qu'ils rentraient à Montmartre à la fin de leur journée de travail.

— Non. Les résultats des analyses de Bianca ne sont pas bons. Je suis inquiet pour ses reins, répondit-il dans un soupir.

— Je suis désolée.

— Je n'ai pas eu le cœur de le dire à Belle, mais il va falloir prendre une décision d'ici quelques semaines. Jusque-là, la seule chose que nous pouvons faire est de lui éviter de souffrir.

Elle lui serra la main avec compassion.

— Quand j'ai commencé mes études de vétérinaire, j'ai compris que je ne voulais pas travailler avec des animaux domestiques parce que je n'avais pas envie d'avoir à annoncer à leurs maîtres que leur chien, leur chat ou leur lapin n'en avait plus pour longtemps à vivre. Au zoo, les animaux n'ont pas de maîtres, mais leurs gardiens s'attachent à eux de la même manière.

— Les vétérinaires aussi, dit Geraldine. Et je crois que les animaux s'attachent aux humains qui s'occupent d'eux. Je me souviens des feulements que Bianca vous a adressés l'autre jour – comme si vous étiez un tigre.

— J'ai du mal à envisager le zoo sans elle. Nous sommes arrivés le même jour. Elle va laisser un grand vide dans ma vie.

Elle lui prit la main et la garda dans les siennes. Antoine avait commencé à s'ouvrir à elle, après une période d'isolement et de deuil. Elle espérait que la mort de Bianca ne le referait pas sombrer dans le chagrin.

— Heureusement qu'il nous reste les souvenirs. Et grâce à vous, elle a eu une belle vie. Toutes les recherches que vous avez faites et tout ce que vous lui avez apporté, les gardiens et vous, pour qu'elle vive mieux, tout cela n'a pas de prix.

— C'est ce que vous disiez aux agriculteurs quand ils perdaient une vache ? demanda-t-il.

— J'ai vu des gros durs en larmes devant la mort d'un agneau ou d'un veau, ou quand ils devaient se séparer d'un animal qu'ils avaient nourri au biberon. Même s'il s'agit d'un commerce et que les animaux de ferme ne sont pas des animaux domestiques, l'affection est là. Heureusement, d'ailleurs. Un monde sans amour serait trop triste.

Elle marqua une pause.

— Je sais que ce n'est pas facile pour vous, mais pouvez-vous me promettre que vous essayerez de me parler plutôt que de vous renfermer sur vous-même ?

Il demeura un long moment silencieux, si bien qu'elle eut peur d'être allée trop loin. Puis il sourit.

— Mon petit rayon de soleil. Vous avez un grand cœur. Oui, d'accord, je vous le promets.

— Bien.

— Quand votre sœur va-t-elle venir ?

— En juillet.

— Elle pourra s'installer ici, si elle veut. Il reste une chambre de libre.

Elle ne s'attendait pas à une telle proposition. C'était très généreux de la part d'Antoine.

— C'est vraiment très gentil, merci.

— Je vous en prie. Elle doit vous manquer.

— Oui. Nous avons beau nous appeler et nous voir sur l'écran de nos portables, elle me manque. Elle a toujours été très présente dans ma vie, notamment après ma rupture avec Mark. C'est elle qui m'a incitée à reprendre mes études. Sans elle, je crois que je serais restée chez moi à me morfondre…

Elle s'interrompit et grimaça.

— Désolée, je ne voulais pas être indélicate. En fait, je ne parlais pas de vous.

— C'est pourtant exactement ce que j'ai fait pendant deux ans, admit-il. Je me suis renfermé sur moi-même, j'ai coupé les ponts avec tout le monde, y compris avec mes parents, pour qu'ils n'aient pas à choisir entre leurs deux fils.

— Pourquoi auraient-ils besoin de choisir ? dit-elle doucement. Ils ont certainement suffisamment d'amour pour vous deux.

Antoine hocha lentement la tête.

— Si mes grands-parents étaient encore là, je crois qu'ils m'auraient incité à me réconcilier avec Jean-Luc. Ma grand-mère disait toujours qu'elle était contente que nous nous entendions bien, tous les trois. Il n'y a jamais eu de rivalité ni de jalousie entre nous. Quand ils sont morts, j'ai hérité de leur appartement,

Amélie, du vignoble, et Jean-Luc, de leurs investissements. La situation a toujours été équitable.

Il réfléchit un moment.

— Vous avez peut-être raison. Je vais leur envoyer une carte. Et un cadeau pour le bébé.

— C'est un bon départ. Quel âge a le bébé ? Six semaines ?

— Vous croyez qu'il est trop tard ?

— Il n'est jamais trop tard pour bien faire. Et les circonstances sont particulières.

— C'est vrai, dit-il avant de pousser un long soupir. Toute cette histoire est dingue.

— Il faut peut-être essayer de faire abstraction de ce qui s'est passé entre Jean-Luc et Céline. Je sais que c'est difficile, mais cela vous fait plus de mal que de bien de ressasser ce qui s'est passé. Et surtout, cela vous empêche de tourner la page. Je sais que vous avez l'impression d'avoir reçu un coup de poignard dans le dos, mais est-ce une raison pour vous priver de votre famille toute votre vie ? Pour fermer la porte à des moments de partage et de joie à venir ?

— Non, vous avez raison. Mais je ne sais pas vraiment comment m'y prendre.

— Faites en sorte que cela devienne votre réalité, dit-elle. S'ils vous manquent, allez les voir au lieu de vous faire encore du mal en vous privant d'eux.

— Ils me manquent, en effet, acquiesça-t-il d'une voix émue.

— Prenez votre temps, comme quand vous dressez un tigre pour qu'il reste calme pendant qu'on lui fait une prise de sang.

— Je pourrais lui offrir un tigre en peluche.

— Ce serait un joli cadeau, étant donné votre métier.

— Accepteriez-vous de m'accompagner pour m'aider à choisir ?

Elle déglutit et sentit la panique l'envahir à l'idée d'aller faire des courses dans un magasin d'articles pour bébés. Mais elle venait juste de dire à Antoine d'essayer de faire abstraction du passé pour ne pas se priver d'un avenir plus heureux. Serait-elle en train de commettre la même erreur ?

Le sourire de Geraldine était trop enjoué pour être tout à fait sincère.

— Que se passe-t-il ? demanda Antoine.

— Rien.

Il prit conscience qu'ils se tenaient toujours par la main. Il resserra un peu les doigts autour des siens.

— Vous savez, Geraldine, vous m'avez incité à vous parler, et cela m'a fait du bien. Peut-être que cela vous ferait du bien, à vous aussi, de me dire ce qui vous perturbe. Moi non plus, je ne suis pas du genre à colporter les ragots et je ne vais pas vous juger. Alors, si vous avez envie de vous soulager de ce qui vous pèse, sachez que je vous écouterai avec plaisir.

— Je...

Elle s'interrompit et demeura silencieuse un moment.

— J'ai fait une fausse couche, finit-elle par dire d'une voix chevrotante.

Il eut l'impression que le sol se dérobait sous ses pieds. Il venait juste de lui demander d'aller acheter un cadeau de naissance. Il n'aurait pas pu commettre plus grosse maladresse.

— Je suis désolé, dit-il. Cela a dû être très dur. Pour vous comme pour lui.

— Mark a été... soulagé, je crois.

Ces mots étaient tellement choquants qu'il crut avoir mal entendu.

— Soulagé ?

— Il ne voulait pas d'enfants.

Tout comme il ne voulait pas d'animaux à la maison, se rappela Antoine.

— Il ne s'est pas réjoui de la fausse couche, bien sûr, mais cela n'a pas changé sa vision de la paternité. Il a eu une enfance difficile et a toujours été résolu à ne pas fonder de famille. J'étais persuadée que cela ne me posait pas de problème, jusqu'au moment où j'ai découvert que j'étais enceinte et que, une fois passé le choc initial de la nouvelle, je me suis rendu compte que j'étais ravie d'attendre un bébé.

Elle déglutit.

— Je suis désolée, dit-elle d'une voix hachée. Je ne peux pas en parler. Pas maintenant.

Antoine avait le sentiment qu'elle avait gardé toute sa souffrance pour elle, pendant des années, comme lui l'avait fait avec la sienne.

— Je comprends, dit-il. Si vous avez envie d'en parler plus tard, je suis là.

— Merci. Je crois que je ne m'en suis pas encore tout à fait remise.

Il comprenait maintenant pourquoi Mark et elle avaient rompu. Ce n'était la faute ni de l'un ni de l'autre, seulement des circonstances qui les avaient submergés tous les deux.

Peut-être allait-elle désormais trouver la force d'exprimer toute cette souffrance enfouie et de commencer à panser ses blessures. Comme elle l'avait aidé, lui, à le faire.

Lors de leur jour de congé suivant, Antoine prépara le petit déjeuner.

— Vous n'êtes pas obligée de venir avec moi au rayon puériculture, dit-il.

Elle le regarda d'un air indécis.

— Aucun de mes amis n'a encore eu de bébé, si bien que je n'ai jamais eu à faire un cadeau de naissance. Quant à mon bébé, je l'ai perdu avant de songer à préparer concrètement sa venue. Le temps est peut-être venu de tourner la page, de me confronter à cet aspect de la réalité.

Elle poussa un long soupir.

— Je vais vous accompagner et vous aider à choisir quelque chose de mignon pour votre nièce.

— Ma nièce, répéta-t-il, surpris que les mots ne soient pas aussi douloureux à prononcer qu'il le croyait. Merci.

— C'est bien que nous puissions nous entraider.

Ils se rendirent dans un grand magasin et se dirigèrent vers le rayon bébés. Geraldine demeura silencieuse pendant quelques minutes, puis elle recouvra son entrain habituel et se mit à regarder les petits vêtements et les accessoires de puériculture avec enthousiasme.

— Regardez ! dit-elle devant un doudou tigre.

— Il est adorable, acquiesça Antoine. Je le prends.

Elle s'arrêta ensuite devant les mobiles, notamment un sur lequel étaient suspendus de petits nuages, un soleil et un arc-en-ciel, et lui décocha un regard entendu.

— Vous pensez que c'est bien ?

— C'est joli, mais ils en ont certainement déjà un. Vous pourriez lui offrir un panda, en plus du tigre. Regardez, les peluches sont là.

— Oh ! un tigre blanc ! s'exclama Antoine. Celui-ci est parfait.

— Mais vous avez déjà le doudou tigre. Prenez plutôt ce panda, il est tout doux.

— Je préfère le tigre blanc.

Elle sortit son porte-monnaie et planta son regard dans le sien.

— Pile ou face ? demanda-t-elle, une pièce à la main.

— Face.

Elle lança la pièce et la plaqua sur le dos de sa main.

— Pile, c'est le panda ; face, c'est le tigre.

Elle leva la main qui cachait la pièce.

— Face. Va pour le tigre blanc, dit-elle à regret.

— Merci. Je vais demander un paquet-cadeau.

— Pendant ce temps, je vais aller jeter un coup d'œil au rayon des loisirs créatifs, dit-elle.

Elle avait besoin de sortir du rayon bébés. Il la comprenait. Cela lui avait déjà demandé beaucoup d'efforts de l'accompagner. Il alla régler ses achats et demanda à les faire envoyer à l'adresse de son frère. Puis il rejoignit Geraldine, qui était redevenue silencieuse.

Il y avait des enfants partout. Un samedi après-midi ensoleillé n'était peut-être pas le meilleur jour pour aller se promener dans un parc, comme il l'avait prévu.

— J'ai une idée, dit-il.

Elle tourna la tête vers lui, un sourire sur les lèvres. Il était évident qu'elle était en train d'appliquer sa règle consistant à faire comme si, en attendant de se sentir vraiment heureuse.

— Il fait beau. Nous pourrions sortir de Paris, aller à Épernay, par exemple.

— Avec plaisir.

— Et emporter un pique-nique.

— Avec un panier en osier et une nappe à carreaux ?

— Pourquoi pas. Dans ce cas, il faut que nous passions par le rayon arts de la table.

Elle se mit à rire.

— Nous pouvons nous en passer, dit-elle. Mais je suis curieuse de voir en quoi consiste un pique-nique à la française.

— À quoi ressemble la version anglaise ?

— Cela dépend. Si c'est ma mère qui s'en occupe, c'est du poulet Reine Élisabeth et différentes salades, suivis de scones maison avec de la crème et de la confiture. Si c'est Alex ou moi qui nous y collons, ce seront des sandwichs et tout ce qui nous fait envie au rayon épicerie fine du supermarché.

— Avec un panier en osier et une nappe à carreaux ?

— Non. J'ai une couverture de pique-nique avec des rayures arc-en-ciel. Et, à boire, du Pimm's, pour ceux qui ne conduisent pas.

— Je ne suis pas sûr de trouver du Pimm's ici. Mais j'ai une autre idée. Et je n'ai pas de couverture, dit-il. Nous en trouverons une ici.

De fait, il avait tout laissé à Céline, quand ils s'étaient séparés, pour ne rien posséder qui lui rappelle la vie qu'il avait partagée avec elle.

Ils rentrèrent à Montmartre avec un panier de pique-nique et une nappe à carreaux. Là, ils achetèrent du pain, du fromage, une quiche, des madeleines, des tomates, des concombres et des radis, ainsi que des fraises.

— Je vais aussi préparer du café et prendre de l'eau.

Une fois prêts, ils chargèrent la voiture et roulèrent jusque dans la campagne autour d'Épernay, où la route serpentait au milieu des collines couvertes de vignes ou de bois. Dans les villages, les maisons étaient en pierre et coiffées d'un toit de tuiles en terre cuite. Cela changeait des paysages anglais.

— C'est très joli, dit-elle en admirant une église au toit pyramidal.

Il lui jeta un coup d'œil. Cette fois, son sourire reflétait une vraie joie.

— D'ici quelques semaines, les tournesols seront en fleur, dit-il. Van Gogh a peint certains de ses tournesols à Auvers-sur-Oise, une petite commune un peu plus au nord, que nous pourrons aller visiter un autre jour, si vous voulez.

Ils s'arrêtèrent dans un village et trouvèrent un endroit, au bord de l'eau, pour pique-niquer.

— Des aliments simples mais qui ont l'air délicieux, du bon air, une agréable compagnie : le déjeuner parfait ! lança-t-elle.

L'entendre dire qu'elle appréciait sa compagnie autant que lui la sienne lui fit chaud au cœur. L'été s'annonçait plein de promesses et de possibilités.

— Je trinque à tout cela, dit-il en levant sa tasse de café.

— Dommage que nous n'ayons pas de Pimm's, déplora-t-elle.

Mais elle riait et son sourire était tout à fait sincère. C'était vraiment un rayon de soleil.

— Patience. Tout vient à point à qui sait attendre, dit-il.

Après le pique-nique, ils roulèrent jusqu'à Épernay.

— Nous sommes dans l'avenue de Champagne. C'est ici que toutes les plus grandes maisons de champagne ont leur siège. Et, dessous, il y a plus de cent kilomètres de caves, dont le contenu vaut plus que celui des boutiques des Champs-Élysées.

— Vous avez fait des recherches, on dirait, dit-elle en souriant.

— Oui, parce que nous ne sommes ni à Paris, que je connais bien, ni dans la vallée de la Loire, où j'ai grandi. D'ailleurs, si vous voulez, je vous emmènerai visiter les vignobles de ma famille.

— Avec plaisir !

— Vous entendrez ma mère et ma sœur répéter que je passe ma vie à travailler...

— Je ne peux rien dire, j'en fais autant. Si ce n'est que je prends mes pauses-déjeuner, moi, dit-elle d'un air entendu.

— Moi aussi, protesta-t-il.

— On ne peut pas dire qu'avaler un sandwich en travaillant soit une vraie pause. Il faut apprendre à déléguer. De plus, on a les idées plus claires et on est plus productif quand on fait de vraies pauses.

— Vous allez vous liguer contre moi avec ma sœur et ma mère, si cela continue, dit-il en riant.

— Non, Antoine, j'ai simplement envie que vous soyez heureux.

— Moi aussi, j'ai envie que vous soyez heureuse.

L'air se chargea soudain d'une tension palpable. S'il n'était pas au volant, il l'aurait prise dans ses bras et embrassée jusqu'à en perdre haleine.

— Qu'est-ce qui vous manque pour être heureuse ? demanda-t-il.

— Et vous, qu'est-ce qui vous manque pour être heureux ?

— J'ai posé la question le premier.

Qu'est-ce qui lui manquait pour être heureuse ?

Probablement ce qu'elle n'avait pas pu réaliser avec Mark. Une relation avec un homme qui ait envie des mêmes choses qu'elle dans la vie. Un bébé. Mais elle ne risquait pas de donner cette réponse à Antoine. De plus, elle ignorait si elle pourrait avoir des enfants. Tant qu'elle ne tomberait pas de nouveau enceinte, elle ne saurait pas quelles séquelles la fièvre Q avait vraiment laissées.

— En fait, je suis déjà heureuse, dit-elle. J'aime ma famille, j'aime mon travail, j'aime Paris.

— Et donc ? Que vous manque-t-il ?

Elle s'attendait à ce qu'il la laisse poliment jacasser et passe à autre chose. Mais c'était raté. Il lui jeta un coup d'œil qui disait qu'il n'était pas dupe, et elle céda.

— Une relation, dit-elle. Je crois que j'ai tourné la page de mon histoire avec Mark.

Encore fallait-il qu'elle survive à ce troisième anniversaire du drame, qui aurait lieu la semaine suivante. C'était à chaque fois une épreuve difficile à surmonter.

— Et vous ?

Il prit une grande inspiration.

— J'ai envie que ma famille soit de nouveau unie, et vous m'avez aidé à faire le premier pas dans cette direction.

Il s'interrompit quelques instants.

— Et, oui, une relation. Et des enfants.

Elle se rappela ce que lui avait dit sa sœur. « Offrez-vous au moins une aventure torride. » Mais elle ne voulait pas se contenter d'une amourette. Elle avait envie d'une relation durable. Et de fonder une famille.

C'est ce que souhaitait Antoine, lui aussi. Pouvait-elle envisager de tenter l'aventure avec lui ? Mais elle ne lui avait jamais parlé de la cause de sa fausse couche et du spectre de complications futures. Était-il juste de se lancer dans une histoire avec lui si elle ne pouvait pas avoir d'enfants ? C'était ce qui l'avait retenue de sortir avec des hommes, à Londres, et ce qui, en cet instant précis, restait coincé dans sa gorge et l'empêchait de parler.

Geraldine demeurait silencieuse. Peut-être la conversation était-elle allée trop loin ? Il était temps de la laisser respirer. Il mit son clignotant.

— Pour l'instant, dit-il sur un ton qu'il voulut léger, je vous emmène faire une dégustation.

— Une dégustation ? Mais vous n'allez pas vous ennuyer, si vous provenez d'une famille de vignerons ?

— Ma famille ne fait pas de champagne. Nous irons les voir un jour. Amélie vous expliquera tout sur le vin et le vignoble. Je vous interrogerai ensuite. Et, pour chaque mauvaise réponse, vous aurez un gage.

Il s'arrêta, un peu honteux. Qu'est-ce qu'il lui prenait ? Mieux valait qu'il lui présente des excuses et retire ce qu'il venait de dire, presque indépendamment de sa volonté.

Mais Geraldine éclata de rire.

— Attention, monsieur Nuage, n'oubliez pas que ma sœur est prof de gym. Comme gages, je peux vous faire faire des mouvements particulièrement horribles.

— Je ne pensais pas à des pompes ni à des tractions, s'entendit-il dire en lui prenant la main.

Cela faisait une éternité qu'il n'avait pas flirté, et cet échange le troubla. Il lui fallut du temps pour se reconcentrer sur la visite qu'il avait réservée dans les caves de champagne. Mais découvrir le labyrinthe de tunnels dans lesquels étaient entreposées les bouteilles de champagne, dont certaines étaient là depuis plusieurs siècles, le fascina.

Après la visite, on leur fit goûter trois champagnes différents.

— Je comprends maintenant pourquoi vous me disiez d'être patiente. C'est merveilleux. C'est ma première dégustation de champagne et même de vin en général. Et je dois reconnaître que le champagne rosé vaut tout le Pimm's du monde.

Le fait que le champagne rosé soit son préféré ne le surprit pas. Il aimait la façon dont elle posait des questions en français au sommelier, qui tomba manifestement sous son charme, alla chercher une bouteille et lui tendit un sabre.

— C'est la meilleure manière d'ouvrir une bouteille de champagne, dit-il avant de lui expliquer comment sabrer.

— Je n'en reviens pas ! Vous êtes sûrs que je peux le faire ? demanda-t-elle en décochant un coup d'œil un peu inquiet à Antoine.

— Si vous pouvez anesthésier un tigre, répondit-il, vous pouvez sabrer une bouteille de champagne. Cela ne requiert pas de la force mais de la précision – comme l'intubation.

— Vous anesthésiez des tigres ? demanda le sommelier, manifestement impressionné.

— Nous sommes vétérinaires au zoo du Belvédère, à Paris, dit-elle.

— Il est beaucoup plus facile et beaucoup moins dangereux de sabrer une bouteille que de s'occuper d'un tigre, dit le sommelier en souriant. Il faut viser là, sous le goulot.

Geraldine tendit son portable à Antoine.

— Je veux bien que vous immortalisiez ce moment, dit-elle.

Comme Antoine s'y attendait, elle exécuta le geste de main de maître. Tout le monde applaudit. Le sommelier lui donna le bouchon, toujours attaché au goulot de la bouteille.

— Bravo ! dit-il avant de remplir les flûtes.

Avant de partir, Geraldine acheta deux bouteilles de champagne rosé qu'Antoine lui prit des mains. Une fois sur le parking, Geraldine trébucha. Elle se rattrapa à Antoine qui la prit spontanément par la taille. Pourquoi éprouvait-il de plus en plus le besoin de la protéger ?

Elle était là, contre lui, se remettant de sa frayeur. Il serait tellement facile de pencher la tête et de poser sa bouche sur la sienne !

— Je crois que le champagne et le soleil me sont montés à la tête, dit-elle.

Il se redressa aussitôt. Il ne voulait pas avoir l'air de profiter de la situation. S'il l'embrassait un jour, il souhaitait qu'elle soit parfaitement présente, elle aussi.

Il la tint néanmoins par la taille jusqu'à la voiture comme si c'était la chose la plus naturelle au monde – conscient que ce n'était pas seulement pour l'empêcher de tomber. Il aimait la sentir près de lui. Pouvait-il envisager une relation qui ne soit pas seulement professionnelle et amicale ? Peut-être, qui sait, serait-ce une bonne chose pour elle comme pour lui. Restait simplement à trouver le courage de le lui demander.

7

Le lundi matin, Rico, le gardien principal des guépards, prit la parole lors de la réunion.

— Je crois qu'Étoile va mettre bas.

Geraldine savait que les guépards cachaient souvent leur gestation jusqu'à quelques jours avant de mettre bas, par mesure de protection.

— Vous avez remarqué des signes particuliers ? demanda-t-elle.

— Je la trouve un peu agitée. Et sa fille, qui est née l'an dernier, reniflait son ventre ce matin.

— Parce qu'elle sent que sa mère sécrète du lait ? demanda Antoine.

— C'est possible, répondit Rico. Je vais installer un coin pour qu'elle mette bas, au cas où. Un petit enclos dans l'enclos, avec une seule entrée pour qu'elle s'y sente en sécurité. Et je mettrai des caméras pour garder un œil sur elle, suffisamment en hauteur pour que cela ne la stresse pas.

— Un vrai papa poule ! dit Belle en riant.

Rico lui adressa un regard timide.

— Je veux être là si mon Étoile met bas. Comme vous, quand Leylani a eu ses bébés.

Leylani était l'autre tigre du Bengale femelle, qui avait donné naissance à deux petits l'été précédent.

— Et, s'il arrive quoi que ce soit…, dit Antoine.

— Je vous appelle, bien sûr, promit Rico.

Geraldine et Antoine finissaient de dîner quand le téléphone d'Antoine se mit à sonner. Il jeta un coup d'œil à l'écran.

— Tout va bien ? C'est Rico ? demanda Geraldine devant son expression insondable.

Il regardait l'écran d'un air inquiet.

— C'est Jean-Luc.

Le moment était venu de le laisser seul.

— Je vais lire un peu sur la terrasse, dit-elle en allant chercher *Bonjour tristesse* dans sa chambre, le roman qu'Émilie lui avait prêté et qu'elle essayait de lire en français.

C'était le premier contact entre les deux frères depuis que Céline avait quitté l'un pour l'autre. Antoine avait fait un premier pas difficile en envoyant un cadeau et une carte pour le bébé. Elle pria pour que Jean-Luc saisisse cette perche et que cet appel leur permette de se rapprocher.

Une fois sur la terrasse, elle s'efforça de se concentrer sur sa lecture et nota les mots qu'elle ne connaissait pas afin de les chercher plus tard dans le dictionnaire.

Au bout d'un moment, Antoine réapparut sur la terrasse avec deux tasses de camomille, dont une sucrée au miel pour elle. Elle se retint de lui demander d'emblée comment s'était passé l'appel et attendit qu'il prenne l'initiative. Il demeura silencieux un long moment, puis tourna la tête vers elle.

— Je voulais vous remercier, Geraldine. Sans vous, je n'aurais jamais trouvé le courage d'envoyer ces doudous à ma nièce...

Elle lui sourit.

— Quelle conversation ! reprit-il. C'était bizarre, autant pour lui que pour moi. Nous qui étions si proches, avant que...

Il secoua la tête.

— Bref. C'est comme ça. En tout cas, le bébé va bien. Tout le monde va bien. Et Jean-Luc m'a demandé d'aller les voir.

— Vous en avez envie ?

Il réfléchit encore un moment, puis hocha doucement la tête.

— Je ne suis plus en colère. La douleur est partie aussi. Maintenant, ils me manquent, tout simplement.

— Vous avez fait le premier pas, qui est le plus difficile. Et on dirait que Jean-Luc souhaite la même chose que vous.

— Il m'a dit que je lui manquais aussi. Que je *leur* manquais. C'est vrai que je me suis renfermé sur moi-même, ces dernières années. Que je garde mes distances vis-à-vis des gens. Mais je n'étais pas comme ça…

Il gardait de moins en moins ses distances vis-à-vis d'elle. Quand elle avait trébuché, il l'avait rattrapée par la taille et ne l'avait pas lâchée jusqu'à la voiture. D'ailleurs, elle avait dû déployer des efforts considérables pour ne pas lever la tête et l'embrasser.

Une fois dans la voiture, elle s'était endormie. Elle n'avait pas l'habitude de boire en plein après-midi. À son réveil, Antoine était redevenu professionnel.

— Je suis contente que vous vous réconciliez, dit-elle. Et si vous voulez que…

Elle n'eut pas le temps de terminer sa phrase car le téléphone d'Antoine se remit à sonner.

— C'est Rico, dit-il avant de décrocher et de mettre le haut-parleur. Rico ? Tout va bien ?

— Je pars au zoo, répondit Rico. Rémi m'a dit qu'Étoile était allée s'installer dans le petit enclos et que, sur les vidéos, son ventre frémissait.

— Des contractions ? dit Geraldine.

— J'arrive ! dit Antoine avant de raccrocher. Voulez-vous venir ?

— Voir naître des petits guépards ? Pour rien au monde je ne manquerais ça !

Une fois au zoo, ils rejoignirent Rico et le gardien de nuit qui étaient en train de visionner les films. Étoile allait et venait. Puis elle se coucha sur le flanc, souleva une patte et expulsa le premier petit.

— C'est merveilleux ! murmura Geraldine. Quelle chance de pouvoir assister à ces miracles !

Étoile dégagea le petit de la poche amniotique, puis s'allongea de sorte qu'il se fraye un chemin jusqu'à ses mamelles.

— Bravo, ma fille ! dit Rico avec émotion.

Une heure plus tard, la mère couvrit son petit de paille avant de mettre bas une deuxième puis, encore une heure plus tard, une troisième fois.

— Ils sont magnifiques ! dit Geraldine.

Les trois petits avaient des taches sur la tête et la partie inférieure du corps, ainsi qu'une épaisse crinière grise, censée les camoufler, qu'ils garderaient jusqu'à leurs trois mois.

— Nous allons les laisser une dizaine de jours sans intervenir, sauf cas de force majeure, pour que les liens se renforcent entre eux, dit Rico.

— Au bout de dix jours, nous procéderons à un premier examen de santé, puis à la vaccination, à six semaines. Après quoi nous pourrons identifier leur sexe. En tout cas, ils sont magnifiques.

L'expression avec laquelle il contemplait les images fit fondre Geraldine. Il tourna la tête vers elle et lui adressa un sourire complice. Ils étaient là, ensemble, exerçant le métier qu'ils aimaient.

— Il faudra limiter l'accès des visiteurs pendant les dix prochains jours, le temps que les petits ouvrent les yeux et qu'Étoile se remette de la mise bas, dit Antoine. Peut-être pourrions-nous diffuser quelques vidéos au public. Je suis certain que la directrice des ressources humaines sera impatiente d'annoncer la nouvelle. Mais il ne faut pas que cela se fasse au détriment du bien-être d'Étoile et de ses petits.

— C'est ce que nous faisions à Cambridge, dit Geraldine.

— Vous devriez aller vous coucher et dormir un peu pour être en forme demain, dit Rémi.

— Certainement pas, répondit Rico. Je vais aller nourrir Étoile. Mais Geraldine et Antoine, allez vous coucher. À demain !

Ils jetèrent un dernier coup d'œil aux guépards blottis contre leur mère et rentrèrent à Montmartre.

Le lendemain, Rico entra dans la salle de réunion, l'air morose.

— L'un des trois petits ne va pas bien, annonça-t-il. Il se peut que sa mère l'ait rejeté pendant que j'étais en salle de repos. Belle a d'abord cru qu'elle l'avait écrasé par mégarde parce qu'il ne bougeait plus. Mais il a fini par remuer une patte. Nous avons éloigné Étoile pour pouvoir l'examiner.

— S'il a été séparé des autres, il doit avoir faim et froid, dit

Antoine. Emmenons-le au bloc, pour le nourrir et le réchauffer. Puis nous déciderons de la suite à donner.

Par chance, aucun autre animal n'avait besoin de soins d'urgence si bien qu'ils purent s'occuper tranquillement du petit guépard.

— Il souffre d'hypothermie, dit Geraldine.

— Et il est atone parce qu'il a froid, dit Antoine. J'espère qu'il va pouvoir se réchauffer en mangeant.

Tandis qu'il l'enveloppait dans une couverture chauffante, Geraldine lui prépara un biberon de lait maternisé. Antoine en versa quelques gouttes sur la gueule du petit qui réagit et se mit à téter. Geraldine sentit son cœur se serrer en regardant Antoine donner le biberon.

— Qu'allons-nous faire de toi, bébé guépard ? dit-elle avec tendresse.

— Une fois qu'il aura repris des forces, nous le remettrons dans la tanière pour que sa mère s'attache à lui. Sans quoi nous devrons le nourrir au biberon et lui trouver une autre famille, parce qu'il risquerait d'être alors considéré comme une menace et tué par sa mère.

L'après-midi, la température de ses pattes avait rejoint celle de son corps. De plus, sa gueule et sa langue étaient redevenues roses.

— On peut le rapporter à sa mère, dit Antoine en le tendant à Rico.

— Je vais rester cette nuit, dit ce dernier.

— Vous avez déjà passé la nuit dernière au zoo. Rentrez chez vous, c'est moi qui vais rester. Et je vous appelle s'il se passe quoi que ce soit.

— Je reste aussi, dit Geraldine. Je ne serai pas tranquille tant que tout ne sera pas rentré dans l'ordre.

Le soir venu, Antoine et Geraldine s'installèrent dans la salle de repos avec un écran pour surveiller Étoile et ses petits.

— Vous avez fait beaucoup de veillées comme celle-ci ? demanda Antoine.

— Il y a toujours des interventions qui finissent par durer toute la nuit. Je me souviens notamment d'une vache dont la mise bas avait été particulièrement difficile. Et, au zoo de Cambridge, nous nous relayions parfois, quand il fallait garder un œil sur un animal.

— Le zoo est un drôle d'endroit, la nuit, dit-il. Les cris des singes hurleurs, au lever du soleil, me font toujours penser à un dinosaure animatronique que mes grands-parents m'avaient emmené voir quand j'étais petit.

— Je n'avais jamais pensé à cela, dit-elle.

La conversation se poursuivit sur un ton léger, jusqu'à ce que Geraldine sente ses paupières s'alourdir.

— Dormez un peu, suggéra Antoine.

— D'accord, je mets le réveil dans une heure et je prendrai la relève.

— Il me semble plus raisonnable que vous dormiez deux heures, dit-il.

Elle s'endormit. Quand elle rouvrit les yeux, deux heures plus tard, elle était blottie contre Antoine qui avait passé le bras sur ses épaules. Elle demeura immobile pour profiter de la sensation pendant quelques instants avant de se redresser. Elle espérait ne pas avoir dépassé les limites en s'endormant contre lui.

— Désolée de m'être avachie sur vous, dit-elle.

— Il n'y a pas de quoi, répondit-il, un air indéchiffrable sur le visage.

— Comment va notre petit ?

— Étoile s'en occupe comme des deux autres, ce qui est bon signe. Mais il ne l'a pas encore tétée.

— Je vais veiller, maintenant. Vous pouvez dormir.

Elle se leva pour aller chercher un verre d'eau. Quand elle revint, Antoine dormait. Elle se rassit et le laissa glisser peu à peu contre elle. Curieusement, cette promiscuité lui parut naturelle. Et agréable.

Cela ne faisait que quelques semaines qu'elle le connaissait, mais elle l'aimait bien. Plus que bien, même. Et elle avait le sentiment qu'il éprouvait la même chose. Il était attiré par elle mais semblait avoir peur d'ouvrir son cœur à quiconque. Elle avait beau savoir qu'une relation amoureuse était loin d'être une priorité dans la vie de chacun, elle ne pouvait s'empêcher de se demander ce qui se passerait s'ils décidaient l'un et l'autre de céder à la tentation.

Cela les aiderait-il à aller de l'avant, à tourner la page de leurs précédentes histoires d'amour malheureuses ?

— Désolé de vous avoir pris pour un oreiller, dit Antoine en s'écartant d'elle, dès que le réveil sonna.

— Il n'y a pas de quoi, dit-elle en souriant. Le petit guépard n'a toujours pas tété, mais il dort toujours avec les autres.

— C'est bon signe, dit Antoine avant de s'étirer.

Elle s'installa et, à sa grande surprise, il écarta les bras.

— Venez, c'est mon tour de faire l'oreiller, dit-il.

Les battements de son cœur s'accélérèrent soudain. Elle s'efforça de chasser les idées qui lui traversaient l'esprit. Ce serait si simple… Il suffisait de lever à peine la tête, de poser la main sur sa joue, d'attirer sa bouche…

Mais ils étaient au zoo. Ce n'était ni le lieu ni le moment. Elle posa simplement la tête contre son épaule en se persuadant qu'ils agissaient comme le feraient n'importe quels collègues.

Antoine la réveilla doucement.

— C'est l'heure ? Déjà ?

— Non, dit-il. Mais je pensais que vous seriez contente de voir ça, dit-il en désignant l'écran du moniteur vidéo.

Les trois petits guépards tétaient leur mère, couchés les uns à côté des autres.

— Elle l'a accepté, murmura Geraldine, émue.

— Je pense que nous n'avons plus de souci à nous faire.

Ils se regardèrent, et la joie la poussa tout naturellement à le serrer dans ses bras. Elle trouva aussi tout naturel de poser sa joue contre la sienne puis de tourner la tête tout doucement. Leurs regards se croisèrent, leurs bouches se frôlèrent. Une fois. Deux fois.

Le désir monta en elle jusqu'à l'étourdir. Ils finirent par s'embrasser avec passion, accrochés l'un à l'autre comme si leur vie en dépendait. Elle se félicita d'être assise, sans quoi elle aurait certainement eu les jambes en coton.

Lorsque Antoine se détacha d'elle, ils tremblaient de tout leur corps.

— Désolé, je n'aurais pas dû, dit-il en s'écartant d'elle.

Mais ses yeux exprimaient moins le regret qu'un désir encore brûlant.

— Je pense que nous nous sommes laissé emporter tous les deux, dit-elle.

Si Antoine faisait marche arrière, elle n'avait rien à perdre. Elle décida de prendre son courage à deux mains.

— Nous nous sommes laissé emporter par la joie et le soulagement que les guépards se portent bien, reprit-elle. Mais je crois aussi que cela couvait depuis un moment entre nous.

Il demeura silencieux si longtemps qu'elle commença à se demander si elle n'aurait pas mieux fait de se taire. Elle s'en voulut d'avoir été aussi spontanée. La situation allait être bizarre, désormais, tant au zoo qu'à l'appartement. Il allait falloir qu'elle se cherche un autre logement. Elle ne pouvait décemment pas rester vivre chez lui après ce qu'elle venait de dire.

— Vous avez raison, finit par dire Antoine. Cela couvait depuis un moment. Mais...

Il poussa un gros soupir.

— Vous connaissez ma situation. Je crois que la vôtre est un peu compliquée aussi.

Elle l'était. Et encore, elle ne lui avait rien dit de la fièvre Q et de l'anniversaire de sa fausse couche qui surviendrait sous peu. Une date funeste qui lui rappelait ce qu'elle avait perdu et qu'elle ne retrouverait peut-être jamais plus.

Elle hocha la tête.

— Mieux vaut peut-être en rester là, dit-il en lui caressant la joue, les yeux brillants d'émotion.

Il avait raison, elle le savait, mais elle ne put s'empêcher d'éprouver une pointe de déception.

— Je vais faire du café, dit-elle en se levant, pour mettre un peu de distance entre eux, le temps de recouvrer ses esprits.

— Merci. Je vais sélectionner des extraits de la vidéo pour Rico et Belle.

D'un point de vue rationnel, ce n'était pas une bonne idée d'avoir une aventure avec Antoine. D'ici quelques mois, elle rentrerait à Londres. Allaient-ils faire la navette pour se voir ?

Elle avait déjà vécu une relation compliquée et n'était pas sûre de vouloir réitérer l'expérience. De son côté, Antoine était encore en train de régler les conséquences de son mariage avorté. Une relation entre eux ne ferait peut-être qu'empirer une situation déjà embrouillée.

Mieux valait qu'ils restent simplement collègues et amis. Ce qui n'était déjà pas si mal. Mieux valait se montrer raisonnable et ne pas tout gâcher, en dépit de l'attirance qu'ils éprouvaient l'un pour l'autre.

Elle se réjouit d'avoir pris cette décision quand Rico entra dans la salle de repos. Un frisson lui parcourut l'échine. Et s'il était arrivé au moment où Antoine et elle s'embrassaient comme des fous ?

— Je n'arrivais plus à dormir, dit-il. Je suis impatient de les retrouver.

— Vous avez vu ? Ils dorment tous ensemble, dit-elle pour le rassurer.

— Oui, c'est bon signe.

— C'est mieux que ça, dit Antoine en lui tendant son téléphone pour lui montrer les images de la tétée des trois guépards.

Rico regarda la vidéo, les larmes aux yeux.

— Il semble tiré d'affaire, dit Rico.

— J'en ai bien l'impression, confirma Antoine.

Leurs regards se croisèrent. Antoine était content que le petit guépard soit sauvé, c'était évident. Mais elle crut déceler une ombre de regret au fond de ses yeux. À moins qu'elle se fasse des idées…

À la fin de la semaine, Étoile avait tout à fait accepté ses trois petits, et leurs vidéos devinrent les plus populaires sur le site du zoo.

Antoine avait décidé d'aller voir Jean-Luc, Céline et leur petite Maya à Chartres, le samedi.

— Vous voulez venir ? Pas nécessairement pour rencontrer mon frère et sa famille. Je ne veux pas vous imposer cela. Mais vous pouvez visiter Chartres. C'est une jolie ville. Je suis sûre qu'elle vous plairait.

Elle le regarda, l'air perdu.

Jamais il n'aurait dû lui demander.

Il vit soudain une larme couler sur sa joue. Puis une deuxième, et une troisième... Geraldine était en train de pleurer en silence.

— Que se passe-t-il ?

— Rien, dit-elle en essuyant ses joues.

Elle paraissait pourtant bouleversée.

— Ne vous inquiétez pas, cela m'arrive de temps en temps, dit-elle dans un haussement d'épaules.

Ce qui n'en était que plus inquiétant.

Comment pouvait-il l'inciter à lui parler ? Depuis la nuit où ils s'étaient embrassés, ils avaient mis de la distance entre eux. Aussi bien elle que lui.

Il alla préparer une tasse de thé comme elle l'aimait.

— La solution anglaise à tous les problèmes, dit-il en déposant la tasse devant elle. Parce qu'il y a manifestement un problème.

— Ce n'est rien, vraiment, dit-elle, obstinée. Et vous devriez y aller si vous ne voulez pas être en retard.

Elle avait raison. Ses larmes lui avaient fait oublier tout le reste.

— Deux minutes, dit-il avant de prendre son téléphone.

Petit imprévu. Désolé de vous prévenir au dernier moment. Je t'appelle plus tard. Mais je ne coupe pas les ponts !!!

La réponse arriva quelques minutes plus tard.

OK. À plus tard.

— C'est bon, dit-il. C'est arrangé.

— Mais je...

— Non. Buvez une gorgée de thé, prenez une grande inspiration et dites-moi ce qui ne va pas. Je ne suis pas là pour vous juger, juste pour vous écouter.

Elle frémit et but une gorgée. Puis elle demeura silencieuse un long moment, et il craignit qu'elle ne lui dise rien. Mais elle finit par parler.

— Aujourd'hui, c'est l'anniversaire du jour où ma vie a volé en éclats, dit-elle d'une voix brisée.

— Le jour où vous avez perdu le bébé ?

— En fait, ma vie avait déjà explosé quelques semaines auparavant, mais je l'ignorais. Je travaillais dans une clinique vétérinaire spécialisée dans les animaux d'élevage. L'un de nos clients avait un problème avec une brebis. J'étais de garde, j'y suis allée.

C'était l'époque où les brebis mettaient bas. Antoine eut un mauvais pressentiment et se douta de ce qu'elle allait lui dire.

— Je ne savais pas que j'étais enceinte, sans quoi j'aurais demandé à quelqu'un d'autre d'y aller.

Elle avait contracté une maladie. La campylobactériose ? La chlamydiose ? Il y avait plusieurs zoonoses qui pouvaient provoquer une fausse couche chez la femme. C'est pourquoi les femmes enceintes devaient éviter tout contact avec des brebis en période d'agnelage.

— Il y avait des *Coxiella burnetii* dans la ferme, mais aucun symptôme de fièvre Q dans le cheptel. J'ai simplement aidé une brebis à mettre bas. L'agneau était coincé, mais nous y sommes parvenus. J'ai ensuite bu le thé avec l'éleveur, et nous avons discuté comme d'habitude. Je n'avais aucune raison de penser qu'il pouvait y avoir un problème.

Antoine se souvint que la fièvre Q se transmettait par échange de fluides corporels ou par inhalation de spores. Geraldine aurait utilisé des gants si elle avait eu une coupure sur les mains. Elle avait dû attraper la fièvre simplement en respirant près de la brebis.

Elle avait le visage défait, et Antoine ne put rester de l'autre côté de la table plus longtemps. Il se leva, la prit dans ses bras et s'assit, Geraldine sur ses genoux.

— Je suis là, dit-il doucement. Tu n'y es pour rien, Geraldine.

— Je ne sais pas…

— Ce qui s'est passé n'est *absolument* pas ta faute. Parle-moi. C'est toi qui m'as dit que parler soulageait. Tu avais raison. En m'écoutant, tu m'as aidé à avancer. Parle-moi, dis ce que tu as sur le cœur au lieu de le laisser te ronger.

Elle glissa un bras sur sa nuque. Il se réjouit qu'elle accepte leur proximité.

— Deux semaines plus tard, j'ai eu ce que j'ai cru être un genre de grippe printanière. J'étais éreintée, j'avais une migraine terrible et mal partout. Le test Covid était négatif. Mon médecin de famille m'a fait une prise de sang.

Elle ferme les yeux, hantée par le souvenir.

— Le test au *Coxiella burnetii* s'est révélé positif. Le médecin m'a dit que j'avais attrapé la fièvre Q et demandé si j'étais enceinte. J'étais sur le point de dire non quand je me suis dit que je n'avais pas eu mes règles depuis un moment. Je ne suis pourtant pas du genre tête en l'air.

— Tu es la personne la moins tête en l'air que je connaisse, dit-il en lui caressant les cheveux.

— Merci, dit-elle dans un soupir. Le docteur m'a demandé de faire un test de grossesse avant qu'elle me prescrive quoi que ce soit. Certains traitements de la fièvre Q sont dangereux pour les fœtus. J'ai eu un choc en voyant la seconde ligne bleue se former sous mes yeux. Et un autre choc en me disant que j'avais mis le bébé en danger.

— Tu ne savais ni que la bactérie était présente dans l'élevage ni que tu étais enceinte, dit-il en la serrant contre lui. Ce n'est la faute de personne.

— Le médecin m'a donné du cotrimoxazole, mais il était trop tard. J'ai perdu le bébé deux semaines plus tard. Il devait avoir à peu près dix semaines. C'était il y a trois ans aujourd'hui.

— Je suis désolé, dit Antoine.

— Chaque année, à cette date, j'ai l'impression d'être plombée, dit-elle. La majeure partie du temps, ça va. Mais ce jour de l'année, je suis totalement abattue. Je me sens lourde, quoi que je fasse.

— C'est normal. Même si tu ne savais pas que tu étais enceinte et que tu n'avais pas encore fait de projets, cela reste un deuil à faire. Il faut du temps.

— Merci de comprendre.

— Je suis là, répéta-t-il.

— Tout cela m'a fait comprendre que, contrairement à ce que je prétendais, je voulais des enfants. Mais Mark n'avait pas changé d'avis sur le sujet. Il refusait de risquer de faire vivre à ses enfants ce que lui avait vécu petit : une enfance triste, le divorce horrible de ses parents. Même le fait de rencontrer ma famille, qui est assez équilibrée, n'y a rien changé.

Elle grimaça.

— Il aime l'ordre et la propreté. Nous avions des meubles blancs, des tapis blancs… Tu imagines des enfants et des chiens dans le tableau ? Nous avons longuement discuté, mais il ne se voyait pas devenir père. Les discussions tournaient en rond. Je crois que cette fausse couche nous a fait changer l'un et l'autre. Pour lui, elle a confirmé qu'il ne voulait pas d'enfants ; moi, elle m'a fait découvrir que j'en voulais. Il n'y avait pas de compromis possible sans que l'un de nous deux soit malheureux. Nous avons fini par décider de nous séparer.

Elle prit une profonde inspiration.

— L'amour qu'il y avait entre nous n'a pas suffi à cimenter notre couple. Cela nous a paru la solution la plus sensée pour que personne ne souffre encore davantage.

— Je suis désolé.

— Mark a rencontré une autre femme, depuis, avec qui il s'entend bien. Ils ne veulent d'enfants ni l'un ni l'autre. Ils ont l'air heureux. Je suis contente pour lui. Je ne voulais pas le voir seul et malheureux.

Geraldine était généreuse et adorable. Elle était attentive au bien-être des gens. C'était l'une des facettes de sa personnalité qui le touchait le plus.

— Je n'ai pas voulu continuer à travailler avec les animaux d'élevage. J'ai passé un master à Londres, et je suis retournée vivre un an chez mes parents, puis j'ai décroché ce poste au zoo de Cambridge.

— Qui te plaît ?

— Qui me plaît beaucoup. J'adore ce métier.

— Et toi, tu n'as rencontré personne…

Elle secoua la tête.

— Avant de me lancer dans une nouvelle relation, je veux m'assurer que mon futur partenaire et moi sommes sur la même longueur d'onde.

Pouvait-il imaginer être son futur partenaire ? Étaient-ils sur la même longueur d'onde ?

— Tu veux toujours des enfants ? demanda-t-il prudemment.

— Oui. Mais le problème est que, à cause de la fièvre Q, le risque de fausse couche est accru. Et la fièvre Q peut être réactivée pendant la grossesse. Je sais que je serai suivie de près mais… Si je retombe enceinte, je risque de m'inquiéter pendant toute la grossesse.

— C'est normal, vu ce qui t'est arrivé.

— J'espère que mon futur partenaire sera aussi compréhensif que toi.

Ce n'était pas le moment de lui suggérer qu'il pourrait être son futur partenaire. Elle était trop bouleversée. Mais peut-être pourrait-il l'aider à aller mieux ?

— Je suis vraiment désolé de ce qui t'est arrivé. Perdre son couple et son bébé en même temps, c'est dur.

Elle hocha la tête.

— Tu m'as dit que tu cherchais toujours à voir le bon côté des choses. Comment fait-on, quand on traverse une telle épreuve ?

— Après la fausse couche, j'ai vraiment été déprimée pendant deux mois. Ma sœur a été géniale. Elle m'a secouée gentiment et m'a dit d'assister à ses cours de gym. J'ai fini par comprendre que soit je restais malheureuse et tout mon entourage continuait à s'inquiéter pour moi, soit je commençais à trouver des choses positives dans ma vie. C'est là que j'ai appris à faire comme si j'avais une chose jusqu'à ce que cette chose devienne une réalité dans ma vie. Au départ, c'était pour que mes proches arrêtent de s'inquiéter. Mais, peu à peu, cela a fonctionné, j'ai recouvré ma joie de vivre.

Il passa le bras sur ses épaules, et ses larmes se tarirent peu à peu.

— Merci de m'avoir écoutée.

— Avec plaisir. Merci de t'être confiée à moi. Tu as été courageuse pour endurer tout cela. Et il faut du courage pour en parler.

— Toi aussi, tu as enduré des choses difficiles.

— Je pense que cela nous ferait du bien de prendre l'air. Va te passer de l'eau sur le visage. Je reviens dans dix minutes et je t'emmène quelque part. Dans un endroit où il n'y aura pas d'enfants qui courent partout.

Geraldine fut reconnaissante à Antoine de lui laisser un peu de temps seule pour se remettre de ses émotions. Elle se passa de l'eau sur le visage et, lorsqu'elle entendit la porte d'entrée se rouvrir, elle se sentait déjà beaucoup mieux.

Elle rejoignit Antoine dans la cuisine. Il avait posé un gros bouquet de roses blanches sur le plan de travail.

— Le fleuriste ne vendait pas de pétales séchés, dit-il, alors je me suis dit que nous pourrions jeter des pétales frais dans un ruisseau, en souvenir du bébé que tu as perdu.

— C'est...

Elle s'interrompit, la gorge nouée, les larmes perlant de nouveau à ses paupières.

— C'est vraiment gentil de ta part.

— C'est ce que je fais chaque année, pour l'anniversaire de la mort de ma grand-mère. Je le fais dans Paris, mais l'endroit va être rempli d'enfants. Mieux vaut sortir de la ville.

— Merci, Antoine. Je m'en veux un peu. Tu étais censé voir Jean-Luc et Céline, aujourd'hui.

— Les actes symboliques sont tout aussi importants.

Ils détachèrent les pétales des roses et les mirent dans un sac en papier, puis Antoine prit la direction de la forêt de Compiègne, au nord de Paris. Il se gara dans un joli village, et ils empruntèrent des rues bordées de maisons de pierre aux volets colorés, ornées de rosiers grimpants dont les fleurs étaient encore en boutons. Geraldine eut l'impression de remonter le temps et qu'une calèche tirée par des chevaux allait surgir.

Au bout de la rue se trouvait une porte fortifiée – une arche de pierre, entre deux tours au toit de tuiles conique. Ils la franchirent, ce qui lui donna l'impression d'entrer dans un château. Mais le bâtiment s'avéra être une église.

— Voici ce qui reste de l'ancienne abbaye bénédictine, dit Antoine.

Un petit pont de pierre enjambait un ruisseau. Ils s'y arrêtèrent. Antoine ouvrit le sac en papier et le tendit à Geraldine. Elle prit une poignée de pétales et la jeta dans le ruisseau. Puis elle présenta le sachet à Antoine.

— Repose en paix, petit bébé, dit-il doucement en dispersant les pétales.

Ses paroles reflétaient exactement ce qu'elle avait dans le

cœur. Elle se sentit soudain plus légère, comme si le poids de ce malheur commençait à se dissoudre.

Lorsqu'ils eurent lâché tous les pétales dans le ruisseau, il lui prit la main, comme pour lui faire comprendre qu'il était là si elle avait besoin de s'appuyer sur lui. Son cœur s'emplit de gratitude.

Ils retournèrent à la voiture en silence, n'éprouvant ni l'un ni l'autre le besoin de parler.

— Merci, Antoine, dit-elle, une fois dans le véhicule. Merci de comprendre. Merci d'être là. Cela me touche beaucoup.

— Tu peux compter sur moi, dit-il.

La chaleur de son regard lui donna le sentiment qu'il restait encore de la lumière dans ce monde.

8

Le lendemain, Geraldine eut la sensation qu'on avait retiré un énorme poids de ses épaules et qu'elle pouvait de nouveau respirer normalement.

— Désolée d'avoir pleuré sur ton épaule, hier, dit-elle à Antoine au petit déjeuner.

— Tu n'as pas à être désolée. Je suis content d'avoir été là.

— Merci. Ta présence m'a beaucoup aidée.

— Avec plaisir. Si tu veux, on peut aller danser sur les quais, ce soir, si cela figure toujours sur ta liste.

— Oui, j'aimerais beaucoup.

Après le dîner, ils allèrent marcher dans le jardin Tino-Rossi, sur le quai Saint-Bernard. Ils admirèrent les fleurs et les sculptures, mais ce qui plut le plus à Geraldine fut la série de petits amphithéâtres au bord de la Seine. Les gens assis sur les gradins regardaient les danseurs au centre, dont certains portaient des chaussures de danse, d'autres des baskets, d'autres encore étaient pieds nus.

— Tu voulais danser le tango, eh bien voilà ! dit Antoine en souriant.

Geraldine observa avec un peu d'appréhension les danseurs qui avaient tous l'air de savoir ce qu'ils faisaient.

— Je n'ai jamais dansé le tango, dit-elle.

— C'est ici que j'ai appris, quand j'étais étudiant, en observant et surtout en dansant. C'est ouvert à tout le monde. L'idée est que les gens dansent ensemble, quel que soit leur niveau, si bien que ceux qui ne savent pas apprennent. C'est le meilleur moyen.

— Je vais peut-être commencer par m'asseoir et observer, dit-elle, un peu impressionnée.

— Si tu restes ici, les gens vont t'inviter. Autant que tu t'y mettes maintenant. Je peux te montrer, si tu veux.

Il sourit.

— Tu sais, Geraldine, si tu es capable d'anesthésier un tigre...

— ... je peux sabrer le champagne et danser le tango, poursuivit-elle.

— Je reconnais là mon petit rayon de soleil. Si tu as fait de l'aérobic avec ta sœur, je présume que tu sais enchaîner des mouvements.

Elle hocha la tête.

— Viens, dit-il en l'emmenant sur la piste, un peu à l'écart. Je vais te montrer les pas de base. Face à moi, tu commences par le pied gauche. Un pas en arrière, puis le pied droit sur le côté. Ensuite, deux pas en arrière – gauche, droit –, puis tu croises le pied gauche devant le droit. Enfin, le pied droit en arrière, le gauche à gauche, le droit revient et te voilà prête pour recommencer.

— Je vois, dit-elle.

— Bien. Maintenant, fais les pas face à moi, comme si nous dansions en miroir.

Ils firent trois ou quatre enchaînements, l'un face à l'autre.

— Parfait, dit-il, un sourire satisfait sur les lèvres. Maintenant, rapproche-toi et tiens-moi.

Il lui indiqua où placer ses mains et glissa le bras sur ses épaules.

— On reprend le même enchaînement.

Les pas étaient les mêmes, mais la sensation fut très différente. Les épaules d'Antoine lui parurent soudain très larges, ses bras musclés. Ses cuisses aussi, d'ailleurs.

Elle sentit son cœur s'emballer, son souffle se raccourcir.

— Tu es prête pour qu'on ajoute de nouveaux pas ? demanda-t-il au bout d'un moment.

— Hmm, dit-elle, incapable d'articuler un mot.

Danser avec Antoine exerçait un étrange pouvoir sur le fonctionnement de son cerveau. Quand il lui montra comment faire pivoter ses hanches, elle eut du mal à se concentrer sur ses pieds et fit un faux pas.

— Ce n'est pas grave, dit-il. Viens, on va danser avec les autres. Continue à suivre mes pas, je te guide.

Elle le suivit au milieu de la piste, enivrée par la musique, la chaleur presque estivale de cette soirée de printemps, le parfum des fleurs et le reflet des réverbères sur la Seine.

Antoine se rapprocha d'elle, et ils se remirent à danser, joue contre joue. Chaque fois qu'ils tournaient, il glissait la jambe entre les siennes et la serrait contre lui avant de la relâcher. Chaque fois que ses hanches pivotaient, elle sentait le désir monter d'un cran. S'il ne l'embrassait pas, et vite, elle risquait de s'embraser au milieu de la piste de danse.

Elle tourna légèrement la tête. Leurs lèvres s'effleurèrent, à peine, mais suffisamment pour diffuser une tension dans tout son corps.

— Geraldine, si tu refais cela, murmura-t-il au creux de son oreille, je ne répondrai plus de rien.

Était-ce un avertissement ? Un défi à relever ?

Comment résister ?

Elle ne résista pas et tourna de nouveau la tête pour que leurs lèvres se touchent. Cette fois, Antoine répondit avec détermination. Ils échangèrent un baiser torride et sensuel, sous le ciel de Paris.

Mais elle avait envie de plus. Un baiser ne suffisait pas à assouvir le désir brûlant qu'elle éprouvait pour lui.

— Rentrons à la maison, murmura-t-elle. Allons danser sur la terrasse.

— D'accord, dit-il, l'air aussi secoué qu'elle.

Ils prirent le métro, main dans la main, puis s'arrêtèrent pour s'embrasser sous chaque réverbère, entre la station de métro et l'immeuble d'Antoine.

Une fois l'appartement déverrouillé, Antoine prit Geraldine dans ses bras et gravit les marches jusqu'à la cuisine, où il la déposa sur le sol et se remit à l'embrasser.

— Tu voulais danser, dit-il en ouvrant la porte donnant sur la terrasse. Je ne suis pas sûr que nous ayons suffisamment de place pour un tango.

Mais il mit une musique calme et sensuelle sur son téléphone et l'invita à danser, joue contre joue.

Sur les quais, elle avait eu l'impression de danser dans les flammes. Là, sur la terrasse, il lui semblait danser dans un jardin en fleurs, sous une pluie de pétales.

— Antoine, murmura-t-elle, j'ai envie de toi.

— Moi aussi, j'ai envie de toi.

— Allons dans ta chambre.

Il la regarda droit dans les yeux.

— Tu es sûre ?

— J'ai envie de toi depuis le premier jour.

— Moi aussi, avoua-t-il. Mais...

— Il n'y a pas de mais. Nous réfléchirons demain. Ce soir, profitons simplement du moment.

Il se remit à l'embrasser puis se détacha, la souleva de nouveau de terre et redescendit jusque dans sa chambre.

Le lendemain matin, l'alarme retentit sur le téléphone d'Antoine. Geraldine se réveilla, alanguie dans ses bras et heureuse de l'être. Puis elle se rappela ce qui s'était passé la veille et ouvrit les yeux.

Et maintenant ?

Ils s'étaient laissé emporter par la musique et la danse, par la magie du moment sur les quais de la Seine. Et ils avaient eu envie l'un de l'autre. Elle ne regrettait rien. Mais on était lundi matin. Il était temps de sortir de leur bulle et de reprendre le cours de leur vie.

Elle se sentit soudain ridiculement pudique.

— Bonjour, dit-il après avoir éteint l'alarme.

Il avait une voix neutre, sans émotions particulières. Regrettait-il ce qui s'était passé la veille ? Et qu'allait-il se passer maintenant ?

Elle avait un peu honte, mais elle n'était pas lâche. Elle ferait face à cette situation. Elle prit une profonde inspiration.

— Bonjour, répondit-elle en le regardant dans les yeux.

Non seulement sa voix était neutre mais son visage était impassible.

Autant se jeter à l'eau.

— Que va-t-il se passer maintenant ? demanda-t-elle sans tourner autour du pot.

— Ça dépend.

— De quoi ?

— Justement, dit-il. Pour ma part, en ce qui concerne ce qui s'est passé cette nuit, je n'ai aucun regret.

Elle se sentit soulagée. Peut-être allaient-ils trouver un terrain d'entente qui les mette à l'aise tous les deux.

— Moi non plus, dit-elle.

— Bien, dit-il avant de déposer un baiser sur le bout de son nez. Mais j'ai envie que cela reste entre nous. Au zoo, mieux vaut nous comporter comme avant, comme des amis.

— N'est-ce pas ce que nous sommes ? Des amis ? demanda-t-elle en redoutant la réponse.

Mais mieux valait en avoir le cœur net.

— Je ne sais pas, répondit-il. Nous avons de bonnes raisons de n'être que des amis. Tu n'es à Paris que pour quelques mois. Nous ne vivons pas dans le même pays. Nous sommes encore en train de panser nos blessures. Il serait probablement plus censé d'être simplement des amis.

— Il me semble entendre un « mais »...

Il hocha la tête.

— Je t'aime bien, mon petit rayon de soleil. Plus que bien, en fait.

Elle déglutit.

— Je ne m'attendais pas à ce que cela se passe de cette manière. Je ne cherchais pas une nouvelle relation.

— Mais ? dit-il à son tour.

Elle sourit.

— Mais moi aussi, je t'aime bien. Beaucoup, même. Je me sens bien avec toi. J'ai envie de voir où cela nous mène.

— Dans ce cas, gardons cela pour nous, pour l'instant, conclut Antoine en lui volant un baiser. Et dépêchons-nous, sans quoi nous allons arriver en retard au zoo.

— Ce qui, justement, mettrait la puce à l'oreille de tout le monde.

Elle l'embrassa à son tour.

— Le premier dans la cuisine met la bouilloire en marche !

— D'accord, répondit-il. J'adorerais t'emmener avec moi sous la douche mais, vu les circonstances, je pense qu'il vaut mieux que tu te laves seule, dans ta salle de bains.

— Ce n'est que partie remise, dit-elle d'un air entendu.

Sa remarque fit rougir Antoine, ce qui suffit à la débarrasser de tout vestige de pudeur. Elle se leva, prit ses vêtements et se dirigea vers la porte en roulant des hanches. Le gémissement qu'il poussa la flatta.

Dans la cuisine, ils prirent un petit déjeuner dans le calme, mais le baiser qu'il lui donna devant la porte d'entrée la fit vaciller.

— Nous reprendrons cette conversation ce soir, dit-il d'une voix sensuelle en se détachant d'elle. Pour l'heure, nous devons redevenir des collègues.

— Collègues, colocataires et amis, corrigea-t-elle.

Cela n'empêcha pas Antoine de la tenir par la main jusqu'à la station de métro. Mais, lorsqu'ils arrivèrent au zoo, ils étaient redevenus deux collègues reprenant le travail un lundi matin.

Il fut décidé en réunion qu'ils feraient passer une échographie à Zhen, dans l'espoir de découvrir si oui ou non la fécondation avait fonctionné.

Après avoir rendu visite aux autres animaux et réglé les problèmes de la matinée, ils rejoignirent Pierre vers l'enclos des pandas. Ce dernier tenait un seau de patates douces coupées en morceaux.

— Voulez-vous lui donner à manger pendant qu'Antoine lui palpe le ventre ? demanda-t-il à Geraldine.

— Et l'échographie ?

— Vous pourrez la filmer si vous voulez.

Zhen s'approcha et s'allongea face à eux, derrière les barreaux d'une trappe qui allait permettre à Antoine de la toucher.

— Je présume que vous lui faites faire le même genre d'exercices que Belle avec les tigres, pour qu'elle se laisse faire une échographie, dit Geraldine.

Pierre confirma.

— Zhen et Bohai aiment bien se tenir à un barreau, quand on leur fait une prise de sang. Nous les récompensons avec de la patate douce ou de l'eau sucrée au miel.

Très progressivement, et à grand renfort de compliments et de patate douce, il parvint à la faire se coucher sur le dos, les pattes écartées et le ventre exposé.

— Je n'en reviens pas de sa docilité, dit Geraldine.

— En fait, je crois qu'elle aime ce moment autant que nous. C'est du dressage, fondé sur du renforcement positif, mais c'est aussi et surtout un magnifique moment de partage, dit Pierre.

Le moment venu, Antoine palpa le ventre du panda, aussitôt récompensé.

— Je filme ? demanda-t-elle en voyant Antoine se préparer pour l'échographie.

— Oui, répondit ce dernier en recouvrant la sonde de gel qu'ils avaient réchauffé.

Pierre continua à apaiser Zhen et à la nourrir, tandis qu'Antoine appliquait la sonde sur son ventre.

— Elle a le ventre plein de bambou, dit-il. Ce n'est pas facile de trouver un fœtus de la taille d'une bille. En fait, l'image n'est vraiment visible qu'à la toute fin de la gestation, deux semaines avant que les femelles mettent bas.

Geraldine retint son souffle et filma Antoine en train de faire l'échographie puis l'écran de l'échographe. Antoine déplaça doucement la sonde en commentant ce qu'il voyait sur l'écran, jusqu'à reconnaître l'utérus puis la petite forme blanche qu'il avait mentionnée.

— C'est le fœtus ? demanda-t-elle.

— Probablement. Nous pouvons dire, sous réserve qu'elle ne réabsorbe pas le fœtus, que Zhen devrait avoir un petit le mois prochain.

— Je suis aussi fier que quand j'ai vu l'échographie de mon fils, dit Pierre avec émotion. Bravo, Zhen, félicitations !

Antoine caressa le ventre du panda et rangea la sonde.

— Merci d'avoir été aussi patiente avec nous, Zhen, dit-il.

Pierre lui donna encore quelques morceaux de patate douce, puis Antoine referma la trappe, se leva et se dirigea vers son bureau.

Le soir, quand ils sortirent du métro à Montmartre, Antoine tint Geraldine par la main le plus naturellement du monde.

— Tu as envie d'aller te promener ou tu préfères passer une soirée tranquille ? lui demanda-t-il.

— Tout me va, répondit-elle. Mais attends-toi à ce que je te rebatte les oreilles avec des histoires de pandas. J'ai fait des recherches.

L'enthousiasme de Geraldine était irrésistible.

— Dans ce cas, allons nous installer sur la terrasse avec un verre de vin.

— Parfait. Tu sais que les mamans pandas gardent les nouveau-nés sous leur menton ou sous leur bras pendant quelques semaines après la naissance parce qu'ils ne peuvent pas encore réguler leur température, et qu'elles leur soufflent dessus pour que leur environnement reste chaud et humide ?

— Oui, ils n'ont pas de poils et sont aveugles à la naissance. C'est pourquoi ils ont besoin de chaleur et d'humidité.

— J'espère que Zhen va avoir ce petit. C'est incroyable ! La journée a été parfaite.

— Et elle n'est pas terminée, dit Antoine d'un air entendu.

Après le dîner, ils allèrent se promener dans le quartier, main dans la main, et une fois de retour ils se réinstallèrent sur la terrasse. Antoine l'attira à lui et la fit s'asseoir sur ses genoux.

— J'ai eu envie de te serrer dans mes bras toute la journée, dit-il.

— Moi aussi, répondit Geraldine en lui caressant la joue. Je me sens bien avec toi.

— Moi aussi, je suis bien avec toi. Tu mets du soleil dans ma vie.

— Quel poète ! dit-elle en souriant.

— Tu connais Edmond Rostand ? Il a écrit, dans l'un de ses poèmes, qu'un baiser était « un point rose qu'on met sur l'i du verbe aimer ».

— C'est joli ! Tu connais tout le poème ?

— Non, mais je peux te le trouver dit-il en prenant son portable. En fait, c'est un extrait de *Cyrano de Bergerac*.

Elle parcourut le texte des yeux et tenta de le traduire en anglais.

— Tu veux me le lire, s'il te plaît ? Tu as une si belle voix !

C'était la première fois qu'on lui faisait ce compliment. Et qu'on lui demandait de lire un poème à haute voix. Il s'exécuta.

— C'est beau ! dit Geraldine.

— On en a tiré plusieurs films, dont un qui a valu le césar du meilleur acteur à Gérard Depardieu. Regarde, dit-il en tendant la vidéo de la tirade.

— Je préfère ta version, dit-elle d'un air malicieux. Et toi aussi, tu as droit à une récompense.

Elle se pencha et lui donna un baiser long et langoureux qui accéléra fortement son rythme cardiaque. Lorsque leurs bouches se détachèrent l'une de l'autre, il ne pensa qu'à recommencer, à lui faire l'amour, à la faire hurler de plaisir.

Il se leva et l'emmena dans sa chambre.

9

La semaine avait été parfaite. Antoine adorait son travail et aimait passer le reste de ses journées avec Geraldine, à explorer tous les recoins de Paris et tous les recoins de son corps. Il ne souvenait pas avoir été aussi heureux de sa vie.

Le jeudi, jour de congé, il l'emmena à Versailles, où lui-même n'était pas allé depuis longtemps.

— C'est impressionnant ! s'exclama Geraldine dans la galerie des Glaces. J'imagine que ça devait l'être encore plus à l'époque.

— Louis XIV était bien décidé à prouver que les Français savaient faire les miroirs aussi bien que les Vénitiens.

Geraldine tomba aussi en admiration devant le Grand Trianon, ses colonnes de marbre rose, les sols à damier et les jardins somptueux. Antoine apprécia aussi la visite, essentiellement parce qu'ils marchèrent main dans la main et s'embrassèrent sous une tonnelle de roses.

Ce fut une journée hors du temps pendant laquelle il eut la sensation que leurs liens se resserraient encore.

Le lendemain, en revanche, fut moins réjouissant. Au zoo, Matthieu, qui dirigeait la zone des primates, commença la réunion avec une mauvaise nouvelle.

— Shabani n'a pas beaucoup mangé cette semaine, dit-il.

Shabani était un gorille au dos argenté, le mâle dominant du groupe. Étant donné que les gorilles passaient la moitié de leur temps à manger, son manque d'appétit était préoccupant.

— Je me demande s'il n'a pas un problème à une dent.

Antoine hocha la tête.

— Il va falloir le mettre sous sédatif pour l'examiner.

— On s'y prend comme avec les tigres ? demanda Geraldine.

— Non, avec les gorilles, nous utilisons une fléchette.

— J'espérais que vous proposiez cela. Je l'ai séparé des autres et ne l'ai pas nourri depuis hier soir.

— Dans ce cas, nous irons le voir en premier. Geraldine, voies respiratoires ou sédation ?

— Voies respiratoires, répondit-elle. Et je peux aussi l'endormir. Il ne me connaît pas. Mieux vaut qu'il ne vous associe pas l'un et l'autre à quelque chose de désagréable, au cas où vous ayez à lui administrer un traitement par la suite, quand il sera conscient. Il faut qu'il continue à vous aimer.

— C'est juste. Merci.

Shabani se trouvait dans un enclos, à l'intérieur. Geraldine l'anesthésia, mais le gorille retira aussitôt la fléchette. Comme il fallait quelques secondes pour que l'anesthésique soit efficace, ils décidèrent de lui faire une deuxième piqûre mais avec une demi-dose, cette fois.

Ce fut un succès. Une fois le gorille endormi, quatre gardiens le mirent sur le dos et Geraldine put l'intuber. Antoine examina sa gueule.

— Je ne vois rien. Il faudrait faire une radio.

Mais l'examen ne révéla aucune anomalie. Antoine examina son visage et découvrit une grosseur sous la mâchoire.

— Cancer ? dit Matthieu d'un air inquiet.

— C'est le labo qui nous le dira. Pour l'instant, je vais l'enlever et la faire analyser.

Il fit une entaille la plus petite possible pour diminuer les risques que Shabani arrache les points de suture à son réveil. Il excisa la grosseur et la déposa dans un flacon de prélèvement avant de suturer la plaie. La procédure prit une heure en tout.

— Bien, il faut inverser l'anesthésie.

Geraldine retira la sonde. Antoine injecta l'agent d'inversion. Puis ils sortirent de l'enclos, et surveillèrent son réveil sur le moniteur.

— J'ai l'impression que ses voies respiratoires sont bouchées, dit Antoine. J'y retourne.

Il dégagea la bouche du gorille, qui se mit à grogner, puis sortit de l'enclos. Matthieu regardait la scène avec inquiétude.

— Ça va aller, dit Geraldine en posant la main sur son épaule.

— Je le connais depuis qu'il est tout petit. Je le berçais, à l'époque.

Antoine regarda Geraldine rassurer le gardien, trouver les mots justes. Elle était vraiment adorable.

Une demi-heure plus tard, Shabani était conscient mais toujours somnolent.

— Je garde un œil sur lui, dit Matthieu.

— C'est l'heure du déjeuner, dit Geraldine. Je vais vous chercher à manger.

— Je n'ai pas vraiment faim. Je suis trop inquiet.

— Je reste avec vous, dit Antoine.

— Moi aussi, dit Geraldine. Je vais ranger le matériel, déposer l'échantillon au labo et je vous rapporte de quoi manger.

— Je suis désolé, dit Matthieu, mais mes gorilles... Ce sont ma famille.

— Je sais, dit Geraldine. J'ai travaillé auprès d'agriculteurs. Chacun de leurs animaux - vache, mouton ou cochon - avait un nom. Ils les distinguaient tous par leur comportement, leur caractère. Et étaient très attachés à eux.

Le lendemain, Shabani avait recouvré l'appétit et rejoint les autres gorilles dans leur enclos. Et tout le monde fut rassuré quand le laboratoire leur fit parvenir les résultats de l'analyse. Rien de grave : il s'agissait simplement de l'infection d'une glande salivaire.

Le samedi suivant, Antoine demanda à Geraldine si elle voulait l'accompagner à Chartres.

— Mais je ne veux pas remuer le couteau dans la plaie. Si tu n'es toujours pas à l'aise en présence d'un bébé, je comprendrai.

— J'ai l'impression d'aller mieux, dit-elle. Mais je ne veux pas m'incruster dans une famille en pleine réconciliation.

— C'est Jean-Luc qui m'a dit de t'inviter.

Antoine avait parlé d'elle à son frère ?

— Dans ce cas, d'accord. Mais je veux acheter des fleurs et quelque chose pour le bébé.

— Et j'apporterai du champagne.

Antoine demeura silencieux une bonne partie du trajet. Geraldine posa la main sur la sienne.

— Ça va ?

— Cela ira mieux quand les premières minutes des retrouvailles seront passées. Depuis la dernière fois, Jean-Luc et moi avons communiqué pas mal par texto. Des petites choses, rien de sérieux. Mais justement, cela me donne l'impression d'avoir retrouvé mon frère.

— Je suis contente pour vous deux.

Lorsqu'ils arrivèrent, c'est Jean-Luc qui vint ouvrir la porte. Ils se regardèrent, immobiles, l'espace d'un instant, puis Jean-Luc prit Antoine dans ses bras et le serra chaleureusement contre lui.

— Salut, frérot ! dit-il d'une voix émue. Je suis vraiment content de te voir.

Geraldine fut surprise de leur ressemblance. La seule grosse différence était les cernes que l'aîné avait sous les yeux, probablement dus à sa vie avec un nouveau-né. Sans complètement lâcher Antoine, il se tourna vers elle.

— Vous devez être Geraldine, lui dit-il. Enchanté.

— Enchantée, dit-elle à son tour en serrant sa main tendue. Merci de m'avoir invitée.

— Entrez, dit-il en s'écartant pour les laisser passer.

Céline vint à leur rencontre, le bébé dans les bras. Elle lui parut nerveuse et jeta un coup d'œil à Jean-Luc qui la rassura d'un sourire.

— Bienvenue, dit-elle.

Antoine se raidit puis sourit.

— Elle est belle ! dit-il en regardant la petite fille.

— Antoine, je suis…

Céline s'interrompit et prit une profonde inspiration, cherchant manifestement ses mots.

— Je suis désolée. Pour tout. Désolée de ne pas te l'avoir dit plus tôt, de t'avoir fait du mal.

— Je sais, Céline. Mais n'en parlons plus. C'est du passé. Nous avons tous changé. La situation a changé. Et je suis content de vous voir heureux et de faire la connaissance de Maya.

— Merci, dit Céline, les larmes aux yeux.

— Je te présente ma collègue Geraldine, qui est vétérinaire au zoo de Cambridge et qui a été détachée au zoo du Belvédère pour six mois.

Ma *collègue*. Même sachant que c'était le mot le plus sensé pour désigner leur relation, il lui fit un petit pincement au cœur.

— Bienvenue, Geraldine, dit Céline. Vous vous plaisez à Paris ?

— Beaucoup. Tenez, nous avons apporté un petit présent pour vous et pour Maya.

— Merci ! dit Geraldine en ouvrant le paquet. Quel joli livre ! Les animaux !

Elle tourna les pages en tissu et sourit.

— Le tigre. C'est Bianca, non ? dit-elle en montrant l'illustration.

— Venez, asseyez-vous, dit Jean-Luc en les conduisant dans le salon.

Céline lui tendit la petite et le livre.

— Je vais chercher un vase et faire du café.

— Je vous accompagne, dit Geraldine pour laisser un peu d'intimité aux deux frères.

Dans la cuisine, Céline mit les fleurs dans un vase.

— Vous êtes la petite amie d'Antoine ? demanda-t-elle sans ambages.

Geraldine se sentit prise de court et regretta de ne pas avoir anticipé la question avec Antoine.

— En fait, nous travaillons ensemble. Mais il y a eu un problème avec l'appartement dans lequel je devais loger, et il a proposé de m'héberger.

— Je vois...

Geraldine sentit la chaleur lui monter au visage.

— Au début, il était un peu distant, poursuivit-elle, mais nous nous entendons bien et sommes devenus amis. J'ai fait une liste de tout ce que je voulais voir à Paris, et il me fait visiter. Je dois aussi trouver la meilleure crème brûlée de la capitale pour ma sœur.

— Il m'a dit que vous l'aviez aidé à choisir les doudous qu'il a envoyés à Maya.

Geraldine sourit.

— Oui, nous avons dû tirer à pile ou face parce que nous hésitions entre un tigre et un panda. J'adore les pandas. C'est ce qui m'a fait venir au zoo du Belvédère, pour participer au programme de reproduction.

Céline hocha la tête et plissa les yeux.

— Je présume qu'il vous a raconté notre histoire ?

— Dans les grandes lignes, oui.

— Je n'ai jamais voulu lui faire du mal, dit-elle doucement. Jean-Luc non plus. Il adore son petit frère. Mais quand il est revenu des États-Unis, qu'il a débarqué à Paris et qu'Antoine me l'a présenté, ça a été le coup de foudre. Je n'avais jamais rien ressenti de tel auparavant. J'ai tout fait pour combattre mes sentiments et pour être la femme qu'Antoine méritait.

— Je comprends, dit Geraldine. On ne décide pas de qui on va tomber amoureux.

Céline la regarda, un sourire triste sur les lèvres.

— Mais nous avons fait du mal à Antoine, et je crois que nous ne nous le pardonnerons jamais.

— Je pense qu'il a accepté la situation, maintenant, dit Geraldine. Il m'a dit que vous lui manquiez, tous les deux. Le bébé a été le catalyseur qui lui a permis de reprendre contact avec vous.

— Je crois que cela ne se serait pas produit sans vous, dit Céline.

— Personne ne peut le savoir.

Céline la prit dans ses bras.

— Merci pour tout ce que vous avez pu dire ou faire. Jean-Luc a failli l'appeler plusieurs fois, mais nous ne voulions pas remuer le couteau dans la plaie. Nous pensions qu'il valait mieux que ce soit lui qui nous appelle, quand ce serait le bon moment pour lui.

— Il m'a dit qu'ils s'envoyaient des textos, depuis.

— Oui, Jean-Luc est heureux d'avoir retrouvé son frère. J'espère que nous pourrons être amis.

— Je n'en doute pas.

Quand elles retournèrent dans le salon, son cœur s'arrêta de battre à la vue d'Antoine, assis sur le canapé, le bébé dans les bras. Elle ne put s'empêcher de l'imaginer avec *son* bébé dans les bras. Et de se demander s'il ne valait pas mieux qu'ils se contentent d'être collègues et amis. Antoine était manifestement fait pour être père et avait déjà suffisamment souffert dans sa vie. Elle n'était pas sûre de pouvoir avoir des enfants. Et, si elle tombait enceinte, pas sûre de pouvoir garder l'enfant jusqu'à la fin de la grossesse. Pouvait-elle imposer une situation aussi aléatoire et aussi stressante à Antoine ?

Mais peut-être considérait-il leur histoire comme une relation de transition et espérait-il qu'elle fasse de même ?

Alors elle sourit face à cette scène tendre et émouvante. Et continua de sourire même quand ce fut son tour de prendre le bébé dans ses bras. La chaleur de son corps, son poids et les petits soupirs que Maya poussa lui rappelèrent ce qu'elle avait perdu. Et ce qu'elle n'aurait peut-être jamais plus.

Jean-Luc insista pour qu'ils restent déjeuner, et Geraldine se détendit peu à peu au cours de la journée. Lorsque arriva l'heure de partir, Jean-Luc et Céline les embrassèrent chaleureusement.

— Merci d'être venus, dit Jean-Luc. Je suis content de vous avoir rencontrée, Geraldine.

Céline la prit dans ses bras.

— Merci de nous avoir ramené Antoine. Nous viendrons peut-être vous voir à Paris.

— Avec plaisir, dit Geraldine.

Ils marchèrent un moment en silence dans les rues de Chartres puis, une fois devant la cathédrale, il la prit dans ses bras.

— Merci, dit-il. Merci de m'avoir fait prendre du recul et de m'avoir poussé à reprendre contact avec eux.

— Avec plaisir, dit-elle. Ils sont adorables, tous les trois.

— J'ai vu l'expression de ton visage quand tu as pris Maya dans tes bras. C'était dur, dit-il doucement.

— Un peu, admit-elle. En même temps, je crois que c'était bien que j'entre en contact avec un bébé.

— Nous guérissons de nos blessures, dit-il. Cela ira de mieux en mieux.

La semaine suivante, l'échographie de Zhen fit apparaître un fœtus de quatre centimètres qui bougeait les pattes.

— Regardez, on voit sa colonne vertébrale, dit Antoine. Je pense que d'ici une dizaine de jours il faudra la surveiller jour et nuit.

Geraldine était la femme la plus heureuse du monde, et pas seulement à cause de la gestation de Zhen. Entre le travail, l'exploration des différents quartiers de Paris et les réveils dans les bras d'Antoine, elle appréciait de ne pas avoir de problèmes majeurs à affronter, après tout ce qu'elle avait enduré.

Il ne serait pas difficile de tomber amoureuse de cet homme... Mais il serait injuste de lui imposer le poids de son infertilité. Leur relation prendrait peut-être fin naturellement à la fin de son détachement parisien. Alors, d'ici là, autant profiter des moments qu'ils passaient ensemble, sans penser à la suite.

Arriva le jour où le laboratoire leur transmit de mauvais résultats d'analyse de la tigresse Bianca. Antoine lut le document, l'air soucieux.

— La santé de ses reins s'est beaucoup détériorée depuis la dernière fois, dit-il. Et il n'y a pas de traitement qui puisse améliorer son état. Je sais qu'on a réussi des greffes de rein chez des chats, mais je n'ai pas connaissance de greffes chez les tigres. Et, de toute façon, même si on trouvait un rein, rien ne nous dit que la greffe prendrait ni qu'elle lui donnerait une meilleure qualité de vie.

Il prit une profonde inspiration.

— Je ne peux pas la laisser souffrir. Il faut que je parle à la direction du zoo afin qu'ils ratifient ma décision clinique.

Geraldine savait en quoi consistait cette décision. Celle que tous les vétérinaires redoutaient de prendre.

— Veux-tu que je t'accompagne ? Pour le soutien psychologique, je veux dire.

— Non, mais je crois que Belle aurait bien besoin d'un peu de réconfort. Je reviens te voir quand j'aurai parlé aux directeurs.

Lorsqu'il rejoignit Belle et Geraldine, il avait une mine sombre.

— C'est fait. Il faut lui dire au revoir. C'est difficile, mais il faut le faire pour elle, pour qu'elle ne souffre plus.

Belle l'écouta, les larmes aux yeux. Elle appela Bianca qui s'approcha d'eux et feula.

— Bianca chérie, dit-elle. Comment je vais faire pour ne plus venir te voir tous les jours ?

La tigresse feula en retour.

— Nous sommes arrivés ici ensemble, dit Antoine. J'ai du mal à imaginer le zoo sans toi. Mais nous allons te libérer, mettre fin à ta souffrance.

Belle donna à Bianca l'ordre de se coucher et la récompensa.

Antoine avait déjà préparé la seringue.

— Bien, dit-il.

Belle lui donna un autre morceau de viande.

— Je sais que tu es fatiguée, ma chérie. Tu vas nous manquer terriblement, mais il est temps que tu te reposes, dit Antoine.

La tigresse feula doucement, comme pour dire au revoir.

Belle s'efforçait de ne pas éclater en sanglots pour ne pas la stresser. Geraldine la serra contre elle.

Antoine s'agenouilla et piqua le félin. Cette fois, Geraldine n'eut pas à l'intuber parce qu'elle savait que la tigresse ne se réveillerait pas. Elle sentit une boule se former dans sa gorge.

— Voilà, ma chérie, dit Antoine en caressant le flanc de l'animal, avant de retirer sa main et la seringue.

Des larmes perlaient à ses paupières et, à présent, Belle sanglotait sans retenue. Geraldine passa les bras sur leurs épaules pour les réconforter du mieux qu'elle le pouvait.

La journée de travail se déroula tant bien que mal. Antoine fit ses visites en évitant de croiser ses collègues, autant que possible. Belle alla s'occuper des autres tigres, mais le cœur n'y était pas. Quant à Geraldine, elle s'inquiétait pour Antoine. Elle repensa à l'acte symbolique qu'il lui avait fait faire. C'était peut-être la solution pour lui aussi. Elle sortit du zoo et se mit en quête d'un fleuriste. À la fin de la journée, elle alla retrouver Antoine dans son bureau.

— Viens, dit-elle. Il faut rentrer maintenant.

— Je ressens un grand vide, dit-il. Je sais que c'est ridicule de se mettre dans cet état pour un tigre, mais…

— Bianca était arrivée au zoo le même jour que toi, elle reconnaissait ta voix et feulait quand tu t'approchais, comme si tu étais l'un des siens. Ce n'était pas n'importe quel tigre.

— Je suis désolé, Geraldine, mais je n'ai pas vraiment le cœur à aller me promener dans Paris ce soir.

— Je voudrais juste que nous passions au parc Monceau, dit-elle.

Il la regarda d'un air interrogateur.

— J'ai trouvé des pétales, dit-elle en indiquant le sac que le fleuriste lui avait donné.

Les yeux d'Antoine brillèrent quand il comprit à quoi elle faisait allusion.

Ce fut elle qui, à l'aide de l'application de géolocalisation sur son portable, les conduisit jusqu'au parc et trouva le pont vénitien.

— J'ai pensé que ce serait un bel endroit pour se souvenir d'elle.

— Un endroit parfait, dit-il en prenant une poignée de pétales qu'il jeta dans l'eau. Je ne veux pas de chien en appartement, mais je pourrais prendre un chat, que j'appellerais Bianca.

Il plongea de nouveau la main dans le sac de pétales et continua à les jeter dans l'eau en silence, saluant le départ de la tigresse blanche qui avait été là tout le temps, depuis sa prise de poste au zoo.

Il ne parla pas beaucoup plus sur le chemin du retour mais, quand elle tendit la main, il la prit dans la sienne et ne la lâcha pas. Elle proposa de faire la cuisine, mais il secoua la tête.

— Je n'ai pas faim.

— Je t'aurais bien fait un *mug cake*, dit-elle, mais tu n'as pas vraiment apprécié le premier que je t'avais fait.

— J'ai apprécié le geste.

— Je vais préparer une omelette dans laquelle tu pourras piocher, si l'appétit te revient.

Il la prit dans ses bras et la serra contre lui.

— Tu es une femme extraordinaire, Geraldine. Rien que par ta présence le monde est plus beau.

— Je crois que c'est le plus joli compliment qu'on m'ait jamais fait.

— Et c'est vrai, dit-il en reculant pour mieux voir son visage. Tu as changé ma vie. Tu m'as sorti de la coquille dans laquelle je m'étais enfermé. Tu m'as aidé à renouer avec mon frère et à me rouvrir aux gens avec qui je travaille au zoo...

— Tu aurais sans doute fini par le faire tout seul.

Il secoua la tête.

— Non, tu as fait plus que cela. Tu m'as rappelé que le monde était un endroit lumineux. À Giverny, tu m'as appris à regarder le jardin de Monet comme on contemple un tableau. J'avais oublié à quel point j'aimais Paris. Et même aujourd'hui, alors que je suis bouleversé et malheureux, tu es là, avec ta douceur et ton attention.

Il déposa un baiser sur le dos de sa main.

— Tu sais, Geraldine, ces dernières semaines, j'ai pris conscience que je t'aimais. Et je sais qu'il serait sans doute beaucoup plus raisonnable que nous restions collègues, mais j'ai du mal à imaginer ma vie sans toi. Je ne veux pas précipiter les choses, mais... J'ai envie de vivre avec toi, de tout faire avec toi. Je n'ai pas envie que tu repartes à Cambridge. Je rêve que tu restes avec moi à Paris. Et, qui sait, peut-être pourrions-nous fonder une famille un jour ?

Vivre avec lui.

Fonder une famille.

Elle en rêvait aussi, mais c'était peut-être impossible. La fièvre Q avait peut-être provoqué des dégâts irréversibles qui rendaient toute grossesse impossible. Rien n'était certain, mais pouvait-elle prendre ce risque et le faire courir à Antoine ? La panique s'empara d'elle.

Elle aimait beaucoup Antoine. Elle était tombée amoureuse de ce Parisien tranquille aux blessures encore à vif. Jamais elle ne s'était aussi bien entendue avec un homme qu'avec lui.

Mais.

Il voulait des enfants qu'elle ne pourrait peut-être jamais lui donner.

Il serait peut-être plus juste de repartir au Royaume-Uni. De lui laisser une chance de rencontrer une femme avec qui il pourrait partager des projets sans complications.

— Je ne peux pas, murmura-t-elle. Je suis vraiment désolée, Antoine. J'aimerais beaucoup pouvoir dire oui, mais ce n'est pas possible.

Il la regarda, effaré.

— Mais... je croyais que tu éprouvais les mêmes sentiments pour moi.

Elle éprouvait les mêmes sentiments. Ce qui rendait sa décision d'autant plus difficile. Sa relation avec Mark s'était terminée parce qu'ils n'avaient pas les mêmes rêves dans la vie. Sa relation avec Antoine risquait de se terminer parce qu'ils avaient les mêmes rêves mais qui pourraient ne jamais se réaliser.

Elle ne pouvait pas leur faire prendre ce risque.

— Je ne peux pas te faire ça, dit-elle. Je suis désolée.

— Mais, Geraldine...

— Je ne peux pas, répéta-t-elle, accablée de douleur.

Elle avait besoin d'être seule. Elle sentit les larmes perler à ses paupières et sortit de la pièce avant qu'elles ne jaillissent.

10

Elle avait bien fait de n'emporter qu'une valise à Paris. Cela simplifia son départ. Et son installation pour la nuit dans un hôtel voisin. Elle ne pouvait décemment pas rester chez Antoine après avoir rejeté sa proposition. En quelques jours, elle trouva rapidement un petit appartement dans le 16e arrondissement, dans un immeuble art déco aux briques crème et aux volets vert pâle, comme les ferronneries des balcons.

L'appartement était situé non loin de la tour Eiffel, qu'elle voyait scintiller tous les soirs. Si elle avait trouvé ce logement en arrivant à Paris, elle aurait adoré y vivre. Mais, bien qu'il soit beaucoup plus petit que le grand duplex d'Antoine, il lui paraissait immensément vide.

Elle avait pris l'habitude de prendre le petit déjeuner avec Antoine, de lui demander s'il voulait boire un thé avant de mettre la bouilloire en marche ou de trouver une tasse de thé exactement comme elle l'aimait, fumant sur la table. Le soir, quand ils ne sortaient pas, ils cuisinaient ensemble. Puis ils lisaient, blottis l'un contre l'autre sur le canapé. Toutes ces petites choses lui manquaient, à présent.

Se rendre seule au zoo était bizarre, aussi. Et les journées de travail étaient une torture. Antoine était professionnel et distant. Il avait recommencé à déjeuner dans son bureau plutôt qu'avec l'équipe. En le voyant retomber dans ses vieilles habitudes, elle ne put s'empêcher de se sentir coupable. Tout le monde semblait se rendre compte qu'il s'était passé quelque chose entre eux, mais personne ne posa de questions. Une barrière invisible s'était érigée entre le reste de l'équipe et elle. Pour la première fois depuis le jour de son arrivée, elle eut le sentiment d'être une étrangère en terre inconnue. Il ne lui restait qu'à faire son travail du mieux qu'elle le pouvait.

Mais elle ne pouvait s'en prendre qu'à elle-même si elle était malheureuse. Elle avait paniqué et rejeté Antoine, tout en le blessant et en lui brisant le cœur. Pire, elle lui avait fait du mal un jour où il était particulièrement vulnérable. Jamais elle ne pourrait se le pardonner.

— Ma chérie, tu as mauvaise mine, lui dit sa mère en la dévisageant sur l'écran de son ordinateur. Veux-tu que je vienne te voir à Paris ?

— Non, maman, tu as ta vie à Londres, tu ne peux pas lâcher ton travail comme ça, dit Geraldine.

— Le bien-être de ma fille est plus important, dit Sally Milligan, et je pourrai toujours rattraper mes heures la semaine prochaine.

— Maman, c'est gentil de ta part, mais ce n'est vraiment pas la peine que tu viennes.

— Dis-moi au moins ce qui ne va pas. Tes textos ne sont plus aussi gais qu'avant. Que s'est-il passé ?

Geraldine finit par capituler et lui raconta toute l'histoire.

— Tu ne lui as pas vraiment laissé le choix, commenta Sally.

— Il sort d'une histoire compliquée. Je ne veux pas lui donner de faux espoirs. Je ne veux pas qu'il s'engage dans une relation avec moi et découvre trop tard que je ne pourrai pas lui donner d'enfants.

— Primo, il y a des solutions à tout. L'adoption en est une, en l'occurrence. Deuxio, Antoine et toi semblez vouloir la même chose. Si vous vous aimez, vous trouverez la solution ensemble.

— Justement, je ne suis pas sûre qu'il m'aime. Peut-être m'a-t-il demandé de rester à Paris parce qu'il était mal ce jour-là, après la mort de Bianca.

— Geraldine, si tu n'en es pas sûre, demande-le-lui, dit Sally. Parle-lui franchement. Sois honnête.

Mais Geraldine ne trouvait pas les mots. Même la naissance

du petit de Zhen ne lui remonta pas le moral. Elle qui se réjouissait de voir naître un petit panda et de le regarder grandir, de voir sa peau rosée se couvrir peu à peu d'un duvet blanc, de voir apparaître les taches noires autour de ses yeux et sur son corps… Elle aurait dû sauter de joie en l'entendant réclamer la tétée, en l'auscultant pour s'assurer qu'il se développait bien.

Antoine ne paraissait pas particulièrement enthousiaste non plus. Mais il souffrait, pas étonnant qu'il ait pris ses distances avec tout.

Le sentiment de culpabilité qu'elle éprouvait à l'idée de lui avoir fait autant de mal et la tristesse d'avoir brisé leur relation gâchaient tout.

Geraldine était méconnaissable. Elle était toujours aussi professionnelle, au zoo, mais sa joie de vivre et son enthousiasme avaient disparu.

Il s'attendait à la voir suivre le développement du petit panda sur son portable et à lui raconter tout ce qu'elle apprenait sur la vie des pandas – leur croissance, le fait que leurs yeux ne s'ouvraient qu'à huit semaines ou qu'il fallait que leur mère les lèche pour qu'ils fassent leurs besoins, les deux premières semaines. Ou que les pères n'intervenaient pas du tout dans leur développement.

Au lieu de tout cela, Geraldine ne parlait plus. Et son regard avait perdu tout son éclat.

Depuis qu'elle était partie, la vie d'Antoine aussi avait perdu tout son éclat. La sensation de vide dans l'appartement était vertigineuse. Et il ne pouvait pas se déplacer dans Paris sans voir des couples se tenant par la main, s'embrassant, se souriant, admirant la ville.

La vie avec Geraldine lui manquait.

Geraldine lui manquait.

Lui manquait-il autant qu'elle lui manquait ? Était-ce la raison pour laquelle le petit rayon de soleil était devenu aussi distant ?

Peut-être devrait-il lui parler. Lui demander pourquoi elle était partie alors qu'elle éprouvait sans doute des sentiments pour lui.

Elle l'avait aidé à renouer avec Jean-Luc, alors que lui avait été jusque-là incapable de faire un pas vers son frère, faute de savoir comment s'y prendre. Il ne voulait pas commettre la même erreur avec Geraldine. Sans quoi elle rentrerait en Angleterre et il ne la reverrait plus jamais.

Il était sans doute allé trop loin, trop vite. Il fallait qu'il lui dise qu'il attendrait le temps qu'il faudrait, jusqu'à ce qu'elle soit prête. Il était prêt à tout pour repartir sur de bonnes bases. Mais, pour cela, il fallait qu'il sache. Il fallait qu'elle lui dise.

Il savait qu'elle aimait les comédies romantiques, pour l'avoir entendue parler de cela avec Belle et Valérie. Peut-être pouvait-il faire quelque chose en relation avec un film qu'elle aimait, pour la surprendre et lui faire baisser la garde ?

Il fit quelques recherches sur Internet et décida de passer à l'action.

Le soir même, il se rendit devant l'immeuble dans lequel elle vivait. Il ne pouvait pas jeter des cailloux sur ses vitres, mais il pouvait essayer avec des roses. D'autant qu'elle habitait au premier étage et qu'elle avait laissé la fenêtre ouverte.

Il avait tout préparé sur son portable. Ignorant les coups d'œil intrigués des passants, il lança la première rose.

Geraldine entendit un son sourd et leva les yeux de *Cyrano de Bergerac*. Elle venait juste de lire la scène du balcon et retenait ses larmes en pensant à tout ce qu'Antoine lui avait raconté sur la pièce. Il lui manquait terriblement.

Un deuxième bruit suivit le premier. Elle aperçut une fleur sur le plancher de son salon.

Que se passait-il ? Qui pouvait bien lui envoyer des roses par la fenêtre ? Était-ce un genre de coup publicitaire typiquement parisien ?

Elle posa son livre et se leva.

Une quatrième rose atterrit à ses pieds, qu'elle ramassa avant de se diriger vers la fenêtre.

Antoine était là, sur le trottoir. Il lui décocha un sourire timide. Son cœur se mit à battre de façon anarchique. Mais elle n'était pas au bout de ses surprises. La dernière rose dans la main, il se mit à chanter. Elle savait qu'il avait une belle voix, mais c'était la première fois qu'elle l'entendait chanter. Elle eut des frissons en reconnaissant la chanson, *She*, un tube de Charles Aznavour repris par Elvis Costello pour la bande originale d'un film qu'elle adorait.

Quelques passants s'étaient arrêtés, mais Antoine chantait sans se soucier d'eux.

Jamais elle n'aurait imaginé qu'Antoine Bouvier puisse faire une déclaration d'amour en public – et encore moins après avoir été éconduit. Elle sentit ses jambes vaciller. Son sourire, l'intensité de son regard, sa manière de prononcer les mots comme s'ils jaillissaient directement de son cœur...

Lorsqu'il cessa de chanter, les gens qui s'étaient attroupés se mirent à applaudir et à le féliciter.

— Je t'aime, mon petit rayon de soleil, dit-il. Je t'aime ! *I love you !*

Les passants se turent mais ne s'éloignèrent pas, manifestement aussi curieux que lui de la réaction qu'elle aurait. Elle sentit sa gorge se serrer. Incapable de parler, elle lui fit signe de monter.

Quelques instants plus tard, il se trouvait devant sa porte.

— Antoine, je...

— Je sais, dit-il en la prenant dans ses bras.

Ils demeurèrent un long moment sur le seuil de la porte, blottis l'un contre l'autre, sans parler. Puis Geraldine s'écarta doucement pour le regarder dans les yeux.

— Je suis désolée de t'avoir fait du mal.

— C'est ma faute. Je t'ai bousculée. Mais je ne veux pas que tu partes, Geraldine. Je veux vivre avec toi. Et avoir des enfants avec toi.

— Justement, Antoine. Il faut que je te parle.

Elle s'écarta pour le laisser entrer.

— Tu sais que j'ai contracté la fièvre Q. Il se peut que je ne puisse pas avoir d'enfants. Je ne veux pas te laisser de faux espoirs.

— Rien n'est encore certain. De toute façon, si nous ne pouvons pas avoir d'enfants, nous pourrons en adopter, devenir famille d'accueil, nous occuper des petits animaux du zoo... Il y a des tas d'autres moyens de fonder une famille. Nous créerons la nôtre comme nous le pourrons.

Elle ne douta pas de sa sincérité, mais cela ne suffit pas à dissiper ses peurs.

— Quand j'ai fait la fausse couche, je me suis rendu compte que Mark et moi n'étions pas sur la même longueur d'onde. J'ai beaucoup souffert. Je ne veux pas revivre cela.

— Parlons-en, dit Antoine. Parlons-nous de ce que nous voulons l'un et l'autre et de la manière dont nous pouvons concilier nos désirs respectifs. Assieds-toi, je vais faire du thé.

Elle l'entendit pousser un grognement dans la cuisine. Il revint, un bocal à la main.

— Du café lyophilisé ? dit-il d'un air faussement choqué. Quelle honte ! Bon, je ne dis rien, mais c'est bien parce que c'est toi.

— Quel snob tu fais ! dit-elle, soulagée qu'il cherche à détendre l'atmosphère.

Il revint de la cuisine avec deux tasses.

— Par où commençons-nous ? demanda-t-il en les posant sur la table basse.

— Je ne sais pas.

— Déjà, tu pourrais me dire comment tu te sens. Vu le spectacle que je viens de donner bien involontairement devant un public d'inconnus, il me semble que les sentiments que j'éprouve pour toi sont clairs.

— Merci, dit-elle. Si on m'avait dit que tu chanterais un jour sous ma fenêtre, je ne l'aurais pas cru. Et j'adore ce film !

— Une actrice et un libraire qui ont beaucoup d'obstacles à surmonter avant de pouvoir être ensemble.

— Tu l'as vu ?

— Non, j'ai lu le synopsis. Elle, star américaine, qui tombe sur ce libraire anglais. Un océan les sépare, bien plus grand que la Manche. Mais ils croient suffisamment en leur amour pour se donner une chance.

Elle n'en revenait pas qu'un homme aussi discret qu'Antoine Bouvier clame son amour devant tout le monde. C'était sans aucun doute un signe de sa volonté de s'engager dans leur relation.

— Je t'aime, Antoine.

— C'est une bonne nouvelle, dit-il. J'étais un peu inquiet sur ce point.

Il avait de bonnes raisons de l'être. Elle l'avait rejeté et blessé.

— Je suis désolée de t'avoir rejeté. J'ai paniqué, je crois.

— Je m'y suis mal pris, dit-il. Je me suis emballé. J'aurais dû prendre mon temps au lieu de te brusquer. J'aurais dû commencer par te dire ce que j'éprouvais pour toi, afin que tu saches ce que j'avais sur le cœur avant que je te l'offre.

Il lui avait offert son cœur, et elle l'avait piétiné.

— J'avais peur que tu veuilles que je reste parce que tu étais malheureux, ce jour-là. C'était le jour de la mort de Bianca.

— Vraiment ? C'est pour ça que tu as dit non ? En fait, je ne cherche pas ta compagnie pour me consoler, même si tu es un merveilleux rayon de soleil dans ma vie. Je veux passer du temps avec toi parce que je suis bien avec toi, parce que j'ai envie de construire quelque chose avec toi, parce que je veux tout faire avec toi.

Elle grimaça.

— Je suis désolée. Même les rayons de soleil peuvent être paranoïaques, parfois.

— Je t'aime, Geraldine. Et si tu ne peux pas avoir d'enfants, nous emprunterons un autre chemin.

Cela lui paraissait presque trop beau pour être vrai.

— Et le reste ? Pour commencer, je vis à Cambridge, toi à Paris.

— C'est un peu loin pour que nous fassions la navette, mais nous pourrions demander à nos deux zoos de trouver un accord pour que nous passions la moitié du temps à Paris, l'autre à Cambridge.

— Et s'ils ne veulent pas ?

— Nous pourrions faire du conseil.

— En free-lance ? dit-elle, l'air inquiet.

— Qu'est-ce qui t'inquiète, Geraldine ? Si c'est un problème financier, tu n'as pas à t'en faire. Tu sais, je suis propriétaire de mon appartement. De tout l'immeuble, en fait. Il y a trois autres logements que j'ai loués et pour lesquels je perçois des loyers.

Elle prit conscience qu'il avait beaucoup plus de moyens qu'elle ne l'avait imaginé.

— Ta famille va croire que je suis avec toi pour ton argent.

— Ma famille ne va rien croire de ce genre. Tu connais déjà

mon frère, qui t'apprécie beaucoup. J'ai parlé de toi à ma sœur et à mes parents, qui meurent d'envie de te rencontrer.

Il la fixa, et une ombre d'inquiétude traversa son regard.

— Et tes parents ? Ta sœur ? Que vont-ils penser de moi ?

— Je leur ai déjà parlé de toi, dit-elle. Je suis sûre qu'ils vont t'adorer.

— Bien. D'autres obstacles ? demanda-t-il, déterminé à ne rien laisser qui puisse contrarier leur amour.

Geraldine réfléchit.

— Est-ce que le fait que nous travaillions ensemble en est un ?

— Pas à mes yeux.

— Et toi ? Est-ce que tu vois d'autres obstacles à notre relation ? demanda-t-elle à son tour.

— Non. En fait, je t'aime, j'ai envie de vivre avec toi et, pour être honnête, l'endroit où nous habitons n'a pas grande importance, tant que nous sommes ensemble.

Cela signifiait-il qu'il était prêt à quitter Paris pour elle ? Elle sentit son cœur s'emplir d'espoir.

— Mais tu adores Paris.

— C'est vrai. Encore plus depuis que je l'ai redécouvert avec toi. Mais Paris ne m'intéresse pas si tu n'y es pas. J'ai envie d'habiter là où tu te trouves. Et, si c'est l'Angleterre, je suis prêt à aller vivre là-bas.

Elle vit dans son regard qu'il était sincère.

— Je sais qu'il y a des différences entre nous. Je n'aime pas ta manière de préparer le thé, et le micro-ondes est inutilisable une fois que tu t'en es servie pour faire tes *mug cakes*.

— C'est vrai. Et je te trouve un peu maniaque sur la manière de couper le fromage. Et de le déguster. Les crackers sont l'une des grandes joies de la vie.

— Jusqu'à ce qu'on goûte du vrai bon pain, dit-il en riant. En fait, je crois que ce sont nos différences qui rendent notre vie plus intéressante. Et, si nous ne sommes vraiment pas d'accord, nous pourrons toujours tirer à pile ou face, comme pour les doudous de Maya.

— Nos enfants auront des pandas en peluche, dit-elle en riant.

— Et des tigres en peluche, compléta-t-il. Et le mobile qui te plaisait, avec le soleil, les nuages et l'arc-en-ciel.

La lueur d'espoir était en train de devenir une belle flamme, stable et lumineuse.

— Je crois que nous avons fait le tour des obstacles, jusqu'à nouvel ordre. À moins que tu en voies d'autres ?

Il en restait un, et de taille.

— Antoine, je... Je t'aime et j'aime ta manière de me comprendre. Merci d'avoir rendu supportable le pire jour de l'année. Tu me donnes du courage et, avec toi, je sais que je n'ai plus besoin de faire comme si en attendant que les choses aillent bien. Avec toi, je peux tout affronter.

Elle prit une grande inspiration.

— Je sais que c'est beaucoup demander et que je t'ai déjà fait sauter beaucoup d'obstacles...

— Mais ?

— Antoine Bouvier, j'ai envie d'apprendre la poésie française et l'art de couper le fromage. Veux-tu vivre avec moi ?

— Oui, répondit-il solennellement.

Puis il s'agenouilla.

— Je n'ai pas de bague, mais nous irons la choisir ensemble. Geraldine Milligan, veux-tu m'épouser et fonder une famille avec moi ?

— Oui, dit-elle. Il nous faut trouver le moyen de conclure l'accord.

— Je crois qu'il n'est pas difficile de trouver un terrain d'entente, dit-il en se relevant.

Il se pencha et l'embrassa.

Il n'y avait qu'une réponse possible. Elle sourit.

— D'accord.

Épilogue

Deux ans plus tard

— Louise, regarde les pandas !

Geraldine marchait dans les allées du zoo du Belvédère, main dans la main avec son mari qui portait leur fille de six semaines en bandoulière.

— Tu sais, ma chérie, c'est pour eux que ta maman est venue en France, ajouta-t-elle.

Le bébé gazouilla.

— Et c'est pour moi qu'elle y est restée, dit Antoine.

— C'est vrai, je suis tombée amoureuse de Paris, des pandas et de ton papa. Pas tout à fait dans cet ordre.

— C'était il y a deux ans, dit Antoine. Deux années merveilleuses.

— Il y a deux ans aujourd'hui, tu chantais sous mes fenêtres en me lançant des roses. Et tu m'as demandée en mariage.

— Ce soir, nous boirons du champagne. Mes parents gardent Louise.

Depuis qu'Antoine et Geraldine s'étaient installés dans une maison du 15e arrondissement, les parents d'Antoine avaient emménagé dans son appartement montmartrois.

Leur maison était souvent pleine d'amis et de proches. Les parents et la sœur de Geraldine leur rendaient visite régulièrement. De même que Jean-Luc et Céline, qui attendaient un deuxième enfant. Quant à sa sœur Amélie, elle avait repris la direction complète de l'exploitation viticole.

Céline et Geraldine s'étaient liées d'amitié. Antoine et Geraldine avaient adopté une chatte noire et blanche qu'ils avaient appelée Bianca et un chien de lignée indéterminée, Blue. Ils formaient la famille dont Geraldine rêvait.

— Qu'est-ce que tu as en tête ? demanda-t-elle d'un air entendu.

— J'avais envie d'emmener ma merveilleuse femme dîner sur une terrasse, face à la tour Eiffel.

— Tu n'as pas envie d'aller danser ?

— J'ai toujours envie d'aller danser, lui murmura-t-il au creux de l'oreille.

Un frisson de désir lui parcourut le corps.

— Je t'aime, docteur Bouvier.

— Moi aussi, je t'aime, docteur Bouvier.

SUSAN CARLISLE

Une insupportable mascarade

Traduction française de
CAROLINE JUNG

BLANCHE

HARLEQUIN

Titre original :
REDEEMING THE REBEL DOC

Ce roman a déjà été publié en 2018.

1

— Écarteur ! dit le Dr Rex Maxwell.

L'infirmière déposa l'instrument dans sa main tendue.

— Il faut trouver l'origine de l'hémorragie. Aspiration.

Rex souleva délicatement le foie du patient tandis que, de l'autre côté de la table d'opération, son assistant procédait à l'aspiration.

Rex guetta l'apparition du liquide rouge.

Le patient était entré la veille aux urgences du Metropolitan Hospital de Memphis, où il avait été pris en charge par l'un de ses confrères. Mais il ne se rétablissait pas comme cela aurait dû être le cas. Son abdomen avait enflé, ce qui était probablement le signe d'une hémorragie interne. Rex était considéré comme l'homme providentiel dans ce genre de situation. Il ne décevait jamais. Il était sûr de ses compétences de chirurgien, que le taux de succès de ses interventions ne démentait pas. À l'exception d'un cas, dont il espérait que ce ne serait bientôt plus qu'un lointain souvenir.

— J'ai trouvé, dit-il, le cœur battant.

— Rien d'étonnant. Vous trouvez toujours, même là où tout le monde s'est cassé les dents, dit l'anesthésiste d'un ton admiratif.

— Merci, répondit-il en levant les yeux par-dessus son masque.

Il lui fallut quelques minutes pour endiguer l'hémorragie. Il avait presque terminé lorsque le téléphone sonna.

— Rex, l'administration vous attend dès que vous aurez fini au bloc.

Il murmura un juron qui aurait fortement déplu à sa mère. Elle lui avait répété toute sa jeunesse que les gens bien ne juraient pas. Pour elle, vivre consistait essentiellement à faire bonne impression.

Une heure plus tard, il traversa le hall et se dirigea vers les bureaux de l'administration sans entrain. Un autre patient l'attendait.

À cette heure, sa place était au bloc, pas dans un bureau, à assister à une discussion qui ne l'intéressait pas. N'avait-il pas déjà passé suffisamment de temps avec le Dr Nelson, l'administrateur de l'hôpital, au cours de l'année qui venait de s'écouler ? Il n'avait aucune raison d'être convoqué dans son bureau maintenant que cette interminable affaire judiciaire était enfin classée.

Pendant des mois, il avait repassé en boucle dans son esprit ce qui s'était passé au cours de cette nuit au bloc et l'avait répété un nombre incalculable de fois aux avocats et au juge.

L'hôpital l'avait appelé, ce samedi soir-là, après qu'il était allé boire un verre avec une amie. Comme il était de garde, il n'avait évidemment pas bu une goutte d'alcool. Quand il était arrivé à l'hôpital, le patient avait déjà été emmené au bloc et préparé pour l'opération. Ce n'est qu'une fois l'intervention terminée qu'il avait appris qu'il s'agissait de M. Royster, qu'il connaissait bien, et pour cause. M. Royster avait été à la fois le meilleur ami de son père et le président du conseil d'administration du country club qu'ils fréquentaient à l'époque où son père avait déposé le bilan de sa société. Vic Royster était aussi le père de son ex-petite amie — celle qui l'avait quitté parce qu'elle avait honte d'être vue à son bras une fois que la faillite de sa famille avait été de notoriété publique.

Au bloc, l'état de M. Royster avait empiré, et la perforation de son estomac s'était aggravée au point d'engager son pronostic vital. Même si ses chances de survie étaient pratiquement nulles, Rex s'était attelé à la tâche avec professionnalisme. L'intervention en soi n'était pas très compliquée, mais le risque d'infection était élevé. Après l'opération, l'état de M. Royster s'était rapidement détérioré et, vingt-quatre heures plus tard, il était mort.

Ravagée par le chagrin au point de ne pas supporter l'éprouvante réalité, la famille Royster avait poursuivi Rex en justice pour faute professionnelle, l'accusant de n'avoir pas fait le nécessaire pour sauver leur mari et père simplement pour se venger de la manière dont sa propre famille avait été mise au ban pendant toutes ces années.

L'influence et l'argent de la famille Royster avaient contribué à prolonger le procès bien au-delà de ce qu'il aurait dû durer. Le plus grave avait été la façon dont l'hôpital avait été traîné dans la boue par des médias manipulés par les Royster.

Les relations entre Rex et le Dr Nelson étaient devenues conflictuelles quand il avait été question que l'hôpital verse des millions de dollars de dommages et intérêts. La carrière de Rex, au même titre que la réputation de l'établissement, mettrait des années à s'en remettre. Mais si Rex aussi bien que l'hôpital avaient été malmenés et meurtris, ils étaient de nouveau sur les rails.

Alors pour quelle raison le Dr Nelson le faisait-il venir dans son bureau ?

Rex ouvrit la porte vitrée du service et se dirigea vers le bureau de l'assistante du Dr Nelson.

— Bonjour Marsha, pourriez-vous dire au Dr Nelson que je suis là ?

— Allez-y, il vous attend, répondit la jeune femme en désignant la porte du bureau d'un signe de tête.

Soulagé de ne pas avoir à perdre davantage de temps à attendre, il jeta un coup d'œil à sa montre et frappa.

— Entrez, Rex, et asseyez-vous, dit le Dr Nelson. Je suis content que vous ayez pu venir aussi rapidement.

Rex s'assit.

— J'ai un patient qui m'attend au bloc, dit-il sans ambages, les coudes posés sur les genoux.

— Je ne vais pas vous retenir longtemps. Vous n'êtes pas sans savoir que les événements de l'année qui vient de s'écouler ont profondément atteint la réputation de notre hôpital. Les gens sont restés avec l'impression que nous ne fournissions pas un service de qualité.

Rex retint un juron et se redressa.

— Le service que je fournis est d'excellente qualité. Cela a toujours été et continuera à être le cas. Je suis l'un des meilleurs chirurgiens dans mon domaine.

— Le problème, c'est que le public a fini par en douter, répliqua

Nelson. Nous sommes dans une situation critique. Je suis sûr que la diminution de la fréquentation de votre service ne vous a pas échappé.

— Peut-être, mais mon planning est toujours plein.

Les gens finiraient par oublier le procès, d'autant qu'il ne faisait plus la une du journal télévisé. Il fallait laisser passer le temps. Après tout, ce n'était pas le premier scandale qui l'avait éclaboussé dans sa vie et, jusque-là, il avait toujours rebondi.

Le Dr Nelson se rembrunit. Il se pencha et croisa les mains sur le bureau, comme s'il s'apprêtait à lui annoncer des informations plus graves qu'il ne l'avait imaginé.

Rex le fixa, tout ouïe.

— Le conseil d'administration a pris la décision de faire appel à une agence de relations publiques pour neutraliser les retombées négatives du procès. La visite du comité d'accréditation des établissements de santé est programmée pour la fin du mois. Il faut que nous ayons regagné la confiance de l'opinion publique d'ici là. Puisque vous vous êtes trouvé au premier plan dans cette affaire, le conseil juge utile que vous participiez activement à la campagne, l'idée étant que si votre image s'améliore aux yeux du public, celle de l'hôpital en bénéficiera, et vice versa.

Rex laissa échapper un grognement, agacé.

C'était une plaisanterie ? Comme s'il n'avait que cela à faire que de se consacrer aux relations publiques !

— Vous croyez vraiment que c'est une bonne idée ? se contenta-t-il de dire.

— Ce que je crois n'a pas d'importance. Le conseil a pris une décision. Nous allons avoir besoin de votre coopération pleine et entière.

Rex ouvrit la bouche, mais le Dr Nelson leva la main pour l'arrêter.

— Le conseil connaît vos compétences de chirurgien. Il n'envisage absolument pas de se séparer de vous. Mais la réputation de l'hôpital a été frappée de plein fouet, et je vous recommande chaudement de faire votre possible pour contribuer à la restaurer.

Pour l'heure, son destin était lié à celui du Metropolitan Hospital. Certes, il ne doutait pas un instant de ses compétences professionnelles, mais il ne se faisait aucune illusion sur le fait que, même s'il avait été totalement innocenté au bout de ces longs et pénibles mois de procès, la période n'était pas la plus propice pour démissionner et postuler dans un autre établissement.

De plus, il avait été embauché au Metropolitan pour ses compétences. Il avait largement fait ses preuves et grimpé les échelons un à un. Aux yeux de certains, c'était un électron libre. À l'exception de l'infâme procès, il n'avait pas rencontré de problèmes particuliers et ne comptait pas en rencontrer davantage à l'avenir. La prochaine étape serait d'être promu chef de service.

Mais voilà qu'on l'obligeait à se plier à un exercice aussi vain que stupide, sans même l'avoir consulté auparavant.

Exactement comme quand, adolescent, il avait dû subir le poids de l'attention soudain portée à sa famille. Quand son père avait fait faillite et qu'il avait brutalement perdu les privilèges de son statut, il s'était juré de ne jamais jouer la comédie pour impressionner les autres. C'est pourtant ce qu'on lui demandait de faire à présent, non ?

Il savait comme il était dangereux de cacher la réalité sous un vernis trompeur. C'est exactement ce qu'avaient fait son père et sa mère. Haute couture, voitures de luxe, écoles privées pour les enfants, maison somptueuse et entrées au country club le plus fermé de la ville. Le problème, c'est qu'ils n'avaient pas les moyens de leurs ambitions. Tout n'avait été que paillettes et poudre aux yeux. Rex avait dix-sept ans quand tout s'était effondré. S'en étaient suivis une faillite et un scandale. Et un appartement minable à l'autre bout de la ville, une voiture d'occasion, des vêtements bon marché. Et, bien entendu, plus aucun accès au country club.

La plupart de ses camarades lui avaient tourné le dos, estimant qu'ils n'avaient plus rien à partager. Le plus douloureux avait été la rupture avec sa petite amie. La fille dont il était amoureux l'avait jeté comme un malpropre. Dès que les snobs du country club avaient commencé à s'écarter de lui, elle avait déclaré qu'ils n'avaient plus rien à faire ensemble. Manifestement, l'amour ne lui suffisait pas.

Rex s'était fait la promesse de ne jamais juger quelqu'un en fonction du quartier où il vit ou de la marque de sa voiture. Ni de faire étalage de sa richesse et de ses privilèges pour impressionner les autres. Le plus important était de rester soi-même, que cela plaise ou non. C'était aussi ce qui le poussait à aller travailler en T-shirt, jean et bottines. Il gagnait très bien sa vie, mais il avait choisi de vivre avec simplicité et honnêteté. Il exécrait les faux-semblants.

Quant à l'annonce que venait de lui faire le Dr Nelson, le mieux était encore de se faire discret et de continuer à exercer son travail en se concentrant sur ses patients. Inutile de s'impliquer plus que nécessaire dans ce projet de relations publiques. Il n'avait rien à prouver ni à cacher.

Il poussa un discret soupir de soulagement, satisfait de la décision qu'il venait de prendre, quand le Dr Nelson appuya sur le bouton de l'interphone et demanda à son assistante de faire entrer Mlle Romano.

Tiffani Romano attendait nerveusement que le Dr Nelson la fasse revenir dans son bureau. Il l'avait déjà reçue et souhaitait lui présenter le Dr Maxwell, une fois qu'il lui aurait parlé en privé.

Son supérieur, le directeur de l'agence de relations publiques Whitlock, l'avait convoquée dans son bureau pour lui expliquer que le Metropolitan Hospital avait fait appel à eux pour améliorer son image. C'était à elle que revenait cette mission. C'était une occasion inespérée de faire ses preuves et de sortir du lot avec, si elle menait à bien cette campagne, une double récompense : elle pourrait prétendre à un poste au siège et quitter Memphis, ce qui lui permettrait de ne plus avoir à croiser Lou, son ex-petit ami, tous les jours au bureau.

Le seul point noir, c'est qu'elle n'avait aucune estime pour la communauté médicale. Elle savait d'expérience que les médecins s'intéressaient, dans le fond, davantage à eux-mêmes et à leurs privilèges qu'à la vie de leurs patients.

Lorsqu'elle était enfant, son père avait perdu l'usage de ses jambes dans un accident de moto. Depuis, il ne pouvait se déplacer sans fauteuil roulant et continuait à affirmer que les médecins n'avaient rien fait pour sauver ses membres inférieurs.

L'abattement et l'amertume l'avaient envahi, et sa joie de vivre s'était évanouie en même temps que sa mobilité. Son seul réconfort, il l'avait trouvé dans l'alcool et les médicaments qu'il parvenait à se faire prescrire. Dans ces conditions, il lui avait été impossible de garder un travail plus de quelques semaines.

Sa mère avait subi la détérioration physique et morale de son mari, le procès qu'il avait intenté contre l'hôpital et les problèmes financiers qui s'en étaient suivis, et elle était devenue pratiquement aussi désagréable que lui. Elle avait fini par demander le divorce. L'heureux foyer s'était peu à peu transformé en enfer. Après cela, rien n'avait plus jamais été pareil.

Son père continuait à se plaindre quotidiennement de la façon dont on l'avait traité. Il dépérissait désormais dans une résidence services, où il passait le plus clair de son temps dans son lit. À chacune de ses visites, elle repartait triste et déprimée de le voir dans cet état. Mais c'était son père, et elle l'aimait, malgré tout.

Elle allait devoir travailler avec le Dr Maxwell, qui ne devait pas être différent des médecins à qui son père avait eu affaire. D'après ce qu'elle avait lu et vu dans les médias au sujet du procès, elle penchait en faveur de sa culpabilité, même s'il avait été acquitté. Comme tous les médecins, il s'était certainement pris pour Dieu, jouant les apprentis sorciers sans se soucier de la vie de son patient et de sa famille. Son propre père avait vu sa vie gâchée par des médecins qui avaient pris des décisions à la légère, sans s'impliquer vraiment. Contrairement à l'homme qui était mort après son passage sur la table d'opération du Dr Maxwell, son père avait survécu, mais sa vie et la vie des siens avaient été détruites.

Cela dit, les résultats professionnels du Dr Maxwell étaient largement au-dessus de la moyenne. C'était un atout dans la croisade qu'elle devrait mener et qui visait à redonner au chirurgien et à l'hôpital leur popularité perdue. La stratégie qu'elle comptait adopter était assez hardie puisqu'il s'agissait d'associer son visage à la nouvelle image positive de l'établissement. C'était un projet ambitieux qui ne souffrait ni incertitude ni indécision. Il impliquait aussi qu'elle garde pour elle ses opinions sur le corps médical tout en convainquant le Dr Maxwell qu'il était dans son intérêt et dans celui de l'hôpital de coopérer avec elle. Le conseil d'administration attendait des résultats qu'elle avait bien l'intention de lui fournir. C'était vital, à la fois pour sa carrière et pour sa santé mentale.

Elle resserra les mains sur sa sacoche. L'idée de ne plus voir le visage arrogant de Lou renforça sa détermination. Dommage que le destin ait choisi de placer le Dr Maxwell sur son chemin. Mais qu'importe ! L'essentiel était que le chemin la mène au succès.

Un médecin en blouse verte entra et demanda à voir le Dr Nelson en gratifiant la secrétaire d'un grand sourire. Tiffani présuma que cet homme jeune, grand, bronzé, dont les cheveux bruns dépassaient de son calot, vert lui aussi, était le Dr Maxwell, le pilier de sa toute nouvelle campagne. En dépit de son aversion pour sa profession, elle devait reconnaître qu'il était séduisant. C'était peut-être même l'homme le plus séduisant qu'elle ait jamais vu. Mais cela ne changeait rien au fait qu'il faisait partie de la caste des médecins.

Quelques minutes plus tard, la secrétaire, qui se trouvait être l'assistante du Dr Nelson, lui annonça qu'il était de nouveau prêt à la recevoir.

Il était assis à son bureau, face au médecin en blouse dont elle perçut la défiance derrière un masque de courtoisie professionnelle.

— Mademoiselle Romano, entrez, je vous en prie, dit le Dr Nelson en se levant à son entrée dans le bureau. Je vous présente le docteur Rex Maxwell.

Ce dernier se leva et lui tendit poliment la main. Ses longs doigts, fermes et chauds, enveloppèrent les siens. Il la fixa droit dans les yeux avant de relâcher sa main.

Le Dr Nelson les invita à se rasseoir tous les deux et en fit de même.

— J'ai expliqué la situation au docteur Maxwell, qui est disposé à collaborer avec vous, lui dit-il.

Elle sentit le médecin remuer sur sa chaise et tourna la tête vers lui. Il fixait une petite statue, sur une étagère derrière le Dr Nelson, et paraissait contrarié.

Le directeur administratif poursuivit comme si de rien n'était.

— Je compte sur vous deux pour faire preuve de professionnalisme et de discrétion. Mademoiselle Romano, vous pourrez me donner un projet la semaine prochaine, que je transmettrai au conseil d'administration. De toute façon, je suis là si vous avez besoin d'aide. Je me réjouis de vous voir mener à bien un tel projet. N'hésitez pas à me solliciter.

Le Dr Maxwell se leva et passa derrière elle pour sortir. Elle eut à peine le temps de prendre sa sacoche et son sac à main qu'il avait déjà ouvert la porte. Elle salua le Dr Nelson et se précipita dans le couloir pour tenter de rattraper l'élément le plus important de son projet. L'échéance que venait de poser le Dr Nelson nécessitait qu'elle mette en œuvre ses idées le plus rapidement possible. Et pour cela, il fallait qu'elle fasse connaissance avec le Dr Maxwell qui, pour l'heure, avançait à une allure qu'elle avait du mal à suivre. Elle l'appela, mais il ne changea rien à son pas. Il était pourtant impossible qu'il n'entende pas le claquement de ses talons sur le revêtement du couloir. Elle le rejoignit devant l'ascenseur et le retint par le bras.

Il se retourna, l'air surpris, avant de regarder sa main sur son bras.

— Je vous cours après depuis que nous sommes sortis du bureau du Dr Nelson, dit-elle, essoufflée, en guise d'excuse.

— J'ai un patient qui m'attend au bloc.

Les portes de l'ascenseur s'ouvrirent.

— Il faut que nous parlions. Il faut que je mette en place notre projet.

Il entra dans l'ascenseur et se retourna pour lui faire face. L'intensité de son regard la troubla. Elle resserra instinctivement son sac contre elle avant d'entrer à son tour dans la cabine.

— Cet ascenseur est réservé au personnel de l'hôpital, dit-il d'un ton sec.

— Il faut que je vous parle, répéta-t-elle.

— Je n'ai pas une minute à perdre, mademoiselle Romeo.

— Mademoiselle *Romano*. J'ai bien compris que vous n'aviez pas beaucoup de temps à me consacrer. À quel moment serez-vous disponible ?

— J'ignore combien de temps va durer cette intervention. Débrouillez-vous sans moi.

L'ascenseur s'arrêta, et les portes se rouvrirent. Il bondit hors de la cabine, mais elle lui emboîta le pas.

— Ce projet ne fonctionnera que si vous y participez pleinement, dit-elle alors qu'ils arrivaient devant une porte close.

Il sortit son badge et le passa devant le lecteur de la serrure.

— J'ai du travail. Je n'ai ni le temps ni l'envie de faire des relations publiques.

Il franchit la porte.

— Docteur Maxwell, le Dr Nelson a déclaré que vous étiez disposé à collaborer avec moi. Qui de vous deux a menti, lui ou vous ?

Il s'arrêta si brusquement qu'elle faillit lui rentrer dedans.

— Vous ne pouvez pas rester là.

— Pardon ?

— Vous êtes dans le service de chirurgie. Vous n'avez pas lu les panneaux ? dit-il comme s'il s'adressait à un enfant de quatre ans.

— Non, je ne les ai pas vus.

— Vous comptez me suivre jusqu'en salle d'opération ?

— Non plus.

Loin d'elle cette idée. Depuis l'accident de son père, elle avait vu suffisamment de sang pour lui faire passer l'envie de se retrouver au bloc. C'est elle qui, depuis le collège, changeait ses pansements et nettoyait ses plaies.

— Ravi d'avoir fait votre connaissance, dit-il froidement avant de tourner les talons.

Furieuse, elle rebroussa chemin et reprit la direction du bureau du Dr Nelson. Le trajet lui fit recouvrer son calme. Elle soupira. Comment faire en sorte que le Dr Maxwell coopère ? Sans son aide, elle ne pourrait ni mener à bien cette campagne, ni obtenir sa promotion, ni tourner le dos à son passé.

Rex se doutait que ce qui l'attendait dans le bureau du Dr Nelson ne lui plairait pas et, quand ce dernier lui avait présenté — pour ne pas dire imposé — ce projet de campagne de relations publiques, il avait eu du mal à dissimuler son agacement. L'idée de devoir participer à cette nouvelle mascarade était insupportable, surtout à ce moment précis de sa vie et de sa carrière. Le procès avait terni l'image de l'hôpital ? Il s'en remettrait, comme lui-même s'était remis de l'opprobre qui avait été jeté sur sa famille. C'était simplement une question de temps. Avec le temps, il avait fini par digérer les mensonges et toutes les illusions qu'il s'était faites sur ses parents. Cela lui avait même permis de devenir une meilleure personne, plus honnête, plus franche.

Non, il n'avait aucune envie de perdre du temps à enjoliver une situation, si déplaisante soit-elle. Il n'avait pas à prouver à qui que ce soit qu'il faisait bien son métier. Il le savait déjà, et toutes les vies qu'il avait sauvées avant et après le cas Royster en attestaient.

Quelques heures plus tard, après s'être assuré que son patient allait bien, Rex retourna dans son bureau. Le témoin lumineux du répondeur clignotait. Le troisième message avait été laissé par Mlle Romano qui souhaitait le voir le plus tôt possible le lendemain matin. Il poussa un soupir, agacé. Elle ignorait sans doute que sa journée commençait à 5 h 30. De toute façon, il n'avait pas envie de se plier aux règles de son jeu stupide.

Qu'est-ce qu'elle était guindée, avec son tailleur bleu marine chic et son chignon bien serré ! On aurait dit qu'elle cherchait à se donner une aura d'autorité avec son air de dire : « Ne me cherchez pas ! » Le seul détail qui conférait à son personnage un peu de douceur était la soie blanche de son chemisier.

Elle lui donnait l'impression d'avoir quelque chose derrière la tête, mais il n'avait aucune envie d'être un pion au service de ses projets ou de son ambition. Lui préférait fréquenter les esprits libres de ce monde, ceux qui vivaient leur vie sans se soucier de l'opinion des autres. Rien que le métier qu'elle avait choisi était le signe qu'elle se préoccupait de ce que les gens pensaient.

Il lui laisserait le soin de s'occuper de l'image de l'hôpital et continuerait à vaquer à ses occupations.

Le lendemain soir, il était déjà tard quand il regagna son bureau. Il était affamé et pressé de rentrer chez lui. Après avoir récupéré sa veste, il passerait prendre un repas chaud et irait se reposer, enfin. Il ouvrit la porte et se figea en voyant Mlle Romano assise sur l'un des deux sièges placés devant son bureau.

Elle bondit en l'apercevant. Son dossier lui échappa des mains, et son contenu se répandit sur le sol.

L'avait-il réveillée ? S'était-elle assoupie en l'attendant ?

— Mademoiselle Romano ?

Elle replaça derrière son oreille une mèche de cheveux échappée de son chignon et le regarda, l'air gênée.

— L'homme de ménage sortait quand je suis arrivée. Je lui ai dit que vous m'attendiez.

Il faudrait qu'il donne des instructions plus claires au personnel d'entretien sur ce qu'il pouvait et ne pouvait pas faire en son absence. De toute évidence, Mlle Romano ne s'embarrassait pas de détails pour arriver à ses fins. Il serait peut-être plus difficile qu'il ne l'avait imaginé de faire comme si elle n'était pas là.

— Vous ne m'avez pas rappelée, dit-elle en ramassant ses papiers.

Il s'accroupit pour l'aider.

— Je suis arrivé à l'hôpital à 2 heures du matin. Depuis, je n'ai pas arrêté.

— J'ai cru que vous cherchiez à m'éviter.

Au moins était-elle directe. La franchise était une qualité qu'il appréciait.

Il continua à ramasser les feuilles éparpillées sur le sol quand il lut son nom sur l'une d'elles.

— C'est un dossier sur moi ? demanda-t-il en levant la tête.

Elle le fixa de ses yeux verts.

— Vous êtes partie intégrante de ce projet. Une partie centrale, même. Il est important que je sache qui vous êtes.

Elle lui prit les papiers des mains et se releva.

— C'est l'hôpital, plus que ma personne, qui devrait être au centre de votre projet.

— Je ne peux pas vous forcer la main, mais vous constituez tout de même le pilier de cette campagne.

— Ah bon ? Si vous ne pouvez pas me forcer la main, comment comptez-vous vous y prendre, alors ?

— Vous avez entendu comme moi le Dr Nelson affirmer que vous alliez coopérer, rétorqua-t-elle sans ciller.

Il soupira aussi discrètement que possible. Il détestait l'idée d'être victime de chantage, mais ce n'était pas le moment de se montrer trop récalcitrant aux yeux de ses supérieurs.

— La journée a été longue, reprit-il. Je suis éreinté et affamé. Pourrions-nous en reparler à un autre moment ?

— Non. Nous avons déjà perdu vingt-quatre heures. Mon temps n'est pas illimité non plus.

Il se laissa tomber sur son siège de bureau.

— Alors finissons-en. Je veux rentrer chez moi, et le plus tôt sera le mieux.

Manifestement, peu lui importait qu'il ait une journée de travail de dix-huit heures derrière lui. Elle posa le dossier sur le bureau, l'ouvrit et tria minutieusement son contenu.

Peut-être suffisait-il qu'elle parle et qu'il l'écoute.

— J'ai quelques points à aborder avec vous pour pouvoir passer des coups de fil demain, à la première heure. Le temps est compté, il faut commencer dès à présent à envoyer des informations aux médias, dit-elle tout en continuant à organiser ses documents.

Au rythme où elle rangeait ses papiers, ils seraient encore là le lendemain matin.

— J'ai quelques idées que je voudrais vous soumettre, dit-elle sur un ton soudain plein d'entrain.

— Du genre ? demanda-t-il loin de partager son enthousiasme.

— Je souhaiterais faire une campagne centrée sur votre personne, pour montrer que l'hôpital a suffisamment confiance en vous pour faire de vous son ambassadeur. Avec un discours du genre : « Ni l'hôpital ni moi n'avons commis de faute. Vous pouvez venir vous faire soigner chez nous en toute confiance. »

Elle le fixa droit dans les yeux.

— Si les gens se remettent à avoir confiance en vous, ils se remettront aussi à avoir confiance en l'hôpital. Je vois bien quelques apparitions de vous à la télévision, dans les émissions du matin. Et un article dans le journal du dimanche. Pour que les gens apprennent à vous connaître tel que vous êtes.

Il sentit sa bouche s'emplir d'un goût amer.

L'agent de relations publiques était dans son élément. Elle ne paraissait même plus s'apercevoir de sa présence. L'espoir de continuer à vivre et à travailler normalement en sa présence s'évanouissait à vue d'œil. Il fallait mettre un frein à son délire avant qu'il soit trop tard.

— Ceux qui me rencontrent me connaissent tel que je suis. Je n'ai rien à cacher ni à avoir honte de quoi que ce soit. Je ne vois pas pourquoi j'irais faire des sourires et me mettrais à taper dans le dos des gens qui me clouaient au pilori il y a encore un mois.

Elle reporta son attention sur son dossier, qu'elle serra fermement dans ses mains.

— Si, justement ! rétorqua-t-elle. Les gens n'ont plus confiance. Si vous voulez avoir la moindre chance que l'opinion publique tourne en votre faveur, il va falloir mettre les médias dans votre poche, et ce sans tarder.

Il se pencha légèrement en avant et la fixa.

— Qu'avez-vous à y gagner ?

— C'est-à-dire ? demanda-t-elle sans détourner le regard.

— Je comprends ce que j'ai à gagner à ce que le blason de l'hôpital soit redoré, mais vous ? Qu'est-ce qui vous enthousiasme à ce point dans ce projet ?

Elle scruta longuement son visage avant de répondre.

— C'est mon métier, répondit-elle d'un ton sec.

— M'attendre pendant des heures dans mon bureau fait aussi partie du métier ?

Elle poussa un grand soupir.

— Si je mène cette campagne à bien, avec votre aide, j'aurai une vraie chance d'obtenir la promotion dont j'ai envie. Ou plutôt, besoin.

Une fois encore, elle faisait preuve d'une honnêteté certaine.

— Je vois.

— J'en doute, mais le problème n'est pas là, dit-elle en détournant le regard. J'ai pensé à un affichage en 4X3 dans la ville, pour que les gens voient que l'hôpital est là pour eux et que vous contribuez largement à son bon fonctionnement.

— Moi ?

— Oui. C'est vous que je vois sur les affiches. En pied, devant l'hôpital, avec un patient heureux et en pleine forme, vous voyez ce que je veux dire…

Il se raidit. Il n'avait soudain plus faim. Il avait l'impression de faire un bond en arrière, de revenir à l'époque où ses parents avaient fait exactement la même chose en cherchant à donner d'eux l'image d'une famille et d'une vie parfaites.

— Moi sur les affiches ? Cela ne risque pas de se produire.

— Il faut que les gens vous voient, qu'ils apprennent à vous connaître.

— Ce n'est pas en me voyant poser sur une affiche qu'ils me connaîtront mieux.

— Le Dr Nelson a trouvé que c'était une bonne idée, dit-elle, impassible.

Elle tenait les rênes et ne comptait rien lâcher. Rex sentit les murs se resserrer sur lui. Elle ne lui laissait pas le choix. S'il voulait garder son travail, et à plus forte raison s'il voulait avoir une chance de devenir chef de service, il allait devoir se prêter au jeu. Mais pas à n'importe quelle condition.

— Je n'ai pas le temps de me consacrer à autre chose qu'à mon travail et à mes patients.

— Nous nous adapterons à votre emploi du temps.

Aucune objection n'ébranlait la détermination de cette femme.

— Et, autre chose…, ajouta-t-elle. Il va falloir travailler un peu sur votre image.

— Comment ça, sur mon image ?

— Vous avez un look de mauvais garçon qu'il va falloir polir, affirma-t-elle en le dévisageant.

— Et comment comptez-vous vous y prendre ?

— Une bonne coupe de cheveux, des vêtements plus appropriés…

Cette fois, elle dépassait vraiment les bornes.

— Et puis quoi encore ? Il n'y a rien à changer. Mon style fait partie de mon identité. Vous pouvez en parler tant que vous voudrez avec le Dr Nelson, c'est une limite que je ne vous laisserai pas franchir.

Elle glissa dans la pochette ses papiers désormais ordonnés en une pile bien nette.

— Une fois la campagne terminée, vous pourrez reprendre

votre look de rocker débraillé, mais d'ici là vous devez être impeccable face aux médias. D'après ce que j'ai compris, c'est le conseil d'administration qui est à l'initiative de tout cela. Je n'ai pas à vous dire comment vous devez mener votre vie, mais êtes-vous en mesure de vous opposer à ses décisions ?

Il se sentit soudain oppressé. Tout cela faisait resurgir des souvenirs qu'il pensait avoir laissés définitivement derrière lui.

— Je vois, mais où vais-je trouver le temps de faire tout cela ?

— Vous avez bien un jour de congé, non ? dit-elle comme si le problème n'en était pas un.

Bien sûr qu'il avait un jour de congé, mais ce n'était pas à elle de décider à quoi il devait l'occuper.

— Je ne travaille pas demain.

— Parfait. Je prends rendez-vous avec ma coiffeuse demain après-midi. Avant cela, nous irons faire les boutiques. Sur ce, je vous laisse. Bonsoir.

Elle se leva, glissa son sac sur son épaule et avança vers la porte. Rex se leva à son tour et attrapa sa veste.

— Je viens avec vous. À cette heure, c'est plus prudent.

— Pas la peine. Je suis garée sur le parking devant l'hôpital.

— Peu importe. Je vous raccompagne.

Elle haussa les épaules et sortit. Ils marchèrent en silence jusqu'à l'ascenseur puis jusqu'au parking.

— C'est celle-là, dit-elle en indiquant une petite voiture blanche dont elle déverrouilla les portières. Montez, si vous voulez, je vous dépose à votre voiture.

Il hésita en se demandant comment il allait pouvoir faire entrer son grand corps dans un si petit habitacle.

— En fait, je suis à moto. Elle est garée sur l'autre parking. Ce sera plus simple que j'y aille à pied.

— Vous avez une moto ? dit-elle d'une voix brusquement aiguë qui l'agaça.

— Oui. Cela ne figure pas dans votre dossier ?

La perplexité qui s'afficha sur son visage le fit sourire intérieurement. Était-elle vraiment persuadée que toute sa vie pouvait tenir dans un dossier ?

— Non, mais cela aurait dû être le cas.

Il avait l'impression d'être examiné au microscope, encore et toujours. Le procès venait à peine de se terminer qu'il devait à présent poser en gendre idéal pour les médias.

Heureusement qu'il avait sa moto ! Quand il roulait, il éprouvait une sensation de liberté, loin des contraintes et des faux-semblants de la société.

— Le fait que j'ai une moto ne pose pas de problème, au moins ? demanda-t-il avec une once de sarcasme.

— Pas sûr, répondit-elle en pesant ses mots, avant de s'installer au volant et de fermer la portière, le laissant seul avec la sensation désagréable d'être en train de devenir le dindon d'une farce qui ne le faisait pas rire.

2

Qu'est-ce qu'il fabrique ? se demanda Tiffani pour la centième fois en faisant les cent pas devant un magasin de vêtements pour hommes du centre de Memphis.

Elle lui avait envoyé l'adresse et l'heure du rendez-vous par texto dans la matinée. Ce à quoi il avait répondu :

Je serai là quand je pourrai.

Depuis, plus rien. L'heure du rendez-vous chez le coiffeur approchait, et elle devait passer voir son père en fin d'après-midi. Elle savait qu'il s'inquiéterait si elle était en retard.

Cela dit, elle ne serait pas étonnée que Rex Maxwell la fasse attendre exprès. C'était bien de genre des médecins et la preuve qu'ils avaient assez peu de considération pour ceux qu'ils faisaient attendre. Pas étonnant, donc, que Rex ne la prévienne pas qu'il serait en retard.

Elle tourna la tête au son d'un moteur qui approchait. Avec un peu de chance, c'était lui.

Elle voyait bien qu'aucune des suggestions qu'elle avait faites ne lui plaisait, mais elle se demandait s'il comprenait vraiment les enjeux de cette campagne d'image. Il prétendait que la réputation de l'hôpital n'était pas son problème et avait rejeté en bloc son idée d'améliorer son apparence : pour quelle raison se montrait-il aussi têtu ?

« Mon style fait partie de mon identité », avait-il déclaré.

Elle regarda la moto ralentir et s'immobiliser sur le parking.

Puis Rex en descendre. Il portait un T-shirt blanc uni, un jean déchiré au genou et des boots noires. Quand il retira son casque, une cascade de cheveux bruns retomba sur ses larges épaules. Il avait quelque chose d'imposant. D'ailleurs, c'était presque dommage qu'il se fasse couper les cheveux, qui contribuaient pour une large part à l'impression d'ensemble qui se dégageait de lui. Cela dit, elle n'avait pas son mot à dire. Ce qui comptait, c'était que le regard des gens sur le Metropolitan Hospital de Memphis change. Par suite, sa vie à elle changerait aussi.

— Qu'est-ce qu'il y a ? demanda-t-il en avançant vers elle.

Elle prit conscience qu'elle le regardait sans doute avec un peu trop d'insistance.

— Cela fait une demi-heure que je vous attends. Vos patients ont peut-être l'habitude de poireauter, mais moi, pas.

— J'ai eu un contretemps. Mais maintenant, je suis là, non ? dit-il en s'approchant, le casque sous le bras, un peu trop près.

— Vous auriez pu me prévenir, dit-elle en reculant d'un pas ou deux.

— Non, je n'aurais pas pu. Je n'ai pas eu le temps de vous envoyer un texto avant d'opérer un patient du poumon en urgence. Et, après l'opération, comme je n'étais pas en avance, j'ai préféré foncer plutôt que de perdre encore du temps à vous écrire. Bon, on y va ? dit-il en jetant un regard noir sur la vitrine du magasin.

— Le directeur de la boutique nous attend, dit-elle.

— Je ne comprends toujours pas l'intérêt de tout ça, ajouta-t-il en lui emboîtant le pas.

— Votre look de motard est peut-être en adéquation avec votre vie, mais il n'est pas assez professionnel pour l'univers qui est le mien.

— Mais qui a dit que j'avais envie de faire partie de cet univers ? demanda-t-il en ouvrant la porte du magasin.

Il avait beau avoir un look de motard, il connaissait les bonnes manières. Elle n'aurait pas besoin d'intervenir dans ce domaine, c'était toujours ça.

— Qui a dit que vous aviez le choix ?

— C'est ce qu'on va voir, murmura-t-il.

Le directeur du magasin les salua et les conduisit vers le rayon des costumes.

— Je ne pense pas que ce soit une bonne idée, dit Rex. Je préférerais porter une veste et un jean.

— Il vous faut un costume pour l'interview de la semaine prochaine.

— Je n'ai pas envie d'avoir l'air d'un pingouin. J'ai tout de même mon mot à dire sur les vêtements que je porte, que je sache.

Tiffani exhala un soupir discret et compta intérieurement jusqu'à 3.

— Je veux bien voir ce que cela donnera en veste et jean, dit-elle sur un ton le plus calme possible, mais si j'estime que cela ne convient pas, vous essayerez un costume.

— Certainement pas, dit-il avant de désigner des vestes. Je veux bien essayer celle-ci, celle-là et celle-là.

Puis il se dirigea vers un présentoir de chemises et en prit quelques-unes, qu'il lui posa sur les bras, avant d'aller choisir des pantalons.

— Où sont les cabines d'essayage ? demanda-t-il.

Il suivit le directeur au fond du magasin et posa son casque sur une table avant de retirer son T-shirt, offrant à Tiffani le spectacle impressionnant de ses muscles dorsaux en action sous sa peau bronzée. Ses yeux glissèrent jusqu'à sa taille fine, et elle trébucha.

Elle se redressa promptement. Même si elle avait tiré un trait sur les hommes, elle n'était pas totalement insensible à la virilité d'un beau spécimen. Rex Maxwell avait un corps magnifique en plus d'être beau de visage. Il devait avoir du succès avec les femmes. Ce qui constituait un atout non négligeable pour la réussite de la campagne promotionnelle.

— Passez-moi les chemises et les pantalons. J'essayerai les vestes à la fin, dit-il de derrière les portes battantes de la cabine.

Elle vit son jean troué tomber sur ses pieds et sentit son cœur battre un peu plus vite.

Lorsqu'il tendit le bras pour qu'elle lui passe les chemises, elle s'efforça de ne pas regarder l'homme presque nu que la porte entrebâillée laissait entrevoir. Elle croisa son regard, et la lueur qu'elle y décela la mit mal à l'aise. S'il voulait jouer avec elle, elle n'était pas prête à se laisser prendre au jeu. Elle avait déjà donné.

Quelques instants plus tard, il sortit de la cabine vêtu d'un pantalon de toile bleu marine et d'une chemise bleu pâle. Le directeur du magasin lui tendit une veste brun clair qu'il enfila avec une grâce certaine.

Voilà qu'elle se remettait à le regarder avec insistance, alors qu'il était clairement conscient de l'avoir mise mal à l'aise. Il fallait qu'il cesse de jouer avec son corps et qu'elle n'oublie pas que c'était un client, point. Et un médecin, par-dessus le marché, qui s'était déjà révélé aussi égocentrique que les autres.

— Alors, qu'est-ce que vous en pensez ? demanda-t-il en tournant devant eux.

Elle l'examina, cherchant ce qui pourrait ne pas aller. Mais il n'y avait rien à redire.

— Essayez les autres, pour voir, s'empressa-t-elle de suggérer.

Sans cesser de la regarder dans les yeux, il fit glisser sa veste pour la retirer.

— C'est exactement la même coupe, il n'y a que la couleur qui change. À vous de faire les accords. Pour ma part, j'ai fait tout ce que j'avais à faire.

C'était une manière de répéter qu'il ne fallait pas trop lui en demander.

— Il faut s'occuper des chaussures, dit-elle néanmoins en regardant ses boots usées.

— Vous n'aimez pas mes boots ? dit-il en faisant bouger un pied. Elles vont avec tout, pourtant.

— Je pense qu'il vous faudrait des chaussures plus classiques, que ce soit pour les interviews ou pour la soirée, répondit-elle, soulagée de le voir plus détendu.

Mais son soulagement fut de courte durée.

— La soirée ? Quelle soirée ?

— L'hôpital organise un cocktail suivi d'un dîner pour le comité d'accréditation, à la fin du mois. Ce sera pour vous l'occasion de parler avec des personnes un peu influentes et de faire bonne impression sur le comité.

Elle lui adressa un sourire qu'elle espérait encourageant.

— Je n'irai pas. Je n'aime pas ce genre de mondanités, répondit-il, la mâchoire serrée.

— Mais d'ici là, vous serez devenu la mascotte de l'hôpital, le chirurgien dont tout le monde parle et que tout le monde veut avoir.

— Si cela arrive, c'est parce que je suis un excellent chirurgien, pas parce que je vais serrer des mains et faire des courbettes en smoking.

Il retourna dans la cabine.

— Ce serait bon pour l'hôpital, donc pour vous.

— Je ne tiens pas à être la mascotte de l'hôpital. J'ai accepté de collaborer, mais je n'ai pas pour habitude de fréquenter les pince-fesses.

— Votre présence serait un bon moyen de vous faire bien voir du comité. Après les accusations de faute professionnelle qui ont pesé sur vous, cela contribuerait grandement à restaurer la confiance de l'opinion publique.

Après tout, c'était l'objectif premier de la campagne qu'elle devait mener.

— Vous pensez vraiment que changer de garde-robe et faire des apparitions publiques va changer quelque chose ?

— C'est ce que je constate tous les jours dans mon métier, répondit-elle.

Il entrouvrit un battant et la fixa droit dans les yeux.

— Croyez-vous vraiment que les gens sont dupes ? Personnellement, je préfère avoir des relations avec une personne telle qu'elle est plutôt qu'avec quelqu'un qui s'efforce de ressembler à ce qu'il n'est pas, à coups de sourires et de chaussures neuves.

— Les sourires et les chaussures neuves donnent simplement envie aux gens de vous approcher. Cela ne vous empêche en rien de nouer de vraies relations et de rester vous-même. Je ne suis pas sûre que les jeans troués et les boots évoquent un grand professionnalisme dans l'esprit des gens. Or, il est important que la confiance qui a été écornée soit rétablie et que le public soit convaincu que vous êtes un bon médecin travaillant dans un bon hôpital.

— Cela a toujours été le cas. Le fait que des personnes n'aient pas supporté que je ne sauve pas leur père ne remet pas en question mes compétences de médecin, qui sont aussi bonnes qu'elles l'étaient avant ce fichu procès.

Tiffani vacilla. La conversation prenait un tour trop personnel. Elle s'était juré de ne pas laisser ce qui était arrivé à son père interférer avec son travail.

— Quel est votre problème, au juste ? demanda-t-elle. Après tout, vous êtes en train de vous refaire une garde-robe aux frais de l'hôpital et vous êtes suffisamment intelligent pour comprendre les enjeux de cette campagne. Pourquoi êtes-vous aussi récalcitrant ?

— Je n'ai pas besoin de l'hôpital pour m'offrir une nouvelle garde-robe, dit-il d'un ton sec.

— Je ne vois toujours pas où est le problème. Qu'est-ce qui vous empêche de coopérer ?

— Le problème, c'est que je ne veux pas me faire passer pour quelqu'un que je ne suis pas. Je suis un bon chirurgien, quels que soient les vêtements que je porte. Peu m'importe qu'on aime ou qu'on n'aime pas mon apparence.

Il avait la franchise d'un homme qui cherche avant tout à être lui-même, indépendamment de ce qu'on pense de lui. C'était une caractéristique assez rare dans le milieu qu'elle fréquentait, et qui lui plaisait.

Un peu d'honnêteté ne nuisait pas, après les mensonges de Lou. Rex disait les choses comme il les pensait et, curieusement, cela faisait du bien.

Pourtant, il ne fallait pas que son entêtement à rester lui-même compromette la campagne de relations publiques que le Metropolitan Hospital avait engagée. Les gens s'arrêtaient souvent à ce qu'ils voyaient et, en l'occurrence, le look de motard avait une connotation négative.

— Si vous ne voulez pas *avoir l'air* d'un chirurgien doué, compétent et fiable, comment voulez-vous que les gens pensent que vous *êtes vraiment* un chirurgien doué, compétent et fiable ?

Il lui décocha un regard incendiaire.

— Vous pensez atteindre ce but avec toute cette mascarade ?

— Jusqu'ici, ça a toujours été le cas, rétorqua-t-elle en relevant le menton.

Le silence tomba, et elle prit conscience de l'intérêt du directeur du magasin pour leur conversation. Les mots qu'elle était en train d'échanger avec Rex ne relevaient pas des bonnes relations publiques. Elle prit une profonde inspiration et joua la carte de l'apaisement.

— Cela ne durera que quelques jours, et je ferai mon possible pour que cela ne soit pas trop pénible.

— Ce n'est pas une question de durée. Je n'ai tout simplement pas l'intention de me faire passer pour ce que je ne suis pas. Plus jamais ça.

Plus jamais ? Qu'avait-il vécu qui l'empêchait viscéralement d'adhérer à la proposition qu'elle lui faisait ?

— Dans ce cas, je m'efforcerai de ne pas exiger cela de vous. Qu'en dites-vous ? D'accord ?

Elle tendit la main. Il la regarda pendant quelques instants puis la serra. De façon inexpliquée, elle sentit un frisson parcourir son dos.

— D'accord, répondit-il d'une voix calme.

Elle sourit devant les efforts qu'il promettait de faire puis retira sa main.

— Bon. Je sais que cela ne va pas vous plaire, mais c'est l'heure de votre rendez-vous chez le coiffeur.

À son grand étonnement, il se passa la main dans les cheveux et lui sourit.

— D'accord, mais c'est bien parce que j'ai besoin d'un petit rafraîchissement, dit-il avant de refermer la porte de la cabine.

Un petit rafraîchissement ? Il allait falloir enlever un peu plus de longueur que pour un simple rafraîchissement, mais au moins était-il consentant pour aller voir Estell, qu'elle avait déjà mise au courant de la situation.

Tandis que Rex se rhabillait, elle s'arrangea avec le directeur du magasin pour venir récupérer les vêtements plus tard.

— Le salon de coiffure n'est pas très loin, dit-elle quand ils furent sortis. Cela vous dit de marcher un peu ?

— Vous croyez que mes boots feront l'affaire ? demanda-t-il, un sourire entendu sur les lèvres, en coinçant son casque de moto sous son bras.

— Pour marcher jusque chez Estell, elles seront parfaites, répondit-elle sur le même ton.

Rex connaissait bien Memphis, mais ne venait pas très souvent dans ce quartier. Dans les rues bordées de petites boutiques aux devantures élégantes, il remarqua que les gens étaient plutôt bien habillés et semblaient avoir les moyens. Le souvenir de son enfance refit surface et, avec lui, celui d'un monde où rien ne comptait davantage que les magasins qu'on fréquentait et les marques qu'on pouvait s'offrir.

Désormais, il se fichait de ce qu'il avait sur le dos, tant qu'il se sentait bien dedans. C'était comme s'il avait avancé dans une direction pendant la moitié de sa vie pour prendre la direction opposée ensuite. Jamais il ne réadopterait le mode de vie que ses parents lui avaient imposé, enfant. Il n'avait aucune raison de mettre en avant une apparence éloignée de ce qu'il était dans le fond ni de fonder son existence sur des signes extérieurs de richesse. Il savait qui il était et n'avait pas besoin de jouer quelque comédie que ce soit pour le prouver.

Pourquoi, dans ce cas, avait-il accepté ce stupide marché avec Tiffani Romano ? Sans doute parce que c'était sur elle que reposaient en partie ses projets d'avenir. Si une coupe de cheveux et une nouvelle garde-robe pouvaient l'aider à obtenir le poste qu'il convoitait, où était le problème, après tout ?

Le problème était qu'il avait fait, pour la première fois depuis des années, un compromis qui venait remettre en cause les limites qu'il s'était fixées et grâce auxquelles il menait désormais la vie qu'il avait choisie et qui lui correspondait. Des limites qu'il n'avait pas envie de changer, ni pour Tiffani ni pour personne d'autre, quel qu'en soit le motif.

Cela dit, marcher au soleil dans les rues de Memphis à côté d'une femme intelligente et séduisante rendait ce compromis un peu moins perturbant pour la paix de son esprit. Il lui jeta un coup d'œil. Elle avait les cheveux attachés mais moins tirés que la veille, et sa tenue était plus décontractée : un pantalon noir, des ballerines et un haut mauve tout simple qui laissaient transparaître un charme qui irradiait de sa personne comme un parfum de miel.

Ses manières un peu autoritaires ne l'impressionnaient pas, et il n'était même pas sûr de l'apprécier, mais il était content de pouvoir se confronter à une personne qui n'avait pas peur d'annoncer la couleur. Rares étaient ceux qui osaient lui parler sur ce ton. Même les désaccords avec elle étaient stimulants, contrairement aux expériences qu'il avait eues auparavant avec les femmes qui, souvent, en voulaient à son corps ou à son statut social et qui ne lui offraient aucun défi à relever. Tiffani Romano, elle, lui lançait des défis permanents et n'était pas impressionnée par son physique et encore moins par son statut.

Ils s'arrêtèrent devant une vitrine colorée, décorée de fleurs et surmontée de l'inscription « Jolie coupe ».

— Vous êtes sûre qu'ils coiffent aussi les hommes ? demanda-t-il, un peu inquiet.

Il aurait peut-être dû venir à moto et la garer devant le salon.

— Ne vous inquiétez pas, répondit Tiffani en poussant la porte. Tout va bien se passer. Je sais que vous êtes un homme courageux.

L'humour de ses propos ne lui échappa pas.

— Il faut l'être pour vous suivre, répondit-il sur le même ton.

Il n'était pas au bout de ses surprises. Une jeune femme aux cheveux courts, en brosse, teints en vert et rouge, tourna la tête vers eux, sans cesser de coiffer son client.

— Salut, Tiffani ! J'ai presque fini. Je m'occupe de vous tout de suite.

Rex chercha le regard de Tiffani. Dans quoi s'était-il fourré ? Il n'y avait pas, comme chez son barbier attitré, d'hommes dégarnis assis dans le fond du salon, bavardant et jouant aux dames, mais une radio diffusant de la musique à un volume élevé et un casque sur pied, sous lequel une femme se faisait sécher les cheveux.

Le seul endroit pour s'asseoir était un petit canapé en rotin garni de coussins à fleurs sur lequel Tiffani prit place. Il se demanda si le canapé supporterait son poids et préféra rester debout.

— C'est la meilleure coiffeuse que je connaisse, dit Tiffani.

Il hocha poliment la tête, mais tout ce à quoi il pensait, c'était à la tête que feraient ses collègues s'ils le voyaient dans un endroit pareil. Si Tiffani avait eu la courtoisie de lui laisser le choix, il serait allé voir *son* coiffeur.

Il jeta un coup d'œil sur sa montre. Il avait déjà perdu beaucoup de sa journée.

La coiffeuse raccompagna son client, qui s'extasiait sur sa coupe, puis les rejoignit.

— Bonjour, beau gosse, qu'est-ce que je peux faire pour vous ? demanda-t-elle d'une voix grave et rauque.

Il était étonnant que cette femme excentrique soit la coiffeuse et peut-être l'amie de Tiffani, qui semblait tellement sérieuse, tellement coincée ! Y avait-il des facettes de sa personnalité qui lui avaient échappé ?

— Estell, je pensais dégager un peu les oreilles et laisser un peu de longueur sur le dessus..., commença Tiffani.

— Je peux m'en occuper moi-même, la coupa-t-il sur un ton de « chirurgien en pleine intervention au bloc » qui ne souffrait aucune contradiction. Vous ne voulez pas aller nous chercher quelque chose à boire ? Je vais m'arranger avec Estell, n'est-ce pas Estell ?

Estell opina en souriant.

— Il faut qu'il ait l'air sérieux, professionnel, insista Tiffani qui semblait se demander si elle pouvait les laisser seuls tous les deux.

— Ça marche ! acquiesça Estell en se dirigeant vers le fauteuil.

Rex tendit à Tiffani quelques billets.

— Je veux bien un soda. Et vous, Estell ?

— Moi aussi.

— Prenez ce que vous voulez pour vous, Tiffani.

Elle le regarda, bouche bée, sans bouger, puis, comme si le sort qu'on lui avait jeté venait de se dissiper, elle tourna les talons et sortit du salon en marmonnant quelque chose qu'il ne comprit pas.

Lorsque Tiffani réapparut, Estell venait juste de terminer. Elle entra et s'arrêta net en le voyant. Il sentit une vague de satisfaction l'envahir. Il savait reconnaître l'admiration dans le regard d'une femme, mais devait avouer qu'il avait rarement eu l'occasion de se faire dévorer des yeux de cette manière. Il sentit une douce chaleur se répandre dans tout son corps.

— Qu'est-ce que tu en dis ? demanda Estell, debout derrière le fauteuil.

Tiffani s'éclaircit la voix.

— Euh... J'aurais aimé que ce soit plus... court.

— Pas moi, dit-il en se levant.

Elle sembla hésiter puis se ravisa.

— Très bien.

Il s'approcha et prit le sac qui contenait les boissons qu'il distribua avant d'ouvrir sa canette.

— En fait, vous avez trouvé le moyen de vous débarrasser de moi, dit Tiffani d'un air offensé.

Rex haussa les épaules et but sa boisson. Puis il sortit son portefeuille pour payer, laissa à Estell un généreux pourboire avant de la gratifier d'un baiser sur la joue.

— Ce qu'on dit au salon de coiffure reste au salon de coiffure, dit-il en lui décochant un clin d'œil.

Tiffani fit claquer sa langue tandis qu'Estell pouffait.

— J'ai passé un bon moment. Contente de vous avoir rencontré, Rex, dit-elle.

— Je vous attends dehors, dit-il en passant devant Tiffani.

Que s'était-il passé ? Tiffani n'avait pas pour habitude de se pâmer devant les hommes, à plus forte raison quand il s'agissait de ses clients. Et quand ils étaient égocentriques et querelleurs. Pourtant, quand elle était retournée au salon, la beauté de Rex, dont la virilité était accentuée par le décor très féminin du salon, l'avait frappée. Curieusement, il avait l'air très à l'aise, ce qui ne faisait qu'ajouter à son charme. Au point qu'elle avait été incapable d'aligner deux mots.

Estell n'avait coupé que quelques centimètres de cheveux, mais elle les avait coiffés de telle sorte qu'ils mettaient en valeur ses traits fins mais virils. Ils lui donnaient un air sain et libre, à son image. Elle n'avait jamais été fan des cheveux longs sur les hommes, mais Rex était indéniablement une exception. Elle avait eu instinctivement envie de passer la main dans ses cheveux

— une réaction bien peu professionnelle à laquelle elle n'avait heureusement pas laissé libre cours.

Le pire avait été sa réaction à lui. Le plaisir qu'il avait éprouvé en voyant l'effet qu'il produisait sur elle était évident. Il semblait à la fois flatté et amusé.

Quelle honte ! Cela ne devrait plus se reproduire à l'avenir. Désormais, il fallait qu'elle veille à garder le contrôle de la situation, qu'il soit là ou non.

— Tiffani, dit Estell, j'espère que tu as conscience d'avoir un homme exceptionnel entre les mains.

— C'est un client, s'empressa-t-elle de répliquer, un peu trop vivement.

Mais elle ne risquait pas d'accorder à Rex Maxwell une autre place dans sa vie. De toute façon, sa rupture avec Lou l'avait vaccinée contre les histoires d'amour.

— Si j'étais à ta place, je ferais tout pour qu'il soit plus qu'un client, dit Estell avant d'ouvrir sa canette.

Lorsque Tiffani sortit du salon, Rex l'attendait près d'un lampadaire. Elle n'était pas la seule à être sensible à son charme. Pas une femme ne passait sans tourner la tête vers lui. Une campagne d'affichage à son effigie était vouée au succès et assurerait, à n'en pas douter, des retombées très positives sur la réputation de l'hôpital. Le seul obstacle était l'entêtement avec lequel Rex s'était jusque-là opposé à chacune de ses propositions.

— Y a-t-il un café où l'on puisse manger un morceau, dans le coin ? demanda-t-il quand elle le rejoignit.

— Oui, là-bas.

— Vous m'accompagnez ?

— Volontiers.

Elle n'avait pas pour habitude non plus de passer du temps avec ses clients en dehors des rendez-vous que lui imposait son travail, mais elle se trouva à cours d'excuses. De plus, elle avait faim, et il lui restait un peu de temps avant qu'elle rende visite à son père. Et il y avait encore un point dont elle tenait à parler à Rex, qui serait sans doute plus réceptif l'estomac plein.

— En général, les femmes se précipitent pour dîner avec moi, dit-il en marchant à côté d'elle.

— Il ne s'agit pas d'un rendez-vous galant, rétorqua-t-elle. Et, quoi qu'il en soit, je n'ai pas beaucoup de temps.

Elle sentit ses yeux noirs se poser sur elle.

— Vous n'aimez pas les rendez-vous galants ?

— Non. Et je vous rappelle que vous êtes mon client.

Il s'arrêta net, forçant les gens à les contourner.

— Et si ce n'était pas le cas, qu'en serait-il ?

— Je ne mélange pas le travail et la vie privée, affirma-t-elle sur un ton qu'elle aurait souhaité moins péremptoire.

Mais Rex ne s'y trompa pas.

— Cela sent le vécu. Vous pouvez développer ?

— Non, je ne peux pas. C'est une trop longue histoire.

Et surtout trop humiliante pour qu'elle ait envie de la raconter au premier venu. Un premier venu qui n'avait probablement aucune idée de ce qu'était un chagrin d'amour.

— Ce serait hors sujet. Je veux dire, cela n'a rien à voir avec le sujet qui nous réunit, à savoir la campagne que je dois mener pour le compte de l'hôpital.

— Cela fait du bien, parfois, de parler à quelqu'un, poursuivit-il en reprenant sa marche.

Quelle arrogance ! Était-il vraiment persuadé que se confier à lui la soulagerait d'une manière ou d'une autre ?

— Vous avez certainement l'habitude que vos patients vous racontent leur vie, mais croyez-vous vraiment que je vais m'épancher auprès de vous ?

— Je suis sûr que ce serait passionnant.

Elle vit leur reflet dans la vitrine du café.

— Gardez votre numéro de charme pour vos interviews télévisées, dit-elle.

— Vous allez me couper l'appétit, dit-il en ouvrant la porte du café.

On leur indiqua une table au milieu de la salle. Après avoir étudié le menu, Rex releva la tête.

— Vous avez une suggestion à me faire ?

— Je ne suis pas venue très souvent. Mais j'ai bien aimé les côtelettes de porc et les spaghettis.

En principe, elle évitait de se promener avec ses clients, mais pour être honnête la compagnie d'un homme aussi séduisant que Rex faisait du bien à son ego meurtri. Se faire rejeter par un homme qu'elle croyait amoureux d'elle l'avait anéantie. Après un tel choc, l'attention qu'un homme pouvait lui porter était un baume apaisant sur sa plaie.

Son cerveau se mit à passer en revue les différentes étapes de son dernier chagrin d'amour. Non seulement elle avait brutalement compris que Lou ne l'aimait pas, mais ce dernier avait annoncé à tout le bureau qu'il ne voulait plus avoir affaire avec elle. Et, à elle, il avait déclaré qu'il ne la verrait plus que lors d'entretiens professionnels. Tiffani aurait voulu disparaître. Jamais elle ne s'était sentie aussi humiliée.

Elle s'était juré de ne jamais plus s'abandonner avec un homme. Tous les hommes de sa vie avaient toujours exigé d'elle bien plus qu'ils n'étaient prêts à lui donner en retour. Désormais, elle garderait le contrôle.

Une serveuse vint prendre leur commande.

— Ah ! au fait, j'ai pris rendez-vous demain avec un photographe, dit-elle.

— Demain, je passe une bonne partie de la journée au bloc.

— Je sais. Le Dr Nelson m'a transmis votre planning. Nous n'y toucherons pas. Le photographe va venir à l'hôpital. Il fera des clichés entre deux opérations.

— Vous plaisantez, j'espère ? s'emporta-t-il en reposant bruyamment sa fourchette sur la table.

Ce n'était pas le moment de flancher, sans quoi tous les progrès accomplis jusque-là seraient perdus.

— Le Dr Nelson nous a autorisés à nous installer dans la salle de conférences.

— Vous n'avez vraiment laissé aucun détail au hasard.

— C'est mon métier, répondit-elle sans se démonter.

— Il n'y a pas de quoi en être fier, dit-il avec une pointe de mépris.

Elle le regarda droit dans les yeux.

— Je peux en dire autant du vôtre.

— C'est-à-dire ? demanda-t-il d'un air perplexe.

— Peu importe. Nous ne sommes pas là pour nous apprécier,

mais seulement pour œuvrer ensemble afin de restaurer la bonne réputation du Metropolitan Hospital.

— Vous imaginez que je vais me contenter de cette réponse ?

— Vous n'avez pas le choix, répondit-elle avant de boire une gorgée d'eau.

Il s'ensuivit un silence éloquent, heureusement rapidement interrompu par la serveuse qui apportait les plats qu'ils avaient commandés.

Ils venaient de commencer à manger lorsqu'une femme se mit à crier.

— Au secours ! Elle est en train de s'étouffer !

Tiffani tourna la tête vers les cris. Rex bondit de sa chaise et se précipita vers la femme qui donnait des tapes dans le dos d'une enfant. Elle le suivit.

— Je suis médecin, laissez-moi m'occuper d'elle, dit-il avec une autorité indiscutable.

La femme s'arrêta en plein mouvement et le laissa prendre la petite fille dans ses bras.

Il cala son dos contre lui et, positionnant ses poings sous ses côtes, exerça une vive pression. Mais aucune réaction ne se produisit chez l'enfant dont les lèvres continuaient à bleuir.

Il répéta l'opération et, cette fois, elle cracha quelque chose avant de reprendre bruyamment sa respiration.

La mère s'agenouilla et la serra contre elle, en pleurs.

— Merci, merci, merci, dit-elle à Rex, le visage baigné de larmes.

— Je vous en prie, dit-il en lui adressant un sourire, soulagé. Comment t'appelles-tu ?

— Lucy, répondit la petite fille.

— Bonjour Lucy, je suis Rex. Je suis docteur. Tu veux bien que je t'examine pour voir si tout va bien ?

Lucy jeta un coup d'œil à sa mère qui hocha la tête d'un air rassurant.

— Tu vas t'asseoir là, dit-il en désignant une chaise. Moi, je vais me mettre ici et je vais regarder ta gorge. Tu veux ouvrir la bouche, bien grand ?

La petite fille s'exécuta, manifestement sous le charme qui se dégageait naturellement de lui. Un charme spontané, naturel, qu'on ne pouvait pas fabriquer de toutes pièces pour une interview ou une campagne d'affichage, il fallait le reconnaître.

Il décrocha un trousseau de clé d'un passant de sa ceinture, sur lequel était attachée une minitorche.

Il examina la gorge de Lucy puis palpa son cou et sa nuque tout en lui parlant sur un ton doux et rassurant.

L'image de Rex s'adressant à cette petite fille après lui avoir sauvé la vie était exactement ce dont l'hôpital avait besoin pour redorer son blason. Le Dr Rex en bon samaritain, professionnel et respectable. Maintenant que le danger était écarté, Tiffani retourna à leur table et sortit son smartphone de son sac. Puis elle revint prendre quelques photos. Avec un peu de chance, quelqu'un dans le café aurait filmé la scène.

Rex lui jeta un coup d'œil manifestement contrarié. Puis il reprit l'examen de la petite fille.

— Inspire profondément, comme ça... Bien. Il me semble que tout va bien, déclara-t-il avant de se lever.

La mère de Lucy le serra dans ses bras.

— Je ne sais pas comment vous remercier, docteur.

Il la regarda en souriant.

— Je suis content que Lucy aille bien. Veillez simplement à ce qu'elle mastique bien, désormais.

Ce que Rex venait de faire s'accordait assez mal avec l'image que Tiffani avait des médecins qui ne s'intéressaient qu'à eux-mêmes et à l'argent qu'ils soutiraient de la souffrance de leurs patients. Elle repensa à son père qui les accusait d'être la source de tous ses problèmes.

Elle chassa ces pensées de son esprit et revint à ce qui venait de se passer sous ses yeux et qu'elle avait eu la chance d'immortaliser. Elle ne pouvait pas espérer mieux pour étoffer la campagne. Cela la rapprochait du succès, de sa promotion. Et bientôt, Lou ne serait plus qu'un mauvais et lointain souvenir.

— Vous avez fini de manger ? demanda Rex quand ils retournèrent à leur table.

— Oui, merci.

— Je vais régler, dit-il en en prenant son casque.

— De mon côté, je vais voir si quelqu'un a filmé ce qui s'est passé.

Il s'immobilisa.

— Ne faites pas ça, dit-il sur un ton qui la coupa net dans son élan et lui ôta même toute envie d'argumenter.

Elle sortit du café en soupirant. Au moins avait-elle des photos.

— Qu'est-ce que c'est que cette histoire de film ? Et vous, vous avez pris des photos ?

— C'est incroyable ! Ça va faire un tabac sur les réseaux sociaux ! dit-elle, peinant à cacher son excitation.

— Je ne suis pas venu en aide à cette petite fille pour alimenter votre campagne futile, rétorqua-t-il sur un ton où poignait la colère.

— Je sais. Et d'ailleurs, je n'ai pris des photos qu'une fois que la petite était hors de danger. Oh ! J'ai oublié de demander à sa mère l'autorisation de les utiliser.

Elle s'apprêtait à faire demi-tour, mais Rex lui prit son portable des mains.

— Eh ! Mais qu'est-ce que vous faites ? s'écria-t-elle en le voyant supprimer les clichés qu'elle avait pris.

— Voilà. Comme ça, vous n'avez même pas d'autorisation à demander.

Elle le regarda, médusée, sentant la colère monter en elle.

— Il faut bien que je fasse mon travail. Cette petite fille va bien, et les gens auraient adoré vous voir en action.

— Dommage. Mais moi aussi je fais mon métier. Et ce n'est pas pour que vous postiez des photos sur les réseaux sociaux.

Il lui remit le portable dans la main et tourna les talons.

Lorsqu'elle regagna le parking où était garée sa voiture, sa moto s'éloignait déjà en vrombissant.

3

Tiffani était encore sous le choc de ce qui s'était passé au café lorsqu'elle entra dans la résidence où vivait son père. Rex avait réagi avec démesure. La petite fille allait bien, les gens le voyaient comme un héros. Ils avaient même applaudi, comme elle, une fois que tout était rentré dans l'ordre.

Alors pourquoi ne pouvait-elle pas bénéficier, elle aussi, des retombées de cet épisode ? Apparemment, Rex était le seul à qui cela posait problème.

Il pourrait au moins reconnaître qu'elle avait une campagne à mener, à laquelle il avait accepté de collaborer — de mauvaise grâce, certes, mais après tout avait-il le choix ? Au moins était-elle parvenue à ce qu'il soit un peu mieux coiffé et un peu mieux habillé. Sans pour autant toucher à sa personnalité, son image se rapprochait davantage de celle d'un chirurgien qualifié que d'un motard rebelle. Cela dit, il n'acceptait jamais d'emblée ce qu'elle lui proposait. Devoir se battre à la moindre occasion était épuisant.

Elle soupira.

Pourquoi tous les hommes à qui elle avait affaire avaient-ils aussi mauvais caractère ? Son père, Lou, et maintenant Rex Maxwell.

Elle remonta le large couloir menant à la chambre de son père. Était-ce lui qui avait choisi sa chambre ou le personnel de la résidence qui avait décidé de lui attribuer une chambre au fond du couloir ?

C'est vrai qu'il avait mauvais caractère. Mais c'était son père, et elle l'aimait.

Elle était suffisamment grande, au moment de l'accident, pour s'en souvenir en détail. Sa mère, en pleurs pendant des journées entières, faisait la navette entre la maison et l'hôpital. Son frère et sa sœur cadets n'avaient pas vécu la tragédie comme elle. Leur père n'était rentré qu'au bout de plusieurs mois, pendant lesquels toutes sortes de gens avaient défilé à la maison : d'abord des amis puis des ouvriers venus faire des travaux pour élargir les portes, refaire la salle de bains et installer une rampe sur les marches du perron.

Rien n'avait plus jamais été pareil. Pendant le long séjour de leur père à l'hôpital, leur mère avait trouvé un travail pour subvenir à leurs besoins. Et c'est elle, l'aînée, qui s'était occupée de ses frère et sœur. Puis elle avait appris à changer les pansements de son père, à lui donner ses médicaments et à l'assister chaque fois qu'il en avait besoin. Il était devenu totalement dépendant d'elle. Et elle avait toujours été là pour lui.

Il avait beau avoir perdu l'usage de ses jambes, il était demeuré l'autorité de la famille. Pas un jour ne passait sans qu'il explique que les médecins lui avaient pris les jambes au lieu de les lui sauver. Qu'ils avaient gâché sa vie.

Elle avait appris ainsi à se méfier de toute personne ayant un lien proche ou éloigné avec le milieu médical. Ce que son père disait était forcément vrai. Jamais elle n'aurait pensé le remettre en question.

Puis, sans qu'elle s'en rende compte, il était devenu de plus en plus exigeant et de plus en plus malheureux. Il s'était mis à boire. Elle avait mis des années avant de comprendre que les doses de médicaments qu'il prenait étaient trop élevées.

Avant l'accident, il avait de bonnes compétences en informatique et en électronique, mais il n'avait rien fait, ensuite, pour retrouver et garder un travail, et avait même refusé les formations professionnelles qu'on lui proposait. La vie à la maison s'était alors dégradée au point que leur mère l'avait quitté, emmenant les deux plus jeunes.

Tiffani avait été dévastée à l'idée d'être séparé de ses frère et sœur, mais elle n'avait pas eu le cœur d'abandonner son père. Il avait tellement besoin d'elle. Si elle partait, qui s'occuperait de lui ?

Une fois adulte, c'était la seule de la fratrie à continuer à lui rendre visite. Elle l'aidait même à payer le loyer de la résidence.

Elle arriva devant la porte et frappa.

— Entrez ! dit-il d'une voix bourrue.

Pour une fois, il n'était pas allongé dans son lit, mais assis dans son fauteuil roulant. Combien de fois avait-elle insisté pour qu'il s'en serve, en vain ? Il ne voulait pas non plus entendre parler des prothèses qu'elle lui avait fait faire.

« Si ces maudits médecins n'avaient pas sacrifié mes jambes, je n'aurais pas besoin de ces trucs-là ! » répétait-il à l'envi.

— Bonjour papa ! C'est super de te voir levé ! Comment vas-tu, aujourd'hui ?

— Bonjour, ma fille. Mais qu'est-ce que tu as fichu ? Ça fait une demi-heure que je t'attends !

— Je travaillais. J'ai un nouveau client pour une campagne.

Pourvu qu'il ne pose pas de questions ! Elle ne tenait pas à lui avouer qu'elle travaillait pour le compte d'un hôpital, avec un médecin, de surcroît. Elle imaginait déjà sa réaction.

Mais l'intérêt de son père pour son travail était limité.

— Il faut que tu changes le pansement sur ma main, dit-il, fidèle à lui-même, en tendant le bras.

— Qu'est-ce qui t'est arrivé ?

— J'ai voulu suivre tes conseils et essayer ce fauteuil. Maintenant, à cause de toi, j'ai des ampoules.

Comme si elle y était pour quelque chose ! Avec lui, c'était toujours la faute des autres. Au moins avait-il fait l'effort d'utiliser le fauteuil roulant.

— Tu sais qu'il y a des infirmières, ici, qui peuvent te faire tes pansements.

— Mais elles les font mal.

Elle leva les yeux au ciel.

— Montre.

— Il y a que toi qui t'occupes bien de moi, dit-il d'une voix radoucie.

Elle soupira et déposa un baiser sur son front.

— Je t'aime, papa, dit-elle avant de prendre soin de ses ampoules. Voilà, c'est fait.

Son père leva la main et la fit tourner.

— Pas trop mal, dit-il en guise de remerciement. Tu dînes avec moi ?

C'était un ordre plus qu'une question.

— En fait, j'ai déjà mangé.

— Ah bon ? Mais je pensais que tu resterais dîner avec moi, dit-il d'un ton geignard.

— J'étais avec un client. Il fallait que je lui parle.

— Qu'est-ce que tu avais de si important à lui dire ?

C'était bien la première fois que son père témoignait un quelconque intérêt pour ce qu'elle faisait quand elle n'était pas avec lui. En général, elle se mettait à lui parler de son travail pour détourner son attention de ce sur quoi il était en train de râler.

— Je voulais lui rappeler ce qu'il avait à faire.

— Tu me caches quelque chose ? dit-il en la dévisageant d'un air suspicieux.

Son père n'avait pas son pareil pour lire dans les pensées. Même autrefois, quand il était complètement soûl, il sentait d'emblée si l'un de ses enfants lui mentait.

— Non, rien, répondit-elle en rangeant les pansements dans un tiroir.

— Alors pourquoi éludes-tu la question ?

Elle se retourna et le regarda droit dans les yeux.

— Parce que je fais une campagne pour le Metropolitan Hospital.

Elle vit le choc, l'incrédulité et la colère s'afficher alternativement sur son visage. Puis il devint tout rouge et s'agrippa aux bras du fauteuil comme s'il allait se lever.

— Quoi ? Tu travailles pour ceux qui m'ont pris mes jambes ? Comment peux-tu me faire une chose pareille ?

— Papa, cela n'a rien à voir avec toi. Je fais mon travail, c'est tout.

— Tu vas faire croire que ce sont des gens bien, alors qu'en vérité… Tu sais bien comment ils traitent les gens, comment ils m'ont traité, moi ! Tu es passée à l'ennemi !

Il fallait qu'il se calme avant qu'une infirmière vienne frapper à la porte pour voir ce qui se passait. Elle ne voulait pas qu'il soit renvoyé de la résidence.

— Je suis désolée, papa. Je savais que tu ne serais pas content, mais cette campagne est importante pour ma carrière.

Il recula autant qu'il le put dans l'espace confiné de sa chambre.

— Tu sais bien qu'on ne peut pas faire confiance aux médecins. Il ne faut pas que tu les écoutes.

— Ne t'inquiète pas, je travaille avec un seul médecin.

— Je le connais ? demanda-t-il brusquement.

L'accident datait, et les médecins que son père avait fréquentés étaient probablement tous à la retraite, à présent. Elle ne prenait pas un grand risque à donner son nom.

— C'est le Dr Rex Maxwell.

Son père se tut un instant.

— Ce n'est pas celui qui est passé aux informations et qui a été mis en cause pour faute ? Il y a eu un procès...

Son père suivait les actualités. Il ne manquait plus que cela.

— Si, c'est lui.

— Tu te rends compte, Tiffani ? Comment peux-tu travailler avec un type comme ça ?

On frappa, et un employé de la résidence passa la tête dans l'entrebâillement de la porte.

— Tout va bien ? demanda-t-il, l'air soucieux.

— Oui, tout va pour le mieux, si ce n'est que ma fille est une traîtresse ! rétorqua son père avec grandiloquence.

Le lendemain, en milieu de matinée, Rex écouta les messages sur son répondeur. Comme il s'y attendait, Tiffani lui en avait laissé un. Elle annonçait qu'elle était à l'hôpital en compagnie du photographe et lui demandait de la rappeler dès qu'il aurait pris connaissance du message.

Et s'il ne rappelait pas ?

Non, Tiffani partirait à sa recherche. Elle le traquerait jusqu'au bloc, s'il le fallait. Ce ne serait pas la première fois.

L'épisode de la veille, au café, ne l'avait pas fait remonter dans son estime. L'idée qu'elle ait pensé se servir de ces photos pour sa campagne lui laissait un goût infect dans la bouche. Il ne sauvait pas la vie des gens pour passer à la télévision ou se montrer sur les réseaux sociaux. Il avait fait ce que n'importe quel médecin aurait fait à sa place. Son travail consistait à sauver des vies. L'opportunisme de Tiffani l'avait ulcéré.

Et il n'avait pas bien compris son allusion à son métier. Qu'avait-elle contre les médecins ?

Cette campagne faisait décidément écho à ce qu'il avait subi dans son enfance et le mettait mal à l'aise. Déguiser la réalité allait à l'encontre de la promesse qu'il s'était faite de rester lui-même coûte que coûte, et de faire preuve de franchise et d'honnêteté. Le Metropolitan Hospital était un excellent établissement ; et lui, un excellent chirurgien. Pas besoin d'une campagne pour le prouver. Comment s'était-il fait embarquer dans cette mascarade ?

Il finit par répondre.

OK.

Ce à quoi elle répondit.

Nous sommes dans la salle de conférences du service administratif.

Rex grogna.

Je dois retourner au bloc dans 30 minutes.

Lorsqu'il entra dans la salle de conférences, Tiffani fonça droit sur lui. Elle portait un pantalon assez moulant et une chemise ample et aérienne, très féminine. Malheureusement, ses cheveux étaient encore tirés en un chignon plaqué à l'arrière de sa tête. Mais ils avaient beau ne pas être sur la même longueur d'onde, il devait admettre que quelque chose en elle l'attirait et lui donnait envie de se rapprocher d'elle. Ou au moins de la voir avec les cheveux détachés.

La salle avait été transformée en studio. La table et les chaises avaient été déplacées contre le mur et remplacées par une caméra juchée sur un trépied, des projecteurs, une vue de l'hôpital en toile de fond et un certain nombre d'accessoires. Outre Tiffani, un homme avec une barbe hirsute et deux autres personnes s'agitaient dans la pièce, probablement le photographe et ses assistants.

— Je ne m'attendais pas à un tel déploiement de moyens, dit-il.

Tiffani, elle, semblait ravie et tout à fait dans son élément.

— Docteur Maxwell, je vous présente Luke Johnson, dit-elle quand le photographe approcha.

— Vous pouvez m'appeler Rex, dit-il en tendant la main.

— Enchanté. J'ai compris que votre temps était compté. Je vais faire quelques clichés de vous en blouse avant que vous vous changiez.

— Que je me change ? s'exclama-t-il en se tournant vers Tiffani.

— Vous mettrez les vêtements que nous avons achetés hier, dit-elle, inflexible.

Avait-il le choix ?

— Placez-vous là, si vous le voulez bien, suggéra Luke.

— Ce n'était pas censé prendre de telles proportions, murmura-t-il avant de se diriger vers le décor.

— Je vous assure que c'est important, répondit-elle.

Pendant quelques minutes, il suivit les instructions que lui donnait le photographe. Les bras ballants, croisés sur la poitrine, dans le dos, avec le sourire, sans sourire...

Tiffani intervenait en faisant des commentaires, en lui donnant elle-même des indications après avoir regardé dans l'objectif de l'appareil. De temps à autre, elle posait la main sur l'épaule de Luke, comme s'ils se connaissaient depuis toujours. Luke était un homme avec qui elle travaillait — comme lui —, mais l'attention qu'elle lui accordait l'agaçait.

Il en eut rapidement assez d'être pris en photo et, surtout, de la familiarité de Tiffani avec cet homme. Ce qui, en soi, était contrariant : pourquoi se souciait-il de la relation que Tiffani pouvait entretenir avec le photographe alors qu'elle ne l'intéressait pas plus que cela ?

— Super ! s'exclama Luke en éloignant le visage de l'objectif. On peut passer aux vêtements de ville.

La séance était loin d'être terminée. Il allait encore faire le mannequin pendant que Tiffani et Luke chuchoteraient sous son nez, collés l'un à l'autre.

— Vous pouvez vous changer là, dit Tiffani en indiquant un angle de la salle.

— Je n'ai plus le temps. Je dois retourner au bloc, répondit-il sans s'efforcer de dissimuler son agacement.

— Ce ne sera pas long, dit-elle en jetant un coup d'œil sur l'horloge murale. D'après le planning que le Dr Nelson m'a donné, nous avons encore vingt minutes.

— Cela ne vous a pas suffi ?

— Il nous faut des clichés en tenue de ville. Autant faire toutes les photos d'un coup pour ne pas avoir à faire revenir Luke. Les vêtements sont derrière le paravent. Dites-nous quand vous serez prêt.

Elle ne se fatiguait donc jamais ? Ce n'était pas son problème à lui si Luke avait à revenir. Elle ne se demandait pas si cela le dérangeait de faire passer ses patients après une séance photo. Non, c'était *son* travail, *sa* campagne avant tout. Comme la veille, au café.

Cette femme ne se laissait intimider par rien. Lui qui avait l'habitude d'être écouté et admiré se confrontait, peut-être pour la première fois de sa vie, à quelqu'un qui lui résistait.

Il lui jeta un rapide coup d'œil. Elle regardait avec Luke les photos qu'il venait de prendre. Leurs têtes se touchaient presque.

Rex passa derrière le paravent. Plus vite il se changerait, plus vite cette comédie se terminerait.

Il enfila un pantalon de toile et une chemise bleu ciel. À son grand soulagement, il n'y avait pas de cravate, seulement une ceinture en cuir brun accrochée à un cintre.

Lorsqu'il sortit de la cabine d'essayage improvisée, Tiffani le regarda de la tête aux pieds avant de hocher la tête, manifestement satisfaite.

— Replacez-vous devant le fond, dit Luke en réglant son appareil.

Rex se remit à faire ce qu'on lui demandait, dissimulant tant bien que mal son exaspération, étonné, même, de parvenir à sourire sur commande.

Puis Luke s'interrompit et s'étira. Rex soupira de soulagement, mais un regard en direction de Tiffani suffit à anéantir ses espoirs d'en avoir terminé avec la pose.

— Il manque quelque chose, dit-elle après quelques instants de réflexion.

Son visage s'illumina soudain.

— Je sais ! Anna, pouvez-vous m'apporter le stéthoscope, s'il vous plaît ?

L'assistante s'exécuta.

Tiffani, totalement prise par sa tâche, semblait le considérer comme un pantin qu'elle pouvait manipuler à sa guise et à qui elle pouvait demander n'importe quoi. De toute évidence, elle n'avait rien à faire de lui et s'intéressait moins à l'humain qu'elle avait en face d'elle qu'à l'objectif qu'il lui permettrait d'atteindre.

Elle s'approcha de lui et lui passa le stéthoscope autour du cou en se hissant sur la pointe des pieds. Il sentit sa poitrine effleurer son torse et scruta son visage tandis qu'elle arrangeait le stéthoscope sur son col.

— Mon rythme cardiaque s'accélère, pas le vôtre ? murmura-t-il.

Elle écarquilla les yeux et le dévisagea. Il la sentit vaciller et posa les mains sur sa taille. Elle se rattrapa en s'accrochant à ses épaules. Il s'ensuivit quelques instants d'une tension palpable puis elle s'écarta de lui, le rose aux joues.

— Attention ! Le trépied ! s'écria Luke.

Tiffani fit un écart pour éviter l'appareil photo. Chancelante, elle alla se placer près du photographe qui se remit à le mitrailler.

— Anna, dit-elle quelques instants plus tard, voudriez-vous changer le stéthoscope de place pour qu'il soit moins symétrique de chaque côté du visage, s'il vous plaît ? Tirez-le un peu à droite. Voilà...

Rex lui jeta un coup d'œil entendu. Elle n'osait plus l'approcher. Il l'avait déstabilisée. Enfin.

Anna s'éloigna.

— C'est bon, je crois qu'on a la bonne, cette fois, dit Luke avec enthousiasme.

— Tant mieux, parce que nous n'avons plus le temps, dit Tiffani.

— Je pense que tu vas trouver ton bonheur dans cette dernière série, Tiffani, dit Luke en l'invitant à regarder les derniers clichés.

Rex se faufila derrière le paravent et se changea. Lorsqu'il quitta la salle, Tiffani ne dit rien. Il prit la direction du bloc et sourit. Il ne faisait aucun doute que Tiffani Romano se souviendrait de cette séance photo pendant longtemps.

4

Deux jours s'étaient écoulés depuis la séance photo. Tiffani n'avait pas revu Rex, mais elle n'avait cessé de repenser à cet instant où elle s'était retrouvée contre lui, électrisée par une tension sexuelle qu'il avait nettement perçue, lui aussi, à la façon dont il l'avait regardée. Elle en avait perdu l'équilibre et avait failli renverser le trépied de Luke.

Cet homme était incroyablement séduisant, mais il ne fallait pas qu'elle se laisse déstabiliser. La campagne était trop importante. Sans compter qu'elle savait où la mènerait ce genre d'attraction : au malheur. Car il était évident que Rex jouait avec elle. Comme Lou en son temps.

Pourtant, l'espace de quelques secondes, elle s'était sentie scandaleusement vivante. Et flattée, pour être honnête.

En dépit de l'état d'agitation dans lequel l'avait plongée cet épisode, elle avait abattu une énorme quantité de travail en deux jours. Le projet avançait bien, malgré la réticence du principal intéressé. Luke avait promis de lui envoyer les photos dès que possible. L'entreprise d'affichage pouvait mettre trois espaces publicitaires à sa disposition, sur lesquels Rex apparaîtrait, plus vrai que nature, devant une jolie vue du Metropolitan Hospital. Elle avait également organisé deux passages à la télévision, dans des émissions du matin. Il fallait générer le plus de réactions positives possible dans les médias traditionnels et sur les réseaux sociaux.

Elle prit son portable et envoya un texto à Rex.

Pouvez-vous me retrouver demain matin, 9 heures, à l'hôpital ? J'ai pris rdv pour une séance photo dans un centre médical.

Son portable vibra une demi-heure plus tard.

OK. Mais je choisis le centre.

Lequel ? Je dois donner l'adresse au photographe.

Pas de photos.

Elle ne tenta même pas de le faire changer d'avis. Au besoin, elle se débrouillerait avec son smartphone. L'effet n'en serait que plus naturel. Parfait pour ce qu'elle avait en tête.

Le lendemain, elle venait de se garer sur le parking de l'hôpital et se dirigeait vers l'entrée lorsqu'un klaxon la fit sursauter. Elle se retourna. Une vieille camionnette orange roulait droit sur elle. Elle s'écarta. Le chauffeur klaxonna de nouveau. Elle le reconnut : c'était Rex.

Il ralentit à sa hauteur et se pencha par la vitre.

— Salut, beauté ! Montez, je vous emmène !

Son cœur se mit à battre plus rapidement. Elle lui adressa un regard dépité.

— C'est vous qui m'avez dit que la moto faisait mauvais genre, dit-il en riant.

— Je ne suis pas sûre que ce soit un progrès.

— Ne dites pas de mal de Bessie, dit-il en tapotant affectueusement la portière. Elle peut vous emmener partout. Allez, détendez-vous et préparez-vous à de nouvelles aventures.

Il fit vrombir le moteur.

— Vous voyez comme elle est impatiente de partir.

Tiffani éclata de rire.

— D'accord, mais juste pour cette fois, alors.

Il se pencha pour ouvrir la portière passager. Elle monta à bord, se félicitant d'avoir mis un jean.

— Bessie est votre véhicule de rechange, quand vous ne conduisez pas votre moto ?

— Non. Je l'ai empruntée à un copain juste pour vous. À la façon dont vous avez regardé ma moto, l'autre jour, je me suis douté que vous ne monteriez pas dessus.

En cela, il n'avait pas tort. Après ce qui était arrivé à son père, elle ne risquait pas d'enfourcher une moto.

— Bien vu. Où allons-nous ?

— Dans un dispensaire, à High Water, répondit-il en sortant du parking.

— Sérieusement ?

— Oui.

High Water était un quartier de la ville connu pour sa pauvreté et sa délinquance. Pourquoi avait-il choisi une telle destination ? Peu importait. Ce ne serait pas mauvais pour son image. Elle imagina les gros titres :

UN CHIRURGIEN ÉMINENT DU METROPOLITAN HOSPITAL EN VISITE À HIGH WATER.

— Pourquoi High Water ?

— Parce qu'ils ont besoin d'aide, répondit-il calmement sans quitter la route des yeux.

Elle tourna la tête. Ses mains tenaient fermement le volant. Le souvenir de ces mains grandes et fortes posées sur sa taille était encore vif. Cette pensée provoqua une vague de chaleur dans son corps. Mais elle se ressaisit.

— Que faites-vous de votre temps libre, en général ? demanda-t-elle d'un air dégagé.

— Cette question est d'ordre professionnel ou personnel ?

— Les deux, sans doute. J'ai juste envie de faire plus ample connaissance avec vous, répondit-elle avec sincérité.

— La plupart du temps, je suis au centre.

— Pardon ?

Il changea de file pour prendre la sortie suivante.

— Je travaille au centre médical de High Water, que j'ai créé avec deux autres confrères.

— Vous vous moquez de moi ! dit-elle en se tournant vers lui.

— Vous n'avez pas l'air d'avoir une très haute opinion de moi. Vous savez, Tiff, qu'il ne faut pas croire tout ce que racontent les journaux, dit-il sur un ton badin.

Il avait fondé un centre médical dans un quartier défavorisé, et elle n'en savait rien ? Comment était-elle passée à côté d'un élément aussi important ? Et depuis quand l'appelait-il Tiff ?

— Je ne savais rien de vos liens avec ce centre médical, dit-elle.

Il quitta l'autoroute, s'arrêta à un feu rouge et se tourna vers elle.

— Ce n'est pas de notoriété publique, et je souhaiterais que cela reste ainsi.

— Mais c'est une info idéale pour votre image, et qui fera sensation à la télévision, dit-elle, emplie d'espoir.

Décidément, cette campagne prenait un tour inattendu, au-delà de tout ce dont elle aurait pu rêver.

Rex fronça les sourcils.

— Je vous en prie, ne faites pas ça. Ces gens sont méfiants. Il nous a fallu du temps pour nous faire accepter. S'ils voient débarquer des journalistes qui les assaillent de questions, il faudra des années avant qu'ils reviennent se faire soigner au centre.

— Dans ce cas, pourquoi m'y emmenez-vous ?

— J'avais envie que vous me voyiez tel que je suis. Que vous ne me réduisiez pas à un projet de campagne sans intérêt ou à un docteur rebelle sur une grosse cylindrée.

Il grimaça.

— Ou parce que vous vouliez que nous allions dans un centre médical et que j'avais déjà prévu de venir ici, ajouta-t-il. Tout ce que je vous demande, c'est de faire preuve de respect envers ces gens.

— Cela va de soi.

Pour qui la prenait-il ? Donnait-elle vraiment l'impression de ne pas se soucier des gens ?

Quelques minutes s'écoulèrent en silence, avant qu'ils pénètrent dans un quartier où elle ne s'était jamais aventurée et où s'alignaient des maisons abandonnées et des magasins fermés. De l'herbe poussait dans les lézardes, et des papiers jonchaient les trottoirs. Elle s'efforça d'ignorer ce qu'on disait de cette zone dont le taux de criminalité était le plus élevé de la ville et qui faisait fréquemment la une des nouvelles locales pour des histoires de drogue et de règlements de comptes. Il y avait de quoi s'inquiéter, et pourtant elle n'avait pas peur, comme si la présence de Rex la protégeait quoi qu'il arrive.

Il arrêta la camionnette sur ce qui ressemblait au parking d'une supérette. Quelques personnes étaient rassemblées devant une vitrine recouverte de papier jusqu'à mi-hauteur. Sur un bloc de béton, on pouvait lire l'inscription :

Centre médical de HIGH WATER

Rex descendit et fit le tour pour lui ouvrir la portière. Tiffani accepta son aide et descendit à son tour en s'appuyant sur son bras, dont le contact provoqua un effet qu'elle jugea indésirable.

Il n'y avait aucune place dans sa vie pour ce genre de réaction. Rex Maxwell était un client — et même si ça n'avait pas été le cas, elle n'avait aucune envie de revivre une catastrophe.

— Merci, se contenta-t-elle de dire, touchée par sa galanterie.

— Je vous en prie. Allez, venez. On nous attend.

Ils marchèrent côte à côte jusqu'à l'entrée du bâtiment, contournèrent le petit groupe de personnes qui saluèrent chaleureusement Rex. Il n'était peut-être pas le médecin égocentrique qu'elle imaginait, après tout.

— Le centre n'ouvre pas avant 9 h 30, le samedi, mais quand on arrive, il y a déjà la queue, expliqua-t-il avec une pointe de fierté dans la voix.

Ils entrèrent dans une grande salle sombre. Des chaises dépareillées étaient alignées contre le mur, et juste à l'entrée se trouvait un bureau en métal gris qui avait connu des jours meilleurs, auquel était assise une femme ronde d'une cinquantaine d'années.

— Vous êtes très en beauté, ce matin, Louise, dit Rex avec un grand sourire.

— Gardez votre énergie pour des choses utiles, répondit-elle en rougissant, néanmoins. Cette journée s'annonce chargée.

— Plus que d'habitude ? dit Rex sans se départir de son humeur badine.

— Le Dr Bruster n'a pas pu se libérer aujourd'hui. Et nous allons manquer d'infirmières. Ronda ne peut pas venir. Amanda est là, avec le Dr Bishop qui vient de prendre un patient.

Il n'eut pas l'air contrarié pour autant et sembla accepter la nouvelle comme elle se présentait. Il se tourna vers elle.

— Je suis désolé, mais le devoir m'appelle.

Il posa la main sur son bras.

— Je vous ramènerai à l'hôpital dès que je pourrai. En attendant, vous pourrez voir comment fonctionne un centre médical géré par des bénévoles : avec autant d'enthousiasme que d'efficacité.

— C'est à peu près ça, dit Louise en pouffant.

Curieusement, elle ressentit le contact de sa main longtemps après qu'il l'eut retirée de son bras. Puis elle prit conscience qu'il parlait toujours.

— Louise, je vous présente Tiffany Romano. Tiffani, voici Louise Townsend, le ciment de ce centre médical.

— Enchantée, Tiffani, dit-elle sans cesser de sourire.

Elle tourna la tête vers Rex.

— Allez, docteur, cessez de dire des bêtises et mettez-vous au travail !

— Tiffani, vous pouvez rester là ou vous installer sur la table, au fond. Encore une fois, je suis désolé.

Elle réfléchit un instant. Si elle restait assise dans son coin, elle aurait l'impression de perdre son temps. Il serait plus intéressant de voir Rex à l'œuvre.

— Est-ce que ça vous dérange si je viens avec vous ?

Il la regarda, l'air étonné.

— Vous êtes sûre ? Je ne suis pas certain que ce soit très intéressant.

— Certainement plus que de rester assise dans le fond d'une salle.

— Comme vous voulez. Je dois juste demander leur accord aux patients.

— Tenez, votre premier patient, dit Louise en lui tendant une fiche.

Rex parcourut la fiche des yeux puis alla ouvrir la porte d'entrée.

— Madame Guzman ?

Une femme d'origine sud-américaine aux cheveux gris avança

péniblement vers le centre. Sa jambe était enveloppée dans un morceau de tissu.

Rex se précipita pour l'aider et la conduisit dans l'une des salles de consultation aménagées dans le bâtiment. Elle accepta que Tiffani assiste à l'examen.

Tiffani se demanda soudain si elle avait pris une bonne décision. Cette situation était vraiment inédite pour elle qui, toute sa vie, avait évité autant que faire se pouvait la fréquentation du milieu médical. Se retrouver « coincée » dans un centre, tributaire de l'emploi du temps d'un médecin, la faisait vraiment sortir de sa zone de confort.

Elle s'était imaginé, en accompagnant Rex au centre, qu'elle prendrait quelques photos de lui posant avec un patient ou deux, pas qu'elle serait enfermée avec lui dans une salle d'examen pendant ses consultations.

Peut-être pourrait-elle tout de même prendre quelques clichés en douce...

La situation ne semblait pas réjouir Tiffani, mais elle n'avait pas exigé de partir, ce en quoi elle venait de gagner des points. Elle allait donc assister en direct à quelques heures dans la journée d'un médecin. Il lui jeta un coup d'œil par-dessus son épaule. C'était une femme étonnante : intelligente, déterminée — parfois trop — et, à présent, presque trop agréable pour son confort personnel. Si cela continuait, il risquait de l'apprécier bien davantage qu'il ne le devrait.

Pourvu, en revanche, qu'elle ne se serve pas de cette visite pour sa campagne de communication. Il avait fallu des années pour que les gens acceptent la présence de ce centre médical dans leur quartier. La moindre indélicatesse pouvait compromettre leur confiance. Il aurait sans doute été plus simple de lui laisser choisir elle-même un établissement, mais son ego en avait décidé autrement.

— Que vous est-il arrivé ? demanda-t-il à sa patiente après l'avoir aidée à s'asseoir.

— Je me suis brûlée.

— Je vais regarder ça et puis j'irai chercher mon bloc-notes.

— Je peux écrire, si vous voulez, intervint Tiffani.

Il hésita, sous le coup de la surprise, avant d'accepter.

— Si vous voulez. Vous trouverez un bloc et un stylo dans ce tiroir.

Il se tourna vers sa patiente et retira le tissu avec lequel elle avait pansé sa blessure. La peau était rouge, et des vésicules s'étaient formées.

— Comment vous êtes-vous fait ça ?

— J'étais levée de bonne heure, ce matin, pour faire mes conserves de tomates. Quand j'ai voulu mettre la marmite dans l'évier, je l'ai cognée contre la table et j'ai reçu l'eau bouillante sur ma jambe. J'aurais dû faire plus attention, dit-elle en secouant la tête.

— Tiffani, écrivez : « Mme Guzman, brûlure au deuxième degré, tibia droit. »

Puis il poursuivit l'examen.

— Il faut que je nettoie la plaie et que je mette un pansement propre. Je vais chercher ce qu'il faut et je reviens.

— Je peux aller chercher le matériel, si vous voulez, proposa Tiffani.

Surpris, il tourna la tête vers elle.

— Si vous me dites où je peux le trouver, répondit-elle d'un air assuré.

— Au fond du couloir, sur la droite, il y a un lavabo et des armoires. Le savon liquide et la solution saline sont posés sur la paillasse. Prenez aussi la cuvette en plastique, sous le lavabo.

Tiffani glissa le bloc et le stylo dans la poche arrière de son jean et sortit.

— Et, à part cette brûlure, comment allez-vous ? demanda-t-il à la patiente, avant de procéder à un examen plus général.

Tiffani revint avec la cuvette et les produits.

Il ne faisait pas de doute qu'elle allait bientôt vouloir appeler un taxi pour rentrer. Ce en quoi il ne lui en voudrait pas.

— Madame Guzman, mettez votre pied dans la cuvette. Je vais nettoyer votre plaie. Tiffani, pouvez-vous noter : « Lavage de la plaie au savon et à la solution saline » ?

Elle hocha la tête, puis sortit de la pièce. En avait-elle assez ?

Il enfila des gants et, tout en indiquant à la patiente les gestes qu'il s'apprêtait à faire, nettoya la plaie à l'aide de gaze et de savon en veillant à ne pas percer les vésicules.

— Voilà, il faut attendre que ça sèche avant de mettre un pansement.

— Je peux faire le pansement, si vous voulez, dit Tiffani qui était revenue sans qu'il s'en aperçoive. Vous pouvez me faire confiance, j'ai une grande expérience en la matière.

— Les pansements sont dans le troisième tiroir, dit-il en indiquant un petit meuble.

Décidément, cette femme était pleine de surprises. De bonnes surprises, puisqu'il allait pouvoir employer ce temps pour commencer à examiner le patient suivant.

— Votre prochain patient vous attend, dit Tiffani, comme si elle avait lu dans ses pensées.

Était-elle allée le chercher ? Il la savait efficace et concentrée mais...

— Madame Guzman, revenez la semaine prochaine. En attendant, il faut que votre plaie reste propre et bien protégée. Tiffani vous donnera quelques pansements. D'accord ? dit-il en souriant.

La patiente hocha la tête.

— Le plus important, c'est que la plaie reste propre et sèche.

Il la salua et la laissa en compagnie de Tiffani.

Jamais il n'aurait imaginé un tel scénario. Où Tiffani avait-elle appris à faire les pansements au point de proposer de s'occuper de la vilaine plaie de Mme Guzman ? Alors qu'elle n'était pas infirmière de métier.

Son deuxième patient était un petit garçon de deux ans, Johnny, dont la mère avait l'air effrayée.

— Que lui arrive-t-il ? demanda-t-il en s'accroupissant à hauteur de l'enfant.

— Il pleure tout le temps et tire sur ses oreilles. Il veut toujours que je le porte.

— Je vais l'ausculter. Installez-le sur la table, si vous voulez bien.

Il examina le petit garçon et posa un diagnostic sans équivoque.

— Il a une double otite. Il faut qu'il prenne des antibiotiques. Je peux vous donner quelques doses, mais vous devrez aller acheter le reste à la pharmacie. Vous pourrez ?

La mère hocha la tête.

Quelques instants plus tard, Tiffani entra, le bloc-notes à la main. Elle n'avait pas traîné.

Il s'approcha d'elle. Le parfum frais et fleuri qu'il avait senti quand elle était montée dans la camionnette parvint à ses narines.

— Vous pouvez noter…

— Je suis en train, le coupa-t-elle.

Il sortit de la salle de consultation. Elle le suivit.

— Merci pour votre aide, dit-il.

Le compliment sembla la toucher.

— Je préfère m'activer que rester les bras ballants. Et comme ça, je vous vois en action, dit-elle en continuant à griffonner.

— Je vais chercher des antibiotiques pour le petit Johnny. Voulez-vous appeler le prochain patient ?

— C'est fait. Ils vous attendent dans l'autre salle.

Il secoua la tête, incrédule, et la dévisagea. Il adorait ce genre de femme, prête à retrousser ses manches quand il le fallait.

— Merci. Votre aide est très précieuse.

Elle sourit et haussa les épaules.

— La chargée de relations publiques s'est métamorphosée en infirmière.

— Cela ne risque pas d'arriver.

Pourtant, elle semblait aussi compétente dans un domaine que dans l'autre. Mais peut-être n'aimait-elle pas la vue du sang ou des aiguilles.

Il donna les médicaments et les instructions à la mère du petit garçon et entra dans la salle adjacente pour examiner le patient suivant. Quand il en sortit, il croisa Tiffani dans le couloir.

— Je vais ranger la salle de consultation de Mme Guzman, dit-elle. Dites-moi ce que je dois noter au sujet de votre dernier patient.

Ils travaillèrent ainsi, main dans la main, pendant l'heure qui suivit, au cours de laquelle il parvint à voir cinq autres patients. Mais plusieurs heures leur furent nécessaires pour venir à bout de la file d'attente. Grâce à l'aide de Tiffani, tout fut plus rapide et plus fluide.

— Je vais vous raccompagner, dit-il quand elle s'approcha de lui.

— Mais il faut retranscrire les notes que j'ai prises, non ?

Une mèche de ses cheveux s'était échappée de son chignon. Il tendit la main et la replaça derrière son oreille.

Elle le fixa dans les yeux. Elle avait quelque chose de vulnérable, d'accessible qu'il voyait en elle pour la première fois. Son regard glissa sur ses lèvres. Que se passerait-il s'il l'embrassait ?

— Vous ne réussirez peut-être pas à me relire, dit-elle d'une voix qui trahissait un léger trouble.

— Quelle ironie ! D'habitude, ce sont les médecins qu'on ne peut pas relire.

— C'est vrai. L'excuse que j'ai, c'est que j'ai dû écrire vite et debout. Quelle est la vôtre ?

— Sachez que j'écris plutôt pas mal, pour un médecin. Mais vous êtes sûre que vous ne voulez pas rentrer maintenant ?

— Je ne suis pas pressée, dit-elle d'un air absent.

— Ne me dites pas que vous ne sortez pas ce soir ! Nous sommes samedi.

— Non. Je ne sors pas ce soir. Pas plus que les autres soirs, d'ailleurs.

Elle eut l'air surprise, comme si ses propres mots lui avaient échappé.

— Je pensais qu'une femme aussi séduisante que vous serait occupée tout le week-end. Dans ce cas, venez, on va s'installer là-bas. Vous voulez boire ou manger quelque chose ? Il y a un distributeur. Désolé, je n'ai que cela à vous proposer. Voulez-vous un soda ? Des crackers ?

— Les deux. Mon petit déjeuner est loin, maintenant.

La culpabilité l'assaillit.

— Je suis désolé, mais je n'avais pas prévu de vous retenir ici toute la journée. À charge de revanche.

— Je ne me voyais pas vous laisser en plan dans de telles circonstances. Je me serais sentie mal.

— Là, c'est moi qui me sens mal, dit-il en glissant une pièce dans le distributeur.

— Ne vous inquiétez pas. Je suis contente d'être restée. Cela m'a permis de vous connaître un peu mieux.

— J'espère que cela aura été positif.

— Pour être honnête, je dois avouer que vous m'avez impressionnée. Je vous prenais pour un homme farouche, non conventionnel, qui aime bien dépasser les bornes, mais j'ai découvert que vous aviez un cœur. Et de bonnes manières.

Pour une raison qu'il ignorait, l'entendre lui faire des compliments le toucha. Il revint vers la table où elle s'était installée.

— Vous allez me faire rougir, dit-il en posant la main sur le cœur dans un geste un peu théâtral.

Elle éclata d'un rire spontané et cristallin qui l'émut. Rares étaient les femmes avec qui il avait eu l'occasion de rire spontanément, sans que ce ne soit qu'un prélude au sexe.

C'était agréable de parler avec quelqu'un qui éprouvait sa vivacité d'esprit. En fin de compte, lui aussi était content d'avoir eu l'occasion de la connaître mieux. Il renouait avec le plaisir, qui avait curieusement déserté sa vie.

— Ne me faites pas regretter ce que je viens de dire, dit-elle en pointant le doigt vers lui.

— Je ne vous promets rien, répondit-il en riant à son tour. Allez, montrez-moi ces notes.

Tiffani tira une chaise pour surélever ses jambes. La dernière fois qu'elle était restée debout aussi longtemps était l'été où elle avait travaillé pour une chaîne de magasins. Elle était encore étudiante, à l'époque. Cela dit, elle avait beau avoir mal aux jambes, les heures qui venaient de s'écouler avaient été passionnantes.

Elle s'était rendu compte de la flexibilité dont devait faire preuve un médecin face à des patients dont les histoires et les cas étaient tous très différents. Cette journée au centre lui avait permis de considérer sous un nouveau jour le milieu médical en général.

Et Rex en particulier.

À aucun moment ne s'étaient manifestés chez lui l'arrogance, l'irresponsabilité et le désintérêt dont son père accusait les médecins de faire preuve depuis des décennies. Rex avait témoigné à ses patients, quels qu'ils soient et quel que soit le problème qui les amenaient au centre médical, une prévenance et un professionnalisme de chaque instant. C'était étrange d'imaginer soudain que les médecins n'étaient pas tous à mettre dans le même sac, celui dans lequel son père avait fini par les jeter en bloc en généralisant ce qu'il avait perçu de son propre cas. Rex avait travaillé sans relâche et sans se plaindre une seule fois. Dire qu'il l'avait impressionnée était un euphémisme. Et ce constat aussi la troublait et la poussait hors de sa zone de confort.

Rex posa un sachet de crackers et des boissons sur la table et s'assit à côté d'elle.

Elle lui fit glisser le bloc-notes qu'il feuilleta.

— Nous n'avons pas de dossiers médicaux complets ici ; nous gardons simplement une trace de ce qui est arrivé aux patients et des soins que nous leur avons dispensés. Certains ont des problèmes d'addiction. Il faut faire attention aux ordonnances de médicaments que nous leur prescrivons. À première vue, j'arrive à vous lire.

— C'est Louise qui les tape ?

— Non, je vais les dicter à une autre bénévole.

— Personne n'est payé, ici ? demanda-t-elle en ouvrant le sachet de crackers.

Il secoua la tête.

— Nous ouvrons le centre deux samedis par mois. J'ai toujours peur qu'il n'y ait pas assez de personnel pour ouvrir, mais cela ne s'est jamais produit, jusqu'ici. Cela a failli arriver aujourd'hui, mais grâce à vous ces gens ont pu être pris en charge.

— Appelez-moi Wonder Woman. Non, je plaisante, dit-elle en croquant dans un cracker.

— Moi, je ne plaisante pas, dit-il.

Cette remarque lui mit du baume au cœur. Sa confiance en elle avait été largement écornée lors de sa rupture avec Lou.

Rex reprit sa lecture.

— Cet endroit est incroyable, dit-elle. Et vraiment utile.

— C'est bon de vous l'entendre dire, dit-il d'un air presque absent, avant de relever la tête. Aujourd'hui, c'était relativement calme, mais il y a parfois des blessures par balles et des coups de couteau. Le centre ne désemplit pas, maintenant, mais au début les gens ont mis du temps avant d'oser venir nous voir.

— Je les comprends.

— Comment ça ?

— J'ai grandi dans la méfiance à l'égard des médecins.

Il lui adressa un regard interrogateur.

— Mon père a eu un accident de moto quand j'étais petite. Il a perdu une jambe entière et l'autre, jusqu'au genou. Il est persuadé que les médecins n'ont pas fait ce qu'il fallait sous prétexte qu'il n'avait pas d'assurance maladie. Il a même fait un procès.

— Un procès…, répéta Rex d'un ton où poignait l'amertume.

Elle hocha la tête.

— J'ai donc grandi en remettant les compétences des médecins en question, persuadée qu'on ne pouvait pas leur faire confiance. C'était au point que mon père interdisait à ma mère d'emmener ses trois enfants chez le médecin. Par chance, nous n'étions jamais malades. Et, moi qui étais l'aînée, je suis devenue l'infirmière de service. C'est moi qui ai fait les pansements de mon père pendant des mois.

— Qu'il décide de ne pas aller chez le médecin lui-même, je peux le comprendre, même si je trouve cela idiot, mais qu'il empêche ses enfants d'y aller est dangereux.

— Je sais, mais quand on ne connaît que cela, on ne se pose pas la question.

Il ouvrit sa canette et en but une gorgée.

— C'est de là que vient la réflexion que vous m'avez faite sur mon métier, l'autre jour.

— Sans doute.

— Cela a dû être dur pour vous d'accepter cette campagne pour l'hôpital. Et encore plus de devoir travailler avec un médecin qui venait lui-même de subir un procès.

— C'est vrai que cela faisait un drôle d'écho à ma propre histoire.

— Vous auriez pu refuser, non ? demanda-t-il en la regardant avec une intensité qui la déstabilisa.

— Cette campagne est pour moi l'opportunité d'avoir la promotion que je convoite.

— Je suis dans de beaux draps, dit-il avec ironie.

— Ne vous inquiétez pas. Après vous avoir vu à l'œuvre

aujourd'hui, je suis tout à fait disposée à dire au reste du monde que vous faites un super boulot.

— Vu ce que vous venez de me raconter, je prends cela comme un super compliment, dit-il en lui prenant le sachet de crackers des mains.

Pourquoi, dès qu'il la touchait, elle avait l'impression de pétiller ?

— Votre père est au courant de ce que vous faites ?

— Je le lui ai dit.

— Comment l'a-t-il pris ?

— Comme vous pouvez l'imaginer, répondit-elle en essayant de chasser la tristesse de sa voix.

— Je suis désolé, dit-il avant de boire une nouvelle gorgée de soda.

— Vous n'y êtes pour rien. C'est mon travail, c'est moi qui l'ai choisi.

Il repoussa sa chaise et se leva.

— C'est drôle... Nous avons tous les deux changé de point de vue l'un sur l'autre, dit-il.

Il prit le sachet pour le jeter dans la poubelle, ainsi que sa canette vide.

— Allez, je me dépêche d'aller dicter ça. Je vous ai retenue ici suffisamment longtemps. J'en ai pour une vingtaine de minutes. Il y a peut-être des magazines là-bas.

— Je finis de manger et j'irai voir si Louise a besoin d'aide.

— Je vous revaudrai ça, promis.

— Vous me laisserez prendre des photos ?

Il grimaça.

— Une, alors, transigea-t-il. Et c'est moi qui la choisirai.

— Vous n'êtes pas si désolé que ça, alors.

— Si, mais j'ai trop de respect pour les gens d'ici, déclara-t-il avant de tourner les talons.

Tiffani mangea son dernier cracker et finit sa canette. Puis elle rejoignit Louise à l'avant du bâtiment pour lui proposer son aide.

— Il faut classer ça par ordre alphabétique et les ranger ici, dit Louise en indiquant le classeur situé derrière elle. Où est Rex ?

— Il dicte ses notes.

— C'est vraiment un homme fantastique.

Il l'était, en effet. Beaucoup trop pour qu'elle se sente rassurée.

5

Lorsqu'il eut fini la retranscription des notes, il revint voir Louise. Tiffani était avec elle et classait des fiches.

— Vous n'avez pas eu assez de travail pour aujourd'hui ? demanda-t-il.

— J'ai pratiquement terminé.

— Tiffani peut revenir ici quand elle veut ! s'exclama Louise.

Il doutait que Tiffani ait envie de revenir ici. Elle s'était adaptée à la situation avec beaucoup de gentillesse, mais si elle avait passé une bonne partie de sa journée dans ce centre médical, c'était parce qu'elle y avait été contrainte malgré tout. Elle aurait certainement fait autre chose si elle avait eu le choix.

— Je vais raccompagner Tiffani et acheter à manger. Vous avez déjeuné, Louise ?

— Oui, merci.

— Je serai de retour d'ici une heure.

Tiffani et Louise se saluèrent chaleureusement.

— Vous avez fait bonne impression sur Louise, dit Rex une fois qu'ils furent dehors.

— Je m'entends bien avec les gens, en général. Vous êtes la seule personne avec qui j'aie eu des problèmes depuis longtemps.

Rex s'arrêta net.

— Ah ? Et qui d'autre vous a posé problème ?

— C'est sans importance. Vous vous rappelez que vous m'avez promis une photo ? Et si je vous prenais ici, sous la pancarte du centre médical ?

Il se rembrunit.

— Vous avez promis ! insista-t-elle.

— D'accord, soupira-t-il en se plaçant face à elle.

Elle cadra, mais n'appuya pas sur le déclencheur.

— Vous avez le droit de sourire, vous savez, fit-elle remarquer, pince-sans-rire.

— Je souris.

— C'est un sourire qui ressemble à une grimace.

— Et là, c'est mieux ?

— Un peu mieux, mais je préfère cent fois le sourire que vous avez fait à Johnny, ce matin, quand vous l'avez ausculté.

Avait-elle observé d'aussi près tous ses faits et gestes ?

— Désolé, mais ces sourires-là, je n'en fais qu'un par jour, répondit-il sur le même ton.

Elle appuya sur le déclencheur puis le rejoignit devant la camionnette. Il ouvrit sa portière et s'écarta pour la laisser passer.

— Dommage, cela vous va si bien, dit-elle doucement en s'approchant de lui.

Une vague de chaleur s'empara de lui, et l'idée de l'embrasser lui traversa l'esprit, une fois encore. Soudain, il n'avait plus envie de plaisanter. Seulement de l'embrasser et de la serrer contre lui. De voir si ces lèvres étaient aussi douces et délicieuses qu'elles en avaient l'air.

Mais elle monta et posa la main sur la portière pour la fermer.

Trop tard. Il venait de laisser passer une occasion qu'il regretterait probablement longtemps.

— Je vais m'arrêter pour acheter à manger. Vous voulez quelque chose ?

— Non, merci. Je vais déjeuner avec mon père. Je lui ai promis de lui préparer un bon petit plat.

L'espace d'un instant, il regretta de ne pas pouvoir l'accompagner puis repensa à l'opinion que son père avait des médecins. Et, de toute façon, quel intérêt aurait-il eu à être présenté aux parents d'une femme avec qui il n'avait qu'une relation professionnelle, rien de plus ?

Ils roulèrent jusqu'à l'hôpital en bavardant. Puis il gara la camionnette sur le parking et descendit pour lui ouvrir la portière.

— Vous savez que je peux faire ça toute seule ? ironisa-t-elle.

— Je sais, mais c'est une question de courtoisie, dit-il.

Elle descendit, mais il ne se poussa pas pour la laisser passer.

— Que se passe-t-il ? demanda-t-elle.

— Je me demandais juste si vous me laisseriez vous embrasser.

Elle ne répondit rien et soutint son regard. Il posa les mains sur sa taille et l'attira à lui. Elle ne le repoussa pas. Il pencha son visage vers elle et l'embrassa. Tiffani entrouvrit les lèvres en gémissant doucement. Mais cet instant magique ne dura pas.

Tiffani se raidit et s'écarta de lui.

— Ne refaites jamais cela, dit-elle.

— Pourquoi ?

— Je n'aime pas qu'on joue avec moi.

— Qui vous dit que je joue avec vous ?

— Cela m'étonnerait que je vous plaise vraiment. Jusqu'à ce matin, nous nous supportions à peine.

— Oh là ! Je vous ai embrassée, pas demandée en mariage ! Et loin de moi l'idée de vous insulter.

— Je ne me sens pas insultée. C'est juste que je sors d'une histoire compliquée et que je n'ai pas envie de remettre ça.

— Pour vous, m'embrasser revient à commencer une nouvelle histoire compliquée ?

Elle s'éloigna.

— Il faut que je me concentre sur mon travail. Notre relation doit rester professionnelle.

— À en juger par ce qui vient de se produire — et qui est passé trop vite — cela risque d'être difficile, dit-il en se rapprochant d'elle.

— Justement, faites un effort pour nous rendre la tâche plus facile. Merci pour cette journée très fructueuse. Je vous appelle.

Elle tourna les talons et regagna sa voiture.

— Tiff !

Il attendit qu'elle lève la tête.

— Vous aussi vous devrez faire un effort pour nous rendre la tâche plus facile.

Elle le regarda, troublée, puis monta dans sa voiture.

Que venait-il de se produire ? Il venait d'embrasser une femme qui lui plaisait, mais qui faisait comme s'il ne l'intéressait pas.

Pourtant, elle s'était abandonnée à ce baiser. Pas longtemps, mais suffisamment pour confirmer qu'elle n'était pas aussi insensible à son charme qu'elle voulait l'admettre.

En fait, elle avait peur. Mais de qui avait-elle le plus peur ? De lui ou d'elle-même ?

Tiffani démarra, et le bruit du moteur le tira de sa torpeur. Il referma la portière de la camionnette et alla se rasseoir au volant. Puis il mit le contact.

Lui, au moins, n'avait pas peur de ses désirs.

Tiffani sentit sa main trembler sur le volant. Rex l'avait embrassée. Et elle avait aimé cela. Follement. Pourtant, cela ne devait pas se reproduire. Sur le plan professionnel, c'était inenvisageable. Sur le plan personnel aussi, d'ailleurs. Comment se lancer dans une aventure aussi risquée après ce qui s'était passé avec Lou ? Elle n'était pas disposée à être humiliée une nouvelle fois. Avec Rex, elle pouvait tout au plus imaginer une aventure sans lendemain. Mais rien de sérieux. Ils étaient trop différents. Lou s'était suffisamment moquée d'elle. Aucune envie de remettre ça.

Pourtant, même si elle était convaincue d'avoir bien fait de repousser ses avances, une partie d'elle le regrettait. Le désir était là. Désir de l'embrasser, de passer les mains dans ses cheveux, de sentir son corps contre le sien.

Il ne l'avait pas forcée. Il avait doucement posé les lèvres sur les siennes, comme s'il attendait un consentement de sa part. Et elle avait accepté son baiser, éprouvant un plaisir qu'elle n'avait jamais connu auparavant. Ce n'était pas la première fois qu'un homme l'embrassait, mais curieusement le baiser de Rex avait produit sur elle un effet inédit.

Pourtant, elle allait devoir mettre tout cela de côté et se concentrer plus sérieusement sur la campagne si elle voulait obtenir cette promotion et avoir l'espoir de changer de vie. De toute façon, Rex Maxwell n'était pas un homme pour elle.

Par chance, elle n'avait pas à travailler directement avec lui pendant les quelques jours qui suivraient. Cela lui laisserait le temps de se remettre les idées en place et de recouvrer son professionnalisme avant de le revoir.

Le lundi matin, en ouvrant ses mails, elle trouva les photos que Luke lui avait envoyées. Elle les passa en revue. Luke avait réussi à capter à la fois le charme et la virilité de Rex. Il avait continué à photographier quand elle était allée passer le stéthoscope autour de son cou et avait saisi l'instant même où il lui avait murmuré à l'oreille. Elle n'en revenait pas de l'effet que cela avait produit sur elle. Rien qu'en y repensant, elle sentit la chaleur se propager en elle.

Elle ferma le dossier. Luke était suffisamment professionnel pour qu'elle lui laisse le choix des clichés à sélectionner pour les affiches. Elle ouvrit son portable et chercha la photo qu'elle avait prise devant le centre de High Water.

D'ici quelques minutes, elle serait relayée sur les réseaux sociaux et, avec un peu de chance, elle susciterait des réactions positives.

Plus tard, à l'agence, elle évoqua la progression de la campagne avec son supérieur. Il avait l'air satisfait de son travail. Rassurée, elle retourna à son bureau et prit son téléphone.

Cela faisait des heures qu'elle reportait cet appel. Rex avait-il pensé à elle autant qu'elle avait pensé à lui ?

Qu'importe ? Là n'était pas l'essentiel. L'essentiel, c'était qu'elle atteigne ses objectifs.

Elle composa le numéro. Avec un peu de chance, il ne répondrait pas, et elle pourrait laisser un message.

— Rex Maxwell, dit-il à la quatrième sonnerie.

Son cœur fit un bond dans sa poitrine.

— Bonjour, c'est Tiffani.

— Bonjour Tiff. Je vous demande deux secondes, dit-il d'une voix distraite.

— Je peux rappeler plus tard.

Il ne répondit pas. Elle l'entendit s'adresser à quelqu'un d'autre.

— Désolé, finit-il par dire. Je sors juste du bloc. Mais je vous écoute. Comment ça va ?

Le ton de sa voix s'était apaisé sur la dernière question.

— Bien, merci.

— Vous m'avez manqué, dit-il d'une voix douce et grave.

S'il continuait sur ce ton, il serait difficile de lui résister.

— Je voulais vous dire que j'ai un rendez-vous pour une interview télévisée sur la chaîne de télé WMEP, jeudi matin, dans l'émission *Ça se passe à Memphis.*

— Jeudi ? J'ai une intervention au bloc.

Il avait recouvré son ton de chirurgien débordé. Mais elle préférait. Face à ce ton-là, elle ne perdait pas le contrôle d'elle-même.

— Il m'est difficile de déplacer les interventions. Mes patients ont la priorité. De quoi s'agissait-il ?

C'était la première fois qu'il posait des questions sur ce qu'elle avait organisé. Elle n'en demandait pas tant.

— C'est la matinale la plus regardée de la région.

— Connais pas. Le matin, je suis à l'hôpital.

— Nous nous adapterons à vos horaires. C'est vraiment important pour moi que vous fassiez cette interview.

— Et moi, qu'est-ce que j'y gagne ?

— Une bonne image.

— Vous pouvez mieux faire, Tiff, dit-il en riant.

Elle frissonna, comme chaque fois qu'il l'appelait Tiff.

— Le Dr Nelson est d'accord pour que nous installions le studio dans l'une des salles de consultation situées près du bloc. Et vous pourrez faire l'interview en blouse. Cela fera plus authentique, même. Qu'en pensez-vous ?

— Vous n'avez pas répondu : qu'est-ce que j'ai à y gagner ? insista-t-il.

— Ça me fera plaisir.

— C'est mieux, mais c'est encore un peu juste.

Elle entendit du bruit derrière lui.

— Il faut que j'y aille, dit-il. Je suis impatient de vous voir. À jeudi.

Elle raccrocha avec soulagement. Même par téléphone, Rex la mettait dans un état dans lequel elle aurait préféré ne pas se trouver.

Et elle se demanda qui, d'eux deux, était le plus impatient de revoir l'autre.

Le jeudi matin, Rex entra dans la salle transformée en plateau de télévision. Les meubles avaient été déplacés contre les murs, mais cette fois remplacés par un matériel plus imposant que lors de la séance photo. Deux sièges avaient été disposés en vis-à-vis, éclairés par deux énormes projecteurs. Toutes sortes de câbles couraient sur le sol. Deux hommes se tenaient chacun derrière une caméra posée sur un trépied.

Il venait de pénétrer dans un autre univers. Un univers qu'il ne comprenait ni ne maîtrisait. Il réprima une furieuse envie de prendre ses jambes à son cou.

Tiffani, élégamment vêtue d'un tailleur à la coupe impeccable, conversait avec une femme blonde qu'il reconnut pour l'avoir vue sur des affiches, en ville. Comme il ne regardait jamais la télévision et n'écoutait que rarement la radio, il ignorait si la présentatrice avait consacré beaucoup de temps à l'antenne, lors du procès contre la famille Royster.

Tiffani jeta un coup d'œil dans sa direction et le rejoignit.

— Je suis contente que vous soyez là, dit-elle.

Mais son sourire était hésitant.

Était-ce lui qui la rendait nerveuse ? L'idée lui plaisait. Il n'avait pas vraiment fait la cour à une femme depuis le lycée. C'était à la fois excitant et intimidant.

— Vous m'avez manqué, dit-il.

— Rex !

— C'est vrai, dit-il en souriant.

Puis il jeta un coup d'œil dans la pièce. Ces gens étaient peut-être les mêmes qui avaient contribué à détruire la réputation de l'hôpital encore un mois auparavant.

— Cela fait du monde pour une petite interview. Je n'ai pas beaucoup de temps. On peut commencer vite ?

— Je crois qu'ils ont fini d'installer le matériel.

Il la suivit vers les fauteuils.

— Il faut simplement que vous répondiez aux questions de façon honnête et positive. N'oubliez pas qu'il s'agit d'améliorer l'image de l'hôpital.

— Je suis toujours honnête quand je parle.

— N'oubliez pas l'aspect positif, dit-elle, un demi-sourire sur les lèvres.

La femme blonde les rejoignit. Elle était tellement maquillée qu'on aurait dit qu'elle portait un masque.

— Je suis Maggie Martin, dit-elle en tendant la main. Vous devez être le docteur Maxwell.

Il acquiesça en serrant sa main dépourvue de toute chaleur.

— Je suis ravie de vous rencontrer enfin, dit-elle, un sourire mielleux sur ses lèvres figées. Nous serons prêts dans quelques minutes. C'est bien que vous soyez en blouse, ça donne une touche d'authenticité, dit-elle en s'éloignant.

— Je porte une blouse précisément parce que je suis un authentique chirurgien, murmura-t-il entre ses dents.

Tiffani posa la main sur son bras dans un geste d'apaisement.

— Vous voulez bien enlever votre calot et aller voir la maquilleuse ?

— La maquilleuse !

La situation empirait de minute en minute.

— Je vous en prie, Rex. C'est important. Faites encore un effort, le supplia-t-elle. Ce ne sera pas long.

Il se radoucit et se pencha vers elle.

— J'aime bien vous entendre prononcer mon prénom, lui glissa-t-il au creux de l'oreille.

Elle rougit, ce qui le récompensa de tous les efforts que lui coûtait en effet cette mascarade.

— Venez, dit-elle.

Il se demanda si l'image de l'hôpital justifiait vraiment une telle agitation. Il la suivit jusqu'à un grand miroir devant lequel se tenait la maquilleuse, qui s'occupa promptement de préparer son visage et ses cheveux au passage devant les caméras. Il avança vers le plateau. Un assistant arriva en trombe, attacha un micro sur le col de sa blouse et une batterie sur la ceinture de son pantalon, dans le dos.

Maggie le rejoignit et prit place dans son fauteuil. Tiffani se plaça près des cameramans, devant un moniteur.

— Rex, dit Maggie, je vais vous présenter brièvement et puis nous bavarderons tranquillement.

Il eut le pressentiment que cela ne serait pas aussi tranquille qu'elle le prétendait. Il était impatient que cela se termine.

— On y va, lança Maggie.

Rex se raidit. Tiffani lui adressa un sourire rassurant. Curieusement, il était content qu'elle soit là.

Maggie commença l'émission avec un enthousiasme tout professionnel.

— Aujourd'hui, nous sommes en direct du Metropolitan Hospital et recevons un invité prestigieux avec qui nous allons partager un moment et essayer d'en savoir plus sur le quotidien au sein d'une grande structure médicale. Je vous présente donc le docteur Rex Maxwell, qui est chirurgien. Docteur Maxwell, bonjour.

— Bonjour, répondit-il avec toute l'amabilité dont il fut capable.

— J'aimerais commencer par vous demander en quoi consiste une journée habituelle, pour vous, au Metropolitan Hospital.

Il jeta un coup d'œil à Tiffani dont le sourire plein d'attentes lui rappela à quel point cette interview était importante pour elle. Il avait accepté de se prêter au jeu donc, pour elle, il irait jusqu'au bout et ferait de son mieux.

— Je suis chirurgien généraliste. La plupart des patients que j'opère viennent des urgences. Je commence la journée à 6 heures, dans mon bureau, puis je vais voir des patients jusqu'à 7 heures, heure à laquelle je descends au bloc opératoire. Après une ou plusieurs interventions, je rends visite à mes patients, soit dans mon service, soit en soins intensifs.

Maggie opina.

— Vous avez des journées bien remplies ! s'exclama-t-elle.

— Certaines le sont plus que d'autres, dit-il, affable, en penchant légèrement la tête.

Il jeta un bref coup d'œil à Tiffani et eut l'impression qu'elle appréciait ses efforts.

De son côté, Maggie lui fit un sourire convenu.

— Docteur Maxwell, vous avez été récemment impliqués, l'hôpital et vous-même, dans un procès. Voudriez-vous nous en dire quelques mots ?

Il l'avait vue venir : son pressentiment était fondé.

Tiffani ne bougea pas d'un cil, et son expression l'implora de donner une réponse positive. Craignait-elle qu'il s'emporte ?

Il se pencha vers Maggie comme s'il s'apprêtait à lui révéler un secret.

— Je ne vais pas m'étendre sur le sujet, mais je peux vous dire ceci : je mets toute mon énergie et mes compétences pour prendre soin de mes patients et sauver des vies. C'est ma priorité, comme celle de mes confrères, dès que j'entre au bloc. Et rien ne compte plus, lorsque nous opérons, que la survie et le bien-être de nos patients. Il arrive parfois que nous ne gagnions pas la guerre entre la vie et la mort, mais nous faisons tout ce qui est en notre pouvoir, toujours, pour remporter des batailles.

Maggie cligna des yeux et mit quelques secondes à se ressaisir.

— Vous êtes en train de me dire que ce procès pour faute professionnelle n'était pas fondé ?

Rex se cala dans son siège et croisa les mains sur ses genoux.

— Quand un proche meurt, il est humain de chercher un coupable.

— Est-ce à dire que vous n'êtes pas coupable ? demanda Maggie en plongeant le regard dans le sien.

Il se redressa. Il n'avait aucune intention de réchauffer des faits sur lesquels il avait tiré un trait.

— Il n'est plaisant pour personne d'être accusé à tort. Sur combien d'informations avez-vous dû vous-même revenir dans votre métier de journaliste ? Combien de prévisions météorologiques se sont révélées fausses ? En avez-vous pour autant été tenue pour responsable et licenciée ?

Maggie rejeta la tête, l'air surpris.

— C'est vrai que cela peut arriver à tout le monde...

— Certes, mais tout le monde ne se retrouve pas accusé d'homicide ou menacé de perdre son emploi à cause de circonstances qui sont complètement indépendantes de lui, répondit-il en soutenant son regard sans animosité.

Le regard de Maggie s'adoucit.

— J'imagine que vous avez dû vivre des moments difficiles.

— Un certain nombre, en effet, dit-il en souriant. Mais cela n'a pas réussi à me dégoûter d'un métier que j'adore.

Face au moniteur, Tiffani n'avait plus l'air inquiet.

— Pouvez-vous nous dire pour quelle raison vous avez voulu être médecin ?

— Quand j'étais adolescent, j'ai travaillé dans une maison de soins. Je voulais trouver un travail dans lequel je me sente utile.

Maggie hocha la tête et se pencha vers lui.

— Dites-nous : que fait un chirurgien pendant son temps libre ?

— Je ne sais pas... Que fait une célèbre présentatrice de journal pendant son temps libre ?

Maggie pouffa.

— Vous êtes sûr que vous ne voulez rien nous dire ?

Il lui fit son plus beau sourire, espérant qu'il ait l'air sincère.

— Ce n'est pas une aventure si on connaît la destination, dit-il avant de se caler tranquillement dans son fauteuil.

— Très bien, dit Maggie qui n'eut pas d'autre choix que de se résigner. Avant que vous repartiez travailler, docteur Maxwell... Allez-vous participer à la Grande Marche avec les médecins, un événement sponsorisé par le Metropolitan Hospital et par notre chaîne, et qui aura lieu ce week-end ?

Il jeta un coup d'œil à Tiffani qui le regarda d'un air suppliant, les mains jointes, en hochant la tête.

— Bien entendu, dit-il sur un ton qu'il espérait enjoué.

Maggie tourna la tête vers la caméra.

— Je vous invite tous à venir vous joindre au docteur Maxwell et à moi-même, samedi, pour la Grande Marche avec les médecins, dans le parc Tom Lee, pour un moment de sport et de détente pendant lequel des professionnels de santé dispenseront également des consultations gratuites.

Puis, s'adressant de nouveau à lui :

— Docteur Maxwell, merci infiniment d'avoir accepté notre invitation sur ce plateau et merci à l'hôpital de nous avoir accueillis dans ses locaux.

Rex hocha la tête, soulagé que tout cela prenne fin. L'assistant s'approcha pour le débarrasser de son micro. Tiffani le fixait, un immense sourire sur les lèvres. Quel bonheur de la voir heureuse ! Et quel bonheur de se dire qu'il y était pour quelque chose !

Elle n'en revenait pas. Rex avait charmé Maggie et réussi à rester maître de la discussion. C'était une vraie victoire pour lui, ainsi que pour l'hôpital. Du point de vue des relations publiques, l'interview, qui aurait pu tourner à la bérézina, était un véritable triomphe.

Elle regarda Rex se lever et dire quelques mots à Maggie hors antenne avant de la rejoindre. Elle lui sauta au cou.

— Vous avez été parfait !

Il l'enlaça à son tour.

— Merci ! Je suis désolé de vous couper dans votre élan, mais on m'attend au bloc. Il faut que je file.

Elle sentit ses joues s'empourprer et s'écarta. Il se pencha vers elle.

— Ne me faites plus jamais faire ça.

— Mais nous avons programmé une autre interview pour la sem…

— Je ne la ferai pas. J'en ai assez de devoir continuer à me justifier, d'autant que je ne suis coupable de rien.

Sur ce, il tourna les talons et sortit de la salle.

Cette parenthèse avait été trop belle pour durer. Alors qu'il s'était prêté au jeu et avait été excellent à cet exercice. Cette interview allait retourner l'opinion publique qui allait voir en lui une personne, un médecin professionnel et dévoué, et non plus le coupable d'une négligence qui avait coûté la vie à un patient.

Le point positif, c'est qu'il s'était engagé à participer à la Grande Marche avec les médecins. Elle n'aurait pas à le torturer pour qu'il aille y faire acte de présence. Peut-être qu'une fois là-bas elle parviendrait à le convaincre de donner d'autres interviews. Il avait répondu avec un naturel bluffant, et surtout inespéré, au regard de la campagne qu'elle était en train de mener.

Il avait un tel charisme que personne ne pouvait lui résister. Aucune femme, en tout cas. Il avait réussi à subjuguer Maggie, et elle devait bien reconnaître qu'elle-même était en train de tomber sous son charme.

6

C'est la sonnerie de son téléphone qui la réveilla, le vendredi matin. Elle tendit le bras pour attraper son portable et regarda l'écran.

Rex.

Son cœur fit un bond dans sa poitrine. Depuis l'interview de la veille, des images de lui n'avaient pas cessé de tourbillonner dans son esprit — des images assez éloignées des objectifs d'une campagne de relations publiques.

Pourquoi l'appelait-il à cette heure-là ?

— Allô ?

— Bonjour, belle endormie, dit-il d'un ton étonnamment enjoué. Je pensais à la Grande Marche de demain. Si vous ne voulez pas me voir arriver à moto, il va falloir que vous passiez me prendre. Mon ami a besoin de la camionnette.

C'est vrai qu'après le succès de l'interview — qui avait été largement relayée sur les réseaux sociaux — mieux valait écarter tout risque de ternir une image qui n'avait jamais été aussi bonne.

— Donnez-moi votre adresse. Je passe vous prendre vers 7 h 30 demain matin.

— Parfait, acquiesça-t-il avant de lui communiquer son adresse et de raccrocher, la laissant seule avec ses pensées tumultueuses.

Le samedi matin, Tiffani se leva plus tôt que d'habitude. Pour des raisons sur lesquelles elle refusa de s'interroger, elle mit également plus de temps pour se préparer. Après plusieurs tentatives, elle décida de laisser tomber son uniforme de chargée de relations publiques au profit d'une tenue plus décontractée et plus féminine : un slim noir et un chemisier rouge à manches courtes. Puis elle releva ses cheveux en un chignon souple.

Le quartier dans lequel vivait Rex, dans le centre historique, venait d'être restauré et attirait de nouveau les familles et les professionnels. Des bars et des restaurants branchés avaient ouvert un peu partout. Rex habitait à deux pas de la célèbre Beale Street. C'était un endroit où elle se serait bien vue vivre, si elle en avait eu les moyens.

Elle s'arrêta devant l'immeuble de briques rouges doté de grandes fenêtres et sortit son portable.

Je suis là.

Moins d'une minute plus tard, Rex apparaissait sur le trottoir, une casquette vissée sur la tête. Il portait un T-shirt suffisamment près du corps pour révéler les muscles de son torse. Pour être tout à fait honnête, le couple jean-baskets lui allait encore mieux que la tenue plus sérieuse qu'elle lui avait imposé de porter pour les photos.

Leurs regards se croisèrent. Il souriait. Quel bonheur de constater que quelqu'un était content de la voir ! Son père ne devenait aimable que quand il avait quelque chose à lui demander. Quant à Lou, à bien y repenser, elle ne se rappelait pas l'avoir vu manifester une joie très intense lorsqu'il la voyait.

— Bonjour Tiff, dit-il en montant dans la voiture. J'avais oublié à quel point cette voiture était petite. Vous m'aiderez à me déplier pour sortir ?

Elle pouffa.

— Je ne sais pas si ce serait bon pour votre image.

— Si nous continuons à nous voir, il faudra que vous acceptiez de monter à moto avec moi ou bien que vous achetiez une voiture plus grande.

Qu'entendait-il par : « Si nous continuons à nous voir » ? Avait-il l'intention de prolonger leur relation au-delà de la campagne de relations publiques ?

Elle se secoua mentalement. Certes, en dépit de tous les différends qui avaient rendu difficiles leurs premiers échanges, elle s'était mise à l'apprécier. Curieusement, elle aimait la façon dont il l'avait obligée à sortir de sa zone de confort, de son petit monde bien balisé.

Mais il était vain de se laisser imaginer qu'il y aurait un après avec lui. Quand elle aurait obtenu sa promotion, elle quitterait Memphis. Et elle n'avait aucune intention de se lancer dans une relation à distance qui se terminerait tôt ou tard par une rupture.

Il avait plu une bonne partie de la nuit, les rues étaient encore mouillées. Le ciel était dégagé à présent mais, dans cette région, il n'était pas rare que le temps change et qu'un orage éclate en fin d'après-midi.

Elle trouva miraculeusement une place pour se garer près du parc et se félicita que Rex parvienne à déplier ses longues jambes sans la solliciter.

Ils entrèrent dans le parc que longeait le Mississippi. Cet endroit lui manquerait, quand elle déménagerait. Elle jeta un coup d'œil à Rex. Lui aussi allait lui manquer.

Ils s'approchèrent d'une pelouse sur laquelle avaient été installées des tables et des chaises. Certaines personnes s'activaient, d'autres bavardaient tranquillement. La ligne de départ de la Grande Marche était décorée d'une arche de ballons.

— C'est le docteur qui est sur les affiches, non ? demanda une femme à son mari, à leur passage.

— Les affiches ont déjà été installées ? demanda aussitôt Rex.

Tiffani s'arrêta et indiqua d'un signe de tête une affiche, au loin, sur lequel il apparaissait, plus grand que nature, les bras croisés, devant l'hôpital, un stéthoscope autour du cou. Il souriait, et il émanait de sa personne une impression de sérénité et de confiance.

— Il y en a plusieurs, réparties dans toute la ville, dit-elle.

Rex leva les yeux au ciel.

— Ils n'ont pas fini de me chambrer, à l'hôpital ! J'ai déjà eu droit à des commentaires sur l'interview. Les affiches ne vont pas arranger les choses. Combien y en a-t-il ?

— Trois, pour l'instant. Mais j'espère qu'il y en aura d'autres. J'attends juste que des espaces se libèrent. Je veux qu'elles soient placées dans des endroits stratégiques.

— Vous allez me tuer ! dit-il en se remettant à marcher.

— Je vous avais dit qu'on poserait les affiches le plut tôt possible.

— Oui, mais je ne m'attendais pas à me voir en si… grand.

— Mais vous êtes vraiment beau, s'entendit-elle dire.

Mais il était trop tard. Et son commentaire n'avait pas échappé à Rex.

— Vous me trouvez beau ? demanda-t-il d'un air flatté.

— Je ne répondrai pas, dit-elle en accélérant le pas.

— C'est pourtant ce que vous avez dit, insista-t-il.

— Vous savez, Rex, je suis vraiment contente de travailler avec vous. J'en ai parlé avec le Dr Nelson hier. Lui aussi a l'air content de la manière dont la campagne se déroule jusque-là.

— Tant mieux, si tout le monde est content, bougonna-t-il.

Ils arrivèrent près de la ligne de départ, où l'équipe de la télévision avait déjà pris ses quartiers.

Elle aurait bien aimé que Rex donne une autre interview. Maggie n'y verrait certainement aucun inconvénient, si le planning le permettait. Le plus difficile serait de le convaincre. Elle se jeta à l'eau.

— Ça vous dirait de continuer sur cette lancée et de refaire une petite interview avec Maggie ?

Il la regarda un peu trop longuement à son goût puis poussa un grand soupir.

— Si vous pensez que c'est absolument indispensable.

— C'est absolument indispensable, dit-elle sans pouvoir retenir sa joie. Je vais voir si Maggie est dispo.

Le cœur battant, elle se dépêcha d'aller retrouver Maggie avant que Rex change d'avis.

Rex regarda Tiffani se diriger vers le camion de la télévision, et une vague de désir monta en lui.

Elle lui avait fait comprendre qu'il valait mieux qu'ils gardent leurs distances. Rien ne comptait plus, à ses yeux, que son travail.

Cela dit, c'était grâce à cette campagne qu'ils s'étaient rencontrés et qu'il passait désormais une partie non négligeable de son temps avec elle, y compris le week-end.

Autour de lui, les gens affluaient, apparemment heureux et impatients de se détendre au grand air. Il aimait bien ce genre d'événement, à la fois sain et convivial, même s'il n'y participait que rarement. Il passait tellement de temps à l'hôpital ou à High Water qu'il ne lui restait plus beaucoup de temps pour faire autre chose.

— Rex !

Tiffani lui fit un signe de la main.

— Maggie a dit qu'elle serait ravie de parler avec vous.

— S'il le faut vraiment, dit-il d'un air faussement dépité.

Tiffani leva les yeux au ciel.

— Allez, vous avez été parfait, la dernière fois.

Il n'eut pas le temps de répondre. Maggie et un cameraman foncèrent droit sur lui.

— Rex ! Vous êtes là ! Je suis tellement contente de vous revoir !

Tiffani fronça les sourcils, mais demeura souriante.

— Je suis ravi d'être là, Maggie, dit-il de sa voix la plus courtoise, se félicitant d'avoir appris à se comporter en société.

Maggie lui demanda d'expliquer au micro les raisons pour lesquelles il participait à la Grande Marche et ce qu'il faisait pour rester en bonne santé. Elle posa la main sur son bras à plusieurs reprises, ce qui ne parut pas être du goût de Tiffani qui la regardait, les sourcils froncés.

À la fin de l'interview, Maggie le prit par le bras.

— Passez-moi un coup de fil, à l'occasion, roucoula-t-elle.

Il hocha poliment la tête, tout en prenant soin de ne pas s'engager dans cette voie.

— On y va ? dit Tiffani en s'approchant. La marche va bientôt commencer.

Au même moment, les haut-parleurs diffusèrent un message annonçant l'imminence du départ.

— Merci Maggie, dit-il avant de prendre congé de la présentatrice.

Lorsqu'il se retourna, Tiffani était déjà partie. Il la rattrapa.

— On a le temps, ce n'est pas la peine de courir, dit-il.

— Je ne voulais pas vous déranger, vous aviez l'air de bien vous entendre, tous les deux, dit Tiffani d'un ton sarcastique.

Il ne put réprimer un sourire.

— Je suis flatté.

Elle tourna la tête vers lui, perplexe.

— Qu'est-ce que vous racontez ?

— Je suis flatté parce que vous êtes jalouse.

— Ne dites pas n'importe quoi, rétorqua-t-elle avant de reprendre le chemin du départ.

— C'est vous qui m'avez dit d'être aimable avec elle, dit-il en lui emboîtant le pas.

Elle s'arrêta net et le regarda dans les yeux.

— Je vous ai demandé d'avoir l'air professionnel, pas de lui faire la cour !

Rex éclata de rire.

— Je me suis contenté de répondre à ses questions. Et de nous deux, je crois plutôt que c'est elle qui cherchait le contact.

— Cela ne vous déplaisait pas tant que ça, apparemment.

Elle se remit à marcher, se frayant un chemin dans la foule. Il la retrouva devant la ligne de départ. Elle fit mine de ne pas le voir.

Dire qu'il pensait qu'elle n'avait rien à faire de lui ! Alors qu'elle était jalouse ! On pouvait presque considérer cela comme un progrès.

La foule se resserra autour d'eux. Tiffani prit quelques photographies, dont certaines de lui.

— Qu'est-ce que vous faites ?

— Je vais poster quelques photos sur les réseaux sociaux, dans la newsletter et sur le site de l'hôpital. Cela aura peut-être moins d'impact que l'interview de Maggie, mais au moins ce sera plus centré sur l'hôpital et moins sur la bagatelle. De toute façon, ajouta-t-elle en levant le menton, vous ne pouvez pas m'empêcher d'utiliser ces photos.

— Cela m'étonnerait, dit-il alors que leurs visages se touchaient presque.

— Je ne vois pas comment.

Mais un représentant de l'hôpital prit le micro et réclama l'attention du public. Il remercia tous les participants, dit quelques mots sur l'importance de prendre soin de sa santé et de son bien-être, et donna le départ.

Une marée humaine se mit en marche autour d'eux, les obligeant à suivre le mouvement. Rex prit la main de Tiffani dans la sienne, de peur de la perdre. Elle lui jeta un regard noir et tenta de se libérer, mais il ne la lâcha pas.

— Je ne veux pas vous perdre, dit-il.

Elle sembla hésiter un instant puis cessa de résister.

Ils suivirent le chemin indiqué par des flèches tracées sur le sol, le long du fleuve. Peu à peu, la foule s'éclaircit, et elle lâcha sa main. Il ne tenta pas de la retenir, mais le contact de sa peau contre la sienne lui manquait déjà.

Une jeune fille d'une douzaine d'années s'approcha d'eux.

— C'est vous, sur la pancarte, là-bas ? demanda-t-elle en indiquant l'affiche qui était à présent plus visible.

Tiffani en profita pour les prendre en photo.

— Oui, c'est moi, répondit-il.

La jeune fille parut satisfaite et lui décocha un sourire avant de rejoindre un groupe de personnes qui avançaient devant eux.

Cette histoire d'affiches dans la ville ne le réjouissait pas. Qu'est-ce qui lui avait pris d'accepter ?

— Tiffani, je vous en prie, pas de commentaire, dit-il entre ses dents.

Son rire cristallin emplit l'air avant de laisser place à un silence reposant.

— J'adore cet endroit, dit-elle presque pour elle-même. Il va me manquer.

Il sentit sa poitrine se serrer.

— Vous manquer ? Pourquoi ? Vous partez ?

— J'espère. Si j'ai la promotion dont je vous ai parlé, je serai transférée au siège.

— Où se trouve-t-il ?

— À Louisville, dans le Kentucky.

— C'est loin !

— Oui, ce sera un gros changement. Mais pour le mieux, j'espère.

Elle avait l'air plus résignée qu'enthousiaste.

Il éprouva une sensation désagréable, mais n'eut pas envie de s'y attarder.

— Mais quand êtes-vous censée partir ?

— Si les résultats de cette campagne sont bons, je ne devrais pas tarder.

L'idée de saboter la campagne lui traversa l'esprit.

Mais pourquoi réagissait-il de cette manière ? Ils ne sortaient même pas ensemble.

— Vous aimez les barbecues ? s'entendit-il demander.

— Évidemment ! Difficile de ne pas aimer les barbecues à Memphis.

— Ça vous dit qu'on aille manger ensemble après la marche ? Je connais un endroit où la viande est excellente.

Elle fit un faux pas. Il la rattrapa et la soutint jusqu'à ce qu'elle ait recouvré sa démarche normale.

— Je ne suis pas sûre que ce soit une bonne idée, finit-elle par répondre.

— Cela ne vous engage à rien de partager un bon repas avec un ami.

— Présentée comme ça, c'est une proposition difficile à refuser, dit-elle en souriant.

Ils avaient déjà parcouru plus des trois quarts de la boucle qui les ramènerait à la ligne de départ lorsque des cris retentirent non loin d'eux.

— Au secours ! À l'aide !

Rex se mit à courir vers un attroupement de personnes penchées au-dessus d'une femme gisant sur le sol.

— Je suis médecin. Que s'est-il passé ? demanda-t-il en s'agenouillant.

— Elle s'est évanouie.

— Prévenez les secours et appelez une ambulance, ordonna-t-il après avoir pris le pouls de la femme.

Puis il releva sa tête pour libérer les voies respiratoires.

— Qu'est-ce que je peux faire ? demanda Tiffani en le rejoignant.

— Vous connaissez les gestes de réanimation ?

— Oui, répondit-elle sans hésiter.

Il posa les mains sur la poitrine de la femme.

— Vous soufflez, et je fais les compressions.

Ils alternèrent les compressions et la ventilation pendant un long moment.

Tiffani ignorait combien de temps Rex et elle procédèrent à la ventilation artificielle de la femme évanouie avant que les secours arrivent. Une femme portant un défibrillateur s'agenouilla à côté de Rex.

Tiffani, en sueur, s'écarta. Mais la tension qui habitait son corps ne la quitta pas.

Rex continua les compressions pendant qu'un secouriste posait les électrodes tout en parlant au téléphone. Pour ce qu'elle comprenait de la conversation, il devait s'adresser à un ambulancier.

— Écartez-vous ! dit la femme avant de délivrer un choc à la patiente.

Rex se pencha pour vérifier si cette dernière réagissait, mais secoua la tête.

La femme procéda à une deuxième défibrillation. Le corps de la patiente fit un sursaut, et un son faible sortit de sa bouche. Puis sa poitrine se mit à se soulever.

Tiffani poussa un gros soupir. Depuis combien de temps avait-elle elle-même retenu sa respiration ?

La sirène d'une ambulance se rapprocha.

— Ne bougez pas, dit Rex à la patiente tandis que le secouriste posait un masque à oxygène sur son visage.

Il se tourna vers le secouriste.

— Je suis le Dr Maxwell, au fait. Puis-je emprunter votre stéthoscope ? Je vais l'ausculter avant que l'ambulance arrive.

Tiffani sortit son téléphone et reprit quelques photos. Maintenant que le pire était écarté, elle ne voulait pas perdre une occasion de capter Rex en pleine action. Lorsque l'ambulance arriva, elle se releva et s'écarta, le temps que Rex leur fasse un compte rendu.

— Merci, docteur, dit une femme à Rex une fois l'ambulance partie.

— Je vous en prie. Je suis content d'avoir été là au bon moment.

— C'est vous, là-bas, sur l'affiche ?

— Je le crains.

Tiffani sourit devant son manque d'enthousiasme.

— Ils ont bien choisi. Vous êtes un héros, dit la femme.

Rex sourit et prit congé d'elle d'un signe de tête, puis rejoignit Tiffani.

— Vous êtes un chic type, vous savez, dit-elle.

— Vous en doutiez ? s'étonna-t-il.

— Oui. Cela prouve qu'effectivement il ne faut pas croire tout ce qu'on lit dans les journaux, dit-elle d'un air entendu.

Il ne fallait pas croire non plus tout ce que son père disait et répétait depuis des décennies au sujet des médecins.

Rex avait été incroyable, une fois encore. Sans hésiter, il avait foncé et fait tout son possible pour sauver cette femme inanimée. Donner était dans sa nature.

Toute sa vie, son père avait demandé — pour ne pas dire « exigé » — son aide, ne se préoccupant que de ses propres besoins. Rex, au contraire, pensait aux autres avant de penser à lui.

— Venez, allons manger. Je meurs de faim, dit-il en reprenant sa main dans la sienne.

Cette fois, elle le laissa faire, mue par le sentiment d'être en sécurité et protégée tant qu'il lui tiendrait la main, même si cela ne devait durer que quelques minutes.

Une demi-heure plus tard, ils remontèrent en voiture. Rex la guida jusqu'au restaurant.

Une fois sur le parking, elle sortit promptement et claqua elle-même la portière avant que Rex ait pu sortir ses longues jambes de l'habitacle.

— Je vous ai battu ! s'exclama-t-elle en riant.

— Vous m'obligez à me plier en deux pour rentrer dans votre voiture et, à présent, vous vous moquez de mes bonnes manières...

Il finit par sortir de la voiture, et ils allèrent jusqu'au restaurant.

— Qui vous a inculqué ces bonnes manières ? demanda-t-elle.

— Ma mère disait que les bonnes manières ouvraient toutes les portes. Elle en a fait l'un des piliers de mon éducation. Les rallyes et les cours de danse ont fini de les ancrer en moi.

— Elle a raison. Les bonnes manières vous apprennent à faire attention aux autres.

— Je n'ai jamais pensé à cela en ces termes, dit-il d'un air étonné. Est-ce que vous êtes déjà venue ici, chez Mac ?

— Non.

— C'est le secret le mieux gardé de la ville, dit-il, plein d'une joie sincère.

Ils descendirent quelques marches et entrèrent dans une salle à l'ambiance tamisée. Les tables étaient recouvertes de nappes blanches et décorées de petits bouquets de fleurs fraîches.

— C'était un bar clandestin pendant les années 1920, expliqua-t-il.

Un homme fonça vers eux, un sourire chaleureux sur les lèvres.

— Rex ! Ça alors, quelle surprise ! Ça fait tellement longtemps !

— Bonsoir Joe ! Tu as raison ! J'ai été bien occupé ces derniers temps.

— J'ai vu ça. Je suis content que tout soit rentré dans l'ordre.

Rex la prit par les épaules.

— Joe, je te présente Tiffani.

— Bonsoir, Tiffani, dit Joe avec un grand sourire.

Elle se sentit soudain intimidée.

— Il est trop tôt pour déguster tes travers de porc ?

— Pour toi, il n'est jamais trop tôt, répondit Joe. Suivez-moi.

Elle s'assit, et Rex prit place à côté d'elle. Pourquoi ne s'asseyait-il pas plutôt face à elle ?

Elle s'efforça d'ignorer son trouble et se plongea dans la lecture du menu.

— Vous venez souvent, ici ? demanda-t-elle une fois que le serveur eut pris les commandes.

— Pas suffisamment. Je suis très pris par mon travail.

— J'ai compris que votre métier vous passionnait, mais vous ne faites rien, en dehors de ça, juste pour le plaisir ?

— Heureusement que si ! Tous les jours.

Elle le regarda, intriguée.

— Chevaucher ma moto me procure un plaisir et un sentiment de liberté immenses.

— Je m'en veux de vous en priver, dit-elle. Je ne sais pas comment je pourrais me faire pardonner.

— J'ai quelques idées sur la question, répondit-il d'un air entendu.

Elle se félicita du retour du serveur, qui déposa devant chacun une assiette au contenu des plus appétissants.

Tout en savourant leurs travers de porc grillés, ils bavardèrent de choses et d'autres. Elle se réjouit de découvrir qu'ils avaient plus de choses en commun qu'ils ne l'avaient imaginé.

— Tournez la tête, dit Rex quand ils eurent terminé de manger.

Il se pencha vers elle et essuya doucement sa joue.

— Vous avez des épices sur la joue, dit-il.

Leurs regards se croisèrent, et ils demeurèrent immobiles, yeux dans les yeux, pendant quelques instants.

— Mais c'est Tiffani Romano !

Un courant d'air glacial chassa la vague de chaleur qui s'était emparée d'elle quelques instants auparavant.

C'était la voix de Lou. Que faisait-il là ? Pourquoi fallait-il qu'il vienne tout gâcher ?

Elle leva la tête.

— Quelle surprise ! s'exclama-t-il, tout sourire, sur un ton exagérément enjoué.

Pourquoi n'avait-il pas simplement passé son chemin ? Et pourquoi le laissait-elle la déstabiliser encore ? Il ne cherchait qu'à l'humilier pour se sentir supérieur. Comme chaque fois qu'il frappait à la porte de son bureau, à l'agence. Avait-elle besoin de supporter sa présence pendant ses jours de congé ?

— C'est drôle de te voir ici.

Elle ne vit pas ce que la situation avait d'amusant et jeta un coup d'œil sur la femme qui l'accompagnait.

— Je te présente Monique, dit-il en la prenant par les épaules avec une telle brusquerie qu'elle en perdit l'équilibre. Elle est mannequin. Tu as dû la voir dans des magazines.

En effet, elle connaissait déjà une grande partie de son anatomie.

Rex, qui avait dû percevoir son malaise, se rapprocha d'elle et posa le bras sur le dossier de sa chaise.

— Tu ne fais pas les présentations, ma chérie ?

Un silence embarrassé s'ensuivit. Elle éprouva un plaisir indicible en voyant la mine brusquement déconfite de Lou.

— Euh… Si, bien sûr. Je te présente Lou Habersham, un collègue de l'agence. Lou, voici le docteur Rex Maxwell.

— Nous sommes plus que des collègues de travail, dit Lou.

— Plus maintenant, dit-elle, désolée que Monique ait à assister à une telle scène.

— Le malheur des uns fait le bonheur des autres, dit Rex en lui tendant la main.

Lou la serra manifestement à contrecœur.

— Je vous aurais bien dit de vous joindre à nous, mais nous avons fini et nous étions sur le point de partir. Nous avons des tas de choses à faire cet après-midi.

Le ton sur lequel il prononça ces mots la fit rougir.

Rex la prit par le bras et l'invita à se lever.

— Bon appétit, glissa-t-il à Lou qui les regardait, médusé.

Grâce à Rex, il s'imaginerait désormais qu'elle sortait avec un médecin canon et qu'elle était passée à autre chose.

Tiffani remercia intérieurement Rex de l'avoir fait taire, enfin, et adressa à Monique un sourire compatissant.

Puis ils se dirigèrent vers le comptoir.

— Merci, murmura-t-elle.

— Je vous en prie, répondit-il en glissant la main sur sa taille.

Comment avait-il deviné sa détresse ?

Ils saluèrent Joe qui leur fit promettre de revenir, puis sortirent. Dehors, le tonnerre grondait dans un ciel chargé. Ils n'étaient pas sortis depuis deux secondes qu'il se mit à pleuvoir des cordes.

— Je vais chercher la voiture, proposa Rex.

— Non, je viens. Je n'ai pas envie d'attendre ici.

Ils se mirent à marcher côte à côte, tandis que des éclairs zébraient le ciel. Le vent se leva, et la pluie redoubla d'intensité. Rex la prit par la main et l'entraîna vers la voiture en courant.

— Je suis désolée d'avoir abrégé le repas, Rex. On était si bien, il a fallu que ce crétin vienne tout gâcher. En plus, maintenant, nous sommes trempés.

Ils montèrent dans la voiture. Lorsqu'ils arrivèrent devant l'immeuble de Rex, le tonnerre était encore plus bruyant, et les éclairs, plus rapprochés. La pluie tambourinait violemment sur le pare-brise, rendant la visibilité pratiquement nulle.

— C'est trop dangereux de conduire par un temps pareil, dit Rex. Venez chez moi, le temps que la tempête soit passée.

— Ne vous inquiétez pas. Je roulerai doucement.

— Mais où habitez-vous ?

— En dehors de Memphis, en direction de Germantown.

— Vous plaisantez ? Vous en avez au moins pour quarante minutes en temps normal, alors par ce temps… D'autant que la tempête se déplace dans cette direction.

— Mais vous devez avoir autre chose à faire de votre après-midi, dit-elle, se demandant si elle aurait le courage de repartir si elle s'arrêtait chez lui.

— Ne dites pas de bêtises. Allez, venez.

— Mais je suis trempée. Il faut que je me change.

— Je vous prêterai des vêtements. Arrêtez de protester.

Il la guida jusque dans son garage. Une fois garée, elle le suivit jusqu'à une jolie porte en bois qu'il ouvrit en grand, l'invitant à monter un petit escalier.

— Montez. Là-haut, la porte est ouverte.

L'air embaumait l'huile de lin et le citron. Elle monta jusqu'à la porte qui donnait sur une grande cuisine aux murs de brique, sur lesquels se détachait l'acier de l'électroménager et un coin repas ultramoderne. Le parquet ciré menait à une immense baie vitrée qui s'ouvrait sur une terrasse tropézienne abritant toutes sortes d'arbustes et de plantes. Et, derrière, en toile de fond, le fleuve, majestueux.

— Cet endroit est incroyable ! s'exclama-t-elle.

— Je vous laisserai visiter tant que vous voudrez, mais allez d'abord prendre une douche et mettre des vêtements secs.

Elle le suivit jusque dans une pièce qui devait servir de chambre d'amis.

— La salle de bains est là, dit-il en désignant une porte. Faites comme chez vous. Je déposerai des vêtements secs derrière la porte.

Rex se demanda ce qui lui avait pris d'insister pour que Tiffani vienne chez lui. Était-ce la détresse qu'il avait décelée au fond de ses yeux quand elle avait vu ce type au restaurant, la compassion qu'il avait éprouvée en la voyant trempée ? Ou simplement l'envie de prolonger cette journée avec elle ?

Quel qu'en soit le motif, il fallait à présent assumer sa décision.

Il prit un T-shirt et un bas de jogging, et alla les accrocher à la poignée de la porte. Il sourit en entendant Tiffani chanter. Mieux valait sortir de cette chambre sans quoi la tentation de la rejoindre sous la douche serait irrésistible.

Il alla jusque dans sa chambre, se déshabilla et prit, lui aussi, une douche chaude. Puis il ramassa ses vêtements trempés par l'orage et se dirigea vers la cuisine, d'où provenaient des bruits familiers.

Tiffani avait ouvert un placard. Elle était pieds nus et nageait dans ses vêtements, mais elle était adorable. Elle avait défait ses cheveux qui lui tombaient sur les épaules.

— Je me suis permis de mettre mes vêtements mouillés dans le lave-linge. Vous voulez y ajouter les vôtres pour que nous lancions une machine ?

Il hocha la tête et apporta ses vêtements dans la buanderie. Puis, la machine mise en route, il regarda avec émotion leurs vêtements tourner et se mélanger les uns aux autres. Il secoua la tête. Il fallait vraiment qu'il se ressaisisse.

— Vous pourriez me dire où je peux trouver un verre ? Je meurs de soif, demanda Tiffani quand il retourna dans la cuisine.

— Tenez, dit-il après en avoir posé un sur le plan de travail. C'est drôle, ils sont plus longs que je ne pensais.

Instinctivement, Tiffani tira sur le T-shirt qu'il lui avait prêté.

— Les vêtements ?

— Non, vos cheveux, dit-il en s'approchant d'elle, aimanté par l'envie de les caresser. Ils sont beaux.

Elle s'immobilisa et leva les yeux vers lui.

— Comment les imaginiez-vous ?

— Je ne sais pas. Mais depuis notre première rencontre, chaque fois que je vois votre chignon, j'ai envie de le défaire, dit-il, d'y glisser les doigts. Je me dis que libérer vos cheveux libérerait aussi autre chose en vous.

— De quoi voulez-vous que je me libère ? demanda-t-elle d'un air sincèrement incrédule.

Ne voyait-elle pas qu'elle était coincée entre son travail et son père, et qu'il n'y avait aucune place dans sa vie pour autre chose ? Il glissa la main derrière sa tête et l'attira vers lui.

— De ce qui vous empêche de vous ouvrir à ceci…

Leurs lèvres se joignirent et, à sa grande satisfaction, elle passa les bras autour de son cou. Il la serra plus fort contre lui. C'était bon de la voir là, chez lui, dans ses bras. Il prit conscience qu'il en avait envie depuis leur première rencontre.

Elle se hissa sur la pointe des pieds, glissant son corps contre le sien. Leur baiser s'intensifia jusqu'à leur couper le souffle. Il laissa les mains glisser le long de son dos, de ses hanches, et agrippa fermement ses fesses. Instinctivement, Tiffani se rapprocha encore de son corps excité.

Avait-il déjà ressenti autant de désir pour une femme ?

Il glissa une main sous l'ample T-shirt et se mit à caresser son sein nu. Elle gémit et approfondit son baiser.

Son intuition était bonne. Il se cachait un trésor derrière son attitude guindée de parfaite chargée de relations publiques. Un trésor naturel et sauvage, dissimulé par les vêtements de marque et l'impression qui se dégageait d'elle que l'apparence comptait par-dessus tout.

Tiffani frissonna. Elle réagissait au moindre geste, à la moindre caresse et y répondait avec une fougue qui faisait monter l'excitation en lui. Il avait envie de la toucher, de l'embrasser, de la goûter partout. S'il ne se maîtrisait pas, il allait finir par lui faire l'amour sur le sol de la cuisine. Mais avant qu'il prenne une initiative, Tiffani se détacha de lui, créant entre eux un espace suffisant pour que la tension redescende un peu.

7

Que lui arrivait-il ? Son cœur battait à tout rompre, et ses mains tremblaient de manière incontrôlée. Jamais elle ne s'était comportée comme une dévergondée et elle était là, à présent, chez Rex, le suppliant corps et âme de faire l'amour. Un baiser avait suffi pour qu'elle perde la tête.

— Je suis désolée... Il vaut mieux que je parte.

— Que tu partes ? Où ? Pourquoi ?

Incapable de soutenir son regard, elle bredouilla.

Rex l'attira de nouveau à lui.

Mais elle ne voulait pas être de nouveau traitée comme Lou l'avait traitée. Si elle se laissait aller, elle risquait de s'attacher à Rex. Elle ne voulait pas souffrir encore.

— Tu es mon client. Déontologiquement, ce qui est en train de se passer...

— Ce qui est en train de se passer n'a rien à voir avec le fait que je sois ton client, dit-il en l'obligeant à croiser son regard. Et c'est la seule chose qui soit importante à mes yeux.

Il scruta longuement son visage. Puis il rajusta le T-shirt sur ses hanches et la prit par la main.

— Viens.

— Je crois que je vais y aller. Je récupérerai mes vêtements un autre jour.

— Suis-moi, ce ne sera pas long.

— Où ?

— Malheureusement, pas là où je rêve de t'emmener, répondit-il d'une drôle de voix.

Il la conduisit dans le salon et la fit s'asseoir sur l'un des deux canapés.

— Je ne veux pas te forcer à rester, mais j'aimerais que tu me parles. Je voudrais savoir pourquoi tu me fuis. Cette histoire de client est juste une excuse.

Elle prit un coussin et le serra contre elle. Comment lui faire comprendre qu'elle avait souffert à un point tel qu'elle ne laisserait plus jamais à quiconque la permission de lui faire du mal ?

Rex la fixait d'un regard interrogateur.

— Je ne veux pas que… Qu'on me fasse souffrir.

— Qui t'a dit que j'allais te faire souffrir ? demanda-t-il, incrédule.

— Pas forcément toi, mais…

— Cela a un rapport avec ce type, au restaurant ?

Rex méritait qu'elle lui donne au moins une explication. Il avait assisté à l'intrusion de Lou au cours de leur déjeuner et, d'une certaine manière, avait cherché à l'en protéger, sans connaître exactement les tenants et les aboutissants de ce qu'elle avait vécu avec lui.

— En fait, je suis sortie pendant six mois avec Lou, que tu as vu tout à l'heure. J'étais amoureuse et je pensais que c'était une histoire sérieuse. On a parlé mariage. Je l'ai même présenté à mon père. Et puis, dès l'instant où je lui ai dit que je l'aimais, tout a changé. Il m'a dit qu'il n'éprouvait pas les mêmes sentiments pour moi, il m'a humiliée devant toute l'agence…

— Et tu me crois capable de faire une chose pareille ?

— Non, mais nous avons commencé par travailler ensemble, toi et moi. Notre relation est en train de devenir plus personnelle, mais je ne sais pas si c'est une bonne chose.

— As-tu confiance en moi ? demanda-t-il en lui prenant la main.

Elle hocha la tête.

— Penses-tu que je serais capable de quoi que ce soit pour te faire du mal ?

Elle leva les yeux. Quelque chose en elle lui disait qu'il ne le ferait pas.

— Non.

— Tu sais, Tiff, je ne sais pas ce que l'avenir nous réserve, mais je sais qu'aujourd'hui il y a quelque chose de spécial entre nous, quelque chose que je n'ai jamais partagé avec aucune autre femme. Je ne sais pas exactement ce qui nous lie, mais je sais que c'est fort et que cela vaut la peine d'être exploré. J'ai envie de passer du temps avec toi, de te connaître mieux. J'ai envie de nous laisser une chance, de voir ce qui va se passer. À condition que tu en aies envie, toi aussi.

Tiffani hésita.

— Je me suis juré que jamais plus je ne me laisserais emporter par mes sentiments dans le cadre professionnel.

— C'est dommage, j'aime bien quand tu te laisses emporter. Tes gémissements, tes caresses, tes baisers… Regarde-moi, Tiffani. Je comprends et je respecte le fait que ton travail soit important pour toi. Mais je sais aussi que si nous avions continué, dans la cuisine, nous aurions fait l'amour sur place, deux minutes plus tard. Mais tu mérites mieux. Il faut que nous soyons sur la même longueur d'onde. Je ne veux pas que tu regrettes un instant d'être avec moi et encore moins que tu te retiennes de me dire franchement ce que tu ressens.

— Merci, dit-elle simplement, touchée, une fois de plus, qu'il ne fasse pas passer son plaisir avant le reste.

Toute sa vie, elle l'avait passée à s'occuper des autres, de ses frère et sœur, de son père, sans que personne lui ait demandé si cela lui plaisait ou non. C'était apaisant de voir Rex se préoccuper de ce qu'elle pouvait ressentir.

— Je peux d'ores et déjà te promettre une chose : je serai toujours honnête avec toi et ne me cacherai pas derrière ce que je ne suis pas. Je suis tel que tu me vois.

Il l'attira à lui et l'embrassa.

Elle était consciente du risque d'ouvrir la porte à la souffrance. D'un autre côté, à quoi renoncerait-elle si elle mettait un terme définitif à leur histoire ? Elle avait déjà vu l'honnêteté dont faisait preuve Rex dans sa vie. Elle ne pouvait pas s'empêcher d'avoir confiance en lui.

Elle s'abandonna à son baiser, et le désir les embrasa d'emblée l'un et l'autre.

— Ce vêtement est en trop, dit-il en tirant sur son T-shirt.

— Mais on peut nous voir, dit-elle en tournant la tête vers la baie vitrée.

— Personne ne peut te voir, à part moi. J'ai envie de voir ton corps magnifique.

Son regard descendit sur ses seins. Il tendit la main. Elle se cambra, et ses seins se mirent à pointer comme s'ils le suppliaient de les caresser. Il se pencha et posa ses lèvres humides sur le bout de son sein. Elle ferma les yeux, submergée par le désir montant en elle. Le contact de sa langue chaude et mouillée lui arracha un gémissement.

La pression entre ses jambes s'intensifia. Rex s'attarda sur son sein puis accorda une égale attention au second. Jamais elle n'avait eu envie d'un homme à ce point. L'air frais sur ses seins mouillés fit naître un frisson qui se transforma aussitôt en un désir impétueux. Elle tendit la main et la pressa contre son sexe en érection. Rex émit un son animal. Sans cesser de lécher le bout de son sein, il la poussa doucement contre le dossier du canapé, avant de prendre son autre sein dans sa main.

Elle rouvrit les yeux et écarta les cheveux de Rex pour pouvoir le regarder. Jamais un homme ne l'avait autant excitée.

— Si tu continues, je ne réponds plus de rien, murmura-t-elle.

— Pas sûr que cela me déplaise.

Rex fit glisser la main le long de sa cuisse et se mit à caresser le tissu recouvrant son intimité brûlante.

Leurs regards se croisèrent. Elle tendit les mains pour défaire les boutons de sa chemise puis les glissa sur son torse chaud. Lorsqu'elles parvinrent à la ceinture de son pantalon, il se remit à l'embrasser. Un baiser tendre, plein de respect.

Puis il attrapa à la ceinture le jogging qu'il lui avait prêté et, avec son aide, le fit glisser le long de ses cuisses. Il posa la main sur la peau nue de son ventre et la caressa doucement jusqu'à ce que ses doigts touchent les poils de son sexe.

Tiffani le regardait explorer son corps, brûlant d'excitation.

— Tu es tellement belle ! murmura-t-il, les yeux brillants.

Tout ce qu'il lui disait et faisait était un baume apaisant sur son âme meurtrie et lui donnait l'impression d'être importante.

La main de Rex poursuivit son exploration. Ses doigts se frayèrent un chemin dans sa toison humide. Elle gémit. Tout son être se concentra vers son prochain geste.

Doucement, il enfonça son doigt en elle. Instinctivement, elle se cambra tandis qu'il entrait et sortait, doucement, d'abord, puis de plus en plus vite, jusqu'à ce qu'elle ait l'impression qu'elle ne survivrait pas à cette délicieuse torture. La chaleur augmenta, la consumant tout entière, l'emportant dans une extase dans laquelle il lui sembla flotter. Puis elle revint doucement à la réalité. Elle cligna des yeux, prenant conscience qu'elle était nue, en plein jour, sur le canapé de Rex qui la regardait en souriant.

— Je viens d'assister au plus beau spectacle qui m'ait jamais été donné de voir, dit-il dans un murmure. Merci.

Comment était-il possible de ne pas tomber amoureuse d'un tel homme ?

Dès que Tiffani avait joui entre ses mains, quelque chose avait changé en Rex. Aucune femme ne s'était jamais laissée aller aussi spontanément et aussi complètement devant lui. La regarder succomber à ses caresses était un spectacle magnifique.

Jamais il n'avait reçu une femme chez lui. Jamais il n'avait fait l'amour dans le salon en plein milieu de l'après-midi.

Et jusque-là, il ne mélangeait pas sa vie professionnelle et sa vie privée.

Qu'est-ce qui l'avait poussé à enfreindre toutes ces règles avec elle ?

Il la regarda, encore étendue sur les coussins du canapé.

— Merci, Rex. Merci pour... ça. Et merci de me donner l'impression d'être quelqu'un de spécial.

— Mais tu *es* quelqu'un de spécial !

Elle se débarrassa du pantalon de jogging tire-bouchonné sur ses chevilles et se leva. Elle tendit la main et le conduisit vers les chambres. Devant la porte de la chambre d'amis, il prit les devants.

— Viens, on va dans la mienne, dit-il.

Debout, devant son lit, elle passa les mains dans la ceinture de son short et le fit glisser jusque sur le sol. Il était aussi nu qu'elle, désormais. Elle s'écarta légèrement de lui et le regarda, son sexe dressé vers elle. Elle se rapprocha.

Il ne se rappelait pas avoir jamais frissonné de cette manière.

— Tu es beau. Presque trop. Trop beau, trop viril, trop sexy, trop attentionné, murmura-t-elle avant de se hisser sur les pointes de pieds pour l'embrasser.

Il voulut l'enlacer, mais elle retint ses bras et se mit à l'embrasser lentement sur les lèvres, faisant monter encore son excitation. Puis elle prit sa lèvre entre ses dents et la mordit doucement.

Elle le plaça dos au lit. Lorsqu'il voulut poser les mains sur ses hanches, elle les repoussa.

— Pas maintenant. C'est encore mon tour, dit-elle.

Il reconnut Tiffani telle qu'il l'avait rencontrée, déterminée à obtenir ce qu'elle voulait, forte, pleine d'assurance. Il n'avait plus face à lui la jeune femme accablée et anxieuse qu'il avait vue au restaurant. Autant sa vulnérabilité l'avait touché, autant son audace l'excitait, à présent.

— Allonge-toi, ordonna-t-elle en le poussant doucement de la paume de la main.

Il se laissa tomber sur le matelas. Elle s'allongea à côté de lui et se mit à caresser son torse.

La frustration monta en lui comme un volcan prêt à entrer en éruption.

Elle glissa les doigts dans ses cheveux.

— J'adore tes cheveux, dit-elle.

— Je croyais que tu voulais les couper, dit-il en souriant.

— Non. Tu es comme Samson, ce sont eux qui te donnent ta force, ton identité.

Elle l'embrassa puis glissa la jambe par-dessus les siennes jusqu'à se mettre à califourchon sur lui. Il suffirait d'un infime mouvement pour que…

Mais elle s'immobilisa.

— Préservatif ? demanda-t-elle.

— Dans le tiroir.

Elle se pencha et fouilla jusqu'à attraper un préservatif. Il le lui prit des mains, l'ouvrit et l'enfila. Puis il l'attrapa par les cheveux et l'attira à lui pour l'embrasser.

Tiffani releva légèrement les fesses puis se rassit sur son sexe érigé. Elle se mit à bouger lentement, atrocement lentement, lui arrachant un grognement de plaisir. Il n'aurait pas pu arrêter le mouvement de ses hanches même s'il l'avait voulu. Lentement, elle se releva jusqu'à faire pratiquement sortir son sexe du sien puis redescendit au maximum. Une fois, deux fois... Jusqu'à ce qu'instinctivement, il se mette à bouger avec elle.

Elle se redressa et rejeta la tête en arrière. Ses seins s'agitaient sous ses yeux à mesure que le rythme s'accélérait. Une image et des sensations qui resteraient à jamais gravées dans sa mémoire.

Puis sa bouche s'arrondit, comme si ce deuxième orgasme l'avait prise par surprise, et tout son corps se mit à trembler.

Un sentiment de satisfaction s'empara de lui.

Tiffani se laissa tomber doucement sur son torse et poussa un long soupir.

Il roula par-dessus elle et entra de nouveau en elle. Elle passa les mains dans ses cheveux et les jambes autour de ses hanches, et se joignit à lui dans sa chevauchée finale. Puis il poussa un grognement et s'envola vers le paradis.

Rex ignorait quelle heure il était quand il se réveilla. Il faisait encore jour, et il était étendu sur son lit, et la femme la plus extraordinaire qu'il ait jamais rencontrée était endormie, blottie contre lui.

La journée avait été irréelle. Rien ne s'était passé comme prévu. Grâce à elle.

Il la sentit bouger et tourna la tête. Elle cligna des paupières et finit par ouvrir les yeux.

— Bonjour, dit-elle d'un air timide avant de détourner le regard.

— Bonjour.

Elle s'étira puis se leva si promptement qu'il ne parvint pas à la retenir.

— Où vas-tu ?

— Chercher mes vêtements.

Il la regarda s'éloigner, admirant son corps nu. Puis il se leva et la croisa, ses vêtements à la main, qui entrait dans l'autre chambre.

Que lui arrivait-il ? Regrettait-elle ce qui s'était passé ?

Il se trouvait dans la cuisine quand elle réapparut, vêtue du T-shirt et du jogging qu'il lui avait prêtés.

— J'ai mis nos vêtements dans le sèche-linge. Tu veux un thé, en attendant ? proposa-t-il en posant deux tasses sur la table.

— Je les récupérerai une autre fois, dit-elle. Je vais rentrer.

Elle se dirigea vers la porte. Il la retint par le bras.

— Tiffani, que se passe-t-il ? Tu n'es pas à un quart d'heure près, si ? Tu ne veux pas t'asseoir avec moi et me dire ce qui te pose problème ?

Il sourit et tira une chaise pour qu'elle s'asseye.

— J'aimerais comprendre pourquoi tu as envie de partir alors que moi, je ne rêve que de t'embrasser.

Elle sourit et se laissa tomber sur la chaise.

Il servit le thé puis s'assit un peu loin d'elle, à l'autre bout de la table. Elle but une gorgée et eut l'air de se détendre.

— Tu es sûr que je ne vais pas voir une femme débouler chez toi et me trouver là, buvant du thé en jogging dans la cuisine ?

Il sourit, soulagé.

— C'est bien le moment de me demander s'il y a une femme dans ma vie ! dit-il en riant.

— Je sais que tu n'es pas marié. C'est écrit dans mon dossier, dit-elle d'un air entendu.

— Le fameux dossier...

— La cuisine a l'air tellement vivante, habitée. C'est toi qui cuisines ?

— Quand j'ai le temps, oui. J'adore ça.

— C'est vrai ?

— Ce n'est pas écrit dans le dossier ?

— Non, mais c'est bon pour ton image.

— Tiff, je ne t'ai pas dit ça pour que tu t'en serves pour ta campagne. Tu ne décroches jamais ?

— Désolée, dit-elle d'un air sincèrement navré.

— Tu vas répéter au reste du monde tout ce que je te dis en privé ?

— C'est tentant, mais je m'abstiendrai. Pourquoi ? Qu'as-tu de si confidentiel à me dire ?

— Que je cultive mes légumes moi-même, par exemple.

— Là, sur ta terrasse ? dit-elle en se dirigeant vers la baie vitrée. C'est magnifique ! C'est ta mère qui t'a appris à cuisiner ?

— Cela ne risquait pas de se produire. Nous avions une gouvernante. Penses-tu ! Ma mère était trop occupée pour cuisiner, entre le country club et les parties de bridge...

Tiffani se tourna brusquement vers lui. Avait-elle perçu l'amertume qu'il avait tant de mal à dissimuler ?

— En fait, j'ai appris tout seul, devant les émissions culinaires à la télé. Et entendre parler des produits frais m'a donné envie de les cultiver moi-même. Et je m'en sors plutôt bien.

— Il y a beaucoup de choses dont tu te sors bien, dit-elle.

— Merci, dit-il, attendri de la voir rougir.

— Bon, je vais y aller, cette fois. J'imagine que tu as des choses à faire de ta soirée. Ça m'étonnerait que tu passes tes samedis soir seul.

Il la suivit jusque dans la buanderie.

— Es-tu en train de sous-entendre qu'après avoir fait l'amour avec toi je vais aller passer ma soirée avec une autre ? C'est toute l'estime que tu as pour moi ?

— Non, mais... Je ne sais pas, dit-elle en prenant ses vêtements dans le sèche-linge. Il faut que je...

— Il faut que tu quoi ? demanda-t-il en la prenant dans ses bras.

Elle leva la tête. Il se pencha vers elle et l'embrassa. Laissant tomber les vêtements sur le sol, elle passa les mains derrière sa nuque et, lorsqu'il la souleva, enroula les jambes autour de ses hanches. Il la hissa sur le sèche-linge, l'aida à enlever son jogging tout en se débarrassant de son caleçon.

Ils se remirent à s'embrasser avec fougue.

Il commençait à aimer cette Tiffani-là.

Le lendemain matin, Tiffani scruta le ciel bleu par la fenêtre de sa chambre et étira ses muscles meurtris par l'activité de la veille — une activité qu'elle n'avait pas pratiquée depuis longtemps.

C'était la première fois qu'elle faisait l'amour sur un sèche-linge. Mais peut-être pas la dernière.

Elle n'en revenait toujours pas de s'être abandonnée à ce point. Mais elle ne regrettait aucun des moments qu'ils avaient partagés. Son corps s'embrasait rien qu'à y penser. Allait-elle être capable de se concentrer de nouveau sur son travail ? Comment réagirait-elle, la prochaine fois qu'elle croiserait Rex à l'hôpital ?

Il ne lui avait pas demandé de rester chez lui. Tant mieux, elle n'était pas sûre qu'elle aurait pu dire non. Rex était tellement attentionné et tellement viril, généreux, drôle, intelligent. Comment avait-elle pu se méprendre à ce point sur son compte ?

Et comment avait-elle pu laisser leur relation glisser du professionnel à l'intime ? Alors que cette histoire ne fonctionnerait jamais. Trop d'éléments jouaient contre eux. Leurs métiers, son déménagement, son père. De plus, Rex n'avait jamais évoqué un quelconque désir de se caser. Il était l'homme parfait pour une aventure, mais certainement pas pour une histoire durable.

Non, ce qui s'était passé la veille ne faisait que compliquer la situation. Il valait mieux qu'ils s'en tiennent là et qu'elle cesse de rêvasser.

Elle se leva. Son père l'avait appelée pour qu'elle lui fasse quelques courses. Si elle ne se disciplinait pas un peu, elle passerait sa journée au lit à revivre chaque instant de cette journée magique avec Rex.

Depuis quelques jours, le travail à l'hôpital exigeait de Rex une présence et une énergie démesurées. Et, une fois encore, on le réclamait pour une urgence, après sa journée de travail. Il n'avait même pas eu le temps de voir Tiffani ni même de l'appeler. Pourvu qu'elle ne s'imagine pas qu'il avait disparu de la circulation après avoir couché avec elle ! Ce n'était pas son genre. Quand il ne tenait pas à revoir une femme, il le lui disait en face avec tact mais franchise. Dans le cas de Tiffani, il *tenait* à la revoir.

En arrivant à l'hôpital, il se fit indiquer le bloc où le patient l'attendait puis alla se changer. L'infirmière de bloc lui mit son calot et son masque et lui expliqua la situation.

— C'est un adolescent de seize ans. Il a fait des tonneaux et a été éjecté de la voiture. Il a des lésions internes. Mais il est en bonne santé et n'a pas d'allergies connues.

Rex jura sous son masque.

— Par où commençons-nous ? demanda-t-il à son assistant tout en regardant les radios affichées sur l'écran mural.

— La rate.

Rex prit place et fit mettre de la musique avant de procéder à une splénectomie, de recoudre deux perforations dans un rein et une dans l'estomac. Il était sur le point de refermer quand les moniteurs se mirent à biper.

— Sa tension dégringole, dit l'anesthésiste posté à la tête du patient.

— Il doit y avoir une hémorragie quelque part. Aspiration.

Il se mit à chercher l'origine du problème, mais ses efforts se révélèrent vains.

— C'est fini, dit l'anesthésiste au bout de quelques minutes.

— Poursuivez la réanimation, je continue à chercher, dit Rex.

— Rex, c'est fini. Son état était déjà limite quand il est arrivé.

Ce n'était pas ce que la famille du garçon allait vouloir entendre. Rex quitta le bloc, regagna les vestiaires, jeta son calot par terre et se laissa tomber sur le banc, la tête penchée en avant, les coudes sur les genoux.

Il fallait aller voir les parents et leur expliquer qu'il n'avait pas pu sauver la vie de leur enfant.

Ces cas le dévastaient chaque fois un peu plus.

Avait-il fait tout ce qui était en son pouvoir ? À côté de quoi était-il passé ? Aurait-il dû procéder dans un autre ordre ?

Aussi étrange que cela puisse paraître, c'étaient des questions qu'il ne se posait pas, avant le procès.

Il ramassa son calot et sortit. Il ne pouvait faire attendre les parents plus longtemps.

8

Finalement, éviter Rex s'était révélé plus facile qu'elle ne l'avait cru. Elle avait passé le dimanche avec son père qui s'était montré désagréable, l'accusant de travailler pour l'ennemi et de faire preuve de déloyauté vis-à-vis de lui.

Elle s'était efforcée de ne rien laisser transparaître de ce qu'elle avait fait la veille, mais il lui avait fait remarquer plusieurs fois qu'elle avait l'air ailleurs.

Elle avait passé les trois jours suivants au bureau, à alimenter les réseaux sociaux, à organiser une interview pour un magazine et d'autres détails de la campagne.

Rex n'avait pas cherché à la joindre. Il devait considérer que leur aventure était terminée. De son côté, elle s'était félicitée de n'avoir aucune raison professionnelle de l'appeler.

Pourtant, elle ne cessait de penser à lui et à cet après-midi torride.

Il était près de minuit lorsque la sonnette la tira de son sommeil. À cette heure-là, ce n'était pas bon signe. Son portable vibra. Que se passait-il ?

Elle se leva et prit son portable.

Rex lui avait envoyé un texto.

Ouvre, c'est moi.

Les battements de son cœur s'accélérèrent brusquement, et elle sentit sa détermination vaciller.

Pourquoi était-il là ?

Peu importait pourquoi. Il était là.

Elle ne prit pas le temps d'enfiler un pull ou sa robe de chambre et dévala les marches en nuisette.

Devant la porte, elle colla son œil sur le judas.

La sonnette retentit de nouveau.

— Qu'est-ce qui se passe ? dit-elle en ouvrant. Tu as un problème ?

Pour toute réponse, Rex la prit dans ses bras et enfouit le visage dans son cou.

— Je n'ai pas envie de réfléchir ni de parler. Tout ce que je veux, c'est être avec toi. Retrouver le sentiment de bien-être que j'éprouve quand nous sommes ensemble.

Il l'embrassa avec une fougue désespérée.

Toutes ses résolutions s'envolèrent aussitôt. Le feu que lui seul était capable d'allumer en elle reprit de plus belle, et elle eut la sensation d'être vivante. La peur que Rex la rejette l'avait désertée.

Il la souleva et entra, referma la porte du pied. Il la serrait tellement fort qu'elle peina à reprendre son souffle.

— J'ai besoin de toi, dit-il d'une voix rauque.

Il avait perdu son assurance habituelle, et sa vulnérabilité soudaine exalta sa féminité. Rex avait besoin d'elle au point de traverser la ville. Elle sentit le désir bouillonner en elle. Elle noua les jambes autour de lui.

— Ma chambre est là-haut, dit-elle.

— Trop loin.

Ces deux mots déchaînèrent une vague de désir animal en eux.

Il la déposa sur une marche et se remit à l'embrasser tout en retirant son pantalon. Puis il fouilla sa poche et en sortit un préservatif qu'il enfila sur son sexe dressé.

Il s'approcha d'elle, scruta son regard comme pour demander sa permission. Elle hocha doucement la tête et, sans hésitation, il entra en elle.

Que s'était-il passé pour qu'il lui saute dessus de cette manière ? C'était surprenant de sa part. Mais cela ne lui déplaisait pas. Elle le désirait autant que lui la désirait.

Elle sentit son corps pris de trremblements puis Rex s'affaissa sur elle en haletant.

— Tiff, dit-il en posant la tête sur ses seins.

Elle l'enlaça et le serra contre elle.

Lorsqu'il se redressa, il lui parut gêné, presque honteux. Pour sa part, elle ne lui en voulait pas de s'être abandonné de cette manière. Il lui avait montré sa vulnérabilité, et elle en était presque honorée.

Il se releva, remonta son pantalon.

Elle eut envie de dire quelque chose, mais aucun mot approprié ne lui vint à l'esprit. Il lui tendit la main et l'aida à se relever. Puis, avec délicatesse, il rajusta les bretelles de sa nuisette, dans un geste presque aussi érotique que ce qui venait de se passer.

— Pardon. Je n'ai pas d'excuse pour m'être comporté de cette manière. J'ai eu tort de venir ici et de déverser sur toi les frustrations de la journée. Je crois qu'il vaut mieux que je parte.

— Non, dit-elle en posant la main sur son bras. J'ai bien vu que quelque chose n'allait pas. Je suis contente d'avoir été là pour toi. Très contente, même, ajouta-t-elle d'un air entendu.

Les mots de Tiffani l'apaisèrent. Elle lui tendit la main, qu'il prit pour la suivre jusque dans sa chambre.

Il n'avait pas prévu d'aller chez elle. Mais il s'était retrouvé sur sa moto qui l'avait conduit jusque-là. Et Tiffani l'avait accueilli, faisant disparaître, l'espace de quelques instants, les visages dévastés des parents du jeune homme qu'il n'avait pas pu sauver.

— La salle de bains est là, dit-elle. Prends une douche chaude. Tu as mangé ?

— Non. Rien depuis midi.

— Je vais te préparer quelque chose, dit-elle en sortant de la chambre.

Il sentit la culpabilité s'estomper. Tiffani aurait pu le mettre à la porte en raison de la façon dont il s'était comporté. Au lieu de cela, elle compatissait et s'occupait de lui.

Une demi-heure plus tard, Rex descendit et trouva la cuisine en suivant le fredonnement de Tiffani. Il entra et jeta un coup d'œil sur ses formes que la nuisette laissait transparaître. C'était une vision à laquelle il s'habituerait volontiers. Et qui lui donnerait envie de passer moins de temps au bloc.

— Je suis là, dit-il doucement pour ne pas la faire sursauter.

Elle sourit par-dessus son épaule, puis posa sur la table une assiette contenant un sandwich au jambon, des chips et des tranches de pomme.

— Ce n'est pas de la grande gastronomie, mais c'est le mieux que je puisse faire à cette heure-là. Et j'ai mis de l'eau à chauffer.

Rex tira une chaise et s'attabla.

La bouilloire se mit à siffler. Tiffani versa l'eau dans deux tasses.

— Ma mère disait toujours que tout va mieux avec un thé.

Elle s'assit et prit sa tasse à deux mains, comme pour les réchauffer.

Il prit la moitié du sandwich que Tiffani avait coupé en deux, en diagonale. Cette attention lui rappela son enfance et la gouvernante qui s'occupait à la fois de la maison et, en l'absence de ses parents, de son frère et lui.

Il éprouva une sensation de réconfort à l'idée que quelqu'un prenne soin de lui. Tiffani était attentive et généreuse, comme elle l'avait prouvé lors de leur journée imprévue à High Water et comme elle le montrait ce soir encore, après la scène insensée qu'il lui avait jouée. Il y a longtemps qu'il n'avait pas eu le sentiment de compter pour quelqu'un.

— Merci, dit-il avant de mordre dans son sandwich.

— Tu as beau être un chef en cuisine, je n'ai pas l'impression que tu prennes soin de toi. Tu sautes beaucoup de repas.

— On dirait un médecin ou une maman.

— Je ne suis ni l'un ni l'autre, merci, dit-elle, le regard noir.

Il finit son sandwich et croqua dans les tranches de pommes, buvant une gorgée de temps à autre. La chaleur du thé était bienfaisante.

Tiffani leva les yeux de sa tasse.

— Tu veux bien me dire ce qui t'est arrivé, tout à l'heure ?

Il cessa de mâcher son bout de pomme et la regarda à son tour. Tout dans son expression disait qu'elle n'accepterait pas le silence. De toute façon, il lui devait une explication.

Il rassembla tout son courage.

— On a perdu un gamin, ce soir. Je n'ai rien pu faire. C'est moi qui l'ai annoncé à ses parents.

— Tu sais aussi bien que moi qu'on ne peut pas sauver tout le monde. Tu l'as même dit dans l'interview, l'autre jour.

— Je sais, mais cela ne rend pas les choses plus faciles ni plus acceptables.

— Non, dit-elle en tendant la main vers lui. J'imagine ce que tu as dû traverser pendant le procès. Ça a dû être dur.

En effet, et même plus dur encore qu'il ne s'était autorisé à se l'avouer et à le montrer aux autres. Il avait traversé des moments de doute, décortiquant le moindre de ses gestes au bloc, se demandant s'il aurait pu agir différemment.

— Je n'ai volontairement pas lu grand-chose sur le procès, reprit-elle. Je ne voulais pas être plus influencée que je ne l'étais déjà avant de me lancer dans la campagne. Mais je n'ai pas pu échapper complètement à ce qui a fait la une pendant des semaines.

— Les médias ont été manipulés par la famille Royster qui leur faisait dire ce qu'elle voulait.

Il retira la main de la sienne. Cela lui coûtait d'évoquer cet épisode douloureux mais, vu la façon dont il avait agi avec elle, Tiffani méritait de savoir quels monstres l'avaient poursuivi.

— Je ne sais pas qui du destin, du hasard ou de l'univers a fait en sorte que mon patient, ce soir-là, soit Vic Royster.

Tiffani cessa de jouer avec sa tasse.

— Vic Royster était le meilleur ami de mon père, quand j'étais petit. Il se trouve qu'il était aussi le père de ma petite amie, à l'université.

— Mais je croyais que les chirurgiens n'opéraient pas les gens qu'ils connaissaient.

— J'ignorais que c'était lui. C'était un samedi soir. L'hôpital m'a appelé en urgence. J'ai foncé au bloc, où le patient avait été préparé, comme d'habitude. Je n'ai su son nom qu'à la fin de l'opération. En fait, le pronostic vital était déjà engagé quand je suis arrivé. J'ai fait mon possible, mais il était trop tard.

L'évocation de cette soirée provoqua en lui un haut-le-cœur. Quand cette sensation allait-elle disparaître et le laisser tranquille ?

— Dans ce cas, pourquoi y a-t-il eu un procès ?

Il prit une profonde inspiration.

— Parce que le passé a refait surface, dit-il. Quand j'étais petit, je vivais dans l'opulence. Nous habitions un quartier cossu, ne portions que des vêtements de marque et fréquentions les meilleurs établissements de la ville. Mes parents changeaient de voiture dès que le dernier modèle était sorti. Nous passions notre temps au country club.

— C'est de là que viennent tes si bonnes manières, dit-elle.

— Oui. Apparemment, c'était essentiel, tant à la maison qu'en dehors. Pour ma mère, c'était le reflet d'une bonne éducation. L'apparence était tout, à ses yeux. Elle me faisait même prendre des cours de danse pour que je fréquente les rallyes.

Il marqua une pause et but une gorgée de thé refroidi.

— J'étais en terminale quand j'ai découvert que nous vivions dans un château de cartes. Je l'ai compris seulement au moment où il s'est effondré. J'ai compris que nous avions vécu sur un mensonge, totalement au-dessus de nos moyens. Mon père a dû déposer le bilan. Plus de maison, plus de voitures, plus de vêtements de marque. Et plus d'amis. Ils ont tous disparu, du jour au lendemain. Tu imagines ?

Sans répondre, elle le regarda fixement, d'un regard insondable mais sans pitié, sans quoi il aurait eu envie de s'enfuir.

— Nous avons déménagé à l'autre bout de la ville, dans un trois-pièces. Ma petite amie, dont j'étais vraiment amoureux, m'a dit qu'elle ne pouvait pas fréquenter un garçon pauvre. La seule chose qui n'a pas changé dans notre vie, à mon frère et moi, a été le lycée. Mes parents avaient déjà payé pour toute l'année scolaire. Mais ces derniers mois ont été atroces. Je me suis alors juré que plus rien, ni mon métier ni mon look, ne mentirait sur ce que je suis dans le fond.

— D'où les cheveux longs, la moto et les jeans..., murmura Tiffani.

— Oui. Je suis tel qu'on me voit. Que cela plaise ou non.

— Comment as-tu réussi à payer tes études ?

— J'ai eu des bourses. J'avais de bonnes notes et je travaillais dans une maison de soins. J'ai aussi contracté un emprunt. Et j'ai travaillé comme un fou. Je ne voulais pas renoncer à mes rêves. Je me serais senti doublement puni.

Il soupira.

— Bref. Je me suis donc retrouvé au bloc, en train d'opérer Vic Royster sans le savoir. Quand j'ai appris à sa femme et à sa fille qu'il était mort, nous ne nous étions pas vus depuis plus de quinze ans. Les retrouvailles n'ont pas été gaies.

— J'imagine.

— Elles n'ont pas supporté la nouvelle. Elles n'ont pas accepté qu'il soit mort, comme elles n'ont pas accepté qu'on leur dise qu'il n'avait pas suffisamment pris soin de sa santé et qu'il aurait dû voir un médecin plus tôt. Alors elles m'ont accusé et ont engagé un procès. Elles en avaient largement les moyens. Elles ont même fini par m'accuser d'avoir laissé leur père mourir sur la table d'opération intentionnellement, pour me venger de la façon dont leur famille avait laissé tomber la mienne après la faillite de mon père. C'est ce qui m'a fait le plus mal. Qu'on imagine que je sois suffisamment vil pour agir dans le but d'une vengeance.

Il secoua la tête.

— Comme l'hôpital était partie prenante dans le procès, je n'ai rien pu dire de tout cela. Mon avocat m'a conseillé de me taire. Les Royster, eux, ne se sont pas privés de raconter tout ce qu'ils voulaient. Y compris à propos de la faillite de mes parents et de la disgrâce qui s'en est suivie.

— Oh non !

— J'en ai longtemps voulu à mes parents de ce qu'ils m'avaient fait subir, mais loin de moi l'idée de vouloir les voir traînés dans la boue. Surtout à cause de moi.

— Je suis désolée, dit Tiffani d'un air attristé.

— Ne t'inquiète pas, c'est du passé. J'ai tourné la page.

Elle lui jeta un coup d'œil dubitatif mais ne dit rien, ce dont il lui sut gré.

L'histoire de Rex lui avait brisé le cœur. Comme il avait dû souffrir ! Ce devait être encore le cas, quoi qu'il en dise.

Elle vint se poster derrière lui et passa les bras autour de son cou. Sous sa main, son cœur battait la chamade. Avec tout ce qu'il avait subi, il parvenait encore à donner tellement aux autres !

Elle caressa ses cheveux et déposa un baiser sur sa tempe.

— Je n'ai jamais rencontré quelqu'un avec un aussi grand cœur que toi. C'est pour ça que je t'aime, s'entendit-elle dire avant de se reprendre. Enfin… Tu vois ce que je veux dire.

— Je vois ce que tu veux dire, dit-il sur un ton qui lui parut plein de reconnaissance. Merci d'être là, de m'avoir écouté.

Il tourna sa chaise et l'attira sur ses genoux. Elle passa les bras autour de son cou et l'embrassa.

— J'ai conscience de ne pas vraiment le mériter, mais j'aimerais vraiment rester ici cette nuit, si tu m'y autorises.

Elle se leva et lui tendit la main.

— Viens, il faut que tu te reposes.

Le soleil était déjà haut dans le ciel lorsqu'elle se réveilla. Rex s'était endormi rapidement, comme s'il avait eu besoin de sentir sa présence à côté de lui pour se détendre enfin.

Il fallait qu'elle appelle l'agence, mais elle n'avait aucune intention de le réveiller. Elle passa la main dans ses cheveux, étonnée de le voir endormi dans ses bras.

Il prenait de plus en plus de place et d'importance dans sa vie. Trop, peut-être. Il était si facile de s'imaginer passer le restant de ses jours avec lui ! Si seulement ce pouvait être aussi simple ! Mais cette histoire n'avait pas d'avenir. Leurs chemins s'étaient croisés, mais pour se séparer bientôt.

Pour commencer, elle avait une piètre opinion des médecins, et lui était chirurgien. Il ne se fiait pas aux apparences, elle travaillait sur l'image des gens. Elle portait un chignon, et il aimait les cheveux détachés. Il vivait à Memphis, et elle était sur le point de déménager. C'était une histoire impossible. Mieux valait s'en tenir à cet interlude merveilleux, quoique trop bref.

Rex bougea la main puis se retourna et lui embrassa un sein.

— C'est le meilleur oreiller que j'aie eu de ma vie, dit-il en levant les yeux vers elle.

— Il faut que je me lève, je suis en retard, dit-elle en se détachant de lui.

— N'y va pas. Prends ta journée. Allons nous amuser.

— Je ne peux pas. Il faut que j'avance.

— Ce n'est pas incompatible. Tu pourras me photographier tant que tu veux. Tu posteras sur les réseaux sociaux des photos de moi faisant traverser des vieilles dames.

Elle pouffa.

— Je ne te savais pas d'humeur si gaie de bon matin.

— Allez ! l'implora-t-il. Laisse-toi un peu aller, pour une fois !

Voilà encore un domaine dans lequel ils étaient très différents. Il ne se prenait pas au sérieux et savait rire de tout, y compris de lui-même.

— Et qu'est-ce que tu proposes ?

— Tu as déjà visité la maison d'Elvis Presley ? demanda-t-il.

Elle ne s'attendait pas à une telle proposition de sa part.

— Oui, mais il y a longtemps.

Il se leva d'un bond.

— Graceland, nous voilà ! déclama-t-il. On prend une douche, on passe chez moi, je me change, on prend un petit déjeuner et on y va !

Elle pouffa de nouveau. Rex était totalement différent de celui qui avait fait irruption chez elle au beau milieu de la nuit. Mais elle aimait ces deux facettes de sa personne.

— On n'a qu'à prendre notre douche ensemble, dit-il d'un air entendu. Pour gagner du temps.

Vingt minutes plus tard, Tiffani sortit de la douche la plus agréable qu'elle ait jamais prise. Rex l'avait envoyée au septième ciel avant de la laver et de l'envelopper dans un drap de bain. Elle était encore sur un nuage lorsqu'elle le suivit jusque chez lui, à bord de sa petite voiture blanche. Ils se garèrent et montèrent dans son appartement.

— Je vais me changer et puis je nous préparerai un bon petit déjeuner, dit-il.

Lorsqu'il revint, elle admirait les plantations sur la terrasse. Il portait sa tenue habituelle : T-shirt et jean. Il était pieds nus. Elle n'avait jamais rien vu de plus sexy.

— On mange sur la terrasse ? proposa-t-il.

— Avec plaisir !

— Profite du soleil, je reviens.

Il revint quelques instants plus tard avec deux assiettes fumantes, qu'il posa sur la petite table de bistrot.

— C'est la meilleure omelette que j'aie jamais dégustée, dit-elle.

— C'est grâce aux herbes aromatiques, expliqua-t-il. Mais dépêchons-nous de manger.

— Tu as l'air impatient de partir.

— C'est rare que j'ai une journée juste pour m'amuser, dit-il. Et encore plus rare que je puisse la passer avec une femme exceptionnelle. Comment ne pas être impatient ?

Même si le ton était ironique, le compliment la toucha droit au cœur. Avec lui, elle se sentait désirable et importante. Vu ce qu'elle avait vécu juste avant de le rencontrer, cela n'avait pas de prix.

— Tu veux conduire ? lui demanda-t-elle lorsqu'ils furent devant sa voiture.

Il prit les clés qu'elle lui tendait et s'installa au volant. Vingt minutes plus tard, ils avaient rejoint l'autoroute. Rex passait d'une voie à l'autre.

— Tu sais que tu n'es pas à moto ? fit-elle remarquer en serrant la poignée de la portière.

— J'ai l'impression de conduire un kart. Mais ne t'inquiète pas. J'ai la situation en main.

Il ralentit l'allure lorsqu'ils sortirent de l'autoroute.

— Tu es un grand fan d'Elvis ? demanda-t-elle.

— Qui ne l'est pas ? Mais je dois dire que j'ai commencé à l'apprécier assez tard. Et toi ?

— J'ai vu tous ses films. Je connaissais les chansons par cœur.

Elle se revit, devant la télévision, avec son père.

Rex se gara.

— Tu veux tout visiter ? Le musée, la maison et les avions ?

— Oui, tant que nous sommes là.

— Nous avons tout notre temps, après tout.

Elle hésita.

— J'ai dit à mon père que je passais le voir ce soir.

L'idée était tout sauf enthousiasmante.

— On pourra y aller directement d'ici, suggéra Rex en se dirigeant vers la billetterie.

— Ce n'est pas la peine. J'aurai le temps de te déposer chez toi, dit-elle sans lui avouer qu'elle ne risquait pas de le présenter à son père.

— Tu ne veux pas me présenter à ton père ? demanda-t-il comme s'il lisait dans ses pensées.

— Tu te rappelles qu'il déteste les médecins ?

Il l'attira et la serra contre lui.

— Toi aussi, tu détestais les médecins. Encore que ce matin, sous la douche, il m'a semblé que tu m'aimais bien.

Il n'avait pas tort, mais cela ne suffisait pas à la convaincre que son père serait capable d'apprécier un chirurgien. À plus forte raison s'il comprenait qu'elle couchait avec lui.

— Nous en reparlerons tout à l'heure. Viens. Elvis nous attend.

— N'oublie pas que tu as accepté que je prenne des photos, aujourd'hui.

Elle éclata de rire en le voyant froncer les sourcils, puis le suivit dans le musée où ils passèrent plusieurs heures à admirer le monde dans lequel avait vécu Elvis Presley, ses voitures, ses vêtements.

— Ma mère est allée à l'un de ses concerts quand elle était petite. Elle adorait sa musique. C'est toujours le cas, d'ailleurs. Elle était tellement fan qu'elle s'est glissée jusqu'au deuxième rang, alors qu'elle avait une place dans le fond de la salle. Un gardien est venu la déloger et l'a renvoyée à sa place. Elle nous l'a raconté des dizaines de fois.

Une fois la visite du musée terminée, une navette les emmena jusqu'à la résidence du chanteur. Lorsque le guide s'arrêta devant un immense canapé blanc, Rex se pencha vers elle.

— J'aimerais bien avoir le même. On aurait plus de place.

Tiffani sentit la chaleur monter en elle et le fit taire en riant.

Ils allèrent ensuite se promener dans le jardin. Depuis combien de temps n'avait-elle pas flâné, main dans la main, avec un homme ? Rex avait raison. Il fallait qu'elle prenne plus de temps pour elle, qu'elle profite davantage de la vie.

Ils marchèrent jusqu'à l'endroit où Elvis et sa famille étaient enterrés et y demeurèrent un moment.

— Il a vraiment révolutionné le monde, fit-elle remarquer à voix basse.

— C'est vrai. Comme toi, tu es en train de révolutionner le mien, répondit-il en l'embrassant sur la joue.

— À ce point ? dit-elle, incrédule mais flattée.

— Pour commencer, je roule en voiture, dit-il en souriant. Mais, plus sérieusement, il y a longtemps que quelqu'un n'avait pas été là pour moi comme tu l'as été hier soir. Merci.

Elle le regarda et ne put s'empêcher de l'embrasser.

La navette les emmena ensuite voir l'avion d'Elvis.

La journée avait été merveilleuse, et elle se demanda avec qui elle pourrait aussi bien s'entendre. Avec Rex, elle s'amusait et elle riait, choses qu'elle n'avait pas eu si souvent l'occasion de faire dans sa vie.

— J'ai entendu dire qu'il y a un café dans lequel ils servent le sandwich préféré d'Elvis. Cela te tente ?

— Ça dépend. Qu'est-ce que c'est ?

— Beurre de cacahouète-banane, répondit-il en se frottant le ventre.

Elle plissa le nez.

— Allez, Tiff, où est passé ton goût pour l'aventure ?

— Tu as raison, je vais goûter.

Elle admirait cette qualité chez lui, sa curiosité et son intérêt pour tout ce qui se présentait. Elle avait passé tellement de temps à hésiter et à se poser des questions dans sa vie qu'il ne lui était jamais venu à l'esprit qu'elle pourrait vivre plus librement.

— C'est bon ! s'étonna-t-elle en mâchant son sandwich.

— Tu vois, je te l'avais dit, dit-il en mordant dans le sien.

— Merci de m'avoir emmenée ici. J'ai passé un très bon moment, dit-elle tandis qu'ils regagnaient le parking.

— Moi aussi, répondit-il.

Ils montèrent dans la voiture.

— Où habite ton père ? demanda-t-il en mettant le contact.

La panique s'empara d'elle. Comment le convaincre de ne surtout pas l'accompagner chez lui ?

— On a le temps de passer chez toi. Tu sais, ces visites chez mon père ne sont pas très drôles. Et je n'ose pas imaginer sa réaction quand il apprendra que tu es médecin.

— Nous ne sommes pas obligés de le lui dire.

Mais pourquoi insistait-il au lieu de simplement accepter qu'elle le dépose chez lui en passant ?

— Cela me ferait plaisir de le rencontrer.

— Ah bon ?

— Oui. Et, tu sais, je suis grand. Même si cela devait mal se passer, je survivrais.

Elle prit une profonde inspiration.

— Alors prends la direction de l'est sur l'autoroute.

Peut-être parviendrait-elle à le laisser dans la voiture ou dans le hall de la résidence pendant qu'elle irait voir son père. D'un autre côté, elle rechignait à l'idée que cette journée avec Rex se termine et qu'ils rentrent, chacun chez soi.

Plus ils se rapprochaient de leur destination, plus la nervosité montait. Et si son père reconnaissait Rex Maxwell ?

Rex lui prit la main.

— Tout ira bien, ne t'inquiète pas, dit-il comme s'il lisait dans ses pensées. Je sais me tenir.

— Ce n'est pas toi qui m'inquiètes…

Ils se garèrent et entrèrent dans la résidence. Dans le hall, Rex lui tendit la main, mais elle la repoussa doucement. Pourtant, il fallait reconnaître que l'idée de ne pas avoir à affronter son père toute seule, pour une fois, lui faisait du bien.

— Il était temps ! fut sa première réaction quand il la vit.

— Bonjour papa. Je ne suis pas seule, aujourd'hui. J'ai amené quelqu'un.

Rex entra et tendit la main.

— Bonjour monsieur. Je suis Rex. Enchanté.

— Pourquoi tu l'as emmené ? grogna son père, ignorant la main tendue de Rex.

— Parce que c'est un ami et que cela lui faisait plaisir de te rencontrer. Nous sommes allés à Graceland, aujourd'hui.

— En pleine semaine ? Tu ne travailles plus sur ta campagne stupide pour l'hôpital ?

— Si, mais pas aujourd'hui. Comment va ta main ? demanda-t-elle pour orienter la conversation sur un sujet moins périlleux.

— Elle me fait encore plus mal qu'avant.

— Mais tu n'as pas fait changer le pansement ?

— Il n'y a que toi qui saches le faire correctement.

— Montre-moi ta main, je vais m'en occuper, dit-elle en allant ouvrir un tiroir.

Rex n'en crut pas ses yeux. Tiffani s'était métamorphosée en petite fille. Où était passée la chargée de relations publiques qui le remettait à sa place dès qu'il râlait ? Ne voyait-elle pas que son père abusait de sa gentillesse ?

Elle émit un son choqué qui attira son attention. La main de son père était rouge, enflée et commençait à s'infecter. Elle nécessitait d'autres soins qu'un simple changement de pansement.

— Mais tu ne l'as pas montrée à quelqu'un ? s'exclama Tiffani en jetant un coup d'œil à Rex.

— Pourquoi veux-tu que je la montre à quelqu'un ? Je savais que tu venais. Si tu venais plus souvent, elle ne serait peut-être pas dans cet état.

Rex commençait à perdre patience. Personne n'avait à s'adresser à Tiffani sur ce ton, fût-ce son père.

— Faites voir..., dit-il en s'approchant.

— Qu'est-ce que vous y connaissez, vous ? dit son père.

Rex leva les yeux et le fixa.

— Je suis médecin.

— Quoi ? hurla le père de Tiffani en faisant aussitôt reculer son fauteuil roulant. Sortez d'ici ! Laissez-moi tranquille. Et ne vous approchez plus de ma fille !

— Papa, Rex veut te rendre service, dit-elle en posant la main sur son épaule dans un geste d'apaisement.

Pourquoi prenait-elle ce ton pour lui parler alors que, de toute évidence, il la tyrannisait ?

— Les médecins m'ont fait perdre mes jambes ! Je ne laisserai pas celui-là me faire perdre ma main ! hurla-t-il.

Rex se tourna vers Tiffani.

— Je t'attends dehors.

— J'arrive, répondit-elle par-dessus son épaule.

Son père, devenu rouge de colère, continuait à proférer des insultes.

— Vous avez compris ? Sortez ! Et laissez ma fille tranquille !

Il était impensable que Tiffani ait baigné pendant toutes ces années dans ce climat de violence. Rex n'osait pas imaginer son enfance.

Il demanda à un employé où se trouvait l'infirmière en chef, à qui il se présenta et exposa le problème médical de M. Romano. Puis il rédigea une ordonnance.

Quand Tiffani sortit, il l'attendait dans le hall. Elle semblait accablée, comme si elle portait le poids du monde sur ses épaules. Toute trace de sa vitalité et de son enthousiasme avait disparu, et elle était au bord des larmes.

Il ouvrit les bras et la serra tendrement.

— Je suis désolée, dit-elle, la tête enfouie contre lui. Je n'aurais pas dû te faire venir.

— Tu m'avais prévenu. C'est moi qui ai insisté. Ne t'inquiète pas. Ce n'est rien. Je lui ai prescrit des antibiotiques. Une infirmière va passer le voir. Sa main devrait guérir rapidement.

— S'il accepte de les prendre.

— Apparemment, les infirmières le connaissent. Elles ont l'habitude. Allez, viens. Rentrons. La journée a été assez mouvementée comme ça.

9

Rex reprit le volant et rejoignit l'autoroute. Le soleil déclinait, teintant le ciel de rose. Au bout d'un moment, il brisa le silence dans lequel ils étaient plongés depuis leur départ de la résidence.

— Tu as faim ? demanda-t-il. On peut s'arrêter quelque part.

— Pas vraiment. Le sandwich d'Elvis m'a calée, dit-elle en souriant.

— Il était bon, en fin de compte, dit-il, content qu'elle ait retrouvé le sourire.

— Merci de m'avoir fait faire l'école buissonnière. J'ai passé une très bonne journée.

— Moi aussi. J'étais bien avec toi.

Il prit sa main pour l'embrasser, mais un bruit strident le coupa dans son élan.

— Qu'est-ce qui se passe ?

Devant eux, une voiture fit un tête-à-queue. Un autre véhicule la heurta de plein fouet et la propulsa contre un camion, lui faisant faire des tonneaux.

— Accroche-toi, dit-il en agrippant le volant.

Dans le rétroviseur, une voiture arrivait à vive allure. Il changea promptement de voie et ralentit suffisamment pour éviter le camion et s'arrêter sur le bas-côté.

— Tu as une torche ? demanda-t-il en ouvrant la portière.

Tiffani ne répondit pas.

— Tiffani !

Elle sursauta puis, se ressaisissant, ouvrit la boîte à gants.

— Je vais voir s'il y a des blessés. Appelle le SAMU. Dis-leur que je suis sur place. Ensuite, rejoins-moi. Mais reste derrière les rails de sécurité. D'accord ?

— Oui. Fais attention à toi ! l'entendit-il dire en s'éloignant.

À quelques secondes près, ils auraient pu être pris dans le carambolage, eux aussi. Sa poitrine se serra quand il pensa qu'il aurait pu perdre Tiffani.

La route était jonchée de débris. Il enjamba un pare-chocs. La nuit était tombée, et cette portion d'autoroute n'était pas très éclairée. Il se dirigea vers la voiture qui avait fait des tonneaux.

Un homme tentait de s'extraire de l'habitacle. Il s'agenouilla et braqua la torche vers lui.

— Je suis médecin, dit-il. Ne bougez pas. Les secours arrivent. Combien de personnes y a-t-il dans la voiture ?

— Mes enfants, à l'arrière. Ma femme a perdu connaissance.

— Ne bougez pas, je vais voir les enfants.

À son grand soulagement, deux paires d'yeux tout à fait vifs se tournèrent vers lui quand il s'approcha de la vitre.

Il contourna la voiture. La portière passager avait été emboutie. La femme saignait à la tête. Il prit son pouls, qui était faible. Par chance, des sirènes retentirent.

— Je peux me rendre utile ? demanda une personne en s'approchant.

— Oui. Je suis médecin. Pouvez-vous rester avec cette femme et avertir les secours qu'elle est là ? Ne touchez à personne dans la voiture, d'accord ?

L'homme hocha la tête.

Il avança jusqu'au chauffeur du camion qui vacillait sur ses jambes.

— Asseyez-vous, dit-il en l'éclairant.

L'homme avait une entaille sur le front.

— Rex, je suis là. Qu'est-ce que je peux faire ? dit Tiffani.

— Emmène ce monsieur s'asseoir quelque part et essaye de trouver de quoi panser cette coupure. Je vais voir l'autre voiture.

Il courut jusqu'au deuxième véhicule qui, par chance, était encore sur ses roues. Le conducteur était toujours au volant. Rex essaya en vain d'ouvrir la portière puis frappa à la vitre.

— Ouvrez la portière ! cria-t-il.

L'homme ne réagit pas. Était-il en état de choc ? Mort ?

— Monsieur ? Ouvrez ! répéta Rex en frappant plus fort.

L'homme finit par poser sur lui des yeux vitreux. Rex entendit un déclic et ouvrit la portière.

— Vous êtes blessé ? demanda-t-il.

Tiffani apparut dans l'obscurité.

— Donne la torche, je vais la tenir, proposa-t-elle.

Décidément, elle était toujours là au bon moment.

Le pouls du conducteur était irrégulier.

— Il faut qu'on le sorte de là. Passe par l'autre porte. J'ai peur qu'il s'agisse d'une crise cardiaque.

Tiffani fit le tour de la voiture et l'aida à soulever l'homme et à le tirer hors de l'habitacle pour l'allonger.

Il regretta de ne pas avoir pris sa mallette, qu'il emportait partout avec lui quand il se déplaçait à moto. Il posa l'oreille sur le torse de l'homme, dont le pouls était irrégulier mais existant. Lui aussi avait urgemment besoin de soins.

— Quelqu'un connaît-il les gestes de réanimation ? lança-t-il aux personnes attroupées autour de lui.

— Oui, moi, répondit une femme en approchant.

— Restez auprès de ce monsieur. S'il arrête de respirer, commencez la réanimation.

Puis il se tourna vers un homme.

— Allez prévenir le SAMU qu'il y a un risque d'arrêt cardiaque, ici. Tiffani, viens avec moi.

Ils retournèrent auprès de la femme blessée dans la première voiture. Il fut soulagé de voir arriver l'ambulance.

— Il faut que je l'examine. Tu veux bien m'éclairer ? demanda-t-il à Tiffani.

Le rythme cardiaque de la femme s'était ralenti. Un faisceau lumineux plus puissant que celui de la torche de Tiffani illumina l'habitacle.

Rex se releva et salua les secouristes d'un signe de tête.

— Je suis le docteur Maxwell. Pour le peu que j'ai vu, cette femme doit avoir une hémorragie interne. Son mari et leurs enfants sont là aussi. Et, là-bas, il y a un homme qui a des problèmes cardiaques.

Tiffani s'écarta pour ne pas bloquer la lumière avant de comprendre qu'elle provenait d'une caméra. Elle reconnut la journaliste d'une télévision locale.

— Qui est cet homme ? demanda cette dernière.

— C'est un médecin.

— Nous roulions juste derrière quand l'accident s'est produit. Il a été incroyable. Un vrai héros.

— C'est le Dr Rex Maxwell. Il est chirurgien au Metropolitan Hospital, dit Tiffani en se reconnectant soudain à son métier.

Comme s'il n'attendait que cette présentation pour intervenir, Rex apparut, un enfant dans les bras. Le cameraman le filmait.

Tiffani étudia la possibilité de divulguer quelques bribes d'informations à la journaliste. Après tout, sa campagne pour l'hôpital n'était pas terminée.

— C'est vraiment une pointure et une référence dans le milieu de la chirurgie. Le Metropolitan Hospital ne s'y est pas trompé.

— C'est vrai ? dit la jeune femme, déjà séduite. Je vais essayer d'avoir une interview.

Un policier s'approcha et leur ordonna de quitter les lieux de l'accident. Tiffani était presque arrivée à la voiture quand Rex la rejoignit à petites foulées.

— Les blessés sont envoyés au Metropolitan. Je monte avec la mère de famille. Il faut l'opérer le plus vite possible. Tu es en état de rentrer seule ?

— Oui, ça va.

Elle appréciait vraiment la prévenance de Rex, même si l'habitude de se débrouiller seule était ancrée en elle depuis longtemps.

— Je t'appelle, dit-il avant de déposer un rapide baiser sur ses lèvres.

Elle le regarda retourner dans la mêlée. Elle était fière de lui. C'était son héros. Et, dès le lendemain, il serait le héros de toute la ville.

Rex ôta son calot et le jeta dans la corbeille prévue à cet effet. La nuit avait été longue. Il était entré au bloc dès son arrivée en ambulance à l'hôpital. L'état de la victime du carambolage avait dramatiquement empiré, et chacun avait déployé des efforts surhumains pour la maintenir en vie avant même qu'on l'opère. Ses chances de survie étaient minces mais, pour l'heure, il avait fait tout ce qui était en son pouvoir.

Il allait rentrer dormir, après quoi il appellerait Tiffani pour l'inviter à dîner. Et plus si affinités.

— Salut Rex ! Quel effet ça fait d'être le héros du jour ? Tu portes une cape rouge sous ta blouse ? demanda un confrère en le croisant à la sortie du bloc.

Rex le regarda sans comprendre.

— Tu n'as pas écouté les infos, ce matin ?

— Non, je sors à peine du bloc. Que se passe-t-il ? demanda-t-il tandis qu'une sensation désagréable s'insinuait dans ses entrailles.

— On ne parle que de toi partout : à la télé, sur les réseaux sociaux. Ma femme m'a même demandé par texto si je te connaissais.

Rex prit la direction de la salle d'attente, équipée d'un écran de télévision et qui était, par chance, vide. Il n'eut pas à attendre longtemps avant de comprendre de quoi il était question. On le voyait, en chair et en os, transportant le petit garçon jusque dans l'ambulance. Puis, à genoux, près de la mère de famille. Comment ces images étaient-elles arrivées jusque-là ?

Son estomac se noua à mesure que la réponse se frayait un chemin dans son esprit. Tiffani. Rien ne l'arrêtait donc quand elle voulait parvenir à ses fins ?

Sur l'écran, une journaliste tendait à présent son micro à Tiffani en personne, qui parlait *de lui*. Elle savait pourtant ce qu'il ressentirait en voyant ces images. Comment avait-elle pu se servir de ce drame pour se faire de la publicité ? Tout ce qu'elle avait en tête, c'était les relations publiques, les campagnes sur l'image, les apparences. Elle était prête à tout et à n'importe quoi, sans se demander si cela pouvait faire du mal autour d'elle.

Une demi-heure plus tard, il gara sa moto sur le parking de son immeuble, retira son casque et tambourina à sa porte. Il pouvait bien la réveiller, ce n'était pas son problème.

Quelques instants plus tard, il entendit la serrure et la porte s'ouvrit sur une Tiffani en peignoir.

— Que se passe-t-il ? Il est tôt.

Rex poussa la porte et la fit claquer derrière lui.

— Comment as-tu pu faire une chose pareille ? Il n'y a donc que les relations publiques qui comptent pour toi ? Tu n'as donc aucun respect pour un mari qui a failli perdre sa femme et des enfants qui ont failli perdre leur mère ?

— Tu as vu les infos ? demanda-t-elle en allant dans le salon, où la télévision diffusait les images d'une chaîne d'information en continu.

— Oui, je les ai vues. En sortant d'une nuit au bloc passée à essayer de sauver la vie de cette femme.

— Comment va-t-elle ?

— Ne me fais pas croire que ça t'intéresse ! Ton seul centre d'intérêt, c'est ta promotion. C'est toi qui as prévenu les journalistes ?

— Non. Ils étaient déjà là. Eux aussi se trouvaient sur l'autoroute quand l'accident s'est produit. La journaliste est venue vers moi. Ils avaient déjà commencé à filmer. J'ai simplement donné ton nom et dit que tu étais chirurgien au Metropolitan Hospital.

— Tu ne t'es pas doutée un instant de la façon dont je pourrais le prendre ? dit-il, sans cesser de la fixer.

— Si, mais en quoi est-ce si grave, après tout ? Tu as sauvé la vie de ces gens. Si tu n'avais pas été là...

— Je suis médecin, Tiffani ! C'est mon métier et ma vie de sauver la vie des gens. Je ne le fais pas pour passer aux infos.

— Peut-être, mais les gens ont besoin de héros, et toi, à leurs yeux, tu en es un.

— C'est sûr que cela t'arrange. Avec ça, tu vas pouvoir avoir ta promotion et t'échapper d'une ville et d'un type qui n'est pas assez bien pour toi.

— M'échapper ?

Elle s'approcha de lui d'un air furieux.

— Tu peux parler, toi qui dépenses toute ton énergie à fuir d'où tu viens ! Tu préfères inverser les rôles, pour oublier à quel point tu as souffert d'être rejeté, et accuser les autres d'être responsable de ta douleur. Je comprends pourquoi tu ne vas jamais voir tes parents. Ils ont certes mené la belle vie pendant toutes ces années, mais tu oublies un peu vite qu'ils t'aimaient. Ils se sont occupés de toi, de ton éducation, de ta vie.

— Ne projette pas ton histoire sur la mienne : tu as beau jouer les femmes fortes et déterminées, tu t'aplatis comme une carpette devant ton père qui peut te faire faire n'importe quoi. Tu fais tout pour le rendre heureux, mais le problème c'est que c'est un combat perdu d'avance. Tu ne peux pas et tu ne pourras jamais le rendre heureux. Il est plus facile pour lui d'utiliser son handicap pour te manipuler. Il est agressif et aigri et, si tu restes dans les parages, tu finiras par l'être aussi !

Elle recula comme s'il l'avait giflée.

— Comment oses-tu ?

— J'ose parce que c'est la vérité. N'as-tu jamais pensé qu'il aurait pu remarcher, avec des prothèses, si tu ne lui avais pas obéi au doigt et à l'œil ? Tu lui donnes tout ce qu'il exige de toi. Tu n'as pas eu le choix quand tu étais petite, mais il aurait dû prendre ses responsabilités au lieu de déverser sur toi toute sa culpabilité. Tout ce cirque sur les médecins n'est là que pour couvrir sa responsabilité dans son accident. Va lui poser des questions. Je parie qu'il conduisait trop vite, qu'il avait bu ou qu'il a été distrait une seconde. Tu sais aussi bien que moi que les médecins lui ont sauvé la vie.

— Si tu as fini ta séance de psy, tu peux partir, dit-elle en se dirigeant vers la porte, qu'elle ouvrit en grand.

Il la regarda droit dans les yeux.

— Je pars, mais sache que je ne suis plus ton pantin. Je vais dire à Nelson que j'arrête la campagne. Dorénavant, vous ferez sans moi, mademoiselle Romano.

10

Les mots de Rex avaient continué à résonner dans sa tête pendant plusieurs jours. Il l'avait même appelée par son nom de famille, en faisant ses adieux. Adieux à la campagne, mais aussi à elle. Elle qui pensait avoir déjà souffert d'un chagrin d'amour se rendait compte que ce n'était rien à côté de la torture qu'elle vivait à présent. Rien que se lever exigeait d'elle des efforts surhumains. Elle ne trouvait de paix que dans le sommeil, mais il se faisait rare. Elle faisait des rêves épuisants, dont elle se réveillait en pensant à Rex. Le voir sourire sur les affiches qui avaient fleuri dans toute la ville lui procurait un plaisir fugace qui se métamorphosait aussitôt en une profonde douleur.

Le Dr Nelson l'avait appelée pour l'informer que Rex ne participerait plus activement à la campagne. Comment Rex avait-il justifié sa décision ? Le Dr Nelson ne semblait pas lui en tenir rigueur, néanmoins. Il avait même félicité Tiffani pour l'avancement de la campagne : la couverture médiatique de l'accident sur l'autoroute avait vraiment rehaussé l'image de l'hôpital aux yeux du public.

Mais elle avait aussi écarté ses chances à elle d'être heureuse.

Elle était tombée amoureuse de Rex. Mais elle l'avait blessé. Pis, elle l'avait déçu et n'avait aucun moyen de se rattraper. Tout ce qu'il lui restait à faire, c'était accepter la promotion qui lui avait été accordée, déménager et repartir de zéro, ailleurs, seule.

Jamais elle ne retrouverait quelqu'un comme Rex, dont l'absence laissait déjà un vide sidéral en elle. Il l'accusait de se servir de sa promotion comme d'un prétexte pour le fuir. Mais elle ne se considérait pas comme quelqu'un de lâche. D'ailleurs, elle allait passer courageusement à l'action et commencer à faire le ménage dans sa vie. Perdre Rex était largement plus insupportable que de voir Lou tous les jours, à l'agence. C'était à elle de ne pas laisser Lou lui faire du mal. Elle avait laissé Lou la traiter comme son père la traitait. Ce n'était pas une relation saine, ni avec un petit ami ni avec un père. Elle méritait mieux. L'heure était venue de changer des choses dans sa vie.

Le dimanche qui suivit, elle entra dans la chambre de son père, la tête haute. Il était temps qu'il endosse la responsabilité de ses actes et de sa vie.

— Tu es là, ma fille ?

— Bonjour papa, comment va ta main ?

Il l'agita devant elle.

— Bien mieux, regarde ! Même si ce charlatan a voulu s'en occuper.

— Ne parle pas de Rex de cette manière devant moi, sinon je ne remettrai plus les pieds ici, dit-elle d'un ton ferme en soutenant le regard choqué de son père.

— Mais tu les connais, ces médecins.

Justement, elle en connaissait un prévenant, dévoué et généreux.

— Papa, tu ne m'as jamais raconté comment tu as eu cet accident, dit-elle en s'efforçant de ne pas mettre de reproche dans ses mots.

Il détourna le regard, l'air gêné.

— Quel intérêt ? C'est de l'histoire ancienne.

— Peut-être, mais elle m'intéresse, dit-elle d'un ton le plus encourageant possible.

Il prit une grande inspiration.

— Je rentrais à la maison et, dans un tournant, une voiture a percuté ma moto, dit-il, répétant mécaniquement ce qu'il avait toujours dit.

— Mais tu revenais du travail. Tu ne t'étais pas arrêté chez Charlie pour boire un verre, comme tu le faisais parfois ?

Son regard s'assombrit.

— Peut-être. Je ne m'en souviens pas vraiment.

Elle, elle s'en souvenait.

— Je me souviens qu'il pleuvait, ce jour-là, dit-elle.

— Comment le sais-tu ? demanda-t-il d'un ton étonnamment calme.

— Parce que je n'ai pas pu aller jouer dehors. C'est moi qui ai ouvert la porte quand la police a sonné.

— Ah ! dit-il, sans croiser son regard.

Rex avait donc raison. Son père n'avait pas tout dit.

— Papa, je pense qu'il faut que tu acceptes de te faire aider, maintenant. Que tu utilises le fauteuil plus souvent, que tu sortes, que tu ailles parler à d'autres gens.

Il fixait un point dans le vide, les yeux soudain humides.

— Qu'est-ce qui t'arrive ? demanda-t-il en se tournant vers elle.

Le ton de sa voix avait perdu son agressivité. Elle rassembla tout son courage pour ne pas se laisser attendrir, consciente qu'il était ébranlé mais qu'il faudrait davantage qu'une première discussion pour changer les choses en profondeur.

— Il est temps que tu te prennes en charge, papa. Je ne peux pas m'occuper de toi à ta place. Je crois que je ne vais plus venir te voir pendant quelque temps. J'ai besoin de réfléchir. Et toi aussi.

— Comme tu veux. Je n'ai pas besoin de toi, de toute façon, dit-il, manifestement froissé.

Elle se félicita intérieurement d'avoir tenu bon.

— Au revoir, papa, soupira-t-elle. Je reviendrai te voir plus tard, d'ici quelques semaines.

Elle sortit de la chambre et avança dans le couloir, le dos très droit, comme s'il étayait sa détermination et l'empêchait de flancher. Elle venait d'accomplir l'une des choses les plus difficiles de sa vie. Elle aurait préféré ne pas avoir à se comporter de cette manière, mais elle sentait qu'il était vital de mettre de la distance entre son père et elle.

Elle s'arrêta au bureau des infirmières.

— Je voulais juste vous informer que je ne vais pas venir pendant un moment. Mon père a besoin d'apprendre à se prendre en charge lui-même.

— Je suis tout à fait de cet avis, dit l'infirmière avec un sourire en coin.

— Merci de vous être occupée de sa main. Elle est pratiquement guérie.

— Oui, c'est ce que j'ai dit au Dr Maxwell quand il a appelé, hier.

Rex avait appelé pour prendre des nouvelles de son père, après leur discussion houleuse ?

Elle salua l'infirmière et se hâta de regagner la sortie, les larmes aux yeux.

Voilà une semaine que Rex s'abrutissait de travail. C'était le seul remède qu'il avait trouvé à l'insomnie. Cela dit, ses nuits restaient agitées, et son sommeil était rarement réparateur.

Tiffani lui manquait. Jamais il n'aurait dû la faire venir chez lui. Maintenant, où qu'il pose le regard, il pensait à elle. Même en faisant la lessive. *Surtout* en faisant la lessive.

Après être passé chez elle, il avait appelé le Dr Nelson. Ce dernier était ravi de leur passage à la télévision, mais son enthousiasme était légèrement retombé quand il lui avait annoncé qu'il se retirait de la campagne de relations publiques que l'hôpital avait engagée. Il avait précisé que si l'hôpital l'employait dorénavant pour autre chose que pour ses compétences de chirurgien, il irait travailler ailleurs.

Nelson lui avait assuré que le Metropolitan Hospital n'avait aucune intention de se séparer de lui. Il lui avait également demandé les motifs de sa décision. Il s'était contenté de dire que Mlle Romano et lui n'étaient plus d'accord sur le temps qu'il était censé passer au bloc et qu'il sacrifiait pour la campagne.

Dans le fond, il se sentait trahi. Tiffani avait fait passer sa carrière avant lui. Une fois de plus, il s'était attaché à quelqu'un qui faisait passer ses propres besoins avant tout le reste.

Son métier consistait à venir en aide aux gens blessés, pas à fournir des images pour les relations publiques de l'hôpital.

Il avait fait son possible pour sauver Vic Royster, mais cela s'était retourné contre lui. Il faisait son possible pour que les gens de High Water aient accès à des soins, mais qui sait si cela aussi n'allait pas se retourner contre lui un jour ? Il suffisait de quelques mots dans la presse, de quelques images à la télévision.

Cela dit, il avait la sensation que Tiffani n'utiliserait pas son activité au centre médical contre lui.

Une semaine s'était écoulée depuis leur houleuse discussion. Depuis, les mots de Tiffani ne cessaient de tourner en boucle dans son esprit. Et si elle avait raison ? Et si sa vie, depuis son adolescence, n'avait été qu'une fuite ?

Il n'avait jamais vu les choses sous cet angle, mais en y réfléchissant...

Ses cheveux longs, sa moto et ses vêtements n'étaient-ils qu'une façade ? Sa volonté de se montrer sous un certain angle n'était-elle pas comme celle qui avait poussé ses parents à s'inventer des personnages et la vie qui allait avec ? Après tout, eux aussi avaient choisi leurs vêtements en fonction de ce qu'ils avaient envie d'être, leur mode de vie en fonction de ce qu'ils avaient envie de vivre. Leur seule erreur avait été de ne rien prévoir au cas où la façade s'écroulerait.

Était-ce à cause de sa farouche obstination à rester simple et naturel qu'il avait écarté de sa vie la seule personne avec laquelle il avait envie de partager ses journées et ses nuits ?

Sur un point, au moins, Tiffani avait dit la vérité : ses parents l'aimaient. Ils s'étaient toujours occupés de lui quand il était petit et continuaient à l'appeler régulièrement. Mais lui ne leur témoignait pas autant de bienveillance. Quand ils lui avaient demandé son pardon, il avait refusé de le leur accorder.

Certes, ils avaient commis une erreur, mais qui n'en commettait pas ? Et surtout, qu'y avait-il vraiment perdu ? Rien, à l'exception d'une fille qui était plus préoccupée par l'argent et les apparences que par les sentiments. Tout compte fait, il avait eu la chance de s'en apercevoir avant qu'il soit trop tard.

Il avait accusé Tiffani des mêmes travers alors qu'elle avait respecté son vœu de ne pas parler du centre médical de High Water aux médias. Elle aurait pu, pourtant, comme elle aurait pu utiliser tout ce qu'elle savait sur lui dans sa campagne, mais elle ne l'avait pas fait.

Pouvait-il la croire quand elle prétendait qu'elle n'avait pas prévenu les journalistes de l'accident ? Et pourquoi ne la croirait-il pas ? Jamais Tiffani ne lui avait menti, depuis qu'ils se connaissaient.

Qu'est-ce qui lui avait pris ? Il s'était emporté pour rien. Et, à présent, la personne la plus merveilleuse qu'il ait rencontrée dans sa vie n'en faisait plus partie.

Le souvenir du soir où elle l'avait accueilli, après la mort de l'adolescent au bloc, sans lui poser de questions ni lui faire de reproches, lui revint à l'esprit. Elle avait juste ouvert la porte et recueilli son âme blessée. Quand il lui avait parlé de son enfance, elle avait su voir le côté positif des choses et lui avait donné l'occasion de les regarder sous un angle différent. Elle s'était occupée de lui, et pour toute réponse il lui avait dédaigneusement tourné le dos.

Un sentiment de culpabilité l'assaillit. Toute sa vie d'adulte, il avait eu une attitude moralisatrice — tout ce qu'il détestait chez les autres !

Il était temps de présenter des excuses. À ses parents, tout d'abord, après quoi, il irait demander son pardon à Tiffani.

En priant pour qu'elle le lui accorde.

Rex rassembla son courage et appela ses parents pour leur demander s'il pouvait leur rendre visite. Rendez-vous fut pris pour le samedi suivant.

Lorsqu'il arriva devant chez eux, il venait à peine de couper le contact de sa moto qu'ils se précipitèrent à sa rencontre.

— Quelle joie tu nous fais de venir nous voir ! s'exclama sa mère en l'embrassant.

Son père lui donna une chaleureuse accolade.

La culpabilité s'empara de nouveau de lui à l'idée d'avoir rejeté ses parents pendant des années. Tiffani rendait visite à son père régulièrement, mais n'avait sans doute jamais reçu un accueil aussi affectueux que lui, en cet instant. Pendant des années, il n'était allé les voir que ponctuellement, leur faisant payer un prix trop lourd, qu'il avait lui-même fixé sous le coup de la colère. Il allait faire en sorte de réparer cette erreur.

— Entre ! Raconte-nous un peu ce que tu deviens, dit sa mère en le prenant par le bras.

Ils entrèrent dans la maison, un petit pavillon situé dans un quartier ouvrier de la ville, semblable à tous les autres pavillons de la rue et devant lequel était garée une voiture quatre portes, probablement achetée d'occasion. Cela contrastait avec la vie qu'ils avaient menée dans leur jeunesse, mais au moins vivaient-ils selon leurs moyens.

Dans la cuisine, le couvert était mis. Sa mère avait préparé son plat préféré.

— Je ne suis pas un cordon-bleu, mais j'ai fait de mon mieux.

— Merci, maman, c'est parfait, dit-il en la serrant dans ses bras.

— Elle n'a pas arrêté depuis que tu as appelé, dit son père.

Quelle joie de se sentir aimé et attendu ! Il avait pris conscience de la chance qu'il avait en voyant comment le père de Tiffani se comportait avec elle.

Ils s'attablèrent et se mirent à bavarder. Rex demanda des nouvelles de son frère. Puis sa mère lui prit la main.

— Dis-moi, on t'a vu sur les affiches, dit-elle avec fébrilité, comme si elle ne pouvait plus garder le sujet pour elle.

— Difficile de faire autrement, dit son père en souriant.

— Ça m'a étonné de toi, reprit sa mère, que tu acceptes de poser pour faire de la publicité.

— La personne qui s'occupait des relations publiques a été plutôt persuasive, dit-il avant de raconter son implication dans la campagne.

Ses parents le regardaient, curieux et incrédules.

— Je savais que les Royster te faisaient du mal, mais tu ne nous as jamais rien dit, dit son père. Pour être honnête, je me suis senti responsable.

— Tu n'y étais pour rien, papa.

— Nous voulions t'aider, mais nous ne savions pas comment. Nous avons eu peur que cela aggrave la situation, dit sa mère.

— Je suis désolé de ce que je vous ai fait endurer. Je me suis comporté comme un gamin égoïste. Sachez que je vous suis reconnaissant de tout ce que vous avez fait pour moi, de tout l'amour que vous m'avez donné. Et je me réjouis de vous voir toujours ensemble, malgré les épreuves que vous avez traversées.

Sa mère était en larmes, et son père avait les yeux mouillés.

— On pensait que tu ne nous pardonnerais jamais, dit-elle entre deux sanglots.

— C'est plutôt à vous de me pardonner.

— Puis-je te demander ce qui t'a incité à venir nous voir et à nous parler aujourd'hui ? demanda son père.

— Une femme, répondit-il en le regardant droit dans les yeux.

Son père hocha la tête, et sa mère le regarda avec une étincelle d'intérêt qu'il n'avait pas vu chez elle depuis longtemps.

— Tu vas nous la présenter ? demanda-t-elle aussitôt.

— J'aimerais bien. À condition qu'elle accepte mes excuses.

Son père sourit d'un air entendu.

— J'ai fait n'importe quoi, avoua-t-il.

— Cela nous arrive à tous, murmura sa mère en essuyant ses larmes.

— C'est ce que j'ai mis du temps à comprendre, dit-il. Et j'en suis profondément désolé.

Lorsqu'il s'apprêta à repartir, ses parents le raccompagnèrent jusqu'à sa moto.

— Quand vas-tu cesser de conduire cet engin ? Ça me fait peur, dit sa mère.

— Bientôt. Je crois qu'il est temps que je change des choses dans ma vie.

Le taxi déposa Tiffani devant l'hôtel Peabody, en plein cœur de Memphis. Elle avait laissé sa voiture pour ne pas avoir à se garer ni à faire la queue pour qu'un voiturier le fasse à sa place. Elle avait attendu la dernière minute pour se changer tant elle hésitait à assister au cocktail et au dîner organisés par le Metropolitan Hospital en l'honneur du comité d'accréditation.

Le Dr Nelson avait laissé un message à son bureau pour l'inviter. Elle avait passé pratiquement les dix derniers jours à travailler à l'agence. Les médias l'avaient sollicitée pour obtenir d'autres interviews avec Rex, mais elle avait écarté toutes les requêtes.

Elle n'avait pas envie de l'appeler et savait que, de toute façon, il refuserait.

Elle n'avait pas parlé à son père depuis sa dernière visite. Mais elle avait appelé la résidence et demandé de ses nouvelles à l'infirmière en chef. D'après elle, son mauvais caractère avait empiré dans les jours qui avaient suivi sa visite, mais s'était considérablement adouci depuis. L'infirmière lui assura qu'elle avait bien fait de mettre son père face à ses responsabilités.

Elle avait mis une robe de soie bleu pâle, qu'elle gardait pour des occasions spéciales et dont elle savait qu'elle lui allait bien. Même si elle n'avait pas prévu de séduire qui que ce soit.

Rex ne serait probablement pas là. Il n'aimait pas les mondanités. Dommage, elle avait laissé ses cheveux détachés. Elle ne portait plus de chignons. Rex avait raison quand il lui avait fait remarquer que son look était une barrière qu'elle érigeait entre le monde et elle.

Quand Lou l'avait laissée tomber, elle avait trouvé refuge dans son travail et s'était cachée derrière son apparence. Puis elle avait rencontré un homme capable de l'apprécier telle qu'elle était. Le problème, c'est qu'elle l'avait perdu.

Mais il ne fallait pas laisser le pessimisme occulter les choses qu'elle avait apprises sur elle-même et qui lui permettraient de réaliser des changements importants dans sa vie. Elle n'était pas venue à la soirée pour se morfondre.

L'heure du cocktail avait été fixée de sorte que les invités puissent auparavant assister à la sortie des canards. Deux fois par jour, depuis des décennies, des canards traversaient le hall de l'hôtel pour aller se baigner dans sa somptueuse fontaine. C'était un spectacle auquel elle avait assisté petite et qui lui donnerait peut-être l'occasion de sourire, chose qu'elle n'avait pas faite depuis que Rex avait claqué la porte de chez elle.

Les gens s'étaient déjà regroupés de part et d'autre du tapis rouge installé entre les ascenseurs et la fontaine située au centre du hall. Tout cela pour regarder cinq colverts plonger dans un bassin !

Tiffani s'approcha de la fontaine. Quelques instants plus tard, les portes de l'ascenseur s'ouvrirent, laissant sortir la file de canards suivis par leur maître. Elle sourit.

— Ils sont mignons, dit une voix familière derrière elle.

Tiffani frémit. Rex était là et lui parlait.

Les canards passèrent devant eux en se dandinant. Rex vint se poster à côté d'elle, et elle sentit aussitôt la chaleur de son corps se propager à travers la soie de sa robe.

Il portait un costume et une cravate des plus classiques. Le seul détail qui tranchait avec la solennité de sa tenue était ses cheveux, longs et libres. Cette facette de sa personnalité qui l'avait toujours attirée chez lui et la faisait pétiller comme une coupe de champagne était toujours là.

Les canards nagèrent quelques minutes puis sortirent de la fontaine, se secouèrent et reprirent leur marche en sens inverse.

— Je peux te parler ? murmura Rex au creux de son oreille.

Son cœur se mit à battre plus fort. C'était le moment ou jamais de lui dire ce qu'elle ressentait. Autant elle avait commis une erreur en offrant son cœur à Lou, autant elle était sûre que Rex était l'homme de sa vie.

— Volontiers, répondit-elle.

Le Dr Nelson, entouré d'un groupe de personnes, passa près d'eux.

— Vous venez avec nous boire un verre au bar, sur le toit ?

— On vous rejoint, répondit Rex.

Il la prit par la main et partit dans la direction opposée.

— Il vaudrait peut-être mieux..., dit-elle en regardant le groupe s'éloigner.

— Nous avons mieux à faire, la coupa Rex en l'entraînant vers le majestueux escalier du hall.

— Où est-ce que tu m'emmènes ? demanda-t-elle en montant les marches.

— Tu verras.

Arrivé en haut, il emprunta un grand couloir et s'arrêta devant une porte. Il sortit une clé de sa poche et l'ouvrit en grand.

Tiffani entra dans une vaste pièce dont les murs, les rideaux, le tapis et le lit étaient tous dans un camaïeu vert clair. Le lit à baldaquin occupait le centre de la pièce, mais un petit canapé et des fauteuils se faisaient face près d'une fenêtre.

— Je me suis toujours demandé à quoi ressemblaient les chambres du Peabody. C'est magnifique ! s'exclama-t-elle.

Rex avança vers le petit salon et jeta sa veste sur le dossier du canapé.

— Comment savais-tu que je te suivrais ? demanda-t-elle.

Il posa sur elle un regard inquiet, presque tourmenté. Avait-il peur qu'elle le rejette ? C'était la première fois qu'elle le voyait manquer de confiance.

— Je n'étais sûr de rien, mais je l'espérais de tout mon cœur. Et je voulais un endroit tranquille pour pouvoir te parler. Mais je ne veux te forcer en rien. Tu es libre de partir quand tu veux.

— Merci. Mais je veux bien t'écouter, dit-elle.

La tension se relâcha aussitôt dans les épaules de Rex.

— Assieds-toi, dit-il en desserrant sa cravate.

Elle prit place dans un fauteuil, lui sur le canapé qui lui faisait face.

— Moi aussi, j'ai quelque chose à te dire, dit-elle.

— Je voudrais commencer, si cela ne te dérange pas.

Elle se cala dans le fauteuil et posa les mains sur ses genoux pour les empêcher de trembler.

— Je t'écoute.

— Je te dois des excuses, commença-t-il, contre toute attente. Notamment pour la façon dont j'ai réagi au reportage télévisé sur l'accident. Tu m'as ouvert les yeux. Tu as raison : je suis tellement obsédé par l'idée de sortir de l'éducation qu'on m'a inculquée que j'en oublie d'apprécier la personne que je suis devenue.

Elle ouvrit la bouche pour répondre, mais il l'interrompit d'un geste de la main.

— Je n'ai pas fini de reconnaître mes torts, dit-il en souriant. Je veux te remercier pour m'avoir permis de voir mes parents tels qu'ils sont. Je m'étais laissé aveugler par la colère au point de ne voir qu'une facette de leur personnalité. Je leur ai rendu visite, cette semaine, et je leur ai dit à quel point je les aimais.

Il la regarda, en silence, l'air soudain plus détendu, comme si prononcer ces paroles l'avait soulagé d'un fardeau qu'il portait depuis trop longtemps.

— Je peux parler ? dit-elle au bout de quelques instants.

— Je suis tout ouïe, répondit-il en souriant.

— Moi aussi, je veux te remercier. Grâce à toi, j'ai pu entrevoir la façon dont mon père me traitait et ce qu'il m'a fait subir pendant des années. Et surtout, j'ai vu la façon dont moi, je l'autorisais à se comporter de cette manière avec moi. Je lui ai dit que je ne reviendrais pas le voir tant qu'il n'envisagerait pas de se prendre en charge. Et, en ce qui concerne le reportage télévisé, je suis désolée si je t'ai blessé. Je n'avais pas l'intention de te faire du mal. Et je me suis rendu compte que si important que soit mon travail dans ma vie il ne justifierait jamais le fait que je te perde.

— Tu ne m'as pas perdu, dit-il en s'agenouillant devant elle. Je suis là. J'ai eu tellement peur que tu ne me pardonnes pas.

— Tu as eu peur pour rien.

— Je t'aime, Tiff.

Elle n'avait aucun doute sur ce fait.

— Moi aussi, je t'aime.

Rex s'allongea sur les coussins empilés à la tête du lit et serra Tiffani dans ses bras. Il l'embrassa sur la tempe. Elle lui avait tellement manqué ! Désormais, il en était sûr, son avenir était à ses côtés.

— Il vaudrait mieux rejoindre le Dr Nelson, non ? Il va se demander où nous sommes passés.

— Peu importe ce qu'il pense. Je suis mieux ici, avec toi, qu'au milieu de tout ce monde.

— Je suis flattée. Pour ma part, je tiens à te dire que tu portes magnifiquement bien le costume, quoi que tu en dises.

— Merci pour le compliment, mais ne t'attends pas non plus à me voir habillé comme ça trop souvent.

Tiffani lui adressa l'un de ses sourires qui lui avait tant manqué.

— Tu as eu des nouvelles de ta promotion ? demanda-t-il.

Il avait besoin de savoir si elle restait ou non à Memphis. Car, au cas où elle déménagerait, il avait pris la décision de la suivre, si toutefois elle était d'accord. Il était prêt à poursuivre sa carrière n'importe où, pourvu qu'elle soit à ses côtés.

— Je l'ai obtenue ! dit-elle avec enthousiasme.

La nouvelle l'attrista autant qu'elle le réjouit. Il était content pour elle, mais regrettait de quitter son poste au Metropolitan Hospital et, plus encore, ses activités au centre médical de High Water.

— Mais on m'a fait une autre proposition. Encore plus intéressante.

Son cœur se serra. Était-ce une bonne ou une mauvaise nouvelle ?

— Le Dr Nelson veut que je dirige le service des relations publiques de l'hôpital. Il a été impressionné par la campagne et ne veut plus me laisser partir.

— Et toi, qu'est-ce que tu préfères ? Tu sais, je suis prêt à te suivre partout où tu iras, même loin.

— C'est la chose la plus adorable qu'on ait jamais proposé de faire pour moi. Mais je ne me vois pas te faire partir d'ici. Ce que tu fais au Metropolitan et à High Water est trop précieux.

Elle lui jeta un regard entendu.

— Et tes fans seraient déçus. L'afficheur a dit que cette campagne d'affichage était la meilleure qu'ils aient jamais réalisée.

— Me voilà célèbre, maintenant ! dit-il, pince-sans-rire.

Elle se leva et l'embrassa.

— Célèbre ou non, tu es la personne la plus merveilleuse que je connaisse.

Il l'enlaça et se jura, à cet instant, que jamais plus il ne la laisserait partir.

VOTRE COLLECTION PRÉFÉRÉE DIRECTEMENT CHEZ VOUS

Vous souhaitez découvrir nos collections ? Une fois votre 1er colis à prix mini reçu, si vous souhaitez continuer à recevoir nos livres, cela se fera automatiquement. Vous n'avez aucune obligation d'achat et cette offre est sans engagement de durée !

Dans votre 1er colis, 2 livres au prix d'un seul
+ en cadeau le 1er tome de la saga *La couronne de Santina*.
8 tomes sont à collectionner !

☛ COCHEZ la collection choisie et renvoyez cette page au
Service Lectrices Harlequin – CS 20008 – 59718 Lille Cedex 9 – France

Collections	Prix 1er colis	Réf.	Prix abonnement (frais de port compris)
❑ **AZUR**	4,75€	AZ1406	6 livres par mois 31,49€
❑ **BLANCHE**	7,40€	BL1603	3 livres par mois 25,15€
❑ **PASSIONS**	7,90€	PS0903	3 livres par mois 26,79€
❑ **BLACK ROSE**	8,00€	BR0013	3 livres par mois 27,09€
❑ **HARMONY***	5,99€	HA0513	3 livres par mois 20,76€
❑ **LES HISTORIQUES**	7,40€	LH2202	2 livres tous les deux mois 17,69€
❑ **SAGAS***	8,10€	SG2303	3 livres tous les 2 mois, 29,46€
❑ **VICTORIA**	7,90€	VI2115	5 livres tous les 2 mois 42,59€
❑ **GENTLEMEN***	7,50€	GT2022	2 livres tous les 2 mois 17,95€
❑ **NORA ROBERTS***	7,90€	NR2402	2 livres tous les 2 mois prix variable**
❑ **HORS-SÉRIE***	7,80€	HS2812	2 livres tous les 2 mois 18,65€

*livres réédités / **entre 18,75€ et 18,95€ suivant le prix des livres

F23PDFM

N° d'abonnée Harlequin (si vous en avez un) __________

Mme ❑ Mlle ❑ Nom : __________

Prénom : __________ Adresse : __________

____

Code Postal : __________ Ville : __________

Pays : __________ Tél. : __________

E-mail : __________

Date de naissance : __________

Date limite : 31 décembre 2023. Vous recevrez votre colis environ 20 jours après réception de ce bon. Offre soumise à acceptation et réservée aux personnes majeures, résidant en France métropolitaine, dans la limite des stocks disponibles. Prix susceptibles de modification en cours d'année. Vous pouvez demander à accéder à vos données personnelles, à les rectifier ou à les effacer. Il vous suffit de nous écrire en nous indiquant vos nom, prénom et adresse à : Service Lectrices Harlequin CS 20008 59718 LILLE Cedex 9. Service Lectrices disponible du lundi au vendredi de 9h à 17h : 01 45 82 47 47.